La Foudre

DU MÊME AUTEUR

Chez le même éditeur

Polichinelle, 2008
Michael Jackson, 2011
L'Étoile du Hautacam, 2016
L'Homme des bois, 2017
Les Enfants des autres, 2020
Le Roman de Jim, 2021

Pierric Bailly

La Foudre

Roman

P.O.L
33, rue Saint-André-des-Arts, Paris 6e

ISBN : 978-2-8180-5851-0
www.pol-editeur.com

1

D'abord ce nom, Alexandre Perrin, et un peu plus loin ce geste étrange et criminel, un coup de planche. La coïncidence me fait rire sur le moment. Quand je dis que j'en ris, c'est de son rire à lui, bien sûr. L'affaire s'est déroulée dans les environs de Lyon, l'article prétend que le coupable s'est rendu après vingt-quatre heures à se cacher dans la nature. Non, vraiment, je n'y crois pas une seconde, je n'ai aucun doute sur le fait qu'il s'agisse d'un homonyme. Alexandre Perrin, c'est tout de même très commun. Et puis ce genre d'histoire ne lui ressemble pas du tout. Avant d'aller me coucher, je dépose le journal en haut de la pile et je n'y pense plus jusqu'à la visite d'Héloïse, le week-end suivant.

Elle arrive au chalet en début d'après-midi. Les brebis chaument à l'ombre des épicéas. Les deux patous, Iceberg et Jazzy, se relèvent pour venir la renifler elle et surtout la caisse de la chatte.

Héloïse libère Gentiane devant les deux chiens de protection qui se mettent à ronchonner, mais ils ne la confondent ni avec un renard ni avec un lynx, ils la connaissent, ils savent qu'elle ne veut aucun mal aux brebis et retournent se mêler au troupeau. Héloïse s'assied dans l'herbe à mes côtés et m'apprend qu'à cause du nombre de demandes de mutation on va devoir attendre au moins la rentrée prochaine pour La Réunion. Elle risque de débuter comme TZR, titulaire de zone de remplacement, et ça ne la dérange pas. Le fait que l'échéance soit assez lointaine me rassure plus qu'autre chose, le projet reste à l'état de fantasme, d'idée vague.

Je profite de sa présence pour descendre en direction du col en voiture et ramasser du bois mort que je charge dans le coffre. Un groupe de randonneurs de mon âge s'arrête taper la discute et je leur conseille de prendre tout droit en direction du Petit Montrond afin d'éviter le berger qui n'est pas commode et ses chiens qui peuvent être dangereux, ils repartent en me remerciant de ma gentillesse, ah la bonne blague. On n'est qu'au début du mois de juin et la montagne attire chaque week-end de plus en plus de monde, ça commence à me stresser.

Les soirées sont fraîches, il fait moins de dix degrés dehors, guère plus à l'intérieur. Une fois les deux chiens de travail attachés et les brebis rassemblées dans leur parc de nuit, on se pose dans la grande pièce devant le poêle Baudin. Héloïse ouvre son ordinateur, active le partage de connexion sur son téléphone et me bombarde d'images de forêts tropicales qui n'ont rien à voir avec nos forêts de hêtres et d'épicéas, bien sûr, la végétation est nettement plus variée et colorée à La Réunion. Héloïse dit : « luxuriante », et en réaction je pense *clinquante*. « Les fruits, regarde les fruits, on va manger des mangues, des papayes, des ananas. » Et je lui réponds que des ananas et tout ça, on peut déjà en manger toute l'année, ici. Mais elle est tellement enthousiaste qu'elle reste au premier degré : « Oui mais là, on les cueillera aux arbres. » En observant une carte de l'océan Indien, je me rends compte que je ne savais pas où l'île se situait exactement, je la voyais plus au nord, dans la continuité de Madagascar, et je l'imaginais plus grande, alors qu'elle est minuscule en vérité, quatre fois plus petite que la Corse, deux fois plus petite que le département du Jura. On reste encore une heure à lire des articles sur des sites d'information et des blogs à propos de Français de métropole partis tenter l'expérience de la vie insulaire, pas forcément à La Réunion d'ailleurs, puis on déconnecte et referme l'ordi, et on rejoint la chambre à l'étage. On se faufile sous mes trois gros édredons en plume et on commence à s'embrasser et à se caresser, et je n'arrive pas à m'abandonner, je ne suis pas dedans. L'esprit embrouillé, la cervelle en tourniquet de cartes postales numériques, ça virevolte sous les paupières : nouveaux onglets, nouvelles fenêtres, impossible de calmer le flux. Je suis agité, je me sens limite énervé. Je m'excuse auprès d'Héloïse, qui ne m'en veut pas. Je ne peux pas m'endormir, et cela m'arrive rarement, ici – même les nuits d'orage, je pionce comme une masse. En plus de ça, les souris et les loirs grattent dans la charpente et la chatte est intenable.

Héloïse a sombré, je l'entends à son souffle, ça me déprime d'autant plus. On me pose souvent la question de savoir si je compte les moutons avant de m'endormir, ça va, merci. Je me glisse délicatement hors du lit, j'enfile un bermuda, un pull et mon gros bonnet en laine et j'essaie de peser le moins possible sur les marches de l'escalier en bois qui mène à la cuisine. En sortant du chalet je reçois une grande brassée d'air frais dans le visage, je contourne le bâtiment. Flash et Mistral, mes deux chiens de travail, ne remuent pas d'un poil. Je sens la présence du troupeau et des deux patous qui restent aux aguets pour contrarier la curiosité des blaireaux, des renards, des lynx, des loups. Un hululement lointain, peut-être celui d'une chouette hulotte, mais je ne suis pas très fort en cris d'oiseaux. La lune est à peine voilée, je m'assieds sur le billot de bois et me mets à réfléchir à cette idée de quitter la vallée, quitter l'estive, quitter les chiens et les brebis dans un peu plus d'un an, à l'évidence ce n'est pas mon envie. Je me demande s'il existe des bergers à La Réunion, auquel cas je pourrai toujours emmener mon border et mon berger de Crau – les patous et le troupeau ne m'appartiennent pas. Je nous vois prendre l'avion tous les trois, tous les quatre avec Héloïse, même à cinq avec la chatte Gentiane, et je nous imagine chacun sur un siège, une unique rangée pour toute la famille, les animaux suivant les instructions de l'hôtesse en cas de dépressurisation ou d'amerrissage, cette image enfantine m'aide à me détendre, j'expulse un puissant bâillement, je frissonne, je me frotte les avant-bras et, en revenant aux chiens dans l'avion, je finis par laisser échapper un petit rire. Un rire nerveux mais néanmoins un rire bouche ouverte, un rire sonore, le rire d'Alexandre.

Je rentre dans le chalet et j'en profite pour relancer le poêle. Je débranche le téléphone d'Héloïse et pianote sur l'écran pour atterrir sur un site où il est question d'une petite filière ovine à La Réunion, on parle d'une soixantaine d'éleveurs, j'accueille l'information comme une ouverture. Je me dis qu'après tout ça peut être une belle expérience. J'ai envie d'aller réveiller Héloïse pour lui faire part de mon changement d'état d'esprit, sauf qu'elle n'est pas au courant de mes réserves initiales, ça n'aurait aucun sens de l'en aviser. Je pousse mes recherches et ça ne donne pas grand-chose de plus, et puis, sans trop de conviction, on peut dire mécaniquement, comme on jette un coup d'œil à la météo une dernière fois avant d'éteindre, je clique de nouveau sur l'onglet Safari et je tape son nom : Alexandre Perrin. Là, je me prends la claque de ma vie.

2

Le nez collé à l'écran et sa lumière bleutée, le pouce fébrile qui fait défiler les titres de la presse régionale, je retombe toujours sur la même photo, et je le reconnais parfaitement. Il a un peu vieilli, bien sûr, mais c'est vraiment Alex. Et cette information répétée dans chaque article : le mis en examen a reconnu les faits.

On dit peu de chose de lui, hormis qu'il exerce la fonction de vétérinaire dans la petite ville de Tarare, dans l'Ouest lyonnais. Ça, au moins, ça lui ressemble. Quant à la victime, il s'agissait d'un jeune chasseur.

Un chasseur... Deuxième claque. Moins forte que la première, moins surprenante, mais ça commence à faire beaucoup. Je m'accroupis sur le sol glacial de cette cuisine rustique sans micro-ondes, sans lave-vaisselle et sans même un malheureux frigo dont le grésillement me serait probablement d'un léger réconfort, et je nous revois tous les deux, des années en arrière, dans la cour du lycée en train de nous étriper sur le sujet de la chasse, lui qui monopolisait la parole et moi qui m'exaspérais et tentais laborieusement de me faire entendre.

Mais que la victime soit un chasseur n'y change rien. Ces deux éléments, Alexandre d'un côté et ce geste barbare de l'autre, sont impossibles à associer.

Assassiné à coup de planche…

Cette violence est tellement loin du souvenir que j'ai de lui. Sur l'unique photo que je trouve en ligne, il est, je ne sais pas comment dire, serein, normal, lui-même. Il n'a pas l'air de s'être transformé en un dangereux sociopathe.

Il est plus de 2 heures du matin quand je retourne me coucher. Quatre heures plus tard, je libère le troupeau et les chiens. La montagne est noyée dans la brume alors je choisis un coin familier et sans risque, et je reste une bonne partie de la matinée debout, hagard, à piétiner l'herbe humide, à perdre de vue les brebis, à me répéter en boucle que cette histoire est dingue. Héloïse nous rejoint avec un thermos de thé, le paysage est maintenant dégagé.

Je ne lui ai jamais parlé d'Alexandre, alors je fais simple : « Un mec avec qui j'étais au lycée, on n'était pas ensemble en classe mais on partageait le même box à l'internat.

– Ben quoi, il est mort?

– Au contraire, il a tué quelqu'un. »

Puis j'évoque l'arme du crime. « Il l'a tué à coup de planche, tu te rends compte?

– Ah ouais, ça rigole pas…

– Ce n'était pas du tout une brute à l'époque du lycée, c'était un mec doux, sensible, intelligent.

– Tout l'inverse de toi.

– Tu rigoles, mais je suis sûr que si on avait pris les paris sur celui qui, de nous deux, deviendrait un assassin, tout le monde aurait voté pour moi. »

Héloïse me soupçonne d'exagérer, me dit qu'elle a vu des photos et que j'avais l'air mignon comme tout au lycée. De toute façon, ce n'est pas le problème. Non, le problème, c'est Alexandre, c'est cette histoire. Je ne peux pas imaginer Alexandre en tueur, je n'y arrive pas.

Héloïse évoque un geste accidentel.

« Un coup de planche accidentel?

– Sur un chantier… Une planche qui chute d'un échafaudage…

– Ce n'est pas ce que j'ai lu. D'ailleurs, il est en taule. Détention provisoire, ça veut bien dire qu'il est en prison?

– Oui, c'est ça. »

Héloïse continue à formuler des hypothèses qui dédouanent Alexandre, certaines sont d'ailleurs assez drôles, mais je suis encore sous le choc, je suis incapable de me prendre au jeu.

Je sais si peu de chose que je ne vois pas d'intérêt à me répandre et je préfère me taire. J'ai besoin de calme.

Héloïse repart en fin d'après-midi et me débarrasse de deux grosses poubelles ainsi que de sa chatte Gentiane, qui n'a pas à se faire prier pour regagner sa caisse, depuis le temps elle a intégré le rituel. Elle emporte bien sûr avec elle son iPhone, et je dois maintenant me contenter de mon vieux Samsung à touches, un petit engin à clapet avec lequel je ne peux ni prendre de photo, ni écouter la radio, ni me connecter à internet. Mon seul lien avec le monde extérieur ou plutôt avec le grand monde est désormais cette pile de journaux qui tient en équilibre contre la caisse de petit bois.

En mai, juste avant que je monte au chalet, mon oncle Patrick m'a confié deux sacs cabas pleins à craquer d'exemplaires du *Progrès* de l'année écoulée pour faire démarrer le poêle et la cuisinière durant toute la saison d'alpage. Le soir, il m'arrive d'en piocher un au hasard, et je m'installe sur la vieille table avec ma soupe et je m'amuse à le parcourir dans l'ordre, en commençant par l'actualité internationale et en resserrant la focale au fil des pages sur le pays, la région, le département et, enfin, sur les villages de la vallée, où je tombe parfois sur une tête connue, un commerçant, un membre de la famille, ou un ancien camarade du lycée. Impossible de remettre la main sur ce premier article, que j'ai dû enflammer au fond du poêle, sans le vouloir, sans m'en rendre compte, quel idiot. Comme on n'est qu'au début de la saison, face à la somme de journaux qui reste, je reprends espoir. J'approche la pile de la table et consacre trois soirées complètes à éplucher chaque exemplaire à la recherche d'autres papiers sur cette affaire. J'y crois fort en commençant, tout seul dans mon vieux chalet perdu à mille cinq cents mètres d'altitude, avec ma soupe de poireaux fumante et le bruit des bûches carbonisées qui se brisent dans le poêle. Chaque geste est lent et appliqué, chaque regard se charge d'un fond de gravité. Et puis, après deux jours sans la moindre découverte, je me relâche, un titre ou une photo qui n'ont rien à voir attirent mon attention, je me laisse distraire. Je déchire quelques pages, je mets certains articles de côté, comme celui-ci, daté du mois de juillet dernier : on vivait alors une nouvelle canicule, les rivières étaient quasi à sec et des truites se retrouvaient prises au piège de petites mares ; l'essentiel du propos porte sur le fait que les sangliers affamés par la sécheresse venaient dévorer les poissons. « Oh, je ne savais pas que les sangliers mangeaient des truites. » Mistral, mon berger de Crau, me répond d'un long couinement – il a plu toute la journée et, chose rarissime, je l'ai pris à l'intérieur pour qu'il se sèche auprès du poêle.

« Six mois ferme pour vol de bois de chauffage, l'homme opérait la nuit, se rendait dans des sites retirés et remplissait la benne de son pick-up. Tu crois ça, toi ? »

Près d'un an a passé depuis la publication de cet article, le type est donc déjà sorti de prison.

Car j'ai toujours un temps de retard sur l'actualité, un temps relativement important, six, huit, dix mois. Jusqu'ici, ce décalage ne me gênait pas, je pourrais même dire qu'il m'allait bien, comme si, du fait de mon isolement, les informations mettaient plus de temps à me parvenir. Mais aujourd'hui, j'aimerais pouvoir me remettre en phase avec l'époque, me resynchroniser. Les articles sur internet remontaient au mois d'octobre de l'année dernière, tout comme le journal que j'ai brûlé. Alexandre est-il toujours en prison ? A-t-il déjà été jugé ? Peut-être même qu'il a été innocenté, entre-temps.

3

Il faudrait que j'appelle Nadia. Je déteste passer des coups de téléphone. Encore plus à des gens que je ne connais pas ou que je n'ai pas vus depuis longtemps. J'y pense depuis le début, évidemment, et je fais tout pour ne pas affronter la question.

Je trouve ça trop direct, un coup de fil. En plus, Nadia n'est pas une amie. Ce serait déplacé. Qu'est-ce que je vais lui dire ?

Et puis son numéro n'est peut-être plus valable.

Ils ne sont peut-être plus ensemble.

C'est peut-être à cause d'elle qu'il a tué ce type. Alex a découvert que leur gamin n'est pas de lui. Le père serait ce jeune chasseur à qui il a défoncé le crâne à coup de planche.

Bon, ça ne vole pas haut, je l'admets.

Nadia, la seule personne du lycée que j'ai recroisée. C'était il y a au moins quatre ans, aux

Rousses, j'attendais devant le Lavomatic où j'avais lancé une machine.

« Julien ? Tu me reconnais ? »

Elle m'a vite annoncé qu'elle vivait en couple avec Alexandre : « Alexandre Perrin, je ne sais pas si tu vois, il avait un an de plus que nous.

– J'étais à l'internat avec lui… »

Elle m'a également appris que le petit bonhomme qu'elle portait dans ses bras était leur fils à tous les deux. Ensuite, elle a dû parler de leur vie, de leur boulot, de l'endroit où ils habitaient, mais je ne me souviens de rien. Du moment où elle a prononcé le nom d'Alexandre, je me suis renfermé et j'ai joué le bourru comme je sais le faire, l'air sombre, la bouche un peu de travers.

Quand elle a voulu savoir où j'en étais de mon côté, j'ai eu le malheur de lui dire la vérité, et j'ai vu son visage s'illuminer. Elle s'est penchée vers son gamin : « T'as entendu ? Il est berger. Il garde des moutons dans la montagne. »

C'est sûrement à ce moment-là qu'elle m'a demandé mon numéro.

Je me suis méfié, je voyais venir le mauvais plan : *Tiens, et si on allait voir Julien et ses brebis, dimanche après-midi*. Alors j'ai bredouillé que je ne connaissais pas mon numéro.

Comme j'avais mon téléphone à la main, elle m'a donné le sien. « T'as qu'à me faire biper. »

J'ai replié mon téléphone et l'ai rangé dans ma poche.

Elle a dû penser que je la ferais biper plus tard, et je ne l'ai jamais fait. Elle a dû se dire que j'étais un sale type, et avec Alexandre ils ont dû en déduire que je n'avais décidément pas changé depuis la fin du lycée.

Nadia collait bien avec le souvenir que je gardais d'elle. Très gentille, affable, sociable. Elle ne faisait pas partie de notre petite bande, mais on était liés par une complicité d'ordre géographique car elle avait grandi dans le Haut-Jura, à côté des Rousses, à Bois-d'Amont. Contrairement aux autres élèves, elle connaissait la vallée de la Valserine, et en classe il nous arrivait d'échanger un rictus de connivence quand il était question du massif du Mont-Blanc ou même du lac Léman. En faisant défiler la liste des contacts, je me mets à douter d'avoir bien noté son numéro. Puis à me demander si je ne l'aurais pas effacé le soir même, j'en aurais été capable. Le suspense est vite rompu : Bonnin Nadia, 06 32, etc. Comme quoi, je suis plus fiable que je le pensais.

Dans la cuisine du chalet se trouve accrochée au mur une photo de mon grand-père quand il avait douze ans, une photo en noir et blanc où il est seul au milieu des vaches, à quelques kilomètres d'ici. Je l'interroge d'un léger coup de tête en avant : *Qu'est-ce que tu ferais à ma place, John?* Je me marre en l'entendant grommeler : *Roh mais vingt dieux, bah oui, allez, appelle!*

Il est quand même tard pour appeler, je me rabats sur un SMS. Je dis à Nadia que je viens d'apprendre pour Alexandre et que je suis stupéfait, c'est le mot que j'emploie, il ne convient peut-être pas très bien mais j'ai du mal à trouver une formule adaptée. S'il était mort ou s'il avait subi un accident, ça viendrait facilement, je serais profondément désolé, je lui transmettrais mes pensées de réconfort, mes vœux de courage, je lui proposerais peut-être mon aide en cas de besoin. On sait comment s'adresser à l'entourage des victimes, on sait quoi dire à ceux qui vont mal, à ceux qui souffrent. Mais qu'est-ce qu'on écrit à la femme d'un assassin?

En le relisant, mon message me semble un peu sec. Ça doit lui faire une belle jambe, à Nadia, d'apprendre que je suis stupéfait, que je suis abasourdi, que je ne peux pas y croire.

J'espère tout de même qu'elle me répondra.

Dans les semaines qui suivent, quand la petite icône en forme d'enveloppe apparaît sur l'écran, j'ouvre aussitôt le message et je suis toujours déçu. La plupart du temps c'est Héloïse. Et les rares fois où mon téléphone sonne c'est Anne-Marie, l'éleveuse du pays de Gex qui me confie ses bêtes depuis maintenant sept ans. Aujourd'hui, pour m'annoncer qu'elle me livrera deux stères supplémentaires de rondins bruts demain matin.

Trois jours plus tard, en fin d'après-midi, je suis en train de fendre quelques morceaux quand un jeune couple se pointe en tee-shirt, avec un seul sac à dos. Le type a les lèvres qui commencent à bleuir. Je leur dis que je ne suis pas un refuge et que je fais ce métier précisément pour qu'on me laisse tranquille, mais ils sont si mal équipés, même pas un pull, des sacs de couchage pour aller au camping, et ils n'ont pas de tente car ils prévoyaient de dormir à la belle étoile, que je cède. En contrepartie, je leur colle le merlin dans les mains et leur demande de terminer la dizaine de rondins restants pendant que je m'occupe de la soupe. Ils me rejoignent au bout de cinq minutes en m'avouant qu'ils n'ont pas réussi à fendre un seul morceau. Je me mets à grogner comme faisait mon grand-père, je les sens à deux doigts de partir en courant. Ils me montrent comment ils s'y prennent, en tenant l'outil au milieu du manche et en le soulevant pas plus haut que le visage. Je leur donne un petit cours de bûcheronnage. Ils finissent par y arriver, ils ont l'air contents : « On aura quelque chose à raconter. » Ils me remercient pour la trentième fois depuis qu'ils sont arrivés et, tout en fixant avec insistance le merlin, je leur dis que s'ils n'arrêtent pas sur-le-champ les remerciements, cette fois ils auront vraiment quelque chose à raconter.

Mais je ne leur laisse pas le temps d'avoir peur, je rigole et je m'excuse. « Allez, la soupe est prête. »

Durant ce mois d'août froid et pluvieux, je me fais une soupe presque tous les soirs. La journée j'ai toujours un thermos de thé, que je bois assis dans l'herbe, à petites gorgées, en gardant les bêtes. Je sors un livre, une biographie de peintre ou un gros roman, et au bout de cent pages, ou de trente, ou de trois, je décroche, je pense à autre chose, je dérive. Je peux partir assez loin, comme ça. Je reste conscient de mon environnement, attentif aux mouvements du troupeau, au comportement des brebis et des béliers, aux élans protecteurs des patous avec les randonneurs, le tout bercé par le son des clochettes (un tiers du troupeau d'Anne-Marie en est équipé). Je peux passer des heures à ne pas bouger, même par mauvais temps, planqué sous mon grand parapluie, le cul posé sur un sac-poubelle, les chaussures et le pantalon trempés et l'esprit qui vagabonde. Je n'ai même pas besoin d'un prétexte pour m'évader, ça se fait tout seul, je ne maîtrise rien, je passe d'un sujet à un autre. C'est souvent léger, matériel : comment améliorer le chalet; professionnel : quand est-ce que je me décide à constituer mon propre troupeau. Parfois il y a un peu d'aigreur, envers les randonneurs avant tout, envers Anne-Marie, envers la famille, envers Héloïse. Mais Héloïse est aussi à l'origine de pensées plus lumineuses, de pensées amoureuses ou érotiques.

Ces derniers temps, l'histoire d'Alexandre prend toute la place. C'est lui qui m'empêche de lire, c'est toujours lui qui impulse une nouvelle rêverie. Je n'arrive pas vraiment à spéculer sur son geste, je n'en sais pas assez. Alors je tourne autour. Et plus je tourne, plus je m'éloigne. J'en veux à Nadia de ne pas me répondre. Je m'en veux à moi d'avoir été aussi désagréable avec elle devant le Lavomatic. Je m'en veux d'avoir coupé avec tout le monde au lycée.

4

Une sonnerie stridente nous sortait du lit à 7 heures, et c'était comme si je faisais des grasses matinées en comparaison de mes quatre années de collège pendant lesquelles je m'étais levé tous les matins à 6 heures pour aller prendre le car. Des cloisons fragmentaient le dortoir de manière à pouvoir caser quatre lits les uns en face des autres, on était donc huit par box. Dès les premiers jours de cette année de seconde je me suis rapproché de deux garçons de ma classe, Luc et Martin. Luc était aussi à l'internat, il lisait beaucoup et ne pouvait pas envisager de louper un Grand Prix de Formule 1. Martin jouait de la guitare électrique. Ils ne connaissaient pas la vallée de la Valserine, n'étaient jamais montés au crêt de la Neige, c'était à peine s'ils faisaient la différence entre un gland et une faîne. On mangeait ensemble, on ne fumait pas, on était sages, discrets en classe, ça a duré comme ça pendant quatre ou cinq mois, jusqu'au chamboulement du voyage en Espagne, dont Luc et Martin n'étaient pas puisqu'ils faisaient italien deuxième langue.

Cinq jours en Catalogne avec une prof d'espagnol, un prof d'histoire et l'unique prof d'arts plastiques du lycée. Je ne me souviens pas précisément de la façon dont je suis entré en relation avec ce groupe de filles un peu cinglées, l'une d'elles a dû faire un geste vers moi, sans doute Maïa, à côté de qui j'étais assis en cours d'espagnol, justement. Je me suis tout de suite senti à l'aise avec elles. Elles étaient très différentes de Luc et Martin, elles étaient drôles et vivantes, et elles ont découvert chez moi une facette qu'elles ne soupçonnaient pas. Elles me voyaient jusqu'ici comme un type calme et ennuyeux, au mieux comme un timide. Je détestais qu'on m'accuse de timidité. Autant solitaire, taiseux, secret, ça passait, mais à l'époque, j'associais la timidité à l'effacement, au manque de caractère, et l'idée qu'on me perçoive comme ce genre de mec me terrifiait. C'est avec des remarques comme celle-ci que j'ai réussi à les intéresser. Elles se rendaient compte que j'étais moi aussi différent de Luc et Martin. D'ailleurs, avec elles, je n'étais pas le même qu'avec eux. Avec elles je parlais beaucoup, je m'agitais dans tous les sens, avec elles je leur ressemblais à elles. On ne s'est pas lâchés de tout le séjour. J'ai assimilé leurs codes et j'avais l'impression de vivre une révélation. Chaque quartier libre était l'occasion d'une petite transgression : une conversation idiote avec un gardien du musée Dalí de Figueres ; une bière en plein après-midi. À Barcelone, une exposition des dessins érotiques de Picasso m'a énormément troublé ; j'ai fait de mon mieux pour n'en rien laisser paraître. C'est aussi à Barcelone que j'ai pris la première cuite de ma vie, à la vodka pomme, dans le centre qui nous hébergeait. Je ne saurais pas dire de quel type d'établissement il s'agissait, ce n'était pas une auberge de jeunesse, pas vraiment un hôtel non plus. Il y avait un bar avec de la musique et des vieux qui dansaient. Je me suis essayé à quelques valses avec des mamies espagnoles, Mélanie a immortalisé ça dans un beau noir et blanc. J'ai dansé avec certaines de mes nouvelles amies, aussi, j'ai même roulé une pelle à Bertille, qui était encore plus bourrée que moi ce soir-là. Maïa et Audrey m'ont aidé à réintégrer ma chambre, où deux mecs de terminale fumaient des joints à la fenêtre. On a fumé avec eux, puis j'ai passé deux heures à faire des allers-retours aux toilettes. Le lendemain matin j'étais remis sur pied, enchanté de ma soirée, prêt à recommencer.

De retour au lycée, j'ai totalement délaissé Luc et Martin, et ils avaient du mal à comprendre. Ils n'avaient qu'un mot pour parler de ces filles, ils les trouvaient connes. Moi, je les trouvais géniales.

Deux d'entre elles étaient dans ma classe et les trois autres étaient en option arts plastiques. Seule Maïa n'était pas à l'internat. Chaque soir je me couchais avec l'envie de les retrouver et de reprendre nos petites aventures là où on les avait abandonnées la veille. La journée en classe on s'écrivait des lettres sur des feuilles grands carreaux, des déclarations enflammées et souvent absurdes, remplies de fleurs mal dessinées et de formules niaises. Si je les relisais aujourd'hui, je serais affligé par tant d'immaturité. Pourtant, on n'était pas dupes. On revendiquait notre singularité. On avait quinze ans, on était plus malins que nos parents, que les profs, que tous les adultes rangés. On sortait en ville dès qu'on en avait l'opportunité et on squattait une maison abandonnée où on consacrait des heures à se scruter le fond des yeux pour en définir la vraie couleur. On prenait le temps de regarder l'autre dans les détails, on se focalisait sur un point précis du corps ou du visage, on s'attardait sur la forme d'un nez, d'une oreille, d'une main, d'un doigt. Évidemment, j'étais amoureux de l'une d'entre elles. Je n'étais pas amoureux de Bertille mais d'Audrey. Je n'en disais rien, sur ce point je restais le même empoté qu'au collège. Et je parle du collège mais je pourrais remonter à l'école primaire, voire à la maternelle. En primaire, la seule obsession des garçons, c'était de se battre à la récré – je schématise à peine. Moi, j'étais obsédé par deux choses : les plus belles filles de l'école, et ne pas me faire frapper par les garçons. Je ne vivais rien de concret, mais j'étais animé, ça oui. Un gamin romantique, un grand amoureux, allez. Il suffisait d'un regard échangé à la cantine pour que je me retrouve envoûté, et je passais comme ça d'une fille à une autre, sans qu'elles n'en sachent jamais rien. Incapable de draguer, pas séducteur pour un sou, je préférais mourir que d'avouer mes sentiments. Fierté de merde. Au lycée, j'étais toujours aussi coincé. En seconde, j'ai fait croire à tout le monde que j'avais une copine dans le village de mes grands-parents. Je l'ai d'abord annoncé à Luc et Martin, et j'ai maintenu le bobard auprès de mes nouvelles amies. J'avais l'impression que ça me grandissait à leurs yeux, et je crois que ça marchait. Peut-être que Maïa ou Mélanie était amoureuse de moi. Mais j'étais pris, j'avais déjà quelqu'un, ailleurs.

L'année suivante, on s'est inscrits tous les six en première littéraire option arts plastiques. Martin, du fait de son option musique, était dans notre classe. Luc avait bifurqué en scientifique. On ne se voyait plus seulement au lycée mais aussi le samedi soir, on s'est mis à faire des fêtes. Parfois, on ne rentrait pas chez nos parents de tout le week-end, on profitait de l'absence régulière de ceux de Maïa qui habitaient autour de Lons, à Courbouzon, en prétextant un bac blanc ou un exposé à préparer. On aimait se maquiller et se déguiser et sortir dans le village armés de nos mélanges de vodka bon marché et de jus d'orange et j'imagine qu'on parlait fort, qu'on riait bêtement, qu'on chantait. Une fois, on est tombés sur un tracteur au fond d'une grange ouverte, les clés étaient sur le contact et on est montés dedans avec Mélanie et Audrey. On l'a démarré et on a même avancé de quelques dizaines de mètres sur la route. Un vieux est sorti de chez lui en gueulant, on a sauté de l'engin pour rejoindre les autres en courant et en s'esclaffant comme des gros débiles, le vieux ne nous a jamais retrouvés. Dès le lundi suivant, la moitié du lycée était au courant. Oh, c'était des broutilles, rien de bien méchant. La seule vraie connerie, la seule fois où ça aurait pu mal tourner, c'était le soir du nouvel an chez Séverine à Poligny. Mon unique nouvel an avec elles. Je n'étais pas le seul mec, elle avait invité pas mal de monde. Dans le salon trônait un petit sapin de Noël. Mais Noël était derrière nous. J'ai donc proposé de l'utiliser pour ramoner la cheminée. C'est mon grand-père qui m'avait parlé de ça, et je n'avais jamais essayé mais j'ai prétendu le contraire. On a déshabillé le petit arbre de ses boules et guirlandes et on a attaché deux cordes à chaque extrémité. Je suis monté sur le toit avec un autre type et on a ôté le chapeau et envoyé une corde dans le conduit. À l'autre bout, dans la maison, devant la cheminée, ils ont tiré sur la corde, jusqu'à faire disparaître le sapin. Nous deux, sur le toit, l'avons remonté dans notre direction. On a reproduit l'opération une dizaine de fois, ce qui s'est avéré très utile tant le conduit était encrassé. Je précise qu'il faisait nuit, qu'on était loin d'être à jeun et qu'on marchait à même les tuiles sans échelle de toit. Si on se demande ce qui m'est passé par la tête ce soir-là, la réponse s'appelle Audrey. J'avais annoncé être nouvellement célibataire et fini par avouer mes sentiments pour Audrey à Maïa et Mélanie, les deux filles de la bande dont j'étais le plus proche. J'étais fou amoureux et je cherchais par tous les moyens à l'impressionner. Puis, un matin, elle s'est affichée dans la cour du lycée aux bras de Mathieu, un type d'une autre classe, un grand blond un peu fade. Il m'a fallu quelques jours pour encaisser le choc.

Les week-ends de fêtes ont continué à s'enchaîner et, un soir, j'ai couché avec Bertille. On a pris l'habitude de terminer toutes nos soirées ensemble, sans jamais considérer qu'on était en couple. Disons qu'on était ensemble le week-end, et encore, on ne se collait pas, on ne se tenait jamais par la main ou par la taille, on ne voulait pas ressembler à ça, Audrey et Mathieu, le petit couple de lycéens. Audrey s'est éloignée de nous, et la bande est restée cette petite cellule exclusive, qui avait du mal à s'ouvrir aux autres. Pendant mon année de première, Alexandre n'était pas au lycée, il était parti en Afrique du Sud dans le cadre du programme d'échange d'une organisation philanthropique type Lions ou Rotary Club.

Du fait de cette connivence autour du Haut-Jura, je parlais de temps en temps avec Nadia dans les couloirs ou dans la cour. Elle appartenait à ces filles que je trouvais assez attirantes, charmantes, excitantes, mais à propos desquelles je m'interdisais d'espérer quoi que ce soit. Je savais reconnaître quand une fille était sympa avec moi par pure gentillesse, par une forme de naturel, sans la moindre ambiguïté amoureuse. Comme si on était des copains d'enfance ou des voisins de longue date, ou même comme si on avait un lien de sang, comme si on était cousins.

Avec mes amies, je parlais beaucoup du hameau de La Rivière et de mes grands-parents, de mon grand-père surtout. Elles insistaient pour que je leur présente le phénomène, et que je leur fasse découvrir ce monde qui m'importait tant. Mélanie me harcelait pour que je l'emmène photographier le lynx dans la forêt, et elle précisait : « en rut », et tout le monde reprenait en chœur : « Oh oui, en rut ! » Ça ne s'est jamais fait. Elles n'ont vu ni le lynx ni le vieux John. De Lons-le-Saunier à La Rivière, il y a tout de même une heure et demie de route, et on ne conduisait pas, on devait encore compter sur nos parents. Et puis j'avais peur de sa réaction à lui. Je nous voyais mal débarquer à six ou sept à la maison, je n'avais pas très envie qu'il me voie avec elles, je pense qu'il n'aurait pas compris, il ne m'aurait pas reconnu au milieu de ces filles délurées.

L'été entre la première et la terminale, on a campé une dizaine de jours dans un champ à quelques kilomètres de chez Séverine. Je dormais avec Bertille, j'avais l'impression qu'elle commençait à s'attacher et ça m'embêtait parce que ce n'était pas mon cas. D'autant que je venais tout juste de tomber amoureux d'une cousine de Séverine qui était avec nous, et avec laquelle il ne s'est rien passé. On a été très sages pendant ce séjour, beaucoup d'alcool évidemment, un peu de fumette, mais la plupart du temps on restait posés autour des tentes à discuter. J'aimais leur manière de parler librement de leurs expériences, de leurs rêves, de leurs désirs et de leurs complexes, tout ça en ma présence. J'avais ma place à leurs côtés, elles me considéraient comme un des leurs, je le prenais comme une chance. J'y pensais vraiment comme ça, oui, je pensais à Luc et Martin et je me disais qu'ils n'avaient pas la chance de vivre des choses aussi fortes, eux. On s'imaginait ne plus jamais se quitter, et j'y croyais. Je voulais vivre toute ma vie dans ce tourbillon d'amour et d'amitié. Dont je n'allais pas tarder à être violemment éjecté.

5

Mon grand-père s'appelait Jean mais tout le monde l'appelait John. À vingt ans, quand il a commencé à travailler comme boisselier, ils étaient trois Jean dans l'atelier. Le plus vieux a gardé son prénom ; le plus jeune était d'origine italienne par son père et s'est fait rebaptiser Roberto par ses collègues ; mon grand-père aussi était d'origine italienne mais par son grand-père, il a choisi lui-même son surnom. John, ça lui allait bien mieux que Jean. À l'époque du lycée, tout le monde m'appelait encore Julien, c'est bien plus tard que je suis devenu le petit John, après mes années à Montpellier, quand je suis retourné vivre dans la vallée et que j'ai hérité de sa 306 blanche. Les gens me voyaient au volant, parfois mon grand-père était sur le siège passager : désormais, il y avait le grand et le petit John. D'ailleurs, on n'a jamais modifié la carte grise, et toutes mes amendes arrivaient à son nom, de sorte qu'à sa mort il ne lui restait plus que deux points sur son permis.

N'empêche que j'en ai pris soin de sa 306. Je l'ai menée à plus de 350 000 km, ce qui est exceptionnel pour une essence. Sans compter qu'ici les routes sont aspergées de sel de déneigement plus de six mois dans l'année, un désastre pour les carrosseries et les châssis, une aubaine pour les stations de lavage. Plusieurs fois dans l'hiver je badigeonnais le châssis de graisse universelle à base d'huile épaissie au savon de lithium pour éviter la corrosion. Je continue avec mon Berlingo.

J'ai tendance à considérer la 306 de mon grand-père comme ma toute première voiture. Pourtant, j'ai eu mon permis à dix-huit ans, et à Montpellier je conduisais la ZX de Magali, mais elle l'a gardée quand on s'est séparés. John, lui, a passé son permis à plus de quarante ans. Avant ça, il allait bosser à vélo, parfois même à ski. Ma grand-mère n'a jamais conduit.

L'industrie du bois a beaucoup souffert de l'arrivée du plastique dans les années 1960, et la plupart des ateliers de boissellerie ont fermé. John a tenté de monter une entreprise de bûcheronnage avec un copain, ils se sont plantés, puis ils ont été embauchés tous les deux comme menuisiers chez Mermillon à Chézery, où il a travaillé jusqu'à la retraite.

Mon grand-père a grandi de l'autre côté de la montagne, en Suisse, à deux pas du lac Léman. Sa mère est morte en lui donnant la vie, morte en couche, comme on dit, et son père n'a pas retrouvé de femme. Il était donc fils unique, comme moi. Autant je sais beaucoup de choses de son enfance à garder les vaches et à braconner des truites, des lièvres et des renards, autant de sa vie de couple je ne sais presque rien. J'ignore où mes grands-parents se sont rencontrés. Je pourrais poser la question à ma mère ou à un de mes neuf oncles et tantes, mais je n'ose pas, je crois qu'ils trouveraient ça bizarre.

Ils sont encore vivants tous les dix, et ils sont quatre dans la vallée. Françoise a repris la maison à La Rivière. Patrick et Sylvie sont à Lélex. Didier est à Mijoux. Mes parents ont quitté la vallée quand j'avais sept ans, et si le mot n'est pas trop fort, je peux dire que ça a été le plus grand traumatisme de mon enfance. J'ai passé des semaines à chialer et à ne plus vouloir aller à l'école. À partir de ce moment-là, je suis revenu à chaque période de vacances scolaires chez mes grands-parents.

Ma grand-mère avait un beau prénom, auquel elle n'a pas touché, elle s'appelait Honorine. Elle avait bien assez de ses dix gamins à s'occuper et n'a évidemment jamais travaillé. C'était une femme douce et discrète, qui sortait rarement de la maison – ma mère trouve que je lui ressemble, même physiquement. Quand j'étais chez eux, je la voyais peu, j'étais tout le temps avec mon grand-père. On pêchait la truite dans la Valserine qui coule à deux cents mètres de la maison, on regardait *L'Agence tous risques* et *MacGyver*, et surtout, on allait marcher dans la forêt.

Notre parcours fétiche impliquait plus de mille mètres de dénivelé et nous emmenait jusqu'au sommet du Reculet, sur les crêtes des monts Jura – qu'on appelle ici les monts Ju. John parlait durant tout le trajet, et c'était comme ça tout le temps, impossible d'en placer une avec lui. Il me racontait jusqu'à la construction des chemins sur lesquels on posait nos pieds : « Toute cette caillasse qu'ils ont sortie de la rivière et qu'ils ont concassée à la masse et qu'ils ont charriée à la brouette. » Ces chemins permettaient aux premières voitures de monter aux chalets d'estive pour aller ravitailler les bergers ; aujourd'hui ils sont surtout empruntés par les pick-up des gardes de la réserve naturelle. On s'ennuyait sur ces chemins et on les quittait rapidement, leur préférant les sentiers dont les abords n'étaient pas fauchés et se noyant dans les herbes sauvages, les épilobes en épi que John nommait laurier de Saint-Antoine et dont les grappes de fleurs pourpres me dépassaient d'une bonne tête. Le bourdonnement des abeilles et le chant des sauterelles finissaient par couvrir sa voix, il prenait de l'avance et je portais mon attention sur le vol d'un papillon ou me laissais distraire par le mouvement d'un lézard dans les feuilles mortes et les faînes séchées, redoutant toujours la présence d'une vipère, puis je l'entendais crier et j'accélérais le pas. Je le retrouvais le doigt pointé en l'air, mais la biche, le chevreuil ou le chamois s'était fait la malle. Il baissait la tête, l'air froissé, désignait un pétasite blanc et ses énormes feuilles vertes, un peu plus loin une eupatoire chanvrine, et la fois d'après il m'interrogeait. J'avais besoin de plusieurs sorties pour que les noms s'impriment, et quand je me trompais, il shootait dans un caillou en grognant, comme si mon ignorance le blessait.

Lors de mes toutes premières balades avec Héloïse, j'ai mis en pratique ce petit savoir botanique. Rien de tel que quelques noms insolites de fleurs des montagnes pour impressionner une jeune prof d'anglais de la ville. C'était du moins ce que je me plaisais à croire. Elle n'a pas tenu longtemps : « Ne le prends pas mal, mais ça devient chiant. J'aimerais bien profiter des sons, des odeurs, du vent frais dans ma nuque… » Jamais je ne me serais permis de dire un truc pareil à mon grand-père.

John n'avait pas besoin du silence pour éprouver son environnement. Il était capable, tout en monologuant, d'identifier un cri d'oiseau ou de localiser une odeur. Il me chopait le bras, on s'arrêtait brusquement. On avait quitté les prairies d'épilobes, on était désormais pleinement immergés dans la forêt. La canopée qui s'agitait au-dessus de nous, le grincement des hêtres géants, je ne savais pas ce qu'il voulait me faire entendre. « Tu sens ? » Je refermais mes oreilles pour interroger mon odorat. « Alors, tu sens ? » L'humus, évidemment. Peut-être une vague odeur de champignon. D'un coup, il se mettait à gueuler : « La charogne. La bête crevée. Le gibier faisandé. Ces bon dieu de lynx… » Puis il reprenait son air froissé et repartait en bougonnant.

Le lynx ne l'intéressait pas. Depuis sa réintroduction dans le massif dans les années 1970, on en faisait tout un foin, et John le voyait comme une espèce exotique, limite un attrape-touristes. Je le rejoignais en courant et il m'expliquait que le lynx mangeait plusieurs jours sur une même proie, un chamois qu'il devait camoufler pour éviter de se le faire piquer par des chats forestiers, des renards, des sangliers. « Oh, c'est pas possible, toujours cette bon dieu d'odeur de viande crevée coincée dans les narines… » Je reniflais plus fort, mais rien à faire, je ne sentais pas.

Plus on montait et plus la pente s'accentuait, et plus la pente était raide et plus les arbres avaient de mal à s'ancrer dans le sol. Peu importe le niveau du sol, les arbres poussaient à la verticale, et du fait de la pente, la moitié des racines était à jour. Alors elles étaient envahies par la mousse, la base était affaiblie et la moindre petite tempête faisait des ravages. À partir d'une certaine hauteur, c'était un vrai charnier, des amas de hêtres enchevêtrés comme des mikados, les blocs de racines exhumés qui prenaient des allures de bisons assoupis, et les épicéas, ah, les épicéas, sans mentir, les épicéas couchés me touchaient, je n'exagère pas, les plus gros troncs pouvaient me bouleverser comme ces photos de baleines échouées qu'on voyait dans le journal. Je gardais ça pour moi, bien sûr, John se serait bien foutu de ma gueule. Comme avec mes copines du lycée, il n'aurait pas compris, parce que ça n'allait pas dans le sens de ce que je dévoilais auprès de lui.

Comme avec mes copines du lycée, je lui ressemblais quand j'étais à ses côtés. Ça ne veut pas dire que je me forçais, que je jouais un rôle, que je trichais, ni même que je m'adaptais, c'était réellement une partie de moi-même, une facette parmi d'autres. Qui continue d'ailleurs à s'exprimer, de temps en temps, ce truc viril et rural avec lequel je ne suis pas toujours à l'aise. J'étais peut-être d'autant plus fasciné par mon grand-père que je ne lui ressemblais pas tout à fait. J'avais l'impression d'avoir plus de recul, d'être moins au premier degré que lui. Peut-être moins buté, moins tranché, moins catégorique, moins péremptoire. Parfois je le vivais mal, je me disais que ça m'empêchait de m'accomplir totalement dans ce que je faisais. D'où cette volonté de m'endurcir, de nier mes émotions quand elles surgissaient.

Aujourd'hui, quand je m'engage trop loin de ce côté-là, je finis par m'en vouloir. *Putain mais tu déconnes. Pourquoi tu fais ça. C'est pas toi.*

Certes, ce n'est pas tout à fait moi, mais ça l'est un peu quand même. Ce n'est pas bien terrible. Je suis capable d'en rire, c'est déjà pas mal. Quand ça me prend, je me sens tout à coup très proche de lui, et ça ne me déplaît pas. Je repense à nos promenades ensemble, à ces milliers d'heures à trotter dans les bois comme deux chamois, le jeune et le vieux.

C'était le vieux qui commandait, c'était lui qui décidait de tout, il ne fallait jamais le contredire. Il fallait le suivre, approuver chacun de ses choix, exécuter ses ordres, ne pas l'empêcher d'intervenir. Un voisin m'a confié que John avait mené à son père une vie impossible, qu'il en faisait ce qu'il voulait. Alors que John m'a toujours parlé de mon arrière-grand-père comme de l'homme qui lui avait tout appris. Ma mère dit que John a été un enfant gâté, qu'il a eu trop d'attention, sans mère ni frère et sœur, qu'il n'y en avait que pour lui. Ma mère n'a pas toujours été tendre avec moi, et elle se justifiait en avançant qu'elle ne voulait pas faire un deuxième John. Elle n'était pas tendre avec lui non plus. Elle ne se laissait pas faire, elle ne le craignait pas. Ils s'affrontaient violemment, et elle avait souvent le dernier mot. Quand je parlais d'elle, John se mettait à ronchonner : « Ta mère... Ta mère... » C'est elle qui a voulu quitter la vallée, en partie à cause de son père.

Après avoir passé plusieurs semaines chez mes grands-parents, il y avait toujours un moment où elle pointait son influence sur moi, et elle enrageait : « Tu parles comme lui. Si c'est pour que tu reviennes en te comportant comme papi John, tu n'iras plus... » Elle préférait me trouver des points communs avec sa mère. Je prenais ses menaces au sérieux. J'avais peur qu'elle m'interdise d'y retourner. Évidemment, je suis sûr que tout ça amplifiait mon attachement à la maison de La Rivière, à la montagne, à mon grand-père. Plus ma mère brandissait la menace et plus la forêt s'épaississait dans ma tête. Elle envahissait tout, comme ici dans la vallée, dont les deux versants sont quasi intégralement couverts de cette tignasse crépue d'un vert plus ou moins sombre et profond selon qu'il s'agit de taches de hêtres ou d'épicéas.

Quand on monte au Reculet, il faut atteindre mille cinq cents mètres d'altitude pour sortir du bois et découvrir les premiers alpages. Je voyais John bomber le torse, peut-être pour mieux respirer mais aussi pour affirmer son aisance, pour marquer sa familiarité avec ces pâtures qu'il connaissait comme sa poche. Il ralentissait le pas et scannait le paysage autour de lui. On avançait parmi les buissons ras de myrtilles, les grandes gentianes jaunes, les digitales, les œillets sauvages. On croisait des troupeaux de bovins flegmatiques, la queue comme un lasso planté dans l'arrière-train et les oreilles qui virevoltaient pour chasser les mouches. John gesticulait pour situer à des dizaines de kilomètres à la ronde tous les chalets qui durant son enfance accueillaient chaque été des centaines de bergers et de fromagers avec leurs troupeaux non pas de brebis mais de vaches.

Le fromager était de la partie car le comté, le bleu de Gex, le beurre, la crème, tout était fabriqué sur place. « Mon papa, il les pomponnait, ses bêtes, oh là là. Il avait l'amour du bétail. Je ne l'ai jamais vu leur donner un coup de bâton. » Quand il parlait de son père – qu'il appelait « mon papa », et je trouvais ça bizarre –, sa voix s'adoucissait, le ton devenait presque feutré. « Quand une vache faisait un veau, mon papa étalait une couverture sur le dos d'une autre vache pour la tiédir, et quand la vache avait vêlé, il l'enveloppait dans cette couverture chaude. Après le vêlage, il donnait à la vache un bon litre de vin chaud avec du pain grillé et des morceaux de sucre. La bête, elle avalait tout ça, elle était bien. »

John passait les deux mois d'été dans la montagne. Mais il n'a pas voulu devenir berger ni paysan. C'est bien plus tard que j'ai compris qu'avec son père ils vivaient dans une misère noire. La plupart des bergers étaient célibataires. John voulait fonder une famille. Et il voulait un vrai métier, qu'il puisse exercer tout au long de l'année. Son père, en hiver, s'abîmait les yeux sur son établi de lapidaire, à tailler et polir des pierres précieuses pour le compte des horlogers genevois. John aurait pu devenir douanier, ouvrier dans l'horlogerie ; il a opté pour le travail du bois.

Notre itinéraire était l'inverse d'une autoroute à randonneurs, et c'est seulement quand on apercevait le sommet du Reculet qu'on tombait sur nos premiers humains. Les promeneurs grimpaient par la Faucille ou par Lélex, puis ils déambulaient sur les crêtes en examinant les rochers et les piquets de clôture à la recherche d'une nouvelle marque blanc et rouge : *Ouf, on n'est pas perdus.* Certains accomplissaient la GTJ, Grande Traversée du Jura, quatre cents kilomètres entre Montbéliard et Culoz. Fallait voir le papi qui se mettait à ruer comme un lion dans les toutes dernières pentes. Je le suivais à distance, il m'évoquait les petits caïds de l'école qui jouaient des coudes pour se jeter dans une nouvelle baston. Arrivé là-haut, il ignorait ostensiblement tous ces sacs à dos, comme il les appelait – « ces bon dieu de sacs à dos… » –, et il avait pour habitude d'aller essuyer ses mains moites sur les plus bas segments de l'énorme croix en fer forgé qui marque la cime. On descendait s'asseoir en contrebas, et on pouvait enfin ouvrir la gourde rouge toute cabossée de marque Grand Tétras, car John refusait de boire pendant la montée, prétextant que ça coupait les jambes, je ne sais pas d'où il tenait ça – gourde qu'il transportait non pas au fond d'un sac à dos mais dans sa vieille besace de braconnier. Puis on sortait le casse-croûte. Les grosses tranches de pain de campagne qui lui emplissaient les joues m'assuraient quelques minutes de silence, à moins que ce soit le gigantisme du panorama qui l'intimidait. La civilisation nous sautait à la gueule. On avait presque oublié que ça existait. Ces aplats de beige et de vert bien découpés. Ces petites villes quadrillées. Les grandes tours et les barres d'immeubles de Saint-Genis-Pouilly et de Ferney-Voltaire. La longue piste bétonnée de l'aéroport de Genève. Le jet d'eau de cent quarante mètres de haut et les premiers lacets du Rhône en territoire français à sa droite et à sa gauche le lac Léman, cette énorme banane bleue dont la brume finissait par gommer les rives pour lui donner l'allure d'un estuaire. Tout au fond, comme une frise grossièrement tailladée à coups de ciseaux, la chaîne du Mont-Blanc, dont le sommet, par temps couvert, émergeait au-dessus des nuages – par temps clair, en fin d'après-midi, quand le soleil tapait sur ses flancs, le toit de l'Europe semblait à portée de main. Une fois son sandwich avalé, John reprenait de plus belle et replongeait plus loin encore dans son histoire, et dans la mienne. Les transhumances inconcevables de son grand-père qui partait d'Italie et franchissait les Alpes par le col du Grand-Saint-Bernard pour aller vendre ses bêtes à Paris. Le choix de quitter définitivement le Val d'Aoste pour s'établir en Suisse, d'abord à Montreux, à l'autre extrémité du lac, puis Lausanne, puis Nyon, puis Genève. Et pour finir, parce que j'avais été sage et patient, quelques anecdotes de contrebandiers. Alors là, il en avait un sacré stock. Celle du tonneau d'absinthe qui a fini brûlé dans le four à pain. Les semelles placées à l'envers sous les souliers d'hiver pour envoyer les douaniers aux fraises. Leurs mille et une astuces pour éviter les embuscades. Tout ça me faisait rêver. Les yeux grands ouverts sur les pentes enneigées du massif alpin, j'étais persuadé que devenu adulte je serais aussi costaud et charismatique que mon grand-père, et que je mènerais le même genre de vie aventureuse que ces types qui passaient clandestinement les frontières avec des baluchons chargés de café en vrac, de tabac brut et de poudre à fusil.

6

Au collège, quand les premiers jours de l'année les profs nous demandaient quel travail on voulait faire plus tard, je ne répondais pas contrebandier mais plus modestement berger. Une fois, un prof a lu ma petite fiche à voix haute, et il a ajouté : « Un beau métier, berger, mais il va falloir trouver autre chose, parce que ça n'existe plus. »

Ça serait marrant qu'il vienne pleurnicher ici avec sa gourde vide, celui-là.

Il aurait du mal à me reconnaître derrière ma barbe et sous mon gros bonnet. Et puis les profs oublient la plupart de leurs élèves – la réciproque est moins vraie. Ça ne me paraît pas si loin, le collège, mais s'il avait une trentaine d'années à l'époque, il ne doit pas être loin de la retraite, lui.

Contrairement aux Alpes, le massif du Jura offre peu de sources, et j'admets que ce n'est pas simple pour les randonneurs. Je vais chercher mon eau potable à la fontaine Napoléon, en direction de Gex, où je remplis deux bidons de vingt-cinq litres avec lesquels je tiens une semaine. Je ne peux pas me permettre de ravitailler tous les assoiffés qui viennent frapper à ma porte. Il y a quatre ans, j'en avais tellement marre que j'avais installé une pancarte en bois sur laquelle j'avais inscrit à la peinture blanche : *Eau non potable, berger imbuvable.* Elle est restée en place à peine un mois, quelqu'un l'a arrachée et l'a réduite en miettes à la fin de l'été. Je dis quelqu'un, mais je sais de qui il s'agit. Un type avec lequel je me suis accroché à cause des patous qui aboyaient sur sa petite famille. Il m'ordonnait de les rappeler et je ne bronchais pas alors ça le rendait fou. J'ai essayé de lui expliquer que je n'ai aucun pouvoir sur eux, qu'ils ne m'obéissent pas et que c'est normal, qu'ils ne sont pas dressés comme les autres chiens, parce que leur seule mission est de protéger le troupeau, mais le type ne voulait rien entendre et s'excitait toujours plus, et à côté de lui ses deux garçons et sa femme étaient tous les trois en pleurs, et je ne savais pas si c'était à cause des deux patous qui les terrorisaient ou de cet homme endiablé qui leur tenait lieu de père et de mari. Je peux concevoir que ces chiens soient impressionnants quand ils vous prennent en grippe, mais comme face à n'importe quelle bête, il faut garder son sang-froid, sinon leur agressivité ne fait qu'augmenter. Le soir même, j'ai découvert ma pancarte explosée et dispersée dans l'herbe, j'ai ramassé les bouts de planche et les ai mis à brûler. L'année dernière, la Communauté d'agglomération du pays de Gex a fait installer dans un rayon de trois kilomètres autour du chalet une dizaine de panneaux d'information pour prévenir de la présence du troupeau et inviter les randonneurs à rester calmes face aux chiens de protection. Ça ne les empêche pas de continuer à venir me taper de la flotte.

Souvent ils insistent, parce qu'ils voient la citerne à côté du chalet dans laquelle je récupère l'eau de pluie pour donner aux bêtes. Comme le chalet du Crozat est grand, ils s'imaginent que j'ai même un congélo et que je vais leur vendre des Cornetto ou je ne sais pas trop quoi. Le pire, c'est encore ceux qui n'ont rien à faire valoir. Ceux qui ne m'accostent ni pour se plaindre des chiens ni pour me taxer à boire, mais simplement pour *échanger*. Et comment ça se passe ? Et depuis combien de temps ? Et pourquoi ce choix professionnel ? Est-ce que moi je m'incruste à leur boulot pour leur demander de me raconter leur vie ? Après, ils s'approchent des bêtes pour les caresser, ils s'attendent à une laine souple et duveteuse et se confrontent à cette épaisse toison rugueuse, alors ils sont toujours un peu contrariés. Mais ils essaient de ne rien en montrer. En repartant, ils se sentent tout ragaillardis, et je sais qu'en rentrant chez eux ils vont en parler comme d'un moment riche, rare, précieux. Puis ils reviennent me voir l'été suivant, ils me prennent pour leur pote, maintenant. C'est comme ça qu'ils m'appellent : *Oh, il faut que je retourne voir mon copain berger.* Voilà ce que je devrais leur dire quand ils me posent la question de savoir ce qui est le plus dur : le froid, la pluie, les orages, la solitude ? C'est toi, c'est vous, c'est tous les gens qui viennent me casser les pieds.

Est-ce que je suis dans une période papi John ? On peut le penser. Depuis que j'ai envoyé ce SMS à Nadia, je ne suis pas tranquille. Je dors mal. Je passe mon temps à surveiller mon téléphone. Je regrette de lui avoir écrit. Ou bien j'hésite à lui écrire encore ou même à l'appeler, au moins pour vérifier qu'elle n'a pas changé de numéro. Françoise, ma tante la plus âgée, celle qui a repris la maison à La Rivière, me rend sa petite visite annuelle. Avant de partir, elle pose ses deux mains sur mes épaules : « Je te trouve tendu, John. » Avec son air chiffonné, elle ajoute : « Ce n'est pas facile de bosser dehors quand il fait froid comme ça. T'es pas gâté, cet été. » Je ne m'en plains pas. Le brouillard, la pluie, l'orage, ça effraie les promeneurs. Les intempéries sont mes alliées.

Comme Françoise traîne à remettre son manteau, je finis par lui toucher deux mots d'Alexandre. Je lui demande si elle a entendu parler de ce meurtre à coup de planche qui s'est produit aux alentours de Lyon, une affaire qui remonte à quelques mois, presque un an.

« Ça ne me dit rien du tout. »

Je lui dis que je connais l'assassin. Qu'il était au lycée avec moi. Qu'on partageait le même box à l'internat. En terminale.

Au cas où elle entende ça comme un aveu de ma complicité, je m'empresse de la rassurer : « On ne s'est plus revus depuis la fin du lycée. Sa femme aussi était au lycée avec nous. Une fille de Bois-d'Amont. Ils ont un gamin ensemble. »

Françoise a toujours une tête bizarre quand elle m'écoute. Elle me donne toujours l'impression que je n'en dis pas assez, que je suis trop vague et qu'elle attend la suite.

« Ce qui m'embête, c'est que… »

Mais je ne devrais peut-être pas.

Même Héloïse n'est pas au courant.

« Je lui ai écrit un SMS. Pas à lui, j'ai écrit à sa femme… »

C'est vrai que parfois je suis un peu lent à accoucher.

« Ce qui m'embête, c'est qu'elle ne me répond pas. »

Là-dessus, Françoise éclate de rire.

« Alors là, c'est l'hôpital qui se fout de la charité. Tu réponds, toi, quand on t'écrit ? Une fois sur dix, et encore...

– Mais moi, je suis occupé. »

La vérité c'est que Françoise m'écrit sans arrêt. Pour me souhaiter une *belle journée ensoleillée à la Faucille*, ou bien pour m'*inonder de force et de courage avec ce temps de cochon*.

« Parce que tu crois qu'elle n'est pas occupée, cette jeune femme ? Si en plus elle a un petit...

– Et un mari en prison.

– Ben voilà », lâche-t-elle en remontant d'un coup sec le zip de son manteau.

Puis elle s'approche, m'embrasse, agrippe quelques poils de ma barbe entre son pouce et son index.

« T'es un sacré, toi. »

Et rejoint sa petite Kia Picanto. Elle me bombarde d'appels de phares en partant. Pour moi, il est l'heure de rapatrier le troupeau.

Je me couche en ruminant cette histoire de SMS. J'aimerais en parler à Héloïse, ça m'aiderait sûrement à me calmer. Sauf que si je lui en parle, je vais être tenté de lui en dire plus sur Alexandre.

Héloïse ne sait rien. Elle ne sait pas que quand je ris, c'est Alex qui rit à travers moi. Elle ne sait pas grand-chose de ma vie d'avant. Elle en connaît les grandes lignes : la formation à Salon-de-Provence, Montpellier, Dijon, Magali et sa petite sœur Estelle, et avant ça le lycée, l'internat, ma bande de copines, mais elle ne sait rien de mon année de terminale, du retour d'Alexandre et de ses conséquences, et rien non plus de l'influence qu'il a eue sur moi pendant les années qui ont suivi. Je n'ai jamais ressenti le besoin de lui en parler, et je ne suis pas sûr que cela soit une bonne idée de le faire maintenant. Je préfère garder ça pour moi. Par pudeur. Par superstition – peur qu'en révélant ma recette, ses effets disparaissent. Et il y a peut-être aussi un brin de honte.

Le lendemain, au petit déjeuner, je me contente de la photo du vieux John affichée dans la cuisine du chalet comme seul auditoire, et le soir, après une journée compliquée à mener le troupeau sur les hauteurs et cinq brebis égarées à rapatrier, je me jette à l'eau, j'appelle Nadia.

Elle ne répond pas. Je commence à parler sur sa messagerie : « D'abord je m'excuse pour mon SMS, c'était maladroit. Je ne voudrais pas que ça paraisse déplacé mais la situation est particulière et je ne sais pas comment te dire… te dire que je suis un peu… enfin, te dire que je pense à Alexandre et à toi, parce que ça ne doit pas être facile pour vous… » Je m'en veux de patauger comme ça dans la semoule et je sens mes oreilles chauffer. J'aurais dû préparer quelques phrases. Non mais quel nase, franchement. Je ne sais pas comment me rattraper, je raccroche.

Je regrette aussitôt d'avoir raccroché. Je regrette encore plus d'avoir appelé. Je ne peux rien faire pour effacer ce message pathétique. Comment c'est possible d'être aussi nul, d'être aussi laborieux.

C'est l'isolement. C'est la contrepartie de la solitude. Je vis ça chaque année à mon retour dans la vallée. Tout va trop vite autour de moi. Je n'y arrive plus. Je n'ai plus l'habitude. Je ne sais plus communiquer. Je ne sais plus vivre avec les autres.

Mais il ne s'agissait pas non plus d'animer une conférence face à trois cents personnes.

Ce n'est peut-être pas lié à ma solitude. Non, ça n'a rien à voir. C'est à cause d'Alexandre. C'est à cause de lui que je suis aussi stressé. À cause de ce meurtre incompréhensible. Je n'arrive pas à m'y faire. Cette histoire me prend la tête, j'y pense tout le temps, je me suis remis à me triturer le bout des doigts et à me ronger les ongles. Elle rappelle.

Nadia me rappelle.

Oh, putain. Qu'est-ce que je fais.

Son nom sur le petit écran LCD et son rétro-éclairage bleuté : *Nadia Bonnin.*

J'essaie de me reprendre, j'essaie de souffler.

Déjà la quatrième sonnerie.

Je souffle un dernier grand coup. Je décroche.

7

Elle a écouté mon message et n'a pas tout compris, tu m'étonnes. Elle s'est demandé si j'avais un problème de réseau et je pourrais me glisser dans la brèche, m'emparer de cet alibi, mais je me sens assez minable comme ça pour aujourd'hui. Je lui dis que j'ai raccroché parce que j'avais du mal à finir mes phrases, c'est tout. Bon, elle a bien reçu mon SMS et elle envisageait de me répondre, mais elle est très occupée en ce moment. Elle a une vie très compliquée. Elle me demande si je suis toujours avec mes moutons à la Faucille, et elle m'apprend qu'elle n'est pas loin, qu'elle s'est installée chez sa mère avec les enfants au Sentier, dans la vallée de Joux, en Suisse.

Je connais un peu la vallée de Joux, qui s'inscrit presque dans le prolongement de celle de la Valserine en allant vers le nord, après la forêt du Risoux. Elle parle avec un débit très saccadé, et ce n'était pas le cas avant. Elle réfléchit vite, elle passe d'une chose à une autre sans transition. Elle me propose qu'on se voie un de ces jours alors qu'elle vient de me dire qu'elle est débordée. Elle est disponible mardi prochain, elle impose l'heure et le lieu, 14 heures pendant la sieste de la petite, au bord du lac des Rousses.

Je ne regrette plus ni d'avoir appelé ni d'avoir cafouillé, merci Françoise, merci Nadia. En préparant ma soupe je calcule depuis combien de temps je ne me suis pas rasé, j'arrive au bout de ma quinzième semaine. Déjà, quand je travaillais dans les Alpes, je ne me rasais pas de toute la saison. Au passage, je n'ai jamais vu le grand John avec une barbe, il se rasait avec sa mousse et son blaireau tous les matins, lui. Pour moi, c'est plus une question pratique qu'une question de style, et c'est pourquoi l'idée de m'arranger un peu avant d'aller voir Nadia me traverse, au moins y donner quelques coups de ciseaux.

Ma barbe n'est pas très belle. Elle pousse de façon anarchique et irrégulière. Plus elle s'épaissit et plus elle tire vers le roux, alors que mes cheveux, mes sourcils, tous mes poils sont bruns. Ou bien ils sont blancs. De plus en plus. Partout sur le corps. Dans la barbe aussi, des touffes poivrées qui explosent de-ci de-là, sans la moindre cohérence physique ni esthétique. L'année dernière, Héloïse a voulu immortaliser ma transformation, elle est montée me voir tous les week-ends et à chaque fois elle a fait un portrait de moi avec son téléphone. Elle les a tous imprimés et les a positionnés en suivant l'ordre chronologique dans plusieurs cadres au format allongé qu'elle a offerts à mon père pour ses soixante ans. Il les a d'abord accrochés sur un mur du salon, derrière la télé, mais visiblement c'était perturbant, mes parents n'étaient pas sereins quand ils regardaient les infos, ils se sentaient épiés par ces vingt-deux versions de leur fils en phase de radicalisation, comme disait ma mère (chaque été j'ai droit à mon lot de petites blagues sur le sujet), et mon père rattrapait le coup en évoquant une métamorphose animalière. Quoi qu'il en soit, ils ont fini par me déloger du salon, et pour admirer cette magnifique étude photographique sur l'évolution de ma pilosité faciale, il faut maintenant emprunter l'escalier qui descend à la cave.

14 heures, c'est le moment de la chaume : les brebis arrêtent de paître et ruminent à l'ombre des arbres – et s'il n'y a pas d'arbre, elles forment un amas et se ventilent entre elles, chacune plaçant sa tête à l'abri du corps de sa voisine. J'installe un parc électrique tout autour du troupeau, un filet d'une hauteur de moins d'un mètre que je branche à un électrificateur de clôture, c'est-à-dire une grosse batterie solaire. J'y ai recours dès que j'abandonne

le troupeau, la nuit bien sûr, et quand je prends le Berlingo pour aller chercher de l'eau à la fontaine Napoléon et faire des courses à Intermarché ou des lessives au Lavomatic.

Je traverse justement Les Rousses pour rejoindre Nadia, qui m'attend sur le parking en retrait du lac, comme prévu. Quatre voitures et autant de camping-cars, c'est un lac peu fréquenté. Une minuscule plage, trois gamins avec leurs bouées, l'eau dépasse rarement les quinze degrés à cette altitude. Nadia porte une casquette et une paire de lunettes noires, et ce sont des accessoires de saison, mais je ne peux pas m'empêcher de me dire qu'elle cherche à se cacher. Je voudrais sourire et je n'ose pas. J'ai pourtant le souci d'avoir une autre attitude qu'il y a quatre ans devant le Lavomatic. J'y ai beaucoup pensé. J'ai conscience que ce n'est pas le moment de faire mon vieux John. Je m'approche pour l'embrasser, elle détourne brusquement la tête. Je le prends comme un simple loupé. Il faut dire que je ne vois pas ses yeux. En tout cas, elle n'a plus grand-chose à voir avec la jeune mère de famille cool et propre sur elle que j'avais croisée avec son fiston adorable. Elle n'a plus rien à voir avec la Nadia du lycée. Elle a maigri. Elle est blanche. Ses mouvements sont empruntés. Elle dégage quelque chose d'extrêmement rigide. Comme au téléphone, elle parle vite.

Il n'existe pas de chemin pour faire le tour du lac alors on marche en direction du Risoux, son fort et sa forêt, et je voudrais m'excuser pour la dernière fois mais ça n'aurait pas de sens, ce serait même déplacé. Elle me dit qu'elle a apprécié que je la contacte car elle se sent lâchée de toute part en ce moment et je commence à bredouiller que non, c'est normal, puis son téléphone sonne et elle revient sur ses pas pour répondre. J'attends sur le sentier, je l'observe à distance. Parfois elle fait des gestes brusques avec ses bras, tranchant l'air d'une main raide comme une karatéka. Le vent dans les arbres couvre ses paroles. Je m'occupe en shootant dans des cônes d'épicéas. Elle a l'air abattue quand elle revient vers moi. « J'étais avec l'avocat. C'est compliqué… » On se remet à marcher et je n'interviens pas, je veux qu'elle puisse continuer si elle le souhaite. Comme elle ne dit rien, je finis par lâcher : « Qu'est-ce qu'il a, l'avocat ?

– Non, il est pas mal. C'est Alexandre qui est compliqué. »

Je ne veux pas la presser. Je ne sais pas ce qu'elle est prête à me révéler. Je ne sais pas ce qu'elle attend de moi ; elle ne le sait peut-être pas non plus.

On marche pendant un long moment en gardant le silence, de mon côté c'est un silence embarrassé, du sien c'est un silence préoccupé, un silence nerveux. Elle s'arrête pour écrire un SMS.

Elle m'apprend qu'elle voit Alexandre demain, comme tous les mercredis et samedis, au parloir. J'imagine que c'est à lui qu'elle vient d'écrire.

Peu de chances qu'elle lui ait parlé de moi. Elle a dû évoquer son échange avec l'avocat. Mais je ne suis même pas sûr qu'elle lui écrivait à lui.

Est-ce qu'on a un téléphone en prison ?

Est-ce qu'il est incarcéré dans le Rhône, dans le Jura ?

« Tu m'as dit que t'en avais entendu parler dans le journal, c'est ça ? »

Je donne un nouveau coup de pied dans un cône.

« J'ai perdu l'article. J'ai lu quelques trucs sur internet, aussi.

– Il n'y a pas grand-chose sur internet, dit-elle sèchement.

– Oui...

– C'est aussi bien comme ça. On ne s'en est pas si mal sortis. Disons qu'on a évité le pire. On a eu peur que l'affaire soit médiatisée. Le vétérinaire écolo qui se paye un chasseur, tu vois le genre. Notre chance, c'est que les chasseurs sont moins présents sur les réseaux sociaux que les antis. Ceux qui sont présents sont moins suivis, ils sont moins relayés, et puis ils ne sont pas tous assez cons pour imaginer ça. On s'est fait emmerder, on s'est fait taxer de brigades vertes, à petite échelle, dans notre village. Mais la plupart des gens ont compris que le problème n'était pas là. Alex n'a pas voulu dégommer un chasseur. Ce n'est pas ce qui s'est passé. »

Elle a besoin de parler, elle a besoin de raconter des choses ; ça tombe bien, moi j'ai besoin de savoir.

« Il y a huit ans, Alexandre a pris un poste à la clinique vétérinaire de Tarare. On a trouvé une maison dans un patelin à dix minutes, Villechenève. Moi je bossais à Lyon, je prenais le train tous les jours. On était plutôt contents. On aurait dû partir tout de suite. On n'aurait pas dû rester après ce qui s'est passé au début. »

Elle s'arrête, comme pour me laisser la possibilité de lui poser la question de savoir ce qui s'est passé au début. Puis elle reprend.

« Je ne sais pas si tu te souviens d'Alexandre, au lycée… »

Oh là là, si elle savait à quel point. Mais je me contente d'un hochement de tête.

« Il a toujours eu des positions très fermes sur le bien-être animal, sur la chasse… Comme il le dit, il n'a pas attendu que ces combats soient à la mode pour les porter au quotidien.

– Il était végétarien, non ?

– Ah, tu te souviens de ça. C'est vrai qu'il était le seul végé de tout le bahut. Il n'a pas changé. Il est devenu de plus en plus engagé. Quand il a commencé à bosser, il se présentait comme un vétérinaire militant. Dès qu'il est arrivé à Tarare, il a affiché dans la salle d'attente des posters de l'Apsas, l'Association pour la protection des animaux sauvages, des pétitions contre le déterrage des blaireaux, bref, il a fait du bruit, il a fait parler de lui. On habitait dans un village de chasseurs. En quelques mois, il s'est mis à dos la moitié du patelin. Et donc un jour, on a trouvé, c'est même moi qui suis tombée dessus, en ouvrant les volets, au petit matin, j'ai trouvé dans notre cour un énorme blaireau et une dizaine de renardeaux morts. Imagine la vision d'horreur. On a appelé la gendarmerie, qui a embarqué les cadavres pour les confier à l'équarrissage. On a prévenu la mairie. Le week-end suivant, cinq renardeaux. Les gendarmes ont vite découvert de qui il s'agissait, le mec a été balancé par d'autres chasseurs. C'était un vieux bourru. Un énorme abruti comme t'as du mal à croire qu'il en existe vraiment. Il habitait un village voisin, il a payé une grosse amende, on a tout reversé à l'Apsas. Il a été interdit de chasse, ce qui ne l'a sans doute pas empêché de continuer à sortir, mais il s'est retrouvé isolé, personne n'était avec lui, pas grand monde, en tout cas. Finalement, cette histoire a favorisé notre intégration. On a été vachement soutenus, même par des chasseurs. On a hésité à déménager, mais on avait engagé des travaux dans la maison.

Et puis ça a joué, la réaction des gens. On s'est fait des amis sur place. Je suis tombée enceinte. On a vécu de belles années. On a pensé que c'était derrière nous. On n'imaginait pas une seconde que ça recommencerait. »

Nadia sort de sa poche un paquet de tabac à rouler et se fabrique une cigarette. Elle ne m'en propose pas. Je ne fume plus depuis des années, mais j'aurais peut-être accepté.

« T'es déjà venu par ici ? On arrive en haut de la Lavenna... »

D'où on fait face au massif du Noirmont et sa forêt balafrée par la petite station de ski alpin, une tranchée rectiligne pour les remontées mécaniques et trois pauvres pistes qui serpentent au milieu des arbres. Nadia se pose sur un tas de bois qui fait office de banc, je reste debout.

« Ça faisait à peu près sept ans qu'on était tranquilles. Puis un matin, pareil, en ouvrant les volets, c'est encore moi qui l'ai trouvé, un milan royal. »

Allez, je me sens con, comme ça. Je me décide à m'asseoir à ses côtés.

« Un milan ? Mais c'est une espèce protégée...

– Ben oui...

– Il y en a beaucoup vers chez mes parents.

– On en voit passer de temps en temps aussi chez nous, qui viennent de Haute-Loire ou du Cantal. On en avait fait l'emblème de notre association. Alexandre avait dessiné le logo, un beau milan avec sa queue arquée et sa tête blanche. C'était juste une association de village, tout sauf une association d'écolos radicaux. Elle nous servait à organiser des cleanwalks, des balades avec des sacs-poubelle pour ramasser les déchets. Une manière de sensibiliser les gamins. On organisait chaque année un marché aux puces. Alexandre animait des sorties dans la nature, il travaillait avec des écoles du coin et il proposait des demi-journées pédagogiques pour découvrir la faune et la flore, et il faisait ça super bien, les mômes adoraient. L'association s'appelait Les Milans de la Loise, donc ça ne pouvait pas être un hasard. La Loise, c'est la rivière qui coule à côté de chez nous. Le vieux connard qui avait fait le coup la première fois a été interrogé, les gendarmes ont retrouvé deux carabines à air comprimé chez lui mais les plombs ne correspondaient pas. Je venais d'accoucher de Lila. Ça a plongé le village dans une ambiance glaciale. On avait franchement peur. On se croyait dans un film d'horreur. Dans le volume deux, tu vois. Ce genre d'histoire où le coupable est en taule, ou même mort, et les crimes reprennent. On s'est mis à soupçonner nos voisins. On a fait une grande réunion, et après on a dressé la liste des absents, ils nous paraissaient tous suspects. On en voulait au maire, qui ne se bougeait pas. Et puis ça a recommencé.

Ça a continué. Il y a eu trois dépôts d'animaux au total. Un renard. Deux marcassins. En dix jours. Les gendarmes ne foutaient rien. Moi je ne voulais plus sortir. J'en faisais des cauchemars. Une nuit j'ai rêvé qu'on découvrait Elliot comme ça, devant chez nous, il était nu et le sang s'écoulait d'un trou au milieu de son ventre. Alexandre a toujours été un peu insomniaque, alors là, évidemment, il n'arrivait plus du tout à dormir. Il s'est dit qu'il ferait mieux de monter la garde. Il s'est installé dehors, en face de la maison, il a mis une chaise dans un coin sombre, il a fait le guet pendant plusieurs nuits. Ça s'est passé pendant la quatrième nuit. Il a vu quelqu'un approcher avec une brouette. Le type portait une cagoule. Dans la brouette il y avait deux cadavres de renards et une bombe aérosol. On imagine qu'il avait prévu d'écrire quelque chose sur la façade ou sur les volets, on ne sait pas, on ne saura jamais. Alex est sorti de son renfoncement et s'est précipité sur lui. Il lui a demandé qui il était, ce qu'il foutait là. Le type l'a traité de sale enfoiré, de vétérinaire de merde, et ils en sont venus aux mains, ils ont commencé à se battre. Juste à côté d'eux se trouvait un poteau électrique en béton contre lequel reposait une planche, et Alex l'a attrapée et, pour se défendre, il lui a donné un grand coup. Tu vois comment il est, Alex, il est carré, il est super costaud. Le type est tombé. Il est mal tombé. Alex est resté là un moment. Il ne l'a plus touché. Il ne lui a donné qu'un seul coup, un seul vrai coup.

– Il l'a frappé à la tête?

– Il ne s'est pas contrôlé, tu sais. Il n'a pas voulu viser la tête. Tu vois bien, il fait un mètre quatre-vingt-douze. Il a cherché à se défendre. Le mec est mal tombé, voilà. Alex n'a pas voulu le tuer, il n'avait pas l'intention de tuer le type.

– Je comprends.

– Ça paraît évident, non? Quand tu connais Alex, tu sais très bien que ce n'est pas un assassin. Il venait d'avoir son deuxième enfant. Et puis c'est Alex, quoi. Quand il a décidé d'aller se planquer dehors, c'était pas avec l'idée de tuer le mec. Il voulait juste savoir qui c'était et pourquoi il faisait ça. Il n'a jamais eu le projet de se venger en allant jusqu'à tuer un mec.

– Et pourquoi il faisait ça, ce mec?

– C'était un gamin. Vingt et un ans. Il vivait chez ses parents, dans le village. Ce n'était pas des amis. C'était des chasseurs, oui, mais on avait réussi à avoir de bonnes relations avec les chasseurs du village. On se disait bonjour, on se parlait, on savait qu'on n'était pas d'accord sur tout mais ce n'était pas la guerre, loin de là. Quand on faisait le marché aux puces, on était tous ensemble, on a même accepté la vente de saucisses et de côtelettes en plus des barquettes de frites. Dans le village, on se rendait des services. On se prêtait des outils. On se donnait des plants de courgettes, des confitures. Et puis Alex s'est mis à regarder les animaux, gratuitement. Les chats, les chiens. C'est là qu'il a merdé. Il n'aurait jamais dû faire ça. Certains chasseurs lui amenaient leurs clébards. Cyprien… Le gamin s'appelait Cyprien. Il lui a amené son petit bleu de Gascogne. Mais Alex n'a rien voulu faire. Il a pigé que ce n'était pas la peine d'opérer, que le chien allait y passer, je ne sais pas ce qu'il avait comme maladie, je n'y connais rien, mais Alex a vu que c'était râpé. Le clébard est mort quelques jours plus tard, et Cyprien en a voulu à Alex, voilà. Il s'est monté le bourrichon tout seul, comme quoi Alex avait refusé de soigner son chien, qu'il n'avait pas voulu le sauver… Cyprien savait ce qui nous était arrivé sept ans plus tôt, il connaissait l'histoire des blaireaux et des renardeaux dans la cour, et il s'est piqué de faire la même chose. »

Elle se lève brusquement.

« Lila doit être réveillée, il faut que je rentre. »

C'est ce que j'avais cru comprendre au téléphone, ils ont eu un deuxième enfant, une fille, qui est donc née peu de temps avant le drame.

On marche encore plus vite en redescendant. Elle ne porte plus ses lunettes de soleil et j'essaie par moments d'accrocher son regard, mais elle avance tête baissée, ses yeux ne quittent pas le sol, tapis de feuilles mortes, d'épines, de cônes d'épicéas rongés par les écureuils et les campagnols, picorés par les mésanges huppées, les chouettes hulottes et les becs-croisés des sapins. Parfois elle lâche quelques informations lapidaires : « Elliot vient d'entrer au CE1. Je l'emmène voir une psychologue à Morez. Il pique des crises. Ça ne lui était jamais arrivé, avant. » Ils ont quitté le village, la maison, l'école, presque du jour au lendemain. Là-bas, ils sont tricards, elle répète le mot plusieurs fois. « Dans le village, je suis tricarde. À l'école, Elliot était tricard. » Elle était en congé parental et elle n'est évidemment pas retournée bosser. Ils se sont réfugiés chez sa mère, au Sentier, en Suisse, où ils habitent depuis un an.

Elle pourrait chercher un appartement mais elle ne veut pas, les enfants ont besoin de stabilité, ils sont attachés à leur grand-mère. Nadia aussi a besoin d'elle, elle a besoin d'être soutenue, d'avoir ce relais, sans ça elle ne tiendrait pas.

Elle a besoin d'être disponible pour Alexandre en vue du procès qui se prépare. Toutes leurs économies partent dans les frais d'avocat et elle ne veut pas se plaindre, ils gagnaient bien leur vie, ils ont pu choisir un bon avocat, même si elle répète que c'est compliqué avec l'avocat, à cause d'Alexandre.

On arrive sur le parking et elle ne parle plus et on se rapproche de sa voiture et je n'avais pas remarqué le siège auto sur la banquette arrière, tout à l'heure. Je ne sais pas quoi lui dire au moment de se quitter. Je m'apprête à lui souhaiter bon courage, mais j'attends trop, elle claque la portière, elle s'en fout de mes formules de politesse et de mes au revoir. Elle m'adresse un léger sourire en sortant du parking et je regagne mon Berlingo en traînant des pieds. J'attends deux minutes avant d'insérer la clé dans le contact, je ne veux pas risquer de la rattraper sur la route, je veux mettre de la distance. Je veux qu'elle soit vraiment partie. Je veux qu'elle s'échappe avec son histoire. Je suis encore tout étourdi par ce flot de paroles, comme ça m'arrive de temps en temps après une visite d'Héloïse, surtout si pendant les quinze jours précédents je n'ai discuté qu'avec les brebis et les chiens.

Je reprends la route en direction des Rousses et je m'arrête faire des courses à Intermarché. Avant d'entrer dans le magasin, j'inspecte rapidement le parking pour être sûr que Nadia ne soit pas là. Les Français vont bosser en Suisse, où on gagne mieux sa vie, et les Suisses viennent faire leurs courses en France, où la vie est moins chère. Mais la vie aux Rousses, du fait de la proximité de la Suisse, est un peu plus chère qu'ailleurs. C'est un des arguments que j'ai mis dans la balance quand j'ai demandé une augmentation à Anne-Marie l'année dernière, première fois que j'osais le faire.

Aucune trace de la voiture de Nadia sur le parking de l'Inter, elle a dû retrouver ses enfants et sa mère, je peux faire mes courses tranquillement. Enfin, tranquillement, il ne faut pas exagérer non plus. La voix de Nadia continue à me tourner dans la tête, et plus je remplis le caddie – un maxi pack de chocos Prince, trois kilos de farfalles… –, plus les événements relatés me reviennent à l'esprit. Les charognes dans la cour, puis le coupable identifié et condamné, et des années plus tard, les dépôts qui recommencent. Je comprends ce qu'elle voulait dire quand elle évoquait cette impression de se retrouver aux prises d'un canevas de film d'horreur – on a dû voir les mêmes. Mais le clou du spectacle, c'est l'intervention d'Alexandre. Alexandre en sauveur, c'est tout à fait cohérent, mais Alexandre en tueur, j'ai toujours du mal à m'y faire. Alexandre Perrin, le tueur à la planche… Comme une erreur de casting.

Je réagis bêtement, je reste à la surface, au niveau d'un magazine de faits divers, et tous les efforts de Nadia pour camper le contexte, expliquer les circonstances, remettre de l'humanité, du trouble, du doute, mentionner les parts de hasard et de malchance ne trouvent plus aucun écho chez moi. Je contemple les actes dans leur brutalité élémentaire, et j'ai envie de m'en tenir à quelques phrases trop banales. *Brrr, ça fait froid dans le dos…* Je cherche surtout à protéger ma petite personne des effets néfastes de cette histoire, car sa noirceur pourrait me contaminer et me fragiliser. J'essaie comme je peux de faire rempart, à l'amorce de chaque nouveau rayon je relis ma liste de courses et je fais en sorte de maintenir le lien avec le monde qui m'entoure. J'échange quelques mots avec le jeune homme derrière son comptoir réfrigéré qui me remet mon kilo de comté dans sa pochette adhésive, je souris au bébé qui mordille sa tétine pendant que ses parents se prennent la tête devant les pizzas surgelées, je tente une blague auprès de la jeune caissière quand elle fait défiler mes cinq conserves de lentilles, je salue l'agent de sécurité, je sifflote, non, je ne vais pas jusque-là, je ne vais pas jusqu'à siffloter en rapportant mon caddie vide au portique ni à rejoindre mon Berlingo en sautillant ou en faisant tourner mes clés dans le creux de ma main, mais je n'en suis pas loin, si j'étais seul sur le parking, peut-être que j'oserais.

Il est plus de 17 heures quand je libère le troupeau, mes trois cent vingt-cinq bêtes dont huit béliers qui ont pour mission de féconder toutes les brebis. Flash et Mistral, mes deux chiens de travail, me grimpent dessus avec leur gueule baveuse et ça me fait du bien. Je les serre fort contre moi comme si on ne s'était pas vus pendant plusieurs jours, ils me lèchent les mains, le cou, les joues. Flash repart auprès des brebis et Mistral me suit jusqu'au chalet en se frottant à mes jambes. Je l'aime trop, ce vieux croûton. Mon tout premier chien. Je dis souvent qu'on est devenus bergers ensemble, mais il l'était avant moi, il l'était dès sa naissance : berger de Crau. C'est justement dans la plaine de la Crau qu'on s'est rencontrés et que j'ai appris le boulot. Il n'est pas vraiment fait pour la montagne. Il a plus de dix ans, mais il restera avec moi jusqu'à son dernier souffle, sur ce point je ne céderai pas.

Le soir, on se prend un bel orage, mais je n'ai pas envie de sortir. S'ensuivent trois jours froids et venteux, pendant lesquels le poêle tourne en continu. J'ai l'impression de me relâcher. Je dors mieux.

8

Cela se confirme durant les deux semaines suivantes. Sensation flagrante de m'être débarrassé d'un poids. Alexandre regagne le rang des souvenirs d'adolescence. Il appartient au passé, à mon passé, presque à une autre vie : le lycée, l'internat. Après quoi on a suivi chacun des chemins différents. Son présent n'a rien à voir avec le mien. Sa vie d'aujourd'hui ne me concerne plus. Il est en taule. Il a deux gosses. Il est en couple avec Nadia. Je suis bien content de ne pas être à sa place.

Il est enfermé dans une boîte de maximum dix mètres carrés tandis que je passe mes journées en pleine nature à mille cinq cents mètres d'altitude, et alors? Je dois admettre que je n'éprouve pas la moindre compassion. Je n'arrive pas à me projeter. J'ai du mal à imaginer sa vie. Je ne pense pas à lui. On ne partage plus rien. On n'existe plus l'un pour l'autre. Ma vie c'est la montagne, le chalet du

Crozat et les brebis d'Anne-Marie l'été, les vacanciers et les classes de neige des petits Parisiens l'hiver. Ma vie c'est Héloïse, depuis bientôt dix ans.

On s'est rencontrés dès son premier hiver sur place. C'est moi qui l'ai rejointe ici. Je suis revenu vivre dans la vallée pour elle. Et c'est pour elle, aussi, que je pourrais en repartir.

Dans un an exactement on flirtera avec le tropique du Capricorne. On aura changé d'hémisphère. On habitera, selon sa mutation, à Saint-Pierre, Saint-Paul, Saint-Denis.

Avant qu'elle jette son dévolu sur La Réunion, j'ai toujours fait des va-et-vient sur la question d'une expérience à l'étranger, comme on dit. Héloïse n'a pas conscience de mon instabilité, je ne l'avise pas de chacun de mes revirements, ça lui ferait peur. Depuis que j'ai vu Nadia, l'idée me séduit. C'est évidemment lié à ce sentiment de légèreté dans lequel je baigne ces derniers jours. C'est souvent comme ça. Quand je suis trop engagé dans ce que je fais, je n'ai pas envie de partir. C'est toujours entre deux saisons, quand je ne bosse pas, que l'extérieur et la nouveauté se montrent les plus attractifs. C'est toujours quand je ne vis pas vraiment que je veux changer de vie.

Mais ça ne dure pas, encore une fois ça ne dure pas. Il suffit d'un coup de téléphone pour venir tout foutre en l'air. Je suis assis auprès du troupeau qui mange paisiblement et plongé dans les mémoires du chef du peuple indigène amazonien kayapo, Raoni Metuktire, un bouquin tout corné que m'a refilé Françoise et dont la préface est signée Jacques Chirac, et je n'ai pas de marque-page alors je le pose ouvert à l'envers dans l'herbe et je sors l'appareil de ma poche et je vois son nom s'afficher, ça peut paraître excessif mais je le vis comme une agression.

Elle ne veut pas me laisser tranquille, celle-là.

Ma deuxième réaction est de me demander ce qui peut bien motiver ce coup de fil auquel je ne m'attendais pas.

La curiosité est plus forte, je réponds.

« Je te dérange ?

– Ça va… Je suis avec mes brebis.

– Ah, c'est bien. »

Elle est moins tranchante que la dernière fois. Un débit plus apaisé, même un peu ramolli.

« Je suis désolée de t'appeler… Enfin… »

Je me demande si elle n'est pas défoncée.

« Je ne vois pas grand monde, ici. J'ai une copine d'enfance à Bois-d'Amont, et quand je suis allée la voir chez elle, elle n'a pas voulu m'ouvrir. Elle a bloqué mon numéro de téléphone. Elle ne veut plus entendre parler de moi… »

Peut-être qu'elle m'appelle simplement pour vérifier que je ne l'aie pas bloquée, moi aussi.

« Nos voisins nous en veulent, plutôt nos anciens voisins. Les voisins de ma mère ne sont pas au courant, on ne leur a pas dit la vérité. Auprès des voisins et des amis de ma mère, et elle en a beaucoup des amis, on a dit qu'Alexandre était mort... »

Je ramasse mon livre, mon parapluie, mon sac à dos, ma gourde, tout mon attirail, pour suivre le troupeau qui commence à monter la pente.

« Je te dérange...

– Ça va. C'est les brebis qui se déplacent.

– T'es en plein travail. Je suis désolée, Julien.

– Ça va. Je marche avec elles. Attends juste deux secondes. »

Je pose la paume de ma main sur le micro du téléphone pour lancer un cri rocailleux à l'adresse de Flash. Une partie du troupeau s'échappe, je presse le pas.

« Je te rappelle tout à l'heure, Nadia.

– Oui, je suis désolée.

– Mais non... »

Je glisse le téléphone dans ma poche et me mets à trottiner vers le troupeau en agitant mon parapluie. Je guide mes deux chiens de conduite en sifflant, en levant les bras, en poussant mes petits cris personnels. Un promeneur équipé d'un sac glacière rectangulaire bleu Décathlon me prend en photo. Je l'ignore, j'ai l'habitude. Je ne vais pas lui jeter des cailloux, non plus. Dans mes bons jours je suis même capable de prendre la pose, d'en rajouter, de jouer la comédie. Les brebis se rassemblent, se calment, se remettent à paître. Le flâneur est reparti. Je m'assieds de nouveau dans l'herbe, je ressors mon téléphone.

Elle s'excuse encore. Elle ne sait plus ce qu'elle disait…

« Tu parlais des voisins de ta mère.

– Oui, on leur a dit qu'Alexandre était mort. On l'a même dit à ses parents, les parents d'Alex, on les a prévenus. Quand ils viennent nous voir, s'ils croisent les voisins, ils font comme s'ils avaient perdu leur fils. Avec mes anciens amis, c'est comme si c'était moi qui avais commis le crime. Avec mes nouveaux voisins, c'est comme si j'étais veuve.

– T'as plus d'amis ? Les anciens, ils ont tous coupé ?

– J'en ai encore… Ils sont loin. Les plus près sont à Lyon. Ils ne viennent pas me voir ici. Ils n'appellent pas souvent. De temps en temps j'ai un message WhatsApp pour prendre des nouvelles, mais ils sont discrets. Ils sont gênés. Ils ne savent pas quoi me dire. La semaine prochaine j'ai rendez-vous chez l'avocat, je vais dormir chez une ancienne collègue, à Lyon.

– Il est à Lyon, l'avocat ?

– Le cabinet est à Cordeliers.

– Je ne connais pas bien Lyon.

– C'est dans le centre, sur la presqu'île. Ça va me faire du bien d'y aller, j'ai besoin de voir du monde. Je suis désolée, j'en ai marre de me plaindre, je passe ma vie à me plaindre, mais franchement c'est…

– T'inquiète.

– Je ne sais pas comment je fais pour tenir… Je vois un psy. J'en vois même deux. Le mercredi j'enchaîne le parloir et le psychologue, enfin, le psychanalyste. Je vois aussi un psychiatre. Je suis sous antidépresseurs depuis un an, je n'avais jamais pris ce genre de trucs, même pas un somnifère. Je ne pourrais pas faire sans, putain. Je me réveille la nuit. Je fais des insomnies. Je pense au gamin. Je rêve de lui.

– Le gamin ?

– Cyprien. Le gamin qu'il a tué. »

Elle l'appelle le gamin.

Je me rends compte que je n'y pense pas, que je n'ai jamais trop pensé à lui. Encore moins à ses parents, à ses frères et sœurs s'il en avait, à ses amis.

« J'ai peur que quelqu'un vienne se venger. J'ai peur pour mes enfants. Parfois je voudrais simplement m'exiler sur une île avec Elliot et Lila et c'est tout, ne plus devoir rendre de compte à personne, ne plus jamais entendre parler de tout ça. J'ai l'impression que ça ne s'arrêtera jamais. Et c'est vrai dans un sens. Je vivrai toujours avec. J'ai peur d'avoir sombré dans une spirale. J'ai peur qu'une sorte de tourbillon du malheur se soit enclenché et qu'il ne s'arrête pas, qu'il emporte tout, que ce ne soit que le début, que mes enfants y passent, qu'on y passe tous, que tout soit dévasté. »

Qu'est-ce que je pourrais lui dire ? Qu'est-ce que tu veux dire à ça ? Alors je me tais.

« Le problème c'est qu'il ne s'agit pas d'une simple idée. Ce n'est pas dans ma tête. Ce n'est pas une idée noire. Ce n'est pas comme si je faisais des crises d'angoisse. Non, c'est ma vie. C'est la réalité de ma vie en ce moment. Tout me ramène à ça. Toute ma vie tourne autour de ça.

– Oui, je comprends.

– C'est lourd. Je suis désolée, Julien…

– Arrête d'être désolée.

– Je sais que c'est lourd pour les autres, pour ceux à qui j'en parle. Mais je ne peux pas rester toute seule.

– C'est normal…

– C'est lourd pour ma mère. C'est lourd pour les enfants. Lila, tu te rends compte…

– Elle a quel âge, Lila ?

– Quinze mois. Elle avait trois mois, quand… Ça a fait un an la semaine dernière. Heureusement que ma mère est là. Heureusement qu'elle ne travaille plus. Je ne sais pas comment je ferais, je ne pourrais pas.

– Les parents d'Alexandre…

– Ils sont gentils, ils sont très gentils, mais je ne pourrais pas vivre chez eux. Parfois… Parfois je préférerais qu'il soit mort… »

Elle lâche ça comme ça. Je sais qu'elle ne parle pas de ses beaux-parents mais bel et bien d'Alexandre.

« Tu vois. Je dis des trucs… Je m'excuse, Julien, c'est absurde. C'est con. C'est juste que… ça serait peut-être plus simple.

– Je ne sais pas.

– Ça serait horrible, t'as raison. Je ne sais pas pourquoi je dis ça. Je voudrais avoir des réponses simples. Je voudrais que les choses soient bien claires. C'est l'incertitude qui est étouffante. Depuis un an je suis prisonnière de cette histoire et je n'ai plus de vie, je ne peux plus rien prévoir, je ne peux plus rien promettre à personne, je ne peux plus rien construire avec les enfants, et je ne sais pas combien de temps ça va durer… J'attends le procès… Je n'en peux plus d'attendre comme ça… »

Je l'entends souffler. J'hésite à lui demander quand a lieu le procès.

« Je vais te laisser, Julien. »

J'espérais qu'elle me dise quelque chose dans ce genre-là. J'avoue que ça me soulage.

« Je vais te laisser avec tes moutons. C'est agréable d'entendre les cloches… »

Sa voix se fait plus évanescente.

Puis elle s'excuse encore. Et elle s'excuse de s'excuser, et dans la foulée elle lâche un petit rire et il faut croire que ça m'attendrit, et je lui dis qu'on pourrait se revoir.

« Enfin, je vais être très occupé ces prochains jours. L'éleveuse va venir chercher ses brebis, moi je vais devoir ranger et nettoyer le chalet. Mais après, j'aurai du temps, si tu veux... »

Elle s'empare de ma proposition sans la moindre petite précaution et ça m'étonne tout de même un peu. Elle impose de nouveau la forme, le lieu, la forêt du Risoux. Un point de rendez-vous différent de l'autre fois. Elle me parle d'un chemin forestier qui ne correspond à aucune randonnée répertoriée et dont elle m'enverra les coordonnées par SMS. Elle a regretté il y a quinze jours de s'être garée sur le parking du lac des Rousses, elle dit avoir été imprudente. Elle a peur d'être reconnue et embêtée. Elle vit comme une personne traquée, comme une clandestine. Elle ne va jamais en ville. Elle sort principalement la nuit, elle fait quatre fois le tour du même pâté de maisons pour se dégourdir les jambes. Elle ne se sent jamais aussi bien qu'au volant de sa voiture, seule, sur la route du retour.

« Du retour... ?

– De Villefranche. Quand je vais voir Alex à Villefranche. »

Villefranche-sur-Saône et son centre pénitentiaire, donc. Cette fois elle me laisse : « Vraiment, je te laisse. Salut. »

Je n'ai pas le temps de répondre, elle a raccroché.

Je suis partagé à l'idée de la revoir, de garder le contact. Ces deux dernières semaines ont été tellement agréables, loin de cette histoire gluante, sans penser à Alexandre, à me projeter sur l'île de La Réunion avec Héloïse et les chiens. On a finalement le même fantasme avec Nadia, celui d'une vie en exil. À la différence d'elle, je suis bien parti pour le réaliser.

J'ai quand même envie de l'aider. J'ai envie de lui faire du bien. Je suis touché par son histoire. J'ai envie de prendre soin d'elle. D'être sympa avec elle.

J'ai eu peur, j'ai eu envie de me protéger. Mais c'est elle que je devrais essayer de protéger.

En attendant, j'ai encore du boulot, ici.

Ces derniers instants sont particuliers, et j'ai toujours peur qu'Anne-Marie m'appelle pour avancer la date de la descente. Je sais que tout va bientôt s'arrêter, du jour au lendemain, tous les rituels, toutes les saveurs qui sont mon quotidien depuis quatre mois. Je sais que je vais devoir abandonner mes gros édredons en plume et la cuisinière à bois, que je vais devoir faire sans la fraîcheur et la brume du matin, sans l'odeur de l'herbe meurtrie par les onglons des brebis, sans l'odeur piquante de leurs crottes et sans l'odeur âpre de leur laine. Sans leurs bêlements et leurs chevrotements, sans les blatèrements des béliers, sans le carillon des clochettes, sans le regard mystérieux des patous. Sans ces bon dieu d'orages que j'aime tant, ces orages tonitruants du Haut-Jura qui finiront par avoir ma peau à en croire certains. Sans le calme, sans la solitude, la tranquillité, la douceur de l'air, évidemment, sans ces moments de relâche à rêvasser face à la forêt du Massacre et, plus au sud, le crêt de Chalam et sa calotte pelée et, plus loin encore, tout à l'ouest, les cinq éoliennes d'Apremont. Sans mes virées sur les crêtes en surplomb du Léman, face au mont Blanc qui fracture l'horizon, en compagnie des promeneurs du dimanche, mais ceux-là je ne les regretterai pas. Sans le silence à la tombée de la nuit quand je me pose devant le chalet avec ma soupe chaude au son des cris des rapaces nocturnes, des rongeurs qui pointent leur museau, des jeunes épicéas qui se balancent, des craquements lointains qui font redouter la présence du lynx ou du loup. J'essaie d'en profiter jusqu'au bout, je passe plus de temps que d'habitude au milieu des bêtes, je leur cause, je les tapote, je les caresse, je les câline comme des chiens, je m'accroupis devant elles et je les attrape autour du cou, je les enlace et je les frictionne, je sais qu'elles aiment ça. Je sais qu'elles vont me manquer, beaucoup, et peut-être que moi aussi je leur manquerai. Peut-être qu'elles auront du mal elles aussi les premiers temps à faire sans ma voix, sans mes cris, sans mes grognements hérités du vieux John, sans mon rire qui est aussi et avant tout celui d'Alexandre, sans mes sifflements – je ne sais plus qui m'a appris à siffler avec les doigts –, sans mon odeur qui a priori n'appartient qu'à moi, sans ma silhouette, sans ma démarche, sans ma barbe mal taillée et mon gros bonnet en laine. Je vais rejoindre le monde moderne et pour l'instant je n'y pense pas. Je pense à tout ce que je vais perdre mais je ne pense pas à ce qui m'attend : le confort, la chaleur, les gratins de pâtes, les tartiflettes, la bière, le lave-vaisselle, la baignoire, la télé, internet. Bien sûr je ne vis pas dans la montagne comme à l'époque de mon arrière-grand-père. On me le dit souvent, les copains, même la famille, quand ils viennent pour la première fois : « T'es pas si coupé du monde que ça. Tu peux monter en voiture. T'as un vrai lit. T'as une douche » – en fait un simple bac à douche posé au sol dans l'ancienne étable avec un tuyau raccordé à la citerne de récupération d'eau de pluie. Mais c'est vrai que le chalet du Crozat est mieux équipé et plus accessible que bien des cabanes d'alpage. Ma réponse, à tous : « J'ai quand même moins que toi. Pas d'eau potable sur place. Je suis seul. J'ai froid. Une batterie solaire comme unique source d'électricité.

Je n'ai vraiment que le strict nécessaire. » Ils finissent toujours par capituler.

Un jour, mon cousin Thibaut a lâché : « T'as raison, c'est comme dans *Koh-Lanta*, il y a peut-être des petits arrangements avec la vérité, mais ils ne dorment pas à l'hôtel et ils n'ont vraiment rien à bouffer. »

Sur l'insistance de Thibaut, j'ai fini par regarder une saison de cette fameuse émission de téléréalité. Au bout de quelques épisodes on a appris que certains participants se faisaient livrer en douce des steaks-frites par des habitants d'une île voisine. On en a bien rigolé avec Thibaut. Ça ne m'a pas empêché de suivre le programme jusqu'à la fin. Je me suis pris au jeu.

La vraie déception, quand je raconte ma vie de berger, c'est l'absence de transhumance. Ça fait rêver tout le monde, je peux le comprendre, mais ici c'est impossible à organiser. Trois cent vingt-cinq bêtes dans les lacets du col de la Faucille, ça foutrait un sacré bordel. Alors les brebis arrivent et repartent en camion.

Cette année, j'ai droit à quelques jours de rab. La descente se fait le 9 octobre. Anne-Marie a sollicité un nouveau transporteur moutonnier car l'ancien est mort l'hiver dernier. Son camion a trois étages, un seul voyage est nécessaire pour rapatrier tout le troupeau.

Les premiers agnelages ne vont pas tarder, ils s'étaleront pendant tout l'hiver. Les agnelles viendront grossir les rangs du troupeau, les agneaux seront abattus au printemps.

9

Le retour dans la vallée est un moment délicat. Héloïse préparait toujours un repas spécial les premières années, une fois elle avait même dressé une belle table avec des bougies et j'avais ronchonné toute la soirée, j'avais fait mon vieux John, alors maintenant elle ne prévoit plus rien. Je passe d'abord une soirée avec Françoise à La Rivière, où je retrouve dans un vieux carton la photo de classe de mon année de première, sur laquelle mes copines et moi sommes tous déguisés. Maïa est coiffée d'un chapeau haut de forme. Bertille a chaussé un masque de ski. Je suis au deuxième rang, debout, et je porte un faux nez et des lunettes de clown. Plus bas, affalé sur un banc, Martin tire une gueule de trois kilomètres de long. Nadia est à sa gauche, elle affiche un sourire éclatant. Alexandre n'y est pas.

Je rentre à Bellegarde le lendemain. Le soir même, Héloïse me filme avec son téléphone pendant que je me débarrasse de cette barbe de quatre mois. Je l'attaque aux ciseaux, une vieille paire de Maped aux branches violettes qui m'accompagne depuis le collège et dont les lames n'ont jamais bougé, de la bonne came. Je m'interromps pour présenter dans les détails le fameux outil à l'objectif, outil que j'avais dans ma trousse au collège mais aussi au lycée, qui a donc connu Alexandre, lequel s'en est sûrement servi, le soir en étude, il a bien dû se retourner au moins une fois sur sa chaise pour me demander si j'avais une paire de ciseaux à lui prêter car il avait oublié les siens sur son bureau dans notre chambre commune, et j'ai farfouillé dans ma trousse et lui ai tendu ma paire de Maped, sans imaginer une seconde que je ressusciterais ce geste anodin vingt ans plus tard sous l'œil numérique d'une prof d'anglais en petite culotte – avant la séance d'autorasage, on a fait l'amour sur le canapé du salon. Cette première taille grossière effectuée, je troque ensuite les ciseaux pour une tondeuse afin d'unifier l'ensemble. Je laisse quelques millimètres de barbe, je ne me rase pas à blanc, jamais, ça me fait une petite tête de minet, je n'aime pas ça. Je suis à poil les premiers jours. C'est surtout au toucher que ma barbe me manque. Je la cherche, je ne la sens plus ni contre mon cou ni contre mon nez alors je me frotte les joues, je retrousse mes lèvres, je fais des mimiques bizarres ;

Héloïse m'imite à table, c'est ce qui me permet de m'en rendre compte.

Il y en a d'autres pour qui le retour est difficile, c'est mes deux chiens de travail, Flash et Mistral. Ça implique un tel changement pour eux, d'environnement, de rythme, d'intensité, que je dois les sortir deux fois plus qu'au printemps. Le jardin ne leur suffit pas, je les emmène se dépenser le long de la rivière jusqu'à l'entrée de Bellegarde, aux pertes de la Valserine, un labyrinthe impressionnant de gorges creusées dans la roche calcaire au fond duquel l'eau serpente pour gagner la ville, où elle finit par se jeter dans le Rhône. Je les tiens en laisse quand on arrive aux abords du site, surtout Mistral qui n'est parfois plus très solide sur ses appuis. On fait en sorte de rester en retrait du petit canyon et de se contenter de la forêt moussue. Je les prends avec moi quand je retourne voir Nadia, aussi. Ils se jettent dans le coffre du Berlingo en tapant leur queue sur les parois et en couinant de joie parce qu'ils s'imaginent repartir au Crozat et retrouver les brebis.

Une heure de route jusqu'à Bois-d'Amont en remontant la Valserine et en passant devant chez John, enfin, maintenant chez Françoise, puis devant chez Patrick et son restaurant et ensuite devant chez Sylvie à Lélex, et pour en finir avec la famille, devant chez Didier à Mijoux. On se trouve alors au pied de la Faucille, mais on ne bifurque pas vers la station, on continue en direction des Rousses et on longe La Cure, village à cheval sur la frontière où je venais il n'y a encore pas si longtemps m'approvisionner en cigarettes détaxées chez l'Hubert Vandelle, puis on dépasse le lac des Rousses et maintenant je dois m'aider du SMS détaillé de Nadia pour rejoindre le chemin forestier non répertorié ou presque au départ duquel elle m'a donné rendez-vous.

Comme la dernière fois, elle est déjà arrivée, elle m'attend en fumant une clope adossée à sa Dacia. Je me gare juste derrière, et je libère mes monstres.

« Je ne suis pas sûre qu'Alexandre approuverait…

– Qu'il approuverait ?

– En hiver, les chiens sont interdits dans la forêt du Risoux. Ce n'est pas une réserve nationale comme la haute chaîne du Jura, mais la forêt est protégée par un arrêté préfectoral. Je suis calée en matière de réglementations environnementales, j'ai été à bonne école avec Alex… C'est lui qui m'a fait découvrir les forêts de mon enfance. Dès qu'on venait chez ma mère, on partait marcher dans le Risoux. On a fait des affûts. On a observé plusieurs grands tétras.

– Là, on est en octobre, donc ça va pour les chiens.

– Alexandre te dirait de les tenir en laisse.

– Ce ne sont pas des chiens de chasse.

– Tu fais comme tu veux. Je ne vais pas t'embêter. Faut bien qu'il y ait quelques petits avantages à son absence… Il peut être chiant avec ça. »

Je n'ai pas envie de les attacher, je les laisse partir devant. J'espère quand même qu'ils ne vont pas nous ramener un coq de bruyère ou une chouette chevêchette, cette toute petite chouette qui sort en plein jour. Ah, j'aurais l'air fin.

« Toi aussi, tu travailles avec les animaux?

– Non, je suis dans l'urbanisme. Je bossais pour un cabinet à Lyon, j'adorais ce que je faisais. J'avais pris un congé parental mais je n'imaginais pas le prolonger. Je ne pourrai jamais retrouver ma vie d'avant, je n'ai plus de vie. Mais je ne vais pas te… Je me suis promis d'essayer de ne pas te plomber…

– T'en fais pas.

– Non mais vraiment, je me suis dit en venant qu'il fallait que je fasse attention à ne pas être trop noire, que sinon tu ne voudrais plus me voir, toi non plus… J'essaie d'arrêter de tourner en rond, même avec ma mère, j'essaie de parler d'autre chose avec les quelques personnes que j'ai encore autour de moi. Parfois je me dis que je ne suis pas à plaindre. Quand je pense à Cyprien, à sa famille, je trouve ça presque indécent de pleurnicher sur mon sort. Mais si je pense à eux, ça me déprime encore plus. C'est un cercle vicieux. Il faut arrêter de penser à eux.

C'est ce que je passe mon temps à dire à Alexandre. Faut penser à nous. Faut penser à autre chose. »

J'entends ses mots comme une invitation à changer de sujet. J'hésite à lui demander si elle a remarqué que je me suis coupé la barbe, histoire de mettre un peu de légèreté.

Je pourrais l'interroger sur son boulot, vu que je ne connais rien à l'urbanisme, mais je ne voudrais pas amplifier sa frustration.

Elle ne porte ni lunettes de soleil ni casquette. Elle a les traits tirés, la peau sèche, des cernes gonflés. Elle se tourne vers moi, je baisse les yeux.

« Je lui ai parlé de toi. Je lui ai dit qu'on s'était vus. »

Je redresse aussitôt la tête pour essayer d'attraper son regard.

« Il… Il se souvient de moi ? »

La naïveté de ma question n'a pas l'air de la surprendre.

« Bien sûr. Il m'a dit que vous étiez dans la même chambre.

– C'est ça.

– Il t'a appelé l'ami des lynx.

– L'ami des lynx ?

– Quand j'ai dit ton nom, il a fait : "Ah, Julien, l'ami des lynx." »

Je n'aurais jamais cru qu'il garderait cette image de moi.

Je pensais plutôt qu'il se souviendrait de moi comme de l'ami des chasseurs.

Je me sens flatté, c'est con à dire mais je me sens terriblement flatté.

Toutes ces années où j'ai si souvent pensé à lui, où il m'a tant apporté, j'étais parfois pris d'un sentiment de honte à l'idée que lui, de son côté, ne pensait évidemment jamais à moi.

J'étais persuadé que son chemin de vie l'avait encore plus éloigné que moi de ses années au lycée, et principalement de cette année de terminale un peu spéciale qui me donnait l'impression, déjà à l'époque, d'être anecdotique pour lui. Parce qu'il revenait d'Afrique du Sud. Parce qu'il avait un an de plus que nous. Parce qu'il était plus mature, plus intelligent que les autres.

« Il t'a dit autre chose ? Sur le lycée… sur… »

J'aimerais dire : sur moi…

« C'est tout. Je lui ai dit que maintenant tu étais l'ami des moutons.

– Ah, tu lui as dit ça ? »

Avec les deux patous d'Anne-Marie, les lynx et moi, ce n'est plus ce que c'était.

Mais je ne crois pas être devenu, pour autant, l'ennemi des lynx.

« J'ai raconté à Alex que je t'avais croisé au Lavomatic, tu sais, comme la première fois. Je n'ai pas envie de lui avouer qu'on est allés marcher dans la forêt. »

Mistral avance en trottinant une dizaine de mètres devant nous, tandis que Flash multiplie les allers-retours énergiques. Il revient sans cesse se frotter à mes cuisses et sollicite aussi l'affection de Nadia, qui se montre totalement indifférente.

« Ils restent bien sur le chemin, en tout cas. »

Ça a l'air de la rassurer.

« Une fois il m'a demandé si j'allais me promener dans les bois, je lui ai répondu que j'étais venue marcher ici, et il s'est mis à chialer. On emmenait tout le temps Elliot dans cette forêt quand il était petit, c'était notre coin à tous les trois. Elliot s'en souvient. Il a des souvenirs de la vie d'avant le drame, j'espère qu'il les gardera. Enfin, d'avant le meurtre. Alexandre veut qu'on dise le meurtre. Il ne veut pas que je dise le drame ou l'événement, il veut que j'appelle ça le meurtre. Je lui dis qu'il joue sur les mots, je lui dis que j'ai besoin d'un terme qui ne soit pas trop violent, mais non, il veut que le terme soit à l'image de son geste, et son geste était violent alors il ne veut pas un mot qui atténue son geste, il veut un mot qui soit aussi violent que l'a été son geste. »

Elle retrouve le ton sec et le débit saccadé de notre première sortie en forêt.

« Au début il ne parlait pas, il ne disait presque rien. Moi j'étais dans une sorte de torpeur. Je ne voulais pas voir ce qui nous arrivait. Je suis nostalgique de ce moment-là, c'est fou. Mon cerveau tournait au ralenti pendant les deux ou trois premières semaines. Je ne voulais pas savoir, je ne voulais pas qu'on me dise ce qui allait se passer. Alexandre ne disait rien et ça m'allait bien. J'allais le voir en prison, à Corbas, c'était surréaliste, mon mec en taule, mon mec a tué un homme, j'attendais de me réveiller, ça ne pouvait pas être vrai, je ne voulais pas y croire. Je voulais seulement croire que c'était un accident et qu'on allait vite passer à autre chose. Alexandre ne plaidait pas coupable, il reconnaissait les faits mais c'était une bagarre entre deux types en colère comme il y en a tous les jours, partout. Aujourd'hui il parle trop, il va trop loin. Je lui rappelle qu'au début il ne disait rien et il me dit qu'il était sonné et qu'il avait besoin de réfléchir. Mais faut qu'il arrête de réfléchir, ça va trop loin, là. Je comprends les assassins qui nient. Il faudrait qu'Alex trouve un moyen de fuir la réalité. Il a tellement conscience de la réalité de son geste et de ses conséquences qu'il veut payer. Il ne veut pas s'en sortir trop facilement. Il ne voulait même pas d'avocat, c'est moi qui ai insisté, c'est moi qui ai choisi son avocat. Il ne pense pas assez à lui. Il ne pense qu'au gamin, à la famille du gamin, il est hanté par cette famille qu'il a décimée. Il pense aux enfants que Cyprien ne pourra pas avoir à cause de lui, aux petits-enfants que ses parents n'auront pas. Il dit : "J'ai tué plus qu'un homme, j'ai tué toute une famille." Tu ne peux pas dire des trucs comme ça. Il se focalise sur les enfants que Cyprien aurait eus s'il ne l'avait pas tué. Il dit : "Mes enfants à moi me connaissent, ils me connaîtront, alors que je suis un misérable assassin… Les enfants de Cyprien n'auront même pas la chance de naître, eux…" Et cette idée le bousille. Il me fait peur. Il me fout vraiment les jetons, Julien. Tous les matins j'ai peur d'avoir un appel de la pénitentiaire pour m'annoncer qu'il s'est pendu. Le seul point qui me rassure, c'est qu'il veut payer. Il veut assumer son geste et il veut payer. Il ne peut pas mourir puisque de toute façon ça ne changerait rien, ça ne ressusciterait pas Cyprien. Mais il ne pense pas à lui, il ne pense pas à nous, à ses enfants, à sa famille, il ne pense qu'à l'autre. Aux enfants de l'autre. Et aux enfants des enfants de l'autre. Tu peux aller loin comme ça. T'arrives vite à dix mille personnes. Tu ne vas pas non plus assumer un génocide par anticipation. Si ça se trouve, Cyprien n'aurait pas eu de gosse. Il aurait vécu toute sa vie avec ses parents et ses chiens de chasse et c'est tout. Son expression à Alex c'est : "Tu te rends pas compte." Mille fois il me répète ça. "Tu ne sais pas ce que c'est que de vivre en ayant tué quelqu'un." Non, en effet, et je n'ai pas envie de le savoir. Je préférerais qu'il mente. Tu vois, Julien, je préférerais qu'il s'enferme dans un mensonge. Il n'y avait pas de témoin, c'était la nuit, il aurait pu maquiller le truc. Il aurait pu dire que l'autre l'avait menacé de mort, que l'autre était déchaîné. Je ne cherche même pas des circonstances atténuantes. Il aurait dû dire que c'était juste un accident, juste un putain d'accident.

– L'avocat, il dit quoi ?

– Que ce n'est pas facile. Qu'Alex n'est pas un client comme les autres mais que c'est intéressant pour lui. Mais que c'est quand même très compliqué. Il essaie de le contenir, parce que parfois Alex flirte carrément avec le meurtre intentionnel. Il pourrait assumer plus que la réalité. Faut pas qu'il balance ça pendant le procès. Moi je sais qu'il n'avait pas le projet de le tuer, je sais très bien ça, jamais, et même sous le coup de la colère, jamais il n'a prétendu vouloir tuer l'auteur des dépôts de charognes devant chez nous. Jamais il n'en a été question entre nous. Il avait la haine. On avait la haine tous les deux. Mais on n'est pas des assassins. C'est pas un assassin, Alex, il faut qu'il arrive à se persuader de ça. Il faut qu'il le comprenne, qu'il l'intègre, qu'il se reconnecte à lui-même. Il croit être honnête, mais en fait il dévisse complet. Cette soi-disant honnêteté, ça l'emmène trop loin. Faut qu'il arrête avec ce truc de l'honnêteté, l'honnêteté à tout va, l'honnêteté partout. L'autre jour il s'est mis à péter un plomb à propos de l'avocat, il s'est mis à comparer l'avocat à un publicitaire :

“C’est un truqueur, un faussaire, il ne cherche pas à défendre son idée profonde de la vérité mais à la contourner, à la noyer, il n’est au service que de son client, tout son boulot réside dans le fait d’anticiper les réactions des jurés, c’est du marketing, ni plus ni moins.” Non mais t’imagines. Il passe en procès dans huit mois, et voilà ce qu’il pense de son avocat. Il peut prendre jusqu’à quinze ans. Il ne prendra pas quinze ans, bon, mais il peut en prendre dix. Il ne se rend pas compte. C’est lui qui ne se rend pas compte. Il fait tout à l’envers. Quand t’es accusé, tu te défends, merde. Lui, il ne veut pas se défendre. »

On s’arrête pour boire un coup d’eau. Elle en profite pour gober un cachet.

« Je continue les anxiolytiques, malgré les anti-dépresseurs. Au début j’avais aussi des gouttes de Tercian à prendre le soir.

– Tu fumes ? Des joints…

– Ça me rend parano.

– Et Alex ?

– Non plus. Ça aussi, ça me désespère. Il ne prend rien. Il veut rester conscient, comme il dit. Il veut garder à l’esprit en permanence ce qui s’est passé, ce qu’il a fait. Toi, tu ne fumes pas… »

Je lui raconte que j’ai arrêté il y a cinq ans, les joints et les clopes, tout en même temps. « Alors que je vis avec une fumeuse. Enfin, Héloïse ne fume pas beaucoup. »

Je ne suis pas sûr qu'elle m'écoute.

Elle n'y arrive pas.

Elle prétend avoir envie de parler d'autre chose mais elle ne parle que de ça. Parce qu'elle ne pense qu'à ça. Ça se voit sur son visage, ça se voit à ses yeux. Elle n'est pas vraiment là. Elle est toujours ailleurs, toujours en train de revivre une situation, au parloir avec Alexandre, au téléphone avec l'avocat ou que sais-je encore.

« Moi qui avais promis de ne pas te plomber, c'est réussi… »

Je la rassure comme je peux. Je ne lui en veux pas. Je ne le vis pas spécialement mal, ça va.

Peut-être parce que Nadia n'est pas sirupeuse, pas molle. Elle n'a pas l'air de quelqu'un de déprimé. Elle souffre, elle va très mal, mais elle ne se laisse pas aller. Ça pourrait être assommant, ça pourrait même être insupportable, et si ça ne l'est pas, je crois que ça vient, oui, de cette tension qui l'habite.

D'une espèce de force qui se dégage d'elle. Pour un peu, elle me rappellerait le vieux John.

C'est une configuration qui ne m'est pas totalement étrangère. Elle parle. Elle parle beaucoup. Et je n'ai pas la sensation de subir la situation.

Il faut dire que son histoire m'intéresse.

Elle parle vite, aussi vite qu'elle marche. Elle n'a plus d'eau dans sa gourde, et je n'en ai pas emporté, même pas un petit sac à dos. Elle s'allume une clope et ne ralentit toujours pas le rythme. On aperçoit nos voitures entre les sapins. On n'aura croisé personne de tout l'après-midi. On ne se fait toujours pas la bise.

Elle repart seule, moi avec mes deux chiens. On se suit jusqu'à Bois-d'Amont, où elle prend à gauche, vers la Suisse, et moi à droite, vers Les Rousses, jusqu'à Bellegarde.

10

L'hiver arrive tard cette année. Les premières gelées fin octobre, les premiers flocons de neige le 15 novembre. Je ne bosserai chez Patrick qu'à partir des vacances de Noël, en attendant je me remplume. Dans la famille on n'est pas des obèses, et je le suis encore moins que les autres. Je ne vais pas vous faire le couplet des années collège où on m'appelait fil de fer ou ficelle, passons là-dessus. Ce dont j'ai vraiment souffert dans mon enfance, ce n'est pas des moqueries de mes petits camarades mais du froid. Chez mes grands-parents, il n'y avait qu'une cheminée et un poêle en fonte, tous les deux dans la même pièce, comme au temps des veillées paysannes. Françoise a fait installer des radiateurs électriques dans les chambres seulement après leur mort. J'ai vu toutes sortes de médecins, j'ai ingurgité des litres de granions de cuivre, je remplissais une bouillotte tous les soirs, et je n'ai trouvé qu'une chose pour protéger ma petite carcasse des courants d'air glacés du Haut-Jura, m'empâter. Chaque année, à l'automne, je commence à me gaver de raclette, de tartiflette (et de sa version locale, la morbiflette, où le morbier remplace le reblochon), de tartines de lard grillé nappées de mayonnaise, de quiches improvisées et ultra caloriques dans lesquelles je brasse au milieu de la crème entière 40 % des tranches de saucisse de Morteau, des pommes de terre, du bleu de Gex et des œufs. J'avale minimum deux bières à chaque repas. Je dégomme boîte sur boîte de chocolats. Je grignote dès que possible. Résultat, je prends entre six et neuf kilos de graisse en quelques mois, kilos que je reperds au fur et à mesure de la saison d'alpage.

En décembre je change donc de boss. Je passe d'Anne-Marie Prodon à mon oncle Patrick, qui tient Le Rupicapra au pied des pistes, à Lélex. Je m'occupe du service midi et soir. J'ai allégé mon programme ces dernières années, ne travaillant plus que du début des vacances de Noël à la fin de la dernière zone des vacances de février. Et surtout, le matin et l'après-midi, je skie, ou alors je vais me reposer à La Rivière, chez Françoise, mais je ne suis plus au tire-fesses du Muiset, je ne m'occupe plus de l'entretien ni de la fermeture des pistes, et je n'ai plus fait une seule descente au flambeau depuis au moins cinq ans. La seule chose que j'accepte encore, c'est les classes de neige, je suis toujours le premier sur la liste des moniteurs remplaçants, cette année j'ai même droit à une nouvelle combinaison aux couleurs de l'ESF.

À Lélex, tout le monde m'appelle John. Ni John junior ni petit John, ça, c'était du temps de mon grand-père, pour nous distinguer. Maintenant je suis John tout court. J'ai remarqué que les gens aiment bien prononcer mon surnom. Ils m'interpellent au resto, dans la rue, dans la queue des télécabines : « Hey, John »; « Salut, John ». C'est facile à dire. Ça sonne bien. Ça fuse. C'est le genre de surnom qui vous rend sympathique. Aussi bien auprès des adultes que des mômes, d'ailleurs. Quand je me présente à une nouvelle classe : « Moi, c'est John », je les vois se détendre aussitôt. La plupart d'entre eux n'ont jamais pratiqué, ils arrivent pleins d'appréhension, car il ne s'agit pas de groupes de volontaires comme au collège mais de classes entières de niveau élémentaire – du CE2 au CM2. Ils viennent de région parisienne, ou du Var (on reçoit chaque année une classe de La Seyne-sur-Mer), ou même de la Manche (une classe de Granville). Ils ont école au centre le matin, et l'après-midi ils chaussent les planches. On y va lentement, très lentement. Je leur apprends à tenir les bâtons, à marcher avec les chaussures, puis avec les skis, je leur montre quelques positions. Ensuite on prend le téléski du Muiset et, là encore, il faut tout expliquer, ne pas s'asseoir sur la rondelle, tenir la perche, se laisser porter. Si toute la classe est capable d'enchaîner deux virages sans se coucher dans la neige à la fin de la semaine, j'ai rempli ma mission. Avant qu'ils repartent, on fait une photo de groupe devant le car. C'est très émouvant. Je m'attache vite aux gamins. Je sais qu'ils ne reviendront pas, aucune chance qu'on se revoie un jour. Les petites mains qui s'agitent, les « au revoir John » stridents qui rebondissent de bouche en bouche, puis le klaxon sourd et déchirant du car qui s'éloigne sur la route me laissent toujours un peu groggy. J'ai tout le week-end pour m'en remettre. Et dès le lundi suivant, vingt-cinq nouvelles petites bouilles à apprivoiser.

Il faut croire que la neige me rend aimable. Que les kilos supplémentaires m'adoucissent. Moi qui suis si fermé et rustre l'été, je deviens soudainement avenant et serviable l'hiver.

Il faut dire aussi que les cours de ski sont bien payés. Mais ce n'est pas pour ça que je le fais. Enfin, si, c'est en partie pour ça, mais ce n'est pas pour ça que je m'y consacre avec autant d'application et que j'y prends autant de plaisir.

La semaine, je dors à La Rivière ou chez Patrick à Lélex. Héloïse me rejoint le samedi matin et on passe deux jours à skier ensemble.

Avec Héloïse aussi je suis devenu John.

Il n'y a qu'avec Nadia que je suis encore Julien.

Nadia, que j'appelle régulièrement pendant la période où je travaille au Rupi. Elle parvient peu à peu à mettre de la distance avec l'histoire d'Alex, qu'elle évoque avant tout pour me délivrer des informations concrètes, par exemple quand elle m'apprend que le procès est reporté, qu'il n'aura pas lieu au printemps mais à l'automne car le juge d'instruction a finalement décidé de commanditer une reconstitution. À côté de ça, on discute de notre parcours à tous les deux après le lycée. J'ai un peu de place pour lui parler de mon boulot, de ma vie avec Héloïse, de La Réunion, de mes saisons d'alpage au Crozat.

Un samedi matin, début mars, en rallumant mon téléphone je découvre un message audio dans lequel elle me demande de la rappeler rapidement. Je m'attends au pire. J'y pense, oui, ça me traverse. Elle me rassure tout de suite : « Rien de grave. Juste une galère de plus. Comme si j'avais besoin de ça en ce moment… Une voisine au village m'a appelée parce qu'un arbre du jardin est tombé pendant la nuit. Il y aurait eu une tempête, elle parlait même d'un tourbillon. L'arbre était au bout du jardin et s'est couché en travers d'un chemin communal. Je pourrais appeler le maire, je pourrais essayer de demander à quelqu'un sur place, mais je crois qu'il vaudrait mieux que je me débrouille toute seule. Je me demandais, voilà, si t'avais pas un copain bûcheron qui pourrait s'en charger… »

Je lui dis qu'il ne me semble pas nécessaire de faire appel à un bûcheron s'il n'y a qu'un seul arbre à débiter, et j'ajoute que c'est le genre de chose dont je peux m'occuper. Elle s'y oppose : « Ce n'est pas pour ça que je t'appelais. C'est trop loin. Tu n'as pas que ça à faire. » Elle n'a pas tort.

Mais je ne suis pas surbooké, non plus. J'y réfléchis cinq minutes, je la rappelle et lui propose d'y aller le week-end prochain.

« Ça fera trop tard. Il faudrait limite y aller demain. »

Demain, je suis censé manger chez mes parents à Marnézia. J'en discute avec Héloïse, lui explique que Nadia a l'air vraiment coincée et que j'ai envie de l'aider. Je décide de reporter le repas chez mes parents. J'en avertis Nadia, qui est gênée, qui me remercie, qui espère ne pas avoir donné l'impression de me forcer la main et qui prévoit alors de venir à Bellegarde pour me donner les clés dans la journée.

Elle m'envoie l'adresse par SMS, et comme je n'ai pas de smartphone j'imprime un plan de route jusqu'à Villechenève, ce fameux patelin des environs de Tarare, à une trentaine de kilomètres au nord-ouest de Lyon. Je prépare la tronçonneuse, l'huile de chaîne, le mélange pour moteur deux-temps et une lime d'affûtage. Nadia se pointe en fin d'après-midi, au moment où, avec Héloïse, on allait sortir les chiens. Les présentations se font sur le paillasson. Je récupère le trousseau, dont elle me détaille la fonction de chaque clé. Elle repart aussitôt. Le lendemain matin je remplis ma glacière en plastique de quoi me faire un pique-nique. Il est 10 heures quand je décolle de Bellegarde. Plus de midi quand je coupe le contact du Berlingo dans la cour, la fameuse cour.

11

Une cour assez banale, recouverte de graviers sur lesquels j'avance à pas feutrés, tête baissée, en regardant partout autour de moi, comme un enquêteur à la recherche de traces de sang – du sang animal, celui des charognes lâchement déversées par le jeune Cyprien, ou du sang humain, le sien, celui qui a coulé de la tête du gamin suite au coup de planche donné par Alexandre. La maison est assez charmante, on pourrait même dire coquette avec sa bignone et ses rosiers grimpants, elle doit dater du début du siècle dernier. Tous les volets sont fermés. Aucune inscription sur la façade. Pas même un bouquet de fleurs synthétiques ligoté à la porte d'entrée.

Deux serrures à déverrouiller. Je suis les instructions de Nadia pour atteindre le compteur électrique et réactiver le courant, même chose avec le compteur d'eau. J'allume toutes les lumières possibles, et du hall je gagne la cuisine puis la salle à manger. Toutes les pièces sont froides. Je suis chez eux. Je suis chez lui, chez Alexandre, où il n'a pas mis les pieds depuis plus d'un an. J'ouvre les volets de la porte-fenêtre qui donne sur le terrain à l'arrière de la maison, une terrasse en pierre permet l'accès au jardin. Les forsythias sont en fleur, des jonquilles, des narcisses, des pâquerettes et des petites violettes tapissent le sol. Les haies ne sont pas taillées depuis des années, et cela n'a sans doute rien à voir avec leur absence, je n'imaginais pas des rangées de thuyas en cubes chez Alexandre et Nadia. D'épaisses touffes d'herbe sèche et assoupie indiquent qu'ils ne sont pas non plus des adeptes du gazon coupé au millimètre. En été, le jardin doit prendre l'aspect d'une prairie grouillante d'insectes. Les cassissiers et les groseilliers ont sorti leurs premières feuilles, les longues tiges décharnées des framboisiers mériteraient quand même un coup de cisaille. Plus j'avance et plus les traces de l'abandon des lieux se font voir : les buttes de permaculture s'effondrent sur elles-mêmes, les ronces envahissent la cabane à poules, l'enclos des volatiles est d'ailleurs ouvert et déserté. L'arbre couché se trouve tout au fond du terrain. Un tilleul de taille moyenne, qui a écrasé dans sa chute une petite haie de noisetiers. Le tronc coupe en travers un chemin de terre dont je suppose qu'il mène à la colline la plus proche, un petit dôme boisé qui bombe l'horizon. Je retourne chercher mes outils à la voiture, prends cinq minutes pour affûter la chaîne de la tronçonneuse, puis me mets au boulot.

Je commence par élaguer toutes les branches, des plus maigres aux plus épaisses. Ce n'est pas le plus fatigant mais peut-être le plus dangereux. Le petit bois se tranche si facilement qu'il n'est pas nécessaire d'appuyer, ni de pivoter la machine. Et on ne la tient que d'une main, on se laisse emporter par le côté grisant de l'affaire, on oublie de se placer bien en face de la branche et on ne surveille plus ses mouvements, et voilà comment on finit par se donner un coup de chaîne dans le tibia. À la deuxième alerte, je fais une pause. J'ai déjà bien avancé, j'ai faim, je suis moins lucide. Je traverse de nouveau le jardin puis la maison pour aller chercher ma glacière dans le Berlingo. À mon retour, une vieille dame s'est invitée sur le chantier.

Les mains sur les hanches, les yeux qui brillent, elle m'accueille avec un grand sourire. « Ce tilleul sentait si bon au mois de mai. Il embaumait jusque chez moi. Je les aidais à le ramasser. Je m'en suis occupée toute seule l'année dernière. J'ai regardé ce matin, il m'en reste encore trois bocaux. C'est moi qui ai prévenu la propriétaire…

– Ah, c'est vous ?

– Ça avait soufflé toute la nuit. Ce n'est pas commun, un arbre qui tombe en hiver. Sauf en cas de neige, mais enfin. Ça a dû faire un tourbillon. La bâche de la piscine d'à côté s'est tout envolée. »

Je m'approche de la base de l'arbre, dont j'ai constaté qu'elle était noire, humide, friable.

« Il poussait au milieu de ce tas de déchets organiques. On ne peut pas faire son compost autour d'un arbre…

– Ce n'était pas le compost. Le compost était plus près de la maison. »

Elle désigne, sur le côté de la terrasse, un gros bac en bois.

« Ici, c'était pour les branches, pour les ronces, une espèce de pourrissoir, si vous voulez.

– En tout cas, c'est ce pourrissoir qui a fragilisé la base du tronc. Regardez ce gros champignon. C'est très mauvais pour un arbre. La base d'un arbre a besoin d'être bien dégagée et bien sèche. Il n'a pas été déraciné, il a seulement été sectionné, regardez par ici. »

La petite dame se penche en avant.

« Vous venez d'où, vous ?

– Je ne suis pas de la région.

– J'ai vu sur votre fourgonnette. Vous êtes dans l'Ain.

– C'est ça. Je viens… d'Ambérieu.

– Ce n'est pas à côté. »

Et c'est pourtant plus près que Bellegarde.

« Vous travaillez le dimanche, alors.

– Je donne un coup de main… »

Je ne m'attendais pas à devoir justifier ma présence. Mais ça ne m'étonne qu'à moitié.

Je finis par me dire qu'il vaut peut-être mieux ne pas trop s'écarter de la vérité.

« Je connais Nadia.

– Vous la connaissez…

– Alexandre aussi.

– Vous êtes un ami…

– Pas exactement. On pourrait dire que je suis un ancien ami. Bref… »

Je retire le couvercle de la glacière, sors le camembert et le tupperware qui contient la salade de pâtes.

« Je vais vous laisser manger. Bon appétit. Peut-être à tout à l'heure. »

Je m'installe à califourchon sur le tronc couché, tandis qu'elle s'éloigne dans mon dos, discrètement.

Je n'ai pas pris de pain alors j'utilise une tranche de camembert pour pousser les coquillettes dans la fourchette. Je croque le fromage comme si c'était un morceau de baguette. J'essuie mes mains grasses et imprégnées de l'odeur du calendos dans l'herbe avant de remettre mes gants. S'ensuit une bonne heure d'un effort constant pour débiter le tronc en rondins d'une trentaine de centimètres, je finis en nage. Nadia ne m'a pas dit quoi faire du bois coupé, je l'appelle pour lui proposer de l'entasser dans le garage. Mais elle n'envisage pas de revenir vivre ici, ils ont prévu de vendre la maison, elle préférerait s'en débarrasser.

« Tu ne veux pas le rapporter dans le coffre de ton Kangoo ?

– Déjà, ce n'est pas un Kangoo mais un Berl… »

Elle me coupe.

« Va plutôt voir la voisine, Mme Vernay, elle a une chaudière à bois. La dame qui m'a appelée hier matin. Elle est gentille. »

Je lui dis que j'ai fait sa connaissance, et elle m'explique où est sa maison. Je me présente chez Mme Vernay dans mon tee-shirt trempé de sueur, elle est en train de boire le café avec un certain Alain, qui me reçoit tout en douceur : « C'est donc lui qui tronçonne le dimanche ? »

Mme Vernay vient à ma rescousse : « Il vous taquine. »

Et l'homme se rattrape : « Quand il y a urgence, dimanche ou pas, il faut bien s'y coller. À ce propos, si je puis me permettre une question… Mon jardin est mitoyen de celui de M. et Mme Perrin. Il y a ce vieux pommier malade entre nos deux terrains mais il est de leur côté à eux, il fait de moins en moins de feuilles, il a résisté à la tempête de l'autre nuit, mais un jour prochain, on va y avoir droit. Est-ce que vous n'en profiteriez pas pour l'abattre, pendant que vous y êtes ? »

Je rappelle Nadia, qui est embêtée, mais qui semble hésiter, car ça pourrait lui éviter une nouvelle galère.

« C'est déjà sympa de t'être déplacé pour le tilleul. Je ne voudrais pas abuser.

– Je peux lui demander de me filer un coup de main…

– À Alain ?

– Oui. »

On se retrouve tous les trois face à ce vieil arbre à moitié desséché et on décide ensemble du sens de la chute, puis ils me laissent au pied de l'arbre avec ma tronçonneuse et reculent d'une dizaine de mètres par précaution. Je découpe l'entaille, j'entame le trait d'abattage, j'avance d'une dizaine de centimètres, et le guide de chaîne se coince dans le bois. Plus rien à faire, impossible de bouger l'outil. Une trop petite entaille ? Une chaîne encrassée ? D'après Alain, c'est la forme de l'arbre qui pose problème, son tronc courbé qui va l'empêcher de tomber dans le sens de l'entaille. Je pars en quête d'une corde dans le garage et trouve une pelote de ficelle bien trop fragile, un rouleau de fil de fer qui sera trop court, un vieux tuyau d'arrosage aux multiples pliures écrasées, que je décroche et avec lequel je rejoins mes deux acolytes. J'attache le tuyau le plus haut possible sur le tronc et me réinstalle au pied du pommier. Alain et Mme Vernay, dont je viens d'apprendre qu'elle s'appelle Éliane, attendent mon signal. J'attrape la tronçonneuse, lève le bras gauche, bascule la main, et ils tirent pour donner une impulsion. Le tronc se soulève de quelques millimètres et je presse sur la poignée. La chaîne repart. Je reprends la découpe. L'arbre se met à pencher du bon côté. J'entends la base craquer. Puis c'est tout l'ensemble qui bascule. Le fracas des branches qui éclatent à l'impact. Les cris de joie de mes deux associés, les applaudissements d'Alain. « Ah, la belle équipe. »

Le travail est loin d'être fini. Celui-ci aussi je le charcute, pendant qu'Alain enchaîne les voyages jusque chez lui avec sa brouette. Il est 18 heures passées quand je dépose la tronçonneuse au fond du coffre du Berlingo. J'ai les biceps à vif, le dos en compote, la tête vide. Je décline l'invitation à prendre l'apéro chez mes nouveaux amis, mais je m'invite tout seul chez mes anciens camarades du lycée, besoin d'une pause avant de reprendre la route. Je dégote une boîte de thé vert au jasmin bio et m'allonge dans le canapé au son des roucoulades de la bouilloire, et je m'endors, pas longtemps, cinq minutes. La sonnette de la maison me réveille. Éliane tient dans ses mains une boîte violette de Quality Street.

« J'ai vu que vous n'étiez pas parti… »

Je bredouille que… j'étais en train de…

« Pour les enfants… J'offrais toujours une boîte à Elliot pour Noël.

– C'est gentil. Je la lui donnerai de votre part.

– Est-ce qu'il va bien ? Et la petite ?

– Ils sont chez leur grand-mère maternelle, en Suisse. Ils vont bien, oui. »

Elle jette quelques coups d'œil dans mon dos. Est-ce que j'aurais laissé traîner quelque chose de compromettant ?

« Moi je ne pense pas qu'il ait voulu le tuer. Costaud comme il est, il ne s'est pas contrôlé. Il a été dépassé par la situation et il s'est défendu. Ce n'est pas un homme méchant.

– Je crois que vous avez raison.

– Vous êtes de mon avis ?

– C'est quelqu'un de bon, Alexandre.

– Au village, c'est impossible d'en parler. Il ne faut plus prononcer son nom. Il ne faut pas lui chercher d'excuses. Même avec Alain, j'ai du mal à discuter… »

J'ouvrirais bien la boîte de Quality Street ; je sais même par quel bonbon je commencerais.

« Ce n'était pas un tendre, le Cyprien Delorme. Maintenant tout le monde en fait un saint, mais ce n'était pas un tendre. On ne l'entendait pas beaucoup, mais quand on l'entendait, c'était bien souvent menaçant. C'était une teigne. Je vais peut-être vous laisser. Vous allez repartir à Ambérieu…

– Je ne vais pas tarder. »

Je retrouve le canapé et ma tasse de thé. Je connais la vie dans les villages, l'heure de mon départ sera constatée, notée, commentée, mais avant ça, il faut que je mange quelque chose. Je sors d'un placard un demi-sachet de riz complet et une conserve de sardines. Pendant la cuisson du riz, je me balade dans la maison.

Dans le grand salon d'abord, qui semble n'avoir pas bougé depuis le départ de Nadia. Les murs sont ornés de cadres, les bibliothèques pleines de livres. Une commode sur laquelle reposent deux grandes photos : un éléphant dans la savane africaine ; un rhinocéros étendu sur un sol sans végétation. L'animal pourrait être mort, mais ce n'est sûrement pas le cas. Il m'inspire un large bâillement qui me fait monter les larmes aux yeux. Les deux photos ont dû être prises par Alexandre durant son séjour en Afrique du Sud quand on était au lycée, à moins qu'il y soit retourné plus tard. Au fond du salon, un rideau dissimule une alcôve où est installé un bureau. Une pile de catalogues de la LPO, Ligue de protection des oiseaux. Une paire de jumelles Bushnell Forge. Une bibliothèque où quelques titres me sont familiers : *Sapiens*, que je n'ai pas lu ; *La Vie secrète des arbres*, que j'ai lu deux fois ; *L'Arbre-monde*, qu'Héloïse a lu et qu'elle m'a apporté l'été dernier au chalet, mais que je n'ai même pas ouvert. Une photo de Nadia entourée de sapins, où elle porte Elliot contre son torse – à coup sûr, ils sont dans la forêt du Risoux. J'ouvre un tiroir sur le côté du bureau : une boussole, trois Opinel, des lunettes polarisées, toutes choses inutiles ou interdites en prison. Je repasse par la cuisine pour baisser le feu sous la casserole. J'ai envie de tout visiter. Je monte à l'étage, j'ouvre une porte au hasard, je tombe sur la chambre d'Elliot. Je fais face à une grande affiche qui montre deux enfants juchés sur le dos d'un condor en plein vol, tandis qu'un lama blanc les observe depuis le sol. En haut de l'affiche, on apprend que le producteur du film est le même que celui de *Kirikou*, *Ernest et Célestine*, *Le Grand Renard et autres contes*. En bas, sous le condor, un titre en lettres blanches : *Pachamama*. Le bureau est moins encombré que celui de son père. Les étagères ont été pillées. Quelques peluches au bout du lit. Quelques figurines dans un bac de rangement : un Spider-Man en plastique, un cow-boy anonyme. Une mallette de docteur et ses accessoires en bois. Une photo mal imprimée de sa petite sœur dans un berceau en plexiglas à la maternité – la toute première image que je vois de Lila. C'était juste avant le drame – avant le meurtre, comme Alexandre nous demande de dire. Alexandre a assisté à la naissance de son deuxième enfant, et trois mois après il tuait un jeune homme de vingt et un ans. Je redescends, j'égoutte le riz, je parle tout seul, j'ai l'habitude. Je dépose les sardines froides sur le riz chaud. Je ne trouve que du gros sel, j'aurais dû l'ajouter à la cuisson. Je m'installe à table avec un grand verre d'eau. Dix minutes plus tard, mon assiette est vide, et je suis de retour à l'étage.

J'ouvre maintenant la porte de la chambre conjugale, est-ce que j'ai le droit d'entrer ? Je me l'octroie. Un lit king size, une housse de couette bleu foncé, chacun leur table de nuit. Sur celle de gauche, un livre dont la lecture n'a pas pu être achevée, le marque-page est glissé entre les pages 280 et 281. Titre du chapitre : *Ludovic au tableau noir.*

Cette fois, Ludovic me regarda avec une telle insistance que je me sentis gêné.

Je le prends pour moi et je referme le livre. Si Alexandre me voyait. S'il savait ce que je suis en train de faire.

Rien de mal, après tout. Je m'assieds en travers du lit. Il lui restait moins d'une centaine de pages à lire. Est-ce qu'il se souvient de ce qu'il a lu ? Est-ce qu'il pourra le terminer un jour ? Est-ce qu'il aura envie de reprendre sa vie là où il l'a laissée juste avant le meurtre ? Est-ce possible ? Je repose le livre sur la table de nuit, dont j'ouvre le tiroir : une boîte de boules Quiès, une autre de préservatifs de marque Manix Skyn et son slogan : *Sensation de ne rien porter*. Je m'interdis d'aller explorer la table de nuit de Nadia, comme si la situation actuelle d'Alexandre me rendait l'accès à son intimité moins défendu, comme s'il était à moitié mort. Nadia c'est différent parce qu'on se voit. Et puis elle va revenir ici, elle peut se rendre compte que quelqu'un est allé fouiner dans ses affaires.

Il y a une troisième chambre à l'étage, celle de Lila. Presque vide. Les murs sont peints en blanc et vert d'eau. Une commode blanche qui n'a pas servi longtemps. La petite n'a peut-être même jamais dormi dans cette pièce. Je reçois un message d'Héloïse qui me demande où j'en suis et je réponds que je viens de m'arrêter sur une aire d'autoroute pour manger. J'en profite aussi pour répondre à Nadia qui me demandait il y a une heure si tout s'était bien terminé. Je referme les portes des trois chambres et redescends. En lavant la vaisselle à l'eau froide, je repense aux jumelles d'Alexandre. Je retourne dans son bureau. Je m'amuse de ce rideau, qui donne l'impression de traverser un mur. Les jumelles trônent à côté d'une jolie lampe en métal. Ça doit coûter dans les cinq cents euros, une paire comme celle-ci. Qui se rendra compte qu'elles ont disparu ? Surtout s'il prend dix ans…

Mais je ne le sens pas. Un trop bel objet, trop intimidant. Je m'en veux de ne pas avoir le cran de l'emporter avec moi, et je me rabats sur les livres.

Dans ce qui me semble un coup de folie, j'en choisis une petite pile, des livres que je ne connais pas mais dont les titres attirent mon attention. Je les planque dans la glacière, que j'emmène directement dans le Berlingo. Je reviens faire un tour dans la maison, et peut-être à cause de la nuit qui est tombée maintenant, peut-être à cause du larcin que je viens de commettre, je ne me sens pas bien, j'ai envie d'en finir vite. Cette maison abandonnée m'évoque des contextes angoissants, ces lieux qu'on déserte en temps de guerre, ces faits divers bien plus sordides que celui dans lequel Alexandre est impliqué, des assassinats planifiés, des cadavres enterrés dans le jardin. Je coupe l'eau, le gaz, l'électricité, vérifie à deux fois que la porte est bien fermée à clé. Je sors de la cour, referme le portail, quitte le village. D'après les indications de Nadia, je dois suivre la direction de Lyon jusqu'à Limonest. J'ouvre grand la vitre, l'air frais s'engouffre dans l'habitacle. Il y a peu de circulation. Je suis content d'être à nouveau sur la route.

12

L'année de terminale a commencé fort. Le jour de la rentrée, j'ai rompu avec Bertille. J'y avais pensé durant tout l'été, je ne me sentais pas libre dans cette pseudo-relation, je n'étais pas amoureux d'elle. Je tenais à ce qu'on reste amis, qu'on le redevienne, qu'on puisse être simplement légers et joueurs comme avec Maïa et Mélanie, et puis je voulais être disponible pour toutes les rencontres à venir, dont j'étais persuadé qu'elles seraient faciles, nombreuses et merveilleuses. L'autre choc de la rentrée, l'autre événement, a été l'irruption de ce grand gaillard dans mon box, un type qui ne m'était pas totalement inconnu, dont la tête me disait quelque chose mais que j'avais du mal à situer. Il m'a vite éclairé. Il avait fait sa première pendant notre année de seconde, puis il était parti dix mois en Afrique du Sud dans le cadre d'un programme d'échange. Si bien qu'il avait un an de plus que la plupart d'entre nous. Il dormait juste en face de moi.

Il avait cette étrange carrure entre le rugbyman et le basketteur, donc un grand baraqué, et dès le premier soir il a sorti un tournevis et une pince pour démonter les deux plaques de métal aux extrémités du cadre de lit. Malgré ça, il devait s'allonger en diagonale et il avait les pieds dans le vide. Les premiers temps, je ne cessais de m'étonner de sa douceur, c'était idiot et j'en avais conscience, son tempérament ne me semblait pas coller avec son physique de déménageur. Sa douceur, et aussi son côté intello. Il entassait les livres et les encyclopédies sous son lit. Il était en terminale scientifique, et devait être le genre à s'asseoir au premier rang – sur le côté, du fait de sa grande taille. Il était toujours le dernier à quitter l'étude, il bossait et n'en avait pas honte. Il voulait avoir les meilleures notes possible, ne s'en vantait pas particulièrement. Je supposais qu'il avait un projet précis, qu'il voulait faire une école prestigieuse.

Quelque temps après la rentrée, en revenant de week-end, il a affiché au-dessus de son bureau un long poster issu du magazine *Ça m'intéresse* sur lequel étaient dessinés une vingtaine d'animaux, et dont le titre en bannière annonçait qu'ils étaient tous en voie de disparition. Au milieu d'un paysage qui n'était évidemment pas propice à chacune des espèces se trouvaient un panda, un gorille, un éléphant, un tigre, un fourmilier, et trois bêtes typiques de la faune jurassienne : un grand tétras, un faucon pèlerin et un lynx. Le soir même, à table, il s'est mis à nous parler des éléphants, des singes, des lions et des girafes qu'il avait approchés là-bas, en Afrique du Sud, en visitant des réserves, et on était quatre ou cinq mecs à l'écouter religieusement, enfin je ne peux pas dire pour les autres mais moi j'étais captivé. Et puis il parlait bien, il m'impressionnait. Et comme on fait toujours dans ce genre de situation, j'ai fini par ramener ma fraise, et par lui demander s'il avait déjà vu des lynx.

« Des lynx en Afrique du Sud ?

– Non, ici, dans la forêt.

– Des lynx boréals, alors. Le plus grand félin d'Europe. Jamais. Ce sont des animaux extrêmement discrets.

– J'en ai vu deux, moi.

– T'as vu des lynx ?

– Oui, deux fois. Pas ensemble. J'ai vu deux fois un lynx. À quelques années d'écart. »

Ça a été à mon tour de raconter.

Mon premier lynx, j'étais en voiture avec ma mère. Elle me ramenait à la maison après une semaine de vacances à La Rivière. J'avais dix ans et j'étais fier de pouvoir m'asseoir à côté du conducteur, sur le siège passager. La bête a traversé sur la route juste devant nous. Elle a surgi du bois pour y replonger après deux bonds sur l'asphalte, les phares l'ont parfaitement éclairée. À une ou deux secondes près, on l'aurait percutée de plein fouet. À deux ou trois secondes près, elle aurait filé dans le rétro et dans l'obscurité. On n'en aurait rien su, rendez-vous raté. Le timing a été parfait, ce soir-là.

Ma deuxième rencontre a été bien plus marquante. Je descendais du Reculet avec mon grand-père, et la nuit commençait à tomber. C'est lui qui l'a repéré, il m'a chopé de sa grosse main pour m'empêcher d'avancer. Un pas de plus et il se serait enfui. Mais là, il ne bougeait pas. Il restait devant nous. On n'en revenait pas. Un vrai face-à-face. Pendant au moins trente secondes il nous a fixés sans bouger. Il se tenait en bordure de chemin, à croire qu'il nous attendait. Puis il est remonté tranquillement dans le bois, sans un bruit, en prenant soin de poser ses pattes arrière dans les empreintes de ses pattes avant. John a murmuré : « Bon dieu de félin sauvage… » Sa voix n'était pas comme d'habitude, elle était plus aiguë. « T'en avais déjà vu, papi ? » Il ne m'a pas répondu. Pendant au moins dix minutes il n'a pas décroché un mot. Puis il a fini par expulser un de ces grognements bizarres dont il avait le secret : « Boudzziouuu… » Avant d'ajouter : « Bel animal. »

J'étais en troisième. Je n'ai pas pu m'empêcher d'en parler à tout le monde autour de moi, surtout au collège. Autant j'étais incapable d'avouer à une fille qu'elle me plaisait, ni même de le confier à mon cousin ou mon meilleur copain, autant sur l'émotion que m'avait inspirée ce tête-à-tête avec le lynx, j'étais précis et intarissable : « Des frissons dans tout le corps. Les larmes aux yeux quand il est parti et pendant toute la soirée. Ça te bouleverse, ça te transforme en un éclair. Ensuite tu baignes dans une forme d'extase. Tu te sens fragile. T'as l'impression de flotter. Et tu t'attends à ce qu'il réapparaisse à tout moment, tu t'attends à le revoir, tu te crois dans un dessin animé, t'imagines que l'animal vient d'établir un lien fort avec toi et qu'il a désormais besoin de revenir te dire bonjour... » Jusqu'à ce que Gilles, un ami de mon père, m'invite à être plus discret. J'ai compris qu'il fallait faire avec les lynx comme avec ses coins à champignons, pour ne pas attirer les chasseurs et les braconniers, ni même les promeneurs et les photographes animaliers. J'ai appris à me taire.

Mais je n'ai pas pu m'empêcher de m'en ouvrir auprès d'Alexandre, tout en me gardant de livrer trop de détails. J'ai remarqué qu'il n'était pas insensible à mes récits. Ça nous a rapprochés. On peut même dire que tout est parti de là.

Au lycée, j'éprouvais un sentiment d'aisance assez nouveau. Je connaissais les lieux par cœur, je traversais la cour la tête haute, la démarche assurée, j'étais ici un peu comme à la maison. J'ai présenté Alexandre à Maïa, Mélanie, Bertille et les autres. C'est moi qui ai fait entrer le loup dans la bergerie.

J'étais séduit, comme tout le monde, comme tous ceux qui passaient du temps avec lui, qui se confrontaient à sa douceur, son intelligence, sa maturité, son rire. Son rire, oui.

Le rire d'Alexandre.

Comment en parler?

Un rire sonore, un rire porté par la voix, mais pas non plus un rire gras, pas un rire énorme. Un rire qui n'a pas grand-chose de caractéristique, tout compte fait.

Si je parle de son rire, je dois surtout parler du mien. Je dois parler de la façon dont je riais avant de connaître Alexandre.

Je n'arrivais pas vraiment à rire, jusqu'ici. Mon rire à moi était très étrange, et ça m'embêtait, ça me complexait. Je n'assumais pas ma façon de rire. C'était un rire qui ne sortait pas, qui restait coincé au fond de la gorge. Mon visage se tendait et ne s'ouvrait pas, ma bouche non plus. Le son que j'émettais était guttural et rêche, ce n'était pas un éclat de rire libéré, ce n'était pas un rire franc et éventuellement contagieux, je n'étais pas de ceux dont on dit qu'ils ont le rire communicatif, oh ça non, pas du tout. C'était au contraire un rire contenu, comprimé, qui me faisait passer pour un type coincé, pour un type qui n'ose pas, qui ne s'abandonne pas, qui a peur de rire, limite pour un aristo, un type qui serait contre le fait de rire. J'ai tout de suite envié le rire d'Alexandre, ce rire ouvert, tellement naturel. Alors je me suis entraîné face au miroir de la salle de bains chez mes parents, et j'ai compris que j'avais les moyens techniques de me l'approprier. Je savais rire comme lui. Il ne s'agissait bel et bien que de technique, de technique vocale, pour ainsi dire. Le rire devait partir du fond de la gorge, et même de plus bas, de l'estomac, puis la voix intervenait en soutien des soubresauts du larynx.

Je ne voulais pas en faire usage dehors, avec les autres, de crainte qu'on m'accuse de contrefaçon. J'ai attendu de ne plus le fréquenter, ni lui ni aucune des personnes qui le connaissaient, j'ai attendu de m'installer à Montpellier pour remplacer mes « hmr, hmr, hmr » par de vrais beaux « ha ! ha ! ha ! ».

Je ne lui ai pas piqué que son rire.

Mais le reste nécessitait davantage qu'un simple bagage technique.

Pour le reste, je n'étais pas encore prêt. J'avais besoin de vivre un peu plus.

Le reste, c'est d'ailleurs ce qui a provoqué la cassure avec cette bande d'amies à laquelle je tenais tant. Le reste m'a d'abord agacé.

Le matin, quand il nous rejoignait dans la cour fumeurs, il vouvoyait tout le monde. Il s'approchait de Mélanie pour lui faire la bise : « Comment allez-vous, chère Mélanie ? » Et ça produisait un autre effet qu'un simple et automatique *Salut, ça va ?* Parfois il ajoutait : « Vous êtes bien charmante, aujourd'hui. » Oui, forcément, ça plaisait. Il mettait de la dignité là où elle n'existait pas. Il fallait une sacrée dose de recul et de sérénité pour agir comme il le faisait. 7 h 45 à l'automne, on avait tous encore la tête dans le cul, les yeux collés, cernés, quelques boutons d'acné mal percés, le stress qui montait avant l'interro, toutes sortes de préoccupations, alors ça tranchait. Le simple effet de la rupture de ton. C'était original et sympathique. Comme le commerçant dont on ressort de la boutique toujours joyeux. Dès qu'Alexandre arrivait, les visages s'éveillaient, les corps frétillaient. Autre chose en plus du vouvoiement, il embrassait, il faisait la bise à tout le monde. Ce n'était pas tout à fait inédit au lycée, mais je n'avais pas cette habitude-là. Je croisais la moitié de mes amies au réfectoire, je me posais à notre table attitrée avec mon plateau et on se disait bonjour d'un geste de la main. Alexandre ne prenait jamais de petit déjeuner, il restait au lit après la sonnerie et se replongeait dans un livre, puis il se douchait et s'habillait en vitesse et traversait le réfectoire pour attraper une pomme ou une banane, si bien que ses bises étaient parfois croquantes, ses premières phrases un peu mastiquées, mais on lui laissait le temps de terminer sa bouchée. On lui accordait beaucoup plus qu'aux autres, plus de disponibilité et d'indulgence. On arrêtait de parler quand il arrivait, on arrêtait de se plaindre, pour qu'il puisse faire son petit numéro, le tour du petit groupe, la bise à moi aussi alors qu'on s'était aperçus dans la chambre au réveil, et moi aussi j'avais droit à mon compliment personnalisé : « Vous portez un joli pull-over, cher ami », et je n'avais pas le temps de répliquer qu'il était déjà passé à ma voisine. À qui il adressait une remarque qu'il m'arrivait de ne pas comprendre, en lien avec la musique qu'ils écoutaient, car il connaissait tous les groupes de rock anglais dont elles étaient fans, un sujet sur lequel j'étais à la rue complet.

Avec Alexandre, qui était très cultivé, qui semblait tout savoir de tout, elles se permettaient des échanges qui me dépassaient. Elles allaient avec lui sur des terrains où je ne pouvais pas lutter, et parfois je le prenais mal, parfois j'avais même l'impression qu'ils s'enthousiasmaient et qu'ils riaient contre moi. Je n'en montrais rien, je faisais tout pour que ça ne se voie pas. Au début, je n'avais pas accès à cette frustration. Je la dissimulais derrière des sourires et des postures qui m'en protégeaient moi-même. Je m'efforçais avant tout de ne pas perdre contenance, de sauver un peu de cette aisance toute fraîche dont je pensais qu'elle allait me rendre encore plus populaire cette année au lycée, mais Alexandre était bien plus à l'aise que moi.

Plus à l'aise, plus cultivé, plus drôle, plus charmeur. Il avait plus de style, avec son cartable de facteur en cuir élimé et son béret en tweed – comme quoi, la mode vintage ne date pas d'hier. Étant donné sa corpulence, on pouvait le prendre pour un prof. Un jeune prof. Il parlait comme un prof. Il parlait bien, toujours avec aplomb, comme s'il avait vingt ou vingt-cinq ans. Il était agréable à écouter. Avec lui, tout semblait couler de source, tout était simple. Il n'hésitait sur rien. Ses propos étaient posés et lucides. Il était au courant des faits d'actualité, des événements politiques, toutes ces choses qui appartenaient pour moi à une autre réalité, un autre monde dont je n'avais pas la clé. Il était végétarien. Il l'assumait, le revendiquait, s'en expliquait, et c'était souvent un sujet de discussion à table, parce qu'à l'époque c'était une vraie incongruité. On ne disait pas végé et encore moins vegan. Et était-il vegan ou seulement végé, ça, je ne saurais pas le dire. De toute façon, le sujet ne m'intéressait pas. Parfois je n'écoutais pas. Je ne me souviens pas de son envie de devenir vétérinaire, par exemple, mais je ne portais que très peu d'intérêt aux désirs de carrière des uns et des autres. Je n'avais pas d'idée pour moi, mon seul projet après le lycée c'était de partir avec mes copines à Boulogne-sur-Mer.

Pourquoi Boulogne-sur-Mer ? Parce que Séverine y allait en vacances depuis toute petite, chez sa tante qui avait là-bas une grande maison et pourrait nous héberger avant qu'on trouve un appartement où vivre tous ensemble en colocation. L'Angleterre était juste en face. En Angleterre, il y avait ces rockeurs qui les faisaient toutes fantasmer. Hormis Bertille, qui jouait de la guitare, aucun d'entre nous ne pratiquait d'instrument de musique, mais on s'était mis dans la tête de fonder un groupe de rock, d'aller concurrencer Blur et Radiohead. Séverine m'avait attribué la basse, elle avait dit : « Julien, tu seras parfait à la basse. » Que fallait-il en déduire ? Je reconnais que je n'étais pas très investi dans ce projet de groupe de rock, mais Boulogne-sur-Mer, ça, j'y tenais. Et j'y croyais plus que tout. Je n'avais aucune idée de ce qu'était cette ville – je n'en sais pas plus aujourd'hui –, mais la présence de la mer et la proximité de l'Angleterre suffisaient à me convaincre. Et puis l'important, c'était qu'on soit ensemble.

Une fois, Maïa a lâché qu'Alexandre pourrait être notre manager. La proposition n'a pas eu l'air de l'intéresser.

Mais elles insistaient. La porte lui était grande ouverte. Sans intégrer notre groupe, il pouvait tout de même venir avec nous à Boulogne.

J'étais gêné par leur enthousiasme et par cette envie de lui faire de plus en plus de place. Je ne sais pas comment il vivait ça, lui, je ne sais pas ce que ça lui inspirait. Peut-être que ça ne l'emballait pas de devenir leur nouvelle mascotte. Peut-être que cette popularité, il ne la souhaitait pas, il ne la recherchait pas, peut-être qu'il la subissait plus qu'autre chose.

13

Un lundi matin, il s'est pointé au lycée le moral en miettes. Il avait aspiré une araignée en nettoyant sa chambre, une tégénaire des maisons, c'est-à-dire une belle et grosse araignée noire et velue, et qui était enceinte, pleine d'œufs, et il n'arrivait pas à s'en remettre. Ce type qui mesurait plus d'un mètre quatre-vingt-dix et devait peser pas loin de cent kilos était capable de s'émouvoir du sort d'une malheureuse araignée. Personne n'a ri. Sa détresse nous a touchés. À des degrés divers. Pour ma part, le ridicule l'emportait sur l'émotion. J'étais tenté de me moquer. Je ne me suis pas autorisé à le faire.

Pendant les années qui ont suivi, et ça a duré longtemps, peut-être dix ans, à chaque fois que j'ai passé l'aspirateur, j'ai pensé à Alexandre.

Je m'intéressais aux animaux, moi aussi, je les aimais – les vaches, les lynx, les chiens –, et c'est justement sur ce sujet qui nous avait rapprochés qu'on a eu notre premier accroc.

Mon grand-père ne chassait plus quand j'étais enfant, ses chiens étaient morts et ses copains à l'Ehpad, mais John m'a montré des photos où il posait entouré des hommes de la vallée derrière plusieurs cadavres de sangliers ou de chamois, et d'autres photos encore où il tenait des lièvres par les pattes et des faisans par le cou. Mes parents s'emportaient quand il évoquait ses anciennes sorties de chasse et qu'il rouvrait pour la énième fois son album – l'unique album qu'il possédait, et dans lequel on trouvait également les sorties de mairie des mariages de ses enfants et les faire-part de naissance de ses petits-enfants –, et John se justifiait en invoquant la nécessité de m'éduquer à la vraie vie : « Il faut qu'il sache. » Ma grand-mère aussi avait chassé dans sa jeunesse, elle me racontait avoir tué des biches et des lapins, il n'y a pas de photo mais je me suis fabriqué les images tout seul : Honorine avec un fusil ; Honorine qui dégomme un lapin perdu au milieu d'un champ. Elle me disait de sa petite voix : « Il y en avait plein les champs, des lapins. Ils ont presque tous disparu. Je me demande bien où ils sont passés. » Trois de mes oncles sont chasseurs, je ne les ai jamais accompagnés. Je sais dans quel meuble Françoise conserve les anciens fusils et les anciennes carabines de mon grand-père, je ne m'en suis jamais servi. Je n'ai jamais chassé. Mais un jour d'hiver, pendant cette année de terminale, je me suis improvisé en adepte de la chasse face à Alexandre.

Alexandre, lui, était farouchement contre. Il avait une vision des chasseurs que je trouvais caricaturale et à laquelle je n'arrivais pas à associer mes grands-parents, et malgré le fait que toutes mes copines le soutenaient, je me suis lancé dans la bataille. J'ai essayé de défendre cette idée simpliste, voire simplette, c'est vrai, cette idée qu'il y a des cons partout, et je l'ai appuyée en prétendant qu'il y en avait autant du côté des chasseurs que des écolos. Je ne faisais que répéter des paroles entendues dans la bouche de mes oncles et tantes et du vieux John, et ces paroles, pour mes copines, entraient en résonance avec le célèbre sketch des Inconnus. Et alors Maïa s'est lancée dans l'imitation de la scène en question, avec le ton alcoolisé et le buste chancelant : « Le mauvais chasseur, c'est le gars qu'a un fusil, il voit un truc qui bouge, il tire… Et le bon chasseur, c'est le gars qu'a un fusil, il voit un truc qui bouge, il tire… mais… mais c'est un bon chasseur », et tout le monde a ri, bien sûr. J'ai tenté de reprendre le dessus en arguant que la chasse était une pratique vieille comme l'humanité, que le gibier était une viande bien plus naturelle que celle qu'on achetait en supermarché, et Alexandre balayait chacun de mes propos en une succession d'arguments implacables et nettement plus étoffés que les miens qui m'envoyait dans les cordes. Mélanie comptait les points : « Plus un pour Alex. Plus deux pour Alex. Hou là là, quel enchaînement. » Je ne faisais pas le poids. Je n'étais pas à la hauteur. Dès le deuxième round, je suis tombé KO.

Son intelligence m'irritait.

Son intelligence, son aisance, son érudition.

Alexandre mettait mes lacunes en évidence, il me les révélait. J'avais de plus en plus de mal à exister en sa présence.

Au lieu de m'élever, son discours me coupait le sifflet. Au lieu de me stimuler, sa personnalité m'effaçait. Avec le recul je ne crois vraiment pas qu'il cherchait à me dominer ni à me piquer la vedette, mais je ne pouvais pas m'empêcher de l'envisager comme un rival. Je me sentais en danger.

Je n'en montrais rien. J'étais jaloux comme un pou et absolument incapable de l'admettre – jaloux de son sourire, de son rire, de ses facilités, de sa sensibilité, de sa culture musicale. Je jouais l'apparente désinvolture alors que je bouillonnais à l'intérieur. Je faisais mine de ne pas être affecté par nos prises de bec, j'avais compris que sur la chasse je ne pourrais convaincre personne et je prenais soin de ne pas remettre le sujet sur la table. Je redevenais discret. J'espérais un faux pas de sa part. Je voulais qu'il disparaisse. Je rêvais qu'il n'ait pas été placé dans mon dortoir, qu'il soit resté ou qu'il ne soit jamais parti en Afrique du Sud, qu'il ne soit pas né.

C'est moi qui ai fini par fauter.

À l'internat, il nous arrivait de participer à des activités. Un tournoi de tarot était organisé chaque année – je l'avais fait avec Maïa et Séverine en première et on avait failli gagner. Il y avait aussi un tournoi de ping-pong, auquel je ne me suis jamais inscrit. Et puis le club cinéma montrait un film dans le foyer une fois par mois, le mardi soir. Ça attirait toujours du monde. Je me souviens avoir vu à cette occasion *Vol au-dessus d'un nid de coucou*, *Halloween*, *Elephant Man*.

Depuis la rentrée, je n'avais raté aucune séance. Je m'installais avec Mélanie, Bertille, Séverine et Alexandre, et une fois les lumières éteintes, on sortait du sac à dos les bières et les paquets de Curly.

Ce soir-là, on a regardé *Les Oiseaux* d'Hitchcock. Un membre du club nous a appris qu'il s'agissait du troisième film d'Hitchcock adapté d'un roman de Daphné Du Maurier, ou plus précisément, s'agissant des *Oiseaux*, d'une nouvelle. Au début du film, quand le personnage féminin est au volant de sa décapotable, avec ses inséparables en cage, un type assis derrière nous passait son temps à ricaner : « Mais c'est trop laid, c'est trop mal fait.

On voit que c'est tourné en studio. Elle ne conduit pas, elle est devant un écran… » Alexandre s'est retourné pour lui demander de la fermer, j'aurais aimé le devancer sur ce coup-là. Je m'imaginais les réactions de Bertille et Mélanie si c'était moi qui avais remis ce petit con à sa place. Et je me disais que sans Alexandre je serais intervenu, que sans lui je me serais imposé. Ce qui m'avait retenu de le faire, j'en étais persuadé, c'était Alexandre. À cause de lui, je n'osais plus m'affirmer.

Je garde un bon souvenir du film. Je n'ai pas été particulièrement terrifié, mais l'image du mec avec les yeux crevés et sanguinolents, par exemple, m'a marqué. Beaucoup d'images me sont restées, alors que je ne l'ai jamais revu. Je peux dire que j'ai éprouvé bien plus d'empathie pour les humains que pour les oiseaux tueurs, ce qui me semble assez normal, mais après le film, j'ai découvert qu'il n'en avait pas été de même pour tout le monde. En rejoignant mon dortoir j'ai trouvé Alexandre assis sur son lit, la tête dans les mains, qui pleurait. J'étais loin d'imaginer que ça avait quelque chose à voir avec le film. Je me suis assis à côté de lui, il s'est confié sans attendre : « Je craque. J'étais dans une telle tension pendant la projection. Ça m'a retourné. Ces goélands, ces corbeaux, ces moineaux qui soudainement deviennent nos ennemis. Ce n'est pas montré dans le film, mais quelle sera l'issue de cette histoire, quelle sera la solution au problème? Un personnage le dit : ils vont envoyer l'armée, ils vont tous les zigouiller.

– Alex, c'est juste un film…

– J'étais de leur côté. Je me suis mis à leur place. Je me suis mis à la place des oiseaux. J'ai toujours eu du mal avec les représentations d'animaux en souffrance. Un goéland éclaté contre une vitre, un corbeau mort, à chaque fois j'avais envie de crier… »

Le lendemain, j'en ai parlé au petit déjeuner avec Mélanie et Bertille, elles m'ont appris qu'il se cramponnait à ses propres cuisses pendant le film. Puis j'en ai parlé avec Luc un peu plus tard dans la journée.

Luc, qui avait été dans ma classe en seconde, et dont j'avais été proche pendant quelques mois. En terminale, il était dans la classe d'Alexandre, et dans notre chambre à l'internat. J'aimais bien discuter avec lui, c'était un mec assez cinglant, qui ne prenait pas de pincettes, son apparente froideur me faisait souvent rire.

« L'autre jour, en cours d'histoire, on a regardé un extrait de *Nuit et Brouillard*, Alexandre était assis à côté de moi, il n'a pas versé une seule larme. Quand c'est des Juifs, ça ne lui fait rien, mais quand c'est trois pauvres mouettes… »

Le genre de formule dont Luc était coutumier.

On n'avait pas le même prof d'histoire. Je n'avais jamais vu *Nuit et Brouillard*. Je ne savais pas trop quoi penser de la remarque de Luc. Mais comme un con, je me suis amusé à la ressortir face à mon groupe de copines, sans préciser qu'elle n'était pas de moi.

« Il paraît qu'ils ont regardé *Nuit et Brouillard*. Alexandre n'a pas pleuré. Le type est plus sensible au sort de deux petits moineaux qu'à celui des six millions de Juifs exterminés par l'Allemagne nazie… »

Elles n'ont pas très bien réagi.

Elles m'ont bien fait comprendre que là, je déconnais. Elles ne m'ont pas non plus cloué au pilori, et j'aurais pu chercher à me rattraper. J'aurais pu m'excuser, dire simplement que je répétais une connerie que j'avais entendue dans la bouche d'un autre, je suis persuadé qu'elles m'auraient pardonné. Mais je n'ai pas voulu lâcher.

Un conflit s'ouvrait, et j'avais l'occasion de l'empêcher de grossir, et je l'ai laissé grossir, j'ai tout fait pour qu'il grossisse. Je ne sais pas exactement ce que j'ai donné à voir, on ne maîtrise pas son image dans ces moments-là, j'ai dû m'emporter, j'ai dû en faire trop. J'ai dû être piqué par certaines de leurs répliques, et à mon tour les trouver excessives et m'énerver encore plus. Le genre de situation où on a du mal à retrouver son calme, alors on s'accroche à sa rage et on s'enfonce. Je me suis enfoncé bien comme il faut.

À partir de là, j'ai fait d'Alexandre mon ennemi. Je m'étais trouvé un allié en la personne de Luc, et ils étaient quelques-uns dans sa classe qui eux non plus ne le supportaient pas. Luc me racontait que dès qu'il intervenait en cours, ça jasait dans les rangs. « Allez, ramène ta science. » *Ramène-ta-science*, c'est devenu son surnom.

J'aimais entendre ça. Entendre ce type qualifié de poseur, de baratineur, de frimeur antipathique. Je me sentais moins seul et j'en avais besoin, forcément. Je venais de quitter notre bande, notre « band », devrais-je plutôt dire, avec pertes et fracas. Je venais de tirer un trait sur deux ans d'amitiés qui m'avaient transformé et apporté tellement de joie et d'émotion, et sur des projets auxquels je tenais pourtant très fort. On change vite, on change si facilement à cet âge-là. Quand j'y repense, oui, la facilité avec laquelle j'ai fait le deuil de ces relations et de toutes les promesses qu'elles induisaient m'étonne. Je ne verrais jamais ni Boulogne-sur-Mer ni l'Angleterre. Je ne toucherais jamais à une guitare basse de ma vie. Je ne partagerais plus aucun de mes petits déjeuners avec Bertille et Mélanie. Il n'y aurait plus de fête à picoler jusqu'au lever du jour, plus de camping sauvage, plus de tours de tracteur nocturnes, plus de cheminée ramonée au sapin de Noël. J'ai changé de place en classe, dans chacun des cours, et les profs s'en rendaient compte et les autres élèves faisaient des commentaires. De fausses idées circulaient – un chagrin d'amour ; il s'est pris un râteau –, et mes anciennes amies s'empressaient de démentir et donnaient leur version des faits. Elles m'en voulaient beaucoup plus que lui. Elles le vivaient comme une trahison. De leur côté aussi, je suis passé en un claquement de doigts d'alter ego à paria.

Alexandre, lui, n'était pas si dur. À l'internat, dans la chambre, je n'ai pas changé de lit. La première tête que je voyais au réveil et la dernière au moment d'éteindre était toujours la sienne. Il nous arrivait même d'échanger quelques mots, et j'étais censé en déduire qu'il ne me tenait pas rigueur de ma réflexion débile et de tout ce qui avait suivi, de mes coups de sang. J'étais censé comprendre qu'il se situait au-delà de ça, qu'il savait prendre de la hauteur, lui, qu'il ne jugeait pas les gens, ne les enfermait pas dans des cases et bla-bla-bla, qu'il ne se faisait pas d'avis définitifs, qu'il n'était pas guidé par la colère, l'amertume, la mauvaise foi, le mensonge, la méchanceté. Là encore, j'aurais pu profiter de son indulgence pour rétablir la situation, mais je suis resté campé sur mes positions. J'avais l'impression qu'admettre mes torts reviendrait à courber l'échine, à m'effacer encore plus, à me renier, à sortir du tableau, qu'il y avait dans cette nécessité de ne rien lâcher une question de survie, qu'il s'agissait de sauver ou plutôt de sauvegarder quelque chose qui était de l'ordre de mon intégrité la plus profonde, quelque chose qui me définissait de manière intime et absolue, quelque chose sans quoi je ne pouvais pas vivre. Donc, non, je ne lui ai rien cédé. J'ai fait mon vieux John, voilà.

Plus encore que de celui de Luc et ses amis, c'est du côté de mon grand-père que j'ai trouvé le soutien qu'il me fallait. La rudesse de John agissait comme une consolation. Sa dureté m'enveloppait. De penser à lui, de l'appeler, de l'écouter, de le voir, tout cela me procurait un sentiment de réconfort qui n'existait pas ailleurs. On partait se promener tous les deux le long de la Valserine comme quand j'étais gosse, et on ne se disait pas grand-chose. Il ne parlait presque plus. Lui aussi était préoccupé, l'état d'Honorine ne cessait de s'aggraver. Ma grand-mère souffrait d'un cancer et multipliait les séjours à l'hôpital. Les dernières nouvelles n'étaient pas bonnes, l'infirmière a même annoncé à John qu'elle ne finirait pas l'année. Son désarroi, même si ma situation n'avait rien à voir avec la sienne, son désarroi me faisait du bien. Comment dire ça sans être inconvenant ? Oh, tant pis si ça paraît déplacé. John portait quelque chose de lourd, John n'était plus tout à fait le même, mais son attitude n'était pas pesante pour moi. L'atmosphère mortifère qui régnait à la maison ne m'angoissait pas. Ici, au moins, on ne faisait pas semblant d'être heureux. On ne prenait pas des poses pseudo-intelligentes pour défendre les chevreuils et les sangliers sans ne rien connaître de la vie sauvage. Ce n'est pas facile à admettre, mais oui, j'ai aimé partager ces moments avec eux, les derniers instants de vie de ma grand-mère. Malgré son agonie, malgré le désespoir de mon grand-père, je garde un bon souvenir des deux semaines que j'ai passées au village en février.

J'ai vécu à leur rythme, me couchant le soir à 20 heures et me levant tous les matins aux aurores. Quand on mettait le nez dehors avec John, il faisait encore nuit. Il me confiait sa lampe torche, on rejoignait la rivière et, depuis le pont du Diable, je balançais des cailloux pour éclater la fine pellicule de glace sous laquelle l'eau continuait à couler. On rentrait une première fois à la maison pour avaler un bol de café au lait, et on ressortait quelques heures plus tard, les poches pleines de tranches de saucisson. On avançait à petits pas dans la forêt sombre, à l'abri des épicéas et des hêtres déplumés. Le jour se levait bien avant qu'on aperçoive le soleil. On attendait parfois midi pour que le paysage se débarrasse de tous les mystères givrés emmagasinés pendant la nuit, quand le monde se réchauffe et que les troncs et les branches, les parois rocheuses, les routes et les champs recrachent des brassées de vapeur d'eau. Comme après un coup de chiffon sur des lunettes embuées, maintenant on y voyait clair. On pouvait observer les traces des renards, des lièvres, des martres et des hermines dans la neige. On pouvait quitter les chemins et grimper dans les bois. Dès 15 heures les crêtes des plus hauts sapins s'embrasaient, l'air se refroidissait et charriait une bruine de cristaux scintillants, poussière de givre qui nous glaçait les joues et les mains et pénétrait nos vêtements. Des traînées brumeuses se faufilaient dans le moindre ravin, disparaissaient aussitôt, se reformaient plus vite qu'il ne faut pour le dire. Le soleil se glissait derrière les Hautes-Combes à l'ouest, un épais nuage envahissait le fond de la vallée, gommait tout autour de nous la forêt, la roche, les quelques baraques qu'on croisait en rentrant, en levant bien haut les genoux pour plaquer nos semelles à crampons sur le sol verglacé. Je passais un bras sous celui de John, nouant nos deux coudes comme les mailles d'une chaîne, et on retrouvait la maison, la maison mal chauffée, on retrouvait mon oncle Patrick ou ma tante Sylvie qui venaient s'occuper de leur mère en notre absence, et on retrouvait la mamie dans son lit installé dans le salon contre la cheminée. Je me collais à la préparation du repas du soir. Enfin, quand ils voulaient bien manger.

Une fois sur deux ils se contentaient d'une tartine de fromage. Sinon ils me demandaient une soupe d'épinards, et je suivais la recette d'Honorine, en versant du tapioca pour densifier le mélange et en ajoutant un Kub Or pour le rendre plus goûteux.

Honorine est morte au début des vacances d'avril. On l'a enterrée à Chézery. C'était ma première mort importante, mon premier enterrement. Le curé en parlait comme d'une duchesse, il l'appelait Honorine de la Valserine. J'ai l'impression d'avoir pleuré pendant dix jours, à se demander si je n'en profitais pas pour me soulager d'une pression plus générale, venue d'ailleurs. À mon retour en classe, personne ne s'est inquiété de savoir comment s'étaient passées mes vacances. Évidemment, ils ne pouvaient pas deviner. D'habitude, quand un élève était absent pendant plusieurs jours, on finissait par apprendre qu'il avait perdu un proche, et quand il revenait, il suscitait fatalement la compassion de ses camarades et professeurs. Je n'ai bénéficié de rien de tout ça.

Durant les deux derniers mois de l'année, je me suis enfermé dans les révisions. J'avais beau être un assez bon élève – sans être un esprit aussi brillant qu'Alexandre, mais lui, il était hors concours –, j'avais très peur de redoubler. J'avais calculé que si je me loupais en philo, étant donné l'importance du coefficient, je pouvais échouer au bac. Aucun des hommes de ma famille ne l'avait, ni mon père, ni mes oncles, ni mon grand-père, et je suis l'aîné de mes cousins. J'avais une lignée à venger.

Au début de l'été je ne savais pas encore où je serais à la rentrée, la question de l'orientation était secondaire. Je savais seulement que ce ne serait ni Boulogne-sur-Mer ni Lons-le-Saunier, puisque je m'en étais sorti, j'avais eu la moyenne en philo, la moyenne dans toutes les matières, j'ai eu mon bac du premier coup. On a arrosé ça à La Rivière, avec mes parents, mes oncles et tantes, mes cousins et cousines et le vieux John. Sans Honorine. Qui nous manquait à tous. On ne parlait que d'elle. D'Honorine partie, et du premier bachelier masculin de la famille. C'était le mantra de la soirée : « Ta grand-mère doit être fière. »

14

Après deux mois à entasser dans des conteneurs de vingt pieds des cartons rectangulaires remplis de boîtes rondes contenant chacune huit, seize, vingt-quatre ou trente-deux portions triangulaires de fromage fondu emballées dans du papier alu pour le compte de l'usine Bel, j'ai investi en septembre un logement de neuf mètres carrés dans une résidence du Crous de Dijon. Je me suis inscrit en lettres modernes à la fac, en m'assurant auparavant que ni Alexandre ni aucune de mes anciennes amies ne parte dans cette ville. J'imaginais un terrain vierge, tout à inventer, tout à découvrir, et dès la première semaine, sur qui je tombe en traversant le campus, Luc. Il était censé partir à Strasbourg, il avait changé d'avis au dernier moment, lui non plus ne savait pas que j'étais là. Puis tout s'est vite enchaîné : Estelle, Magali, Montpellier.

Estelle vivait en colocation avec deux amies dans le même immeuble que Luc, qui lui aussi était en colocation, avec trois filles qu'il ne connaissait pas. Il y a eu des fêtes, un soir j'ai couché avec Estelle, ce n'était que ma deuxième histoire après Bertille, celle-ci a duré quatre mois. Magali, la sœur d'Estelle, est venue passer quelques jours à Dijon au mois de janvier. J'ai tout de suite flashé sur elle, et ça semblait réciproque. Estelle s'en est rendu compte, et ce que je ne savais pas c'est qu'elle n'était pas très attachée à moi, et qu'elle avait même des vues sur un jeune pharmacien de son quartier. Ce qui se présentait comme une situation compliquée s'est en fait avéré d'une simplicité enfantine. Je suis passé d'Estelle à Magali – Estelle a d'ailleurs eu une petite histoire avec son pharmacien. J'ai été au bout de cette première année à Dijon. J'ai continué à bosser pendant chaque période de vacances. Avec Magali on se voyait à peu près un week-end par mois. Au début de l'année suivante, je l'ai rejointe à Montpellier.

Il y avait déjà eu quelques tentatives à Dijon, mais c'est vraiment auprès de Magali que j'ai affirmé le rire d'Alexandre. J'ai commencé par en faire un peu trop, du genre à rire même quand ce n'était pas drôle. Je ne m'arrêtais plus, comme un bébé qui se met à crier ou un enfant à siffler. Et j'ai appris peu à peu à doser mes saillies. Cette façon de rire faisait désormais partie de moi, c'était la mienne. À partir de ce moment-là, je n'ai plus jamais ri comme avant.

Le rire de Magali était lui aussi très sonore, on peut même dire explosif, comme son caractère – et, accessoirement, sa façon d'éternuer. C'est cette vitalité qui m'a plu chez elle. J'avais dix-neuf ans et j'attendais des relations amoureuses qu'elles soient bouillonnantes ; avec Magali j'ai été servi.

Je ne vais pas trop m'étendre sur cette histoire qui a duré près de six ans. Il faudrait être concret, factuel, ça serait extrêmement répétitif, à un point comique, ou inquiétant, probablement les deux à la fois. Ce que je peux dire c'est que notre relation a été minée par la jalousie, la mienne autant que la sienne, et la mienne en premier, oui, c'est moi qui ai commencé. À cause de plusieurs ex que je trouvais trop présents et d'un entourage masculin avec lequel elle avait un rapport particulier, physique, tactile. Magali suivait des études de kiné et passait ses journées à manipuler des corps presque nus, elle s'exerçait avec tout le monde, elle massait ses amis, ses anciens petits copains, et j'en profitais aussi mais ce n'était donc pas exclusif. Pour équilibrer, pour me venger, je lui parlais de toutes les jolies filles que je côtoyais à la fac et chez lesquelles il m'arrivait souvent d'aller travailler – et avec lesquelles je souffrais de ne rien pouvoir partager de plus, il faut bien le dire. Magali a fini, elle aussi, par s'inquiéter. Mes frustrations alimentaient ma jalousie, et j'en avais conscience. Si je soupçonnais Magali de ne pas être claire avec moi, c'est parce que je ne l'étais pas avec elle. Et comme elle s'est mise elle aussi à être jalouse, je ne pouvais pas m'empêcher d'y voir la preuve de sa malhonnêteté. J'ai fouillé dans son téléphone, elle s'en est rendu compte. Elle aussi fouillait dans mes affaires. Ses crises se sont mises à prendre le pas sur les miennes. Elles étaient plus violentes, ça durait des nuits entières, on en sortait lessivés. J'ai redoublé ma dernière année de licence. Un an plus tard, une fois ma licence de lettres modernes validée, je me suis réorienté en histoire de l'art, ce qui a impliqué de repartir un échelon en dessous. Mes camarades d'amphi rajeunissaient tandis que Magali avait maintenant des collègues de boulot, et voilà qui nous fournissait de nouvelles raisons de part et d'autre de s'empoisonner la vie.

On n'habitait plus à Montpellier mais à Saint-Jean-de-Védas, on avait un jardin, une haie de poiriers, deux pêchers, un énorme figuier. On cultivait un potager dans lequel on plantait surtout des tomates, et j'en apportais des cagettes entières à John quand je revenais le voir. Magali m'accompagnait la plupart du temps, on débarquait tous les deux chez John avec nos tomates juteuses et nos gueules bronzées même en hiver, et on s'installait pour une semaine ou deux dans la vallée. Ce sont sans aucun doute les meilleurs souvenirs de notre histoire. On partait marcher dans les bois, avec ou sans John. Ou bien je partais seul et ils restaient tous les deux à la maison. John adorait Magali, il y avait de l'amour dans ses yeux quand il la regardait. Il y avait aussi de la fierté dans les yeux qu'il posait sur moi, fierté de voir son petit-fils accompagné d'une fille aussi dynamique, d'une fille au caractère bien trempé, comme on disait souvent, et c'est aussi ce qui m'avait séduit chez elle, ce qui continuait à m'emballer, et ce qui parfois me poussait à en faire plus qu'au naturel, comme avec John, exactement comme avec lui, pour les impressionner. Quand je les laissais tous les deux à la maison devant la cheminée, je chaussais une paire de raquettes et sanglais mes skis de descente dans mon dos – on n'allait quand même pas faire du ski de randonnée, trop facile. J'en avais pour au moins trois heures à me démener dans la poudreuse avant d'atteindre un sommet, d'où je m'offrais une unique glisse au milieu des épicéas. Je revenais blanc comme un yéti, balançais mon attirail sur le sol de la cuisine, et John et Magali m'accueillaient avec des mines éblouies. « Il n'a pas l'air, comme ça, mais il est costaud, mon homme. » John s'en attribuait tous les mérites : « À force de le traîner derrière moi, il est devenu solide comme papi. » Magali éclatait de rire. Et qu'elle soit aussi réactive et compréhensive avec John me réjouissait. Et quand on s'en allait, quand on retrouvait notre petite maison à Saint-Jean-de-Védas, que les disputes reprenaient et qu'on brandissait l'un comme l'autre, l'un après l'autre, la menace de la séparation, je ne pouvais pas m'empêcher de penser à lui. Je voyais John se mettre en colère, je l'imaginais m'imposer de faire machine arrière, il approchait les quatre-vingt-dix ans et j'ai pu me dire, oui, ça m'a traversé, qu'il me faudrait attendre sa mort pour me libérer de Magali. Ça ne s'arrangeait pas entre nous. Même nos amis s'étonnaient que notre couple résiste à toutes ces crises. C'est à cette époque qu'Alexandre s'est rappelé à mon souvenir.

Oh, je ne l'avais pas totalement oublié durant toutes ces années, il occupait parfois mes pensées, et je lui en voulais toujours. À cause de cette histoire qui s'était si mal terminée au lycée, je me méfiais des groupes déjà constitués. À cause de lui, je me méfiais des beaux parleurs, des types qui paraissaient trop bien dans leurs pompes, trop détendus, et il y en avait un paquet à la fac. J'ai dû me tromper, de temps en temps, je me suis sans doute trop protégé, et je n'ai finalement pas rencontré grand monde, je me suis fait peu de vrais amis, je n'ai pas connu une vraie vie d'étudiant à Montpellier. Aussi parce qu'on était beaucoup trop fusionnels avec Magali. On ne se lâchait pas, ce qui rendait nos crises de jalousie d'autant plus absurdes. Ce qui pouvait également expliquer ce besoin d'air, ce besoin d'ailleurs. C'est au milieu de tout ça que j'en suis venu peu à peu à reconsidérer la figure d'Alexandre.

Je peux dire qu'il est venu à ma rescousse, qu'il m'est apparu comme une ressource.

Comment ça s'est passé…

Cinq ans qu'on était ensemble avec Magali. Cinq ans de ruses, de mensonges, de postures rigides, de principes, d'idées arrêtées. Une incapacité réciproque à reconnaître ses torts. Un besoin de se valoriser en toutes circonstances. Ce n'était peut-être pas flagrant vu de l'extérieur, mais c'est ce qui nous animait, ce qui nous faisait tenir, je le sais.

C'est aussi cette dureté qui avait précipité la fin de mon amitié avec Maïa, Mélanie et les autres.

Je ne savais rien de tout ça, à l'époque du lycée. J'étais trop jeune, en tout cas trop immature pour être capable de considérer mes difficultés dans mes relations avec les autres. Mais quelque chose perçait, déjà. Une forme non intellectualisée, un embryon de conscience. Les idées étaient enfouies ; on les devinait vaguement à travers les eaux troubles. Elles commençaient à remonter à la surface, disons qu'elles étaient en chemin. Il me manquait les mots pour les exprimer. Il me manquait plus que ça. Je comprenais un peu tout de travers. Quand cela s'exprimait chez les autres, je pouvais le leur reprocher. Je pouvais ironiser, les trouver ridicules et bêtes, quand cela venait d'Alexandre encore plus. J'opposais à la fragilité d'Alexandre la dureté de John. La fragilité d'Alexandre me faisait peur, je m'en protégeais en la dénigrant, en la méprisant, je ne voulais pas en entendre parler. Au bout de ces cinq années avec Magali, les idées se sont mises à émerger. Grâce à ce qui s'était passé au lycée, peut-être. J'avais déjà donné dans la jalousie, un autre type de jalousie, c'est probablement ce qui a permis à quelques bulles d'éclater. Cette première expérience de la jalousie dont j'avais été l'acteur principal. Cette histoire où j'avais occupé le mauvais rôle. Cette histoire où j'avais fait preuve de trop de dureté. Un regard légèrement distancié qui m'a offert la possibilité d'assumer ce mot pour moi. Magali était dure, oui, c'était un fait. Je l'étais tout autant.

Il m'arrivait d'être dur. Ça me coûtait de le reconnaître aussi franchement. Ça résistait encore, mais parfois je pouvais le faire, parfois j'y arrivais.

Et Magali s'en servait contre moi. Évidemment.

Tout était donc de ma faute.

Mais j'avais déjà connu ça.

J'avais joué le même petit jeu avec Alexandre. Sauf que j'avais occupé l'autre place, celle qu'occupait maintenant Magali en face de moi.

J'avais été dur avec lui, j'avais été bête avec lui, il m'a fallu cinq ans pour le reconnaître. Pour regretter mon attitude au lycée, pour regretter de m'être braqué et de m'être réfugié auprès de Luc et ses potes. Il m'a fallu cinq ans pour admettre que dans le fond j'aurais préféré rester avec Maïa, Mélanie, Bertille et les autres, rester du côté de la vie.

Face à Magali, je suis devenu Alexandre. Après son rire, il me donnait autre chose de lui, il me transmettait un peu de sa douceur, il m'encourageait à révéler une facette nouvelle, il m'apprenait à le faire. J'acceptais ses recommandations, je ne les refusais plus, j'avais besoin de lui, besoin de lui pour ça, de son soutien pour ne pas flancher, comme j'avais besoin de John pour m'affirmer sous une autre forme, j'avais là aussi besoin d'un modèle auquel me référer. Alexandre me guidait, il m'aidait à y voir plus clair, comment dire ça, il m'aidait à réfléchir, est-ce que je peux dire ça ? Est-ce que je peux dire qu'il m'a appris à réfléchir ? Qu'il m'a rendu moins con ? J'avais l'impression de comprendre Alexandre, ça je peux le dire, oui. Avant, je n'y comprenais rien. Peut-être que maintenant je ne le comprenais toujours pas très bien, mais au moins je l'écoutais. Peut-être que je ne comprenais pas tout, mais au moins je m'intéressais à lui. Au moins je lui laissais sa chance. Au moins je ne me crispais plus, je ne me durcissais plus quand je pensais à lui, je ne me braquais plus face à Magali, je réussissais à rester calme, et pourtant ça ne changeait pas grand-chose à la situation, ça ne l'apaisait pas pour autant, elle, ça pouvait même terriblement l'agacer. J'avais l'impression de me voir des années en arrière face à mes anciennes amies du lycée, comme un miroir lointain, un miroir déréglé, un miroir dont le reflet met plusieurs années à vous parvenir. Voilà celui que tu étais il y a cinq ans, celui que tu n'as pas cessé d'être depuis, mais tu ne voyais rien, tu étais trop proche de toi, collé à la vitre, collé à ton reflet.

Cinq ans pour réussir à te décoller de toi-même.

Réussit-on jamais à le faire vraiment?

Laissez-moi y croire au moins cinq minutes.

J'avais l'impression d'y arriver.

J'avais besoin d'y croire fort, d'en être persuadé, pour que ça ait des effets concrets sur ma vie. Pour m'aider à accomplir ce à quoi tout ça était censé aboutir. Lui annoncer clairement. Partir pour de bon. Rupture définitive, sans équivoque. Sans retour possible. Ça s'arrête là entre nous.

Je préfère ne pas repenser aux jours et aux semaines qui ont suivi. Je préfère ne pas me rappeler les mots de John quand je lui ai appris que je quittais Magali. J'ai fait mes sacs. Je ne voulais pas rester à Montpellier.

Je savais très bien ce que je voulais faire. Un ami de Magali m'avait parlé de sa sœur qui terminait une formation de bergère à Salon-de-Provence. Magali était bien sûr au courant de mon désir de devenir berger quand j'étais petit, mais elle savait aussi que cette idée n'avait pas tenu, que malgré mon enfance dans la vallée de la Valserine, malgré le vieux John, j'avais affirmé en grandissant des attirances pour d'autres univers, elle savait que mes études en histoire de l'art me passionnaient et elle connaissait mon envie de travailler dans ce milieu. Alors elle ne me prenait pas au sérieux quand j'évoquais cette formation, et elle n'avait pas tout à fait tort. Mais quand je suis parti, ça m'a sauté à la gueule, c'était exactement ce qu'il me fallait.

Pour devenir berger professionnel ? Peut-être pas. Je venais de valider ma deuxième licence. La formation de berger ne durait qu'un an. J'avais besoin de me changer les idées. J'avais besoin d'une activité plus physique, aussi, à Montpellier j'avais parfois la sensation de m'encroûter.

J'ai commencé en septembre au domaine du Merle à Salon-de-Provence. Au milieu de quelques cours théoriques de zootechnie et d'agronomie, j'ai tout de suite mis les mains dans le cambouis. Dès octobre je me suis retrouvé en stage chez un éleveur de la Crau, un mois et demi à faire des agnelages. Retour au centre pour se former à la conduite du troupeau, à l'éducation des chiens et au travail de garde, avant de mettre tout ça en pratique à l'occasion d'un deuxième stage dans ces plaines désertiques de la Crau, avec un troupeau parfaitement adapté au milieu, composé uniquement de races rustiques, des bêtes qui se contentent d'une herbe pauvre – le contraire de celle, bien riche et bien grasse, qui recouvre les montagnes basses du Haut-Jura. Au retour de ce stage j'avais dans mes bagages un chiot adorable de quatre mois, que j'ai baptisé Mistral, je vous laisse deviner pourquoi. Le dernier stage s'accomplissait en alpage et j'ai passé l'été dans le Mercantour avec un berger qui avait à peu près l'âge que j'ai aujourd'hui. Malgré ses deux patous, on se réveillait tous les matins avec la crainte d'une attaque de loup. On dormait dans une caravane, la cohabitation était parfois compliquée. J'essayais de ne pas craquer, de, comment on dit déjà, de prendre sur moi, et Alexandre continuait à m'accompagner, même à sept ans et quelques centaines de kilomètres de distance – je ne savais pas où il était ni ce qu'il faisait de sa vie, je l'imaginais aussi bien à Londres qu'à New York ou au pôle

Nord. Je n'avais pas besoin de le voir. C'était peut-être encore plus efficace que si je le fréquentais. Il n'y avait plus du tout d'aigreur, plus de jalousie. Je n'avais plus rien à lui reprocher, comme s'il était mort et que je ne gardais de lui que le meilleur. Je pensais à lui tous les jours, tout le temps, sans que personne n'en sache absolument rien. Une relation secrète dont il n'était pas au courant lui-même. Il m'avait sauvé de cette histoire chaotique avec Magali, et maintenant il m'aidait en cours, avec les profs et les autres élèves, il m'aidait dans le Mercantour avec Pierre, il m'aidait avec les brebis, avec les chiens de conduite, avec Mistral. Il m'aidait à considérer les choses avec calme et discernement, à moins céder à mes impulsions, à moins me précipiter, à moins me laisser dominer par mes émotions. On peut trouver tout ça nunuche, mais le fait est que ça ne me faisait pas de mal, bien au contraire. Je le voyais comme un petit gourou zen, un dieu de poche, auquel je me référais de temps en temps et qui réagissait toujours de la même manière : il commençait par prendre une longue inspiration, mais rien à voir avec un truc de méditation ou de yoga, plutôt une inspiration de fumeur de cannabis, une longue taffe plus qu'une inspiration, une taffe de joint, de chicha, aujourd'hui on pourrait même imaginer une taffe de vapoteuse, mais pas une taffe mesquine et rachitique de cigarette normale, ça non. Une taffe qui produisait un gros nuage de fumée, voilà, manière d'apaiser l'ambiance, on reste tranquille, on se détend, et maintenant on peut commencer à réfléchir. Un petit maître zen de poche à dreadlocks, si vous voulez – pour vous dire à quel point je prenais mes libertés vis-à-vis de mon modèle d'origine. Si bien que je ne me mettais plus du tout de pression quant à mon avenir. Aucune raison de s'affoler. Tout me semblait temporaire. Rien de sûr, rien de grave.

Au terme de cette formation je ne me voyais devenir ni éleveur ni berger à plein temps. Mais j'ai tout de même fait une deuxième estive dans le Mercantour, puis une autre en Oisans. Le restant de l'année, je revenais vivre dans la vallée. Là aussi, c'était passager, c'était transitoire. Et puis il y avait une raison précise à mon retour. Je suis devenu auxiliaire de vie, comme Omar Sy dans *Intouchables*. Sauf que je ne m'occupais pas d'un tétraplégique plein aux as mais de mon grand-père.

C'était ça ou il partait en maison de retraite. Il avait perdu tout son souffle. Il refusait le fauteuil roulant mais il ne pouvait pas marcher sans déambulateur. Pour les trajets infimes, de la table au fauteuil, c'était moi son déambulateur, il s'appuyait sur mes épaules et je me déplaçais comme un robot, par à-coups maîtrisés, en glissant sur les dalles, sans décoller les pieds du sol. Je veillais à ce qu'il prenne ses cachets pour le cœur, je faisais ses courses, je lui préparais à manger, je lavais la maison, ses habits, son linge, j'entretenais le jardin, j'étais bien plus qu'un aide à domicile en vérité, j'étais son majordome, j'étais même son chauffeur. Il m'a confié sa 306 blanche, avec laquelle je faisais les trajets dans les Alpes l'été – pendant ces trois mois, Françoise prenait le relais –, et je l'emmenais faire des tours dans la montagne, parfois jusqu'en Suisse. La voiture, c'était l'endroit où il retrouvait le sourire. S'il parlait moins, c'était seulement pour éviter un emballement cardiaque, mais l'envie était toujours là, le tempérament était intact. Mon vieux John.

Malgré ce que j'apprenais d'Alexandre, je ne reniais pas l'enseignement de mon grand-père. Il me touchait toujours autant. Il me touchait d'une autre manière. Alexandre m'adoucissait; John me réveillait. Alexandre venait tempérer John; John venait bousculer Alexandre. Je l'aimais tellement, mon vieux John. Je lui pardonnais tout ou presque. Ses faiblesses, ses fautes, ses manques. Sa lourdeur, sa vulnérabilité. Même sa bêtise m'inspirait de la tendresse. John était un homme généreux et cabossé, un homme brutal et attentionné, un homme imparfait. Alexandre – ou cette version détournée, cet avatar que je m'étais fabriqué pour mon propre usage –, lui, c'était l'homme parfait.

J'essayais de composer avec ces deux figures a priori antagonistes, le vieux guide et le nouveau maître à penser. Elles ne me semblaient pas si difficiles à associer. Elles s'entendaient même assez bien.

Françoise était de plus en plus présente à La Rivière. René, son mari, était mort cinq ans plus tôt d'un cancer du poumon, et elle prévoyait de vendre leur petite maison dans la banlieue de Caen. On devait s'y prendre à deux pour habiller, déshabiller, doucher John. Un hiver où elle est restée quatre mois dans la vallée, je me suis mis à bosser plus sérieusement pour mon oncle Patrick à Lélex.

À la différence des autres saisonniers, je travaillais quasi à demeure, un saisonnier sédentarisé, en somme. Je m'occupais du service au Rupicapra midi et soir. Je connaissais tout le monde à la station. J'étais l'enfant du pays, le neveu du Pat, le petit-fils au vieux John, je jouissais d'une certaine popularité chez les locaux comme chez les vacanciers. J'avais la cote. On me proposait plus de boulot qu'il n'y en avait. Je me suis bientôt retrouvé à donner des coups de main au magasin de location, à l'École de ski et surtout aux remontées mécaniques. Je remplaçais les malades, les démissionnaires, les amoureux, les ivrognes et les incompétents, et c'est à cause de tous ceux-là que dès l'année suivante j'ai décidé de m'engraisser en prévision de l'hiver.

Il n'y a pas de boulot plus statique et répétitif que les tire-fesses et les télésièges. T'es tout seul dans ta cabane frigorifiée à donner les perches et à zieuter les forfaits, on n'était pourtant pas chiants avec ça, et je suis plutôt physionomiste alors je reconnaissais les habitués, mais je suis surtout frileux, et pour peu qu'il n'y ait pas de soleil, qu'il vente ou qu'il neige, j'en étais vite à claquer des dents. En fin d'après-midi je me réchauffais en comblant les trous causés par les dérapages en bas des pistes, je me vengeais sur la neige avec ma grosse pelle en aluminium, j'en aplatissais une bonne épaisseur, la tassais au maximum pour qu'elle puisse geler pendant la nuit et tenir toute la journée du lendemain. Puis je prenais une télécabine et ensuite un télésiège pour rejoindre le Montoisey, arrivé là-haut je plantais deux piquets de slalom en croix, signifiant la fermeture des pistes, et je réalisais un dernier passage pour m'assurer que personne ne soit en train d'agoniser seul sous un sapin. Je ne rencontrais guère que des retardataires – une fois un type qui s'était endormi en plein soleil (le lendemain, son visage était écarlate et ses yeux avaient doublé de volume : ophtalmie des neiges). Le vendredi soir je participais à la descente au flambeau. Les saisonniers étaient tous réquisitionnés. On avait chacun sa torche enflammée et on avançait à la queue leu leu et au ralenti, dessinant un long serpent de feu qui ondulait jusque devant la terrasse du restaurant et sa tête de chamois sculptée. Après ça, à table, c'était menu unique, fondue savoyarde pour tout le monde, puis on poussait les tables et on passait la nuit à danser. Les deux premières années je me suis un peu rattrapé de mes années d'étudiant entravées par la vie conjugale. Je m'entichais de saisonnières, de vacancières. Mon histoire la plus scabreuse, je l'ai connue avec une femme mariée, on se retrouvait à minuit dans le coffre du break Volvo de son mari, je me souviens même de son nom de famille, un nom à particule, Durand de Saint-Hilaire. Au cours de ma troisième année sur place j'ai fait la connaissance d'une jeune prof d'anglais qui venait de s'installer à Bellegarde. Elle enseignait au lycée Saint-Exupéry, elle était là tous les week-ends et certains jours de semaine. J'adorais sa façon de skier tout en souplesse, elle avait grandi sur les hauteurs d'Annecy et, à quinze ans, elle avait hésité à tenter une carrière de skieuse professionnelle. « J'aurais peut-être dû. Au moins, je n'aurais jamais atterri dans ce trou à rats. » Elle venait à peine d'arriver à Bellegarde qu'elle parlait déjà d'en repartir, et ça m'inquiétait parce que j'avais l'intention de faire ma vie avec elle. Alors qu'il ne s'était encore rien passé entre nous.

J'ai tout de suite aimé faire l'amour avec Héloïse. Même la première fois n'a pas été si ratée que ça. Déjà, je m'en souviens, ce qui est pas mal. Et je m'en souviens en bien. Enfin, en bien pour moi. Au bout d'un an ou deux je lui ai demandé si elle aussi avait aimé notre première fois, elle avait oublié. En fait, elle était persuadée que ça s'était passé au Rupi, alors que c'était à La Rivière, dans ma chambre.

Si je me souviens aussi bien de cette période, c'est également à cause de John. Il avait quitté la maison pour entrer en soins palliatifs à l'hôpital de Gex. D'ailleurs, Hélo ne l'a jamais vu. Il ne parlait plus, ça lui coûtait trop. Du moment où il a commencé à recevoir de la morphine, il n'exprimait plus rien, ne réagissait presque plus à ma présence, je ne savais même pas s'il me reconnaissait. Il est mort en février, le 28. Son corps est resté au funérarium de Gex avant d'être rapatrié dans un cercueil à Chézery pour la cérémonie religieuse, puis d'être renvoyé à Gex pour la crémation, et enfin de nous revenir en cendres dans une urne en bois de chêne, qu'on a enterrée aux côtés de celle d'Honorine. Il n'y avait que la famille au cimetière, et ça représentait déjà un paquet de monde : les dix enfants, les onze petits-enfants, les sept arrières et les conjoints des uns et des autres. Héloïse n'en était pas, mais elle était présente à l'église, où toute la vallée s'est rassemblée pour dire au revoir au grand John. J'ai pris la parole, j'ai raconté une de nos virées au

Reculet, quand on était partis à 5 heures du matin pour assister à la percée du soleil derrière le massif du Mont-Blanc. John m'avait semé dans la montée, j'étais arrivé en retard et l'avais retrouvé assis en pleine lumière, face aux crêtes mordorées, sous un ciel éthéré. Il était en débardeur, avec son bâton, il respirait lentement. Je m'étais posé à côté de lui et il avait grogné : « Ce bon dieu de soleil, même pas été foutu de t'attendre… »

C'était tout John. Capable de prendre votre défense même face au soleil.

Et pour moi c'était comme si la nuit venait de tomber définitivement sur mon enfance et mon adolescence.

Il avait toujours été évident qu'après sa mort je quitterais les lieux.

Françoise s'est installée dans la maison, j'ai gardé ma chambre. Je ne pouvais pas rejoindre Héloïse dans son minuscule appartement à cause de Mistral. Je ne pouvais pas quitter la vallée à cause d'Héloïse. C'était une étrangère qui m'assignait à résidence, une étrangère même pas vraiment séduite par son pays d'adoption. On en parlait beaucoup, et on était parfaitement d'accord sur ce point : on n'avait pas l'intention de s'éterniser dans la vallée.

Il faut croire que les années sont passées vite. Il faut croire, aussi, qu'on n'était pas si mal ici. J'ai commencé à travailler pour cette formidable éleveuse, Anne-Marie Prodon, à la Faucille. La famille s'est agrandie avec l'arrivée d'un petit border tout fou que j'ai appelé Flash. Puis on a emménagé ensemble dans cet appartement en rez-de-jardin dans le centre de Bellegarde, un logement de plus de cent mètres carrés situé dans une construction des années 1960 et rénové juste avant notre arrivée – ça me changeait de la maison de La Rivière –, et qui avait gardé son charme d'origine, les travaux ne l'avaient pas trop aseptisé, il est par exemple doté d'une grande véranda aux fenêtres en bois, et les chambres sont toutes équipées de parquet. L'appartement est pour beaucoup dans le fait qu'on n'ait pas cherché à se barrer plus tôt, et ça risque de ne pas être très simple, puisque c'est maintenant décidé, c'est fixé, dans quelques mois ce sera fini, dans quelques mois il nous faudra vider et quitter une bonne fois pour toutes ce bel appartement dont je pousse ce soir la porte d'entrée après deux heures de conduite nocturne au volant de mon Berlingo, chargé d'une tronçonneuse et d'une glacière remplie de livres. Flash et Mistral bondissent de leur panier, viennent quêter quelques mamours en couinant, je pose mes affaires et les astique du plat de la main l'un après l'autre en marmonnant des *mais-oui mais-oui*. Héloïse fait son apparition au bout du couloir, suivie de près par sa chatte Gentiane. « Alors, mon bûcheron… » Elle s'approche, on s'embrasse. « Mon bûcheron qui pue la transpi…

– C'est possible. »

Je lui résume en quelques mots ma journée chez Nadia et Alexandre mais sans eux, et je file sous la douche. Héloïse prend ma suite. Pendant que je me sèche, alors qu'elle commence à se mouiller les cheveux, j'essaie de lui faire comprendre que je ne serais pas contre un massage du dos et des épaules avant de m'endormir.

Quand elle se pointe dans la chambre avec son flacon d'huile, elle me trouve étendu sous la couette comme une vieille loque, la tête engouffrée dans l'oreiller.

« John ? Oh, oh, John… »

Pas de réponse.

Le lendemain matin, en enfilant ses chaussures, elle me demande si j'ai aimé son massage.

« Ton massage ?

– Tu ne te souviens pas ?

– Tu m'as massé ? Tu m'as massé pendant que je dormais ? »

Elle prend son sac, sourire en coin, haussement d'épaules, et sort de la maison.

15

Héloïse ne travaille pas le lundi matin, aujourd'hui elle a rendez-vous avec les parents de Sylvain, un collègue prof de français, qui ont habité pendant vingt ans à La Réunion. Depuis qu'on parle de notre projet, on n'arrête pas de tomber sur des gens qui y ont vécu, qui en reviennent, qui s'apprêtent à y retourner, et si ce n'est pas eux, ce sont leur voisin, leur cousine, leur meilleur ami. Alors ils nous mettent gracieusement en relation. On en rencontre quelques-uns. On prend des notes, on écoute leur point de vue sur l'île. On commence à être bien au courant des mœurs locales, des spécialités culinaires, des randonnées incontournables, des points forts et des points faibles. Ça devient même un peu trop, trop d'endroits à voir à tout prix, trop de bons conseils, et à force de se faire dicter notre futur par des personnes qu'on connaît à peine, je crois qu'on va finir par tout jeter à la poubelle et y aller les mains dans les poches pour vivre cette expérience à notre manière et à notre rythme. Même Nadia a insisté pour me donner le contact d'une ancienne collègue urbaniste dont la femme a grandi là-bas, et que je n'ai jamais appelée. À propos des parents de Sylvain, Héloïse dit d'ailleurs que c'est son dernier rendez-vous de ce genre ; elle ne s'est pas sentie de refuser, Sylvain est un bon ami et ses parents ont l'air adorables. En emmenant les chiens se dégourdir les pattes le long de la Valserine, je téléphone à Nadia qui me remercie encore pour le tilleul et le vieux pommier. Elle n'a pas besoin des clés tout de suite, elle a les siennes, le trousseau qu'elle m'a confié est celui d'Alexandre. Elle voit l'avocat aujourd'hui pour préparer la reconstitution. Elle va être prise les jours et les semaines qui viennent, alors que pour moi c'est une période creuse, la basse saison. J'en profite pour lire, je m'attaque à *L'Arbre-monde*, je m'arrête au bout de cent pages et je passe à un des livres que j'ai piqués à Alexandre et que j'ai rapportés chez moi au fond de la glacière, *Sommes-nous trop « bêtes » pour comprendre l'intelligence des animaux ?*, puis je reprends *L'Arbre-monde* et je ne l'ai toujours pas terminé quand Nadia m'envoie un premier SMS après trois semaines sans nouvelles. Il me plaît ce roman, mais je n'arrive pas à le dévorer comme je peux faire avec un polar ou une biographie de peintre. J'ai besoin de le poser souvent, de penser à ce que je viens de lire – Héloïse, elle, se l'est enfilé en trois jours ; je crois même qu'elle l'a lu en anglais. Je viens tout juste de le finir quand je revois Nadia pour une nouvelle sortie dans la forêt du Risoux, elle me dit qu'elle ne l'a pas lu mais qu'Alexandre si – je ne lui dis pas que j'ai vu son exemplaire dans son bureau, je ne suis pas censé avoir inspecté le bureau d'Alexandre –, et je l'encourage à le faire. Je lui propose de lui prêter mon exemplaire, je lui avoue que j'ai dû m'accrocher au début, et je semble oublier à qui je m'adresse, je me comporte avec elle comme je le ferais avec une copine lambda, une copine que je croiserais dans la rue, ou même dans les bois, et à qui je me mettrais spontanément à parler du dernier bouquin que j'ai lu et aimé, une copine qui ne serait à l'évidence pas la femme d'un ex-vétérinaire accusé de meurtre sur le point d'être jugé aux assises après s'être livré à la reconstitution de son propre crime. Elle n'en a rien à foutre de *L'Arbre-monde* et de ce que sa lecture m'a inspiré. Elle a bien d'autres histoires en tête, et une en particulier, une histoire dont elle est prisonnière depuis bientôt deux ans et dont elle veut me révéler les derniers développements, voilà pourquoi elle m'a donné rendez-vous ici, parmi les épicéas multicentenaires du Risoux.

Pour me raconter la reconstitution de l'homicide, qui a eu lieu dans leur village, à Villechenève, et je ne regrette pas mon déplacement du mois dernier car il me permet d'avoir les bonnes images pour accompagner son récit. Je vois leur maison, je vois la cour et le portail, je vois la route qui passe devant chez eux. En revanche je ne vois pas précisément le renfoncement où Alexandre s'est caché, ni le poteau électrique contre lequel reposait la planche qu'il a utilisée pour frapper le jeune chasseur, des détails sans doute importants pour le juge d'instruction et pour tous les enquêteurs, mais je ne suis pas de ce côté de la barre, je suis avec la défense, moi, je suis du côté d'Alexandre et Nadia.

« Alex était menotté. Il portait un gilet pare-balles. D'après l'avocat, il arrive que le suspect soit attaché avec une chaîne ou une corde, carrément tenu en laisse, t'imagines. Pour les grosses affaires, il y a même un hélicoptère qui survole la scène, au moins un drone. On n'a rien eu de tout ça. Il y avait du monde. Une vingtaine de gendarmes et de policiers. Toute la famille de Cyprien était là. Ses deux frères étaient déchaînés, ils insultaient Alex : "Salopard, saloperie..." Il y avait des habitants, des voisins, on était tous derrière le ruban. Le périmètre de sécurité était large. Moi j'étais en face avec ma mère, deux flics nous protégeaient. Il faisait nuit alors je me sentais moins visible. Ils ont attendu la nuit pour être au plus près des conditions réelles. Un gendarme jouait le rôle de Cyprien, un jeune homme de sa taille et de son gabarit. Ils ont tout refait. Ils ont découpé l'action en microséquences. À chaque nouveau mouvement la scène était interrompue, le juge posait des questions à Alex, des policiers de la Criminelle faisaient des photos, ils demandaient à Alex de ne plus bouger, ils ont fait des centaines de photos, ça flashait de partout. Alex a montré où était la planche. Tout était cohérent avec ce qu'il avait raconté jusqu'ici, l'endroit où ils se sont attrapés, l'endroit où se trouvait la planche, l'endroit où le corps de Cyprien a été retrouvé, et la greffière prenait des notes. Au moment de mimer le coup il s'est effondré. Alex. Je veux dire qu'il a craqué. Il a fondu en larmes. L'avocat m'a dit que ça n'arrivait presque jamais et que c'était bien, parce que ça montre qu'il a de l'empathie pour la victime. Souvent les coupables se blindent, c'est ce qui leur permet de ne pas se pendre, bien sûr, c'est pour ça qu'ils arrivent à rester froids et indifférents pendant leur procès. Comme dit l'avocat, Alex est un client atypique. Même le juge d'instruction avait l'air touché. Les gendarmes étaient plutôt sympas avec lui. Ils étaient plus dérangés par les cris des frères de Cyprien que par l'expression des remords d'Alexandre.

– Tu ne t'es pas trop fait embêter, toi ?

– Je t'ai dit, à cause de la nuit, je pense que les gens ne me voyaient pas. Et puis j'étais loin.

– T'as pas croisé Éliane ? Elle m'a donné une boîte de Quality Street pour tes enfants, je l'ai prise avec moi, elle est dans la voiture.

– Je ne voulais voir personne, même pas Éliane. J'essayais de ne pas croiser leurs regards. Je gardais la tête baissée. »

J'aurais peut-être dû attendre pour lui parler des Quality Street, quand même.

« C'est l'avocat qui m'a conseillé d'y aller, pour m'aider à préparer le procès, m'habituer au regard des autres, accepter leur présence. Il dit que je suis très seule dans cette épreuve. Je lui ai parlé de toi, je lui ai dit que j'avais retrouvé un ancien copain du lycée à qui je raconte tout. Il m'a dit que c'était important d'avoir un confident. »

Je dois avouer que je me sens assez chanceux d'être dans le secret de cette affaire. Quand j'ai Nadia au téléphone, Héloïse me lance : « Encore tes cours du soir en droit pénal ? » Ça pourrait prendre des allures de formation professionnelle, c'est vrai. Une nouvelle reconversion en vue ? L'ancien berger devenu avocat… Mais une formation que je vais devoir abréger, dont je vais louper le module final, le plus important et spectaculaire. Le procès se tiendra à la fin du mois d'octobre à Lyon, et à cette date, je serai avec Héloïse à La Réunion.

Elle partira avant moi, en août, pour chercher un logement et travailler dès la rentrée. On a jeté notre dévolu sur la ville de Saint-André, où, d'après le rectorat, elle n'aura aucun mal à trouver des missions de remplacement, en plus des cours de soutien scolaire qu'elle prévoit de donner. Je la rejoindrai au début du mois d'octobre, après la descente, car je rempile pour une nouvelle estive au Crozat, la huitième d'affilée, et donc la dernière.

16

Un samedi en rentrant de Villefranche, après être allée voir Alexandre au parloir, Nadia me téléphone pour me demander si elle peut s'arrêter au chalet. Héloïse est sur place, je propose à Nadia de rester manger avec nous. Je lui présente le troupeau, les patous et cette baraque qu'elle n'imaginait pas du tout comme ça, elle se la figurait plus petite et en bois. Ce qu'on appelle ici des chalets sont en fait des fermes d'alpage construites il y a près de deux cents ans, tout en pierre, si bien que certaines d'entre elles servent toujours aujourd'hui. La Poutouille et le Gralet ont été transformés en refuges en accès libre pour les randonneurs. La Loge est un refuge gardé où on peut manger et dormir l'été et l'hiver. La Chenaillette et la Maréchaude sont occupés par des vachers depuis des années. Les bergers ovins sont vraiment minoritaires dans le massif.

J'ai toujours le même plaisir à lancer la cuisinière à bois et préparer mes repas dans cette vieille poêle en fonte qui a dû contribuer à repousser au moins les Wisigoths. À la mort de John, Françoise a tenu à me confier le cahier de recettes de ma grand-mère, je le prends avec moi chaque été. Héloïse m'a apporté un sac d'épinards frais, je nous fais la soupe d'Honorine, sa spéciale, avec du tapioca et un Kub Or. J'ouvre une boîte de thon, ce qui ne manque pas de rendre Gentiane complètement folle. Nadia nous annonce qu'elle n'en mangera pas puisqu'elle est végétarienne, j'aurais dû m'en douter. « Et comment ça se passe pour Alexandre ? Il a droit à des menus adaptés ?

– C'est difficile pour lui. Il complète ses repas avec des produits qu'il s'achète, des céréales, des légumineuses en conserve. Il ne peut pas les réchauffer. »

Le procès approche, elle redoute une lourde peine, qui maintiendrait toute la famille dans cet enfer où ils pataugent depuis bientôt deux ans. Elle est prise entre cette peur et l'espoir de l'acquittement, auquel elle ne peut pas faire autrement que s'accrocher, tout en essayant de ne pas trop y croire quand même. Je débarrasse les assiettes et dépose une grosse tranche de comté sur la table. Nadia interroge Héloïse sur les examens de fin d'année qui s'annoncent, le bac et les BTS. L'échange n'est plus à sens unique. On dérive brièvement vers mes projets à La Réunion, l'idée d'avoir mon propre troupeau et de bosser avec les bêtes à plein temps. Puis on revient au cas d'Alex, à sa vie en prison, au parloir avec les enfants. À mon grand étonnement, Nadia réussit à rigoler, à rire d'elle-même, et même à se moquer de lui.

La soirée est plutôt agréable. On en parle en se couchant avec Héloïse. Étant donné ce que je lui avais raconté, elle s'attendait à ce que Nadia soit beaucoup plus sombre, plus égocentrique aussi, et plus dure, plus intransigeante. Elle a apprécié qu'elle ne juge pas notre mode de vie, et tout simplement qu'elle reste, qu'elle passe ce temps avec nous, malgré la boîte de thon, malgré les saucissons suspendus au plafond, malgré la raison d'être du troupeau et le destin des agneaux, malgré les patous.

Les patous dévastateurs. Dont la fonction au milieu des brebis est certes de les protéger du lynx et du loup, mais qui ont une influence néfaste sur quantité d'autres espèces. Dans les Alpes, ils font un carnage chez les marmottes. Il n'y a pas beaucoup de marmottes dans le Jura, mais durant mes trois estives dans le Mercantour et en Oisans, j'en voyais sans arrêt se faire choper. Les marmottes sont des bêtes lentes, surtout à la fin de la saison quand elles sont bien grasses. Les chiens se plantaient devant les terriers et leur bondissaient dessus dès qu'elles pointaient le museau. Ici, les patous effraient les chamois. J'en aperçois sur les crêtes en début de saison mais ils quittent les lieux au fur et à mesure de l'été. Je n'ai pourtant jamais vu un patou attraper un chamois, car le chamois est bien plus vif et endurant que ce gros clébard. Les chamois désertent aussi à cause du lynx, ils descendent de plus en plus bas, se réfugient jusque dans la plaine. Les patous protègent donc les brebis du lynx, mais pas les chamois. Sans le lynx, et donc sans les patous, les brebis et les chamois cohabiteraient sans trop de problème. Mais sans le lynx, c'est le loup qui menacerait les troupeaux, et aussi les chamois. Car si le loup est peu présent dans le Jura, c'est en partie à cause du lynx. Tout ça pour dire que j'ai conscience qu'en revenant m'installer chaque été dans la montagne avec mes bêtes d'élevage et mes chiens de protection, je sème un beau bazar dans les équilibres naturels. Même les renards, les chevreuils, les cerfs et les biches se montrent de plus en plus méfiants. Rien que le bruit des clochettes les emmerde. Mais bon, si on parle du berger et des brebis, que dire des promeneurs.

À quinze minutes de marche du chalet se trouve le col de la Faucille, avec ses hôtels-restaurants, ses boutiques souvenirs, sa piste de luge d'été, ses loueurs de vélo et de trottinettes électriques tout-terrain, son château gonflable et sa tyrolienne de neuf cents mètres de long qui descend jusqu'à Mijoux, le tout constituant, à en croire les affichages, le « spot de loisir le plus fun de la région ». Dit comme ça, ça fait tout de suite moins rêver, la vie de berger dans le Haut-Jura.

Je suis quand même à l'écart, depuis le chalet je ne vois et n'entends rien de tout ça, mais je suis loin d'être aussi isolé que je l'étais dans les Alpes. La montagne étant plus basse, elle est plus équipée et plus accessible. Elle n'est pas réservée aux seuls randonneurs aguerris, ceux que John appelait les « sacs à dos ». Quinze minutes de marche, on peut même emmener papi, mamie et bébé. On sort le pique-nique au sommet. Et en redescendant, on veut aller caresser les gentils moutons là-bas, et quand ce n'est pas les patous qui vous aboient dessus, on se reçoit une volée de bois vert de la part du berger.

La première année, la proximité de la Faucille me rassurait. C'est ce qui m'a poussé à accepter la mission. Quatre mois tout seul dans la montagne, j'avais peur de devenir fou. J'invitais du monde au chalet, mes amis de la vallée, mes collègues du Rupi, mes cousins et cousines, Héloïse, bien sûr. Dès qu'ils étaient là, je n'attendais qu'une chose, qu'ils repartent chez eux. Je me suis vite rendu compte que je préférais être seul, que ça ne me dérangeait pas, et même que j'aimais ça. C'était une authentique découverte, oui, je ne pensais pas être à ce point fait pour la solitude. Le plus dur a été de l'assumer, de le faire comprendre aux autres, aux amis et à la famille, qui me promettaient de revenir dès que possible, qui ne me laissaient même pas le choix, comme s'ils me rendaient service, comme s'ils me faisaient une fleur. Comme si j'en avais besoin, parce que c'était invraisemblable, pour eux, de ne voir personne pendant plusieurs jours d'affilée, c'était forcément un problème, c'était triste. L'idée de la solitude pour eux-mêmes les angoissait tellement qu'ils ne pouvaient pas imaginer que pour d'autres elle soit libératrice. Je leur disais que ce n'était pas la peine, et ils me posaient une main sur l'épaule : « Mais si, ne t'inquiète pas, ça me fait plaisir. » Je n'allais quand même pas leur lâcher que moi, ça me faisait chier, que je me sentais mieux sans eux, sans voir leur tronche, que j'avais déjà assez de celle des touristes et des randonneurs. Alors, quand j'avais de la compagnie, je me rajoutais du boulot, je coupais plus de bois que nécessaire, j'emmenais le troupeau pâturer sur les hauteurs, ou j'en profitais pour leur confier la garde des brebis et je partais remplir mes jerricanes d'eau à la fontaine Napoléon et faire mes courses aux Rousses. Je ne voulais pas leur dire frontalement, je voulais qu'ils pigent comme des grands, qu'ils finissent par intégrer que j'étais comme ça, un type un peu sauvage, même si, contrairement à eux, je ne portais pas de tee-shirt imprimé *Born to be wild*, ou *Keep it wild*, ou *Wild and free* – ça me démangeait d'en faire des chiffons de leurs tee-shirts à la con. J'essayais de pervertir cette image du petit John serviable et dévoué et de la remplacer par celle de l'héritier naturel de mon vieux papi, oui, je comptais sur lui pour faciliter l'opération, qu'ils en viennent à se dire qu'après tout c'est normal : faut pas chercher, il est comme son grand-père... Ça a plutôt bien marché. J'ai eu de moins en moins de visites, d'appels et de SMS, et l'hiver venu, quand je recroisais les copains au Rupi, ils n'avaient pas l'air de m'en vouloir.

Suite à mon départ de Montpellier, ma formation de berger et mon retour dans la vallée, l'influence d'Alexandre s'est peu à peu érodée. C'est John qui a repris le dessus. Pas totalement. Alexandre continuait à m'aider avec Héloïse, avec laquelle j'avais très peur de reproduire le désastre de mes cinq années avec Magali.

J'étais décidé à vivre cette relation autrement, sans le côté inquisiteur que peut impliquer le couple. J'aspirais là aussi à moins de fusion et plus d'indépendance. Comme par hasard – comme par magie ? –, Héloïse avait les mêmes attentes.

Je dirais même qu'elle était la personne idéale pour envisager une histoire de cette façon-là. C'était presque plus évident chez elle que chez moi. C'était à moi d'apprendre à réagir différemment, ou à ne pas réagir du tout, à lui laisser plus d'espace, à ravaler mes conseils, mes commentaires, mes soupçons, mes remontrances.

On n'a pas habité tout de suite ensemble, et même après notre emménagement à Bellegarde on ne se voyait pas tous les jours. Jamais elle ne m'a fait culpabiliser d'être aussi peu présent, de partir marcher en forêt une journée entière sans la prévenir, de rester dormir à La Rivière, de passer quatre mois par an dans la montagne. On a bien l'intention de continuer comme ça à La Réunion. Et si un jour on a un enfant, on aura ce souci de se préserver des espaces loin de la famille. On en a beaucoup parlé. D'avoir un enfant, oui, on en parle. On en a envie. Et on aimerait que ça arrive bientôt. On voudrait qu'il naisse là-bas.

17

Nadia revient me voir quelques jours plus tard. Pour la première fois il est question de nos années au lycée, et elle m'apprend qu'elle était un peu fascinée par notre petite bande et qu'elle aurait bien aimé l'intégrer. Lors du voyage en Espagne, en seconde, elle se souvient d'une soirée où on est sortis à plusieurs par la fenêtre d'une des chambres de l'auberge de jeunesse pour gagner une espèce de toit-terrasse et tout le monde fumait et buvait, et Nadia a essayé de se rapprocher de nous et elle s'en est beaucoup voulu de ne pas réussir à nous séduire. Ce n'était pourtant pas la fille qui passait inaperçue, mais il devait lui manquer un truc, un petit grain. Sa gentillesse la desservait. Elle n'était ni fière ni pimbêche comme d'autres, mais pas assez explicitement cinglée. Elle se souvient d'anecdotes que j'ai complètement oubliées. Quand on a offert des poissons rouges à Mme Jacquemard, notre prof de français. « À la fin de l'année vous lui aviez apporté dans un petit aquarium en plastique deux poissons rouges. Vous les aviez posés devant elle, sur son bureau, et elle avait tiré une drôle de tête, avec ses grosses lunettes et son double menton, tu sais. Mais elle avait fini par se marrer. Je crois que c'était pareil pour toute la classe, vous aviez beau nous agacer, on vous trouvait souvent très drôles. On vous voyait super excités, et moi je trouvais ça beau. Comme avec mes enfants quand ils font une connerie et que je ne peux pas m'empêcher de rire. C'est ce que vous suscitiez chez certains profs. Vous étiez chiants, mais ils étaient obligés d'avoir de la tendresse pour vous. Les deux poissons, il me semble que vous les aviez baptisés Tic et Tac. »

Même avec leurs noms, ça ne me dit rien.

Sa présence ne m'est pas du tout insupportable. Nadia n'est pas envahissante. Elle me donne des coups de main, elle m'aide à installer un parc, elle reste avec le troupeau pendant que je prépare la soupe.

Elle revient régulièrement. Jamais le weekend, ce sont les jours d'Héloïse, elle l'a compris. Elle ne s'arrête plus uniquement au retour du parloir, elle fait le déplacement exprès, parce que ça lui fait du bien, et je veux bien la croire. Je veux bien croire que ça l'apaise de me rejoindre ici, dans un lieu nouveau, un lieu neutre, un lieu qui ne lui évoque pas sa vie avec Alexandre. Elle a le sourire en accueillant les chiens qui vont se frotter contre ses jambes, en marchant au milieu des bêtes pour me retrouver sur ma petite butte, en se posant à mes côtés et en épiant trois jeunes brebis qui jouent comme des gamines.

Un soir elle apporte un pack de bières dans une glacière – Héloïse fait ça aussi de temps en temps –, et on se pose devant le chalet et on avale chacun deux petites bouteilles. L'alcool me monte vite à la tête parce que je ne bois pas souvent, et encore moins l'été. Nadia aussi réagit fortement, à cause des antidépresseurs, et à 22 heures elle ne se sent pas de reprendre la route. Je l'installe en bas, sur un vieux matelas en mousse, à côté du poêle Baudin que je charge de trois grosses bûches avant d'aller me glisser sous mes édredons dans ma chambre à l'étage. Je m'endors rapidement, comme toujours, et je ne sais pas l'heure qu'il est quand je sens Nadia se faufiler sous les édredons. Je l'entends chuchoter : « Je peux ? » Je ne dis rien. Elle ajoute : « Je ne suis pas très rassurée, toute seule, en bas. » Je sens son bras s'étendre sur mes épaules et son souffle dans ma nuque. Elle répète : « Ça ne te dérange pas ? » Et je ne dis toujours rien. Elle doit penser que je dors. Mais elle ne me poserait pas toutes ces questions. Elle a compris que ce n'est pas le cas. Je me rendors.

Elle est toujours là quand je me réveille à 5 heures, ses cheveux châtains éparpillés sur l'oreiller en plume d'oie. Elle ne réagit pas à la sonnerie du téléphone, ni aux mouvements du matelas à ressorts quand je quitte le lit. Pas un pète de brume ce matin, la journée va être chaude. Je prépare deux gourdes d'eau, une casquette, empoigne un bâton, détache Flash et Mistral, libère le troupeau, lequel grossit chaque année, trois cent soixante-sept brebis et désormais neuf béliers. Iceberg et Jazzy pour les protéger du lynx boréal (Lynx lynx) et, dans une moindre mesure, du loup gris commun (Canis lupus lupus). Je pousse mon cri habituel et j'emmène tout ce beau monde sur les crêtes de la haute chaîne du Jura. J'essaie de ne pas penser à ce qui s'est passé dans la nuit, on ne va pas en faire tout un plat. Elle a eu froid et ça ne m'étonne pas, elle est toute frêle, encore plus que moi. Elle m'a dit l'autre jour avoir perdu douze kilos en deux ans. Je redescends au chalet avant midi, sa voiture a disparu, aucune trace de son passage à l'intérieur, pas de message sur mon téléphone.

Elle me rappelle deux jours plus tard, un jeudi en fin d'après-midi, elle est déjà sur la route, elle sera au chalet dans trois quarts d'heure. On marche avec le troupeau et les chiens jusqu'au sommet du Grand Montrond en surplomb du Léman. Quand j'amorce la redescente avec les brebis, elle ne nous suit pas, elle reste là-haut. Deux heures plus tard, de retour au chalet, elle m'avoue avoir hésité à passer la nuit dehors, sous le ciel noir et piqueté d'étoiles. De nouveau, elle dort ici. J'installe le matelas en mousse dans ma chambre, cette fois elle ne me rejoint pas dans mon lit. Le lendemain matin le ciel est couvert, d'après son téléphone ça va péter dans l'après-midi. Elle me demande si je crains l'orage, si j'en ai peur.

Si moi, j'ai peur de l'orage ?

Il y en a un qui a une frousse terrible de l'orage, ici, c'est mon vieux Mistral. Dès que ça tonne, il se met à couiner et se tapit à mes pieds en rabattant ses oreilles. Je finis par aller l'enfermer dans le coffre du Berlingo. Ensuite je retrouve le troupeau sous mon grand parapluie, parce que non seulement je n'en ai pas peur mais j'aime l'orage. Quand les cumulonimbus envahissent le ciel et qu'on voit les promeneurs détaler comme des belettes affolées, oh, ce que j'aime. Ce temps lourd, ces couleurs sombres et baveuses, ces bleus et ces noirs détrempés, toute cette écume effervescente au-dessus de ma tête. Puis quand ça se déchaîne et que le ciel se déchire et que ça vrombit dans les épicéas. J'aime entendre taper sur la toile et recevoir sur les mollets ces grosses gouttes d'eau tiède. J'ai peur pour les bêtes, mais pour moi, jamais. Dans les Alpes j'ai rencontré un berger qui avait perdu quarante brebis d'un coup, toutes rassemblées sous le même arbre, foudroyées. Il avait descendu ses quarante cadavres sur son dos un à un, l'équarrisseur était venu les chercher et l'assurance l'avait dédommagé. J'ai vécu quelques beaux orages dans le Mercantour avec Pierre, et je ne veux pas verser dans le chauvinisme, mais les plus puissants que j'aie jamais connus, c'est dans le Haut-Jura. Je les attends, je veux les voir arriver, je veux en profiter, je veux les vivre. J'aime quand ils se rapprochent, j'aime sentir l'électricité, les chatouilles sur le visage, les cheveux et les poils qui se dressent. La première fois c'était avec John et on redescendait du Reculet. Il prétendait que pour se protéger de la foudre, il suffit d'allumer un feu sous un arbre. Il s'est accroupi au pied d'un sapin et il a passé dix minutes à gratter des allumettes sous du bois mort en répétant : « Le feu éloigne la foudre, le feu éloigne la foudre… » Le feu n'a pas pris. On est repartis en marchant lentement, en se tenant le plus éloignés possible des troncs. Je n'ai jamais essayé sa technique du feu sous un arbre. Quand ça commence à tonner, je vais me planquer dans un creux, dans une niche, dans une faille, j'ai mes postes d'observation fétiches. Héloïse n'a jamais voulu venir avec moi. Nadia ne reste pas, elle rentre auprès de ses enfants et de sa mère. Aujourd'hui encore, j'affronte seul la colère céleste – oui, je sais, je me la pète un peu.

Elle m'appelle quelques heures plus tard, elle a besoin de s'assurer qu'il ne me soit rien arrivé. Héloïse ne s'est jamais inquiétée, elle. Je ne lui en veux pas, hou là, ce n'est pas ce que j'insinue.

Je dis à Nadia : « T'as eu peur pour moi ? »

Elle me répond : « J'ai peur de tout, en ce moment. »

18

La veille de son départ, Héloïse passe la journée à l'alpage. On s'installe à l'ombre d'un amas de pins buissonnants et on utilise son smartphone pour en commander une réplique, la même chose, l'objet qu'elle tient entre les mains, exactement le même modèle, mon tout premier iPhone. Ce n'est pas tant pour communiquer avec elle pendant le mois qui vient que pour l'après, quand je l'aurai retrouvée à La Réunion, où, à en croire certains, il me sera difficile de survivre sans WhatsApp. Une fois la commande validée, elle range son appareil et se lève d'un bond. Elle tend un bras vers moi, je lui attrape la main et elle tire d'un coup sec pour que je la rejoigne. Puis elle s'enfuit en courant et en criant dans la pente, et je ne me sens pas d'autre choix que de lui emboîter le pas. Je n'ai pas construit de parc, je ne sais pas pour combien de temps je m'absente, j'espère que je peux faire confiance à mes quatre clébards. On s'enferme dans le chalet, au frais, dans la cuisine, et on tire les rideaux. Héloïse m'invite à me détendre : « Oublie les bêtes, oublie les randonneurs. » Elle se déshabille complètement et vient s'asseoir sur la petite table en bois, ça faisait longtemps. Longtemps qu'on n'avait pas fait l'amour ici, dans la cuisine, sur cette table branlante. Je colle mon torse contre ses seins, j'approche ma bouche de son oreille gauche, je lui demande en susurrant si à tout hasard elle ne serait pas dans une période d'ovulation, car le mois dernier elle s'est fait retirer son stérilet. La réponse est négative. Dommage. Tant pis, plus tard. Là-bas, comme on a dit.

Elle rejoint Paris en train au petit matin et prend l'avion à l'aéroport de Roissy. Le colis arrive le lendemain à La Rivière, c'est Françoise qui me l'apporte. J'attends trois jours supplémentaires avant de l'ouvrir, j'attends une visite de Nadia, qui s'occupe de le configurer et d'installer les premières applications. Elle ne manque pas de s'étonner, comme tous les gens de passage, de la qualité du réseau sur place, et c'est probablement lié à la présence de l'immense antenne qui se dresse comme une fusée à étages au sommet du Petit Montrond. Elle m'envoie un message sur WhatsApp alors qu'elle est assise à côté de moi. J'en profite pour écrire à Héloïse, qui me répond dans la foulée alors que plus de neuf mille kilomètres nous séparent – le mec qui débarque : ah bon, on est en 2022 ? Les jours suivants, je reçois des photos et des vidéos des appartements qu'elle visite à Saint-André, et qui sont tous beaucoup moins beaux que celui que je suis censé finir de débarrasser à Bellegarde. Début septembre Anne-Marie me relaie deux jours au chalet pour que je m'occupe de faire le tri de ce que j'expédie à La Réunion, de ce que je donne, de ce que je jette, de ce que j'entrepose à La Rivière chez Françoise. À mon retour au chalet, Flash me réserve une fête un brin excessive, comme si je l'avais abandonné pendant trois mois, Anne-Marie en est même mal à l'aise. Elle me garantit qu'elle ne l'a pas battu ni rien. « Mais je n'en doute pas une seconde, ma chère Anne-Marie. » En parallèle aux photos d'Héloïse, j'en reçois d'autres, de la part de Nadia, des photos de falaises qui dominent l'océan en Bretagne, où elle est partie quelques jours chez une amie, seule, sans ses enfants, lesquels ont d'ailleurs déjà repris l'école – en Suisse, la rentrée se fait plus tôt qu'en France –, et après son séjour elle passe me voir à l'improviste, et c'est justement un jour où je ne suis pas là. Elle tombe sur Anne-Marie et s'imagine qu'il m'est arrivé quelque chose. Elle me dit plus tard qu'elle a senti monter la panique, qu'elle a cru à un nouveau drame, qu'elle ne peut pas s'en empêcher, qu'elle voit la mort partout depuis deux ans, au moindre accroc, au moindre imprévu, au moindre retard, elle pense tout de suite au pire, elle projette un accident, et jamais un petit accident, jamais une simple égratignure ou une blessure dont on se remet, toujours le scénario le plus noir, toujours la chute fatale, le crash mortel. Elle en veut à Alexandre de lui avoir rappelé combien la vie est fragile, de lui avoir inculqué cette idée, car avant elle n'en savait rien, elle n'était pas quelqu'un d'angoissé. Elle entrevoit désormais la menace du drame sur chaque situation, et elle ne peut pas continuer comme ça, elle le sait. Elle a dû se faire violence pour partir en Bretagne, elle a failli annuler au dernier moment. Elle préfère le Haut-Jura à la Bretagne, elle trouve ça moins risqué, elle le dit en rigolant, elle insiste, elle se sent en sécurité ici avec moi et les chiens et les brebis. L'isolement ne la gêne pas, elle dit que la forêt et que la montagne sont plus rassurantes que l'océan. Elle a besoin d'un environnement qui lui soit familier, elle ne se sentirait pas de vivre au bord de la mer ou sur une île. Elle me demande si ça ne m'inquiète pas, de passer de la montagne à la mer, du vaste continent européen à ce caillou volcanique perdu au milieu de l'océan Indien. Je n'y ai jamais pensé de cette manière. Mes inquiétudes se concentrent sur des aspects plus banals, plus concrets : peur de ne pas trouver de travail, ou de ne pas me faire d'amis. Et de toute façon, je n'y réfléchis pas trop. Je ne suis pas capable d'anticiper. J'ai envie d'y aller, oui, j'ai envie de voir ce que ça crée sur moi, de découvrir cet endroit, de rencontrer de nouvelles personnes. Je crois que j'ai envie tout simplement de changer quelque chose à ma vie. J'ai envie de casser la routine. Huit ans que je passe mes étés ici et mes hivers au Rupi, il est temps de vivre autre chose. Nadia me comprend et elle aimerait pouvoir, elle aussi, et je commence à m'excuser et elle m'interrompt aussitôt : « Je ne veux plus de ça. C'est ce que j'ai dit à Bouchra la semaine dernière, j'en ai marre que les gens s'interdisent d'être heureux avec moi. Maintenant je veux voir des gens qui vont bien, des gens qui ont des projets d'avenir. J'ai besoin de savoir qu'une autre vie est possible, j'ai besoin qu'on me le rappelle, d'en avoir la preuve, et d'être stimulée, d'avoir envie de vous ressembler, si je ne côtoie que des veuves et des dépressifs, je ne vais jamais m'en sortir. »

J'installe de nouveau le matelas en mousse dans ma chambre et, au moment de se coucher, elle vient s'asseoir sur mon lit. Elle s'allonge ou plutôt elle se laisse tomber sur le côté comme on le fait dans un canapé après une journée harassante, et j'imagine encore qu'elle va rejoindre son matelas quand je me glisserai sous mes édredons, mais c'est moi qu'elle rejoint. Elle se faufile elle aussi sous mes grosses couettes en plume et vient immédiatement se coller contre mon dos. Elle fait courir un bras sur mes épaules, plaque une main sur mon torse, et je ne la repousse pas. Avec mes copines du lycée il nous arrivait de partager des moments comme celui-ci sans que ça n'aille plus loin. On se prenait facilement dans les bras. On dormait ensemble. Je comprends le besoin de réconfort qu'elle exprime, et je ne veux y voir qu'un geste amical. Un geste qui produit néanmoins un petit effet sur moi, qui me trouble, je dois bien le dire. On s'endort dans cette position, et le matin rebelote, elle n'entend pas mon réveil, dont la sonnerie est différente puisqu'elle émane d'un nouvel appareil, et elle quitte les lieux quelques heures plus tard, sans prévenir. Elle revient le surlendemain, même sourire, même attitude, aucune explication, aucun commentaire. Elle reste dormir au chalet. Elle se couche directement dans mon lit.

La situation se répète à chacune de ses visites. La descente du troupeau et mon envol pour La Réunion se rapprochent. Un jour elle me confie que cette échéance ne l'enchante pas du tout. « Je vais me retrouver seule en attendant le procès. Il y a ma mère, les enfants, l'avocat, mais ce n'est pas pareil. Je n'ai pas envie que tu partes maintenant, Julien. » Elle en reparle en se couchant. Je ne dis rien. Je l'écoute, je lui souris, et sans que je ne le voie venir, sans que je ne fasse rien pour le provoquer, elle m'embrasse. Mais je refuse le baiser, je marque un mouvement de recul, je ne sais pas ce qui lui a pris. Et je ne sais pas non plus ce qui me prend quand finalement je me ravise, me détends, relève les yeux vers son visage, lui attrape la main et me laisse attirer. Je finis par coller mes lèvres aux siennes et cette fois je m'abandonne. J'aime comme elle embrasse, j'aime sentir sa langue fine et râpeuse contre la mienne, c'est un baiser doux et sensuel, un baiser qui ne dure pas longtemps mais qui m'accompagne toute la journée du lendemain. Qui reste. Qui me marque. Que je n'oublierai pas. Même si on ne se revoit plus jamais.

Une idée que je trouve étrange. Une idée dont je ne sais pas quoi faire quand elle me tombe dessus. Ne plus revoir Nadia. Rendre le troupeau à Anne-Marie et partir en avion comme un fuyard ou comme un lâche. Ça me paraît absurde, tout à coup. C'est trop rapide. Pourquoi est-ce que je ne resterais pas encore un peu. Si près du but, ça n'a pas de sens. À un mois du procès.

Quand Nadia évoque cette possibilité, ça me paraît évident. Oui, je veux, bien sûr que je veux y assister. Un procès d'assises est ouvert au public, je peux donc être là. Et je veux voir Alexandre. Je veux savoir ce qui l'attend. Je veux accompagner Nadia jusqu'au bout. Je veux finir ce que j'ai commencé, c'est aussi bête que ça, je veux connaître la conclusion de cette affaire, je ne peux pas partir avant la fin, ce serait idiot, c'est même étonnant que je n'y aie pas pensé plus tôt.

Rien ne m'oblige à retrouver Héloïse aussi vite. Rien ne m'attend là-bas, je n'ai signé aucun contrat avec personne. Et puis en ce moment les conditions d'échange des billets d'avion sont différentes, plus flexibles, comme ils disent.

J'appelle Héloïse via WhatsApp, elle est surprise sur le moment, mais elle comprend mon désir d'assister au procès.

La descente se fait encore plus tard que l'année dernière. Les brebis n'ont jamais bêlé aussi fort quand le camion les embarque. Les adieux avec le troupeau et avec Iceberg et Jazzy, ces deux grosses boules de poils blanc cassé, me secouent pas mal. Je dévale le col en direction de Mijoux au volant de mon Berlingo avec mes deux chiens dans le coffre et je prends conscience de tout ce que je viens de perdre. Jusqu'à maintenant, je ne voulais pas y penser. De même que je n'arrive pas à anticiper ce qui m'attend là-bas, j'ai longtemps évité de me confronter à ce que ça impliquait d'abandonner ici. Le chalet, les brebis d'Anne-Marie, les patous, l'appartement de Bellegarde, désormais plus rien de tout ça n'existe pour moi. Le procès ne commence que dans deux semaines, je m'installe à

La Rivière dans cette chambre où j'ai stocké début septembre des dizaines de cartons et de sacs et quelques meubles, qui sont venus rejoindre tout le fatras que j'ai tenu à conserver après la mort de John, ces objets d'un autre temps qu'il avait fabriqués lui-même à l'époque où il était boisselier : bossettes, barattes à beurre et seilles à traire avec lesquelles j'ai tant joué enfant, ce bac à lessive en bois dans lequel je prenais mon bain, et d'autres trucs encore dont je ne me servirai jamais, qui finiront vendus, donnés, jetés, cassés, brûlés, mais dont je ne me verrais pas me débarrasser aujourd'hui. Ou alors il faudrait que quelqu'un d'autre s'en charge à ma place. Il y en a dont c'est le métier. Venez faire une razzia chez moi, prenez tout, je vous autorise. Attendez seulement cinq minutes que je mette mes chaussures et que je passe une veste, car je ne veux pas être là. Je m'absenterais pendant l'opération. J'irais me réfugier auprès de Nadia dans la forêt du Risoux, où on retourne se promener. On marche derrière les chiens, on ne se touche plus, on ne s'embrasse pas, on régresse de quelques semaines, de quelques mois.

Une fois, elle me rejoint à La Rivière et elle rencontre Françoise, qui se montre glaciale avec elle. Je lui en veux à Françoise – je ne trouverai pas l'occasion de le lui dire. Nadia est partante pour monter au Reculet. Je ne lui ai presque jamais parlé de John. Elle ne sait rien non plus de l'importance qu'a eue Alexandre dans ma vie. Elle ne sait pas grand-chose de ma vie. J'en connais bien plus de la sienne. Elle m'a raconté des histoires, celle du coup de planche mais aussi leur histoire à tous les deux, ce qui s'est passé avant le meurtre, comment ils en sont arrivés là. De ma vie, elle sait ce qu'elle en a vu cette année. Elle n'en connaît que le présent et le passé proche.

Assis au sommet du Reculet, face au mont Blanc, j'évoque mes lointains ancêtres italiens qui ont traversé les Alpes à pied avec leurs troupeaux pour venir s'établir en Suisse tout au fond, là-bas, à l'autre bout du lac, et en redescendant au milieu des hêtres majestueux je reviens sur ma dernière rencontre avec le lynx, dans cette même forêt, il y a deux ans, pendant une sortie en raquettes. Souvent quand je me promène seul j'aperçois des silhouettes au loin que je n'arrive pas à identifier : renard, chien, chat forestier? Mais comme je ne sais pas vraiment, il peut tout aussi bien s'agir d'un lynx. Dans le doute, je finis par me dire que ce n'en était pas un, que c'était autre chose. Il y a deux ans, je suis absolument certain que c'était un lynx. Il s'est enfui devant moi. Il ne m'a pas montré sa face mais j'ai eu le temps d'observer son pelage tacheté et sa queue courte et trapue à l'extrémité noire. Une entrevue que je suis tenté d'interpréter comme un signe précurseur de ce qui m'arrive aujourd'hui. L'apparition du lynx pour annoncer le retour d'Alexandre dans ma vie – ah, on se prête facilement à ce genre d'extrapolation, petits humains que nous sommes.

19

D'après l'application Plans de l'iPhone, je peux atteindre mon point de chute en quarante-cinq minutes à pied depuis le parvis en travaux de la gare de Lyon Part-Dieu. Mais comme je ne connais pas bien cette ville et que je n'ai pas envie de marcher avec un GPS à la main, je fais ma feignasse, achète deux tickets et saute dans le premier tramway venu. Je descends dès la station suivante pour prendre celui qui circule en sens inverse (on ne se moque pas), et dans lequel je reste jusqu'à l'arrêt Guillotière, où j'emprunte un métro qui me dépose en plein cœur du vieux Lyon, sur la rive droite de la Saône. Ne me reste alors plus qu'à traverser le pont Bonaparte et remonter le quai des Célestins pour rejoindre la rue des Alpes et, au numéro 20, l'hôtel de la Pêcherie.

Nadia s'est étonnée quand je lui ai annoncé avoir réservé une chambre d'hôtel.

« Tu pensais que j'allais dormir sous les ponts ?

– Non mais t'aurais pu louer un appart, un endroit où tu peux cuisiner. »

Je n'y ai pas pensé. Et je crois que l'idée de passer trois jours à manger des sandwichs ne me dérange pas. L'autre chose qui a surpris Nadia, c'est la situation de mon hôtel, à cent mètres du palais de justice. Elle a fait le choix inverse, elle aurait pu être hébergée par une ancienne collègue qui vit dans le vieux Lyon, et sur les conseils de l'avocat elle a préféré louer un Airbnb dans le quartier de Gorge-de-Loup, de façon à avoir une coupure plus marquée après les journées d'audience.

Elle s'y est installée il y a deux jours. Je lui écris un SMS depuis ma chambre et son micro-bureau de vingt centimètres de profondeur, dont je prends une photo que j'envoie à Héloïse avec cette question : « Hormis un cul-de-jatte, qui peut s'asseoir ici ? » Nadia est contente que je sois bien arrivé et me dit qu'elle est occupée ce soir, je m'en doutais. Quant à la réponse d'Héloïse (« On aurait du mal à faire l'amour dessus »), elle me parvient à plus de 23 heures, quand je sors du cinéma Lumière Bellecour, où j'ai vu un film dont l'action se déroule à New York au début des années 1980, avec Anthony Hopkins, l'acteur du *Silence des agneaux* (qui ne raconte pas la vie d'un berger, si on ne l'a pas vu). Le lendemain matin, en prenant mon petit déjeuner dans une salle sans fenêtre au sous-sol du bâtiment, je repense à Charline, une des dizaines de filles dont j'ai été amoureux au collège. Elle disait vouloir devenir avocate, je trouvais ça incroyable et ça me la rendait encore plus fascinante. Pendant les cours, je m'amusais à me projeter quelques années plus tard, quand, devenu pour ma part le plus gros trafiquant de cocaïne de l'est de la France, je me ferais balancer par un mouchard, arrêter et incarcérer, à l'occasion de quoi je retrouverais Charline, avec qui j'entamerais une folle histoire d'amour et organiserais mon évasion en hélicoptère, et on partirait vivre ensemble sur une île encore plus paumée et plus paradisiaque que La Réunion. Charline est-elle vraiment devenue avocate ? A-t-elle déjà plaidé ici, dans ce grand machin que je vois se rapprocher à mesure que j'avance sur la passerelle piétonne au-dessus de la Saône ? Ce grand et vieux machin qu'on surnomme, m'a appris Nadia, le palais des vingt-quatre colonnes. Je m'amuse à les compter pour vérifier, au cas où. Je serais le premier à me rendre compte qu'il n'y en a en réalité que vingt-trois. Ce bâtiment existe depuis près de trois cents ans et personne n'a été assez futé pour… vingt-trois, et vingt-quatre. Ça va, vous avez fait du bon boulot, les gars. Vingt-quatre piliers massifs couvrant l'intégralité de la façade de ce temple d'inspiration gréco-romaine dont je monte les marches pour me hisser sous sa galerie et me présenter face à un fonctionnaire de police à qui je remets ma carte d'identité. « C'est pour le procès ? Vous êtes là en tant que… » Je ne comprends pas vraiment ce qu'il veut dire par *en tant que…* « En tant que témoin, juré… ? » Je ne vais pas lui confier que je suis là en tant qu'ancien camarade d'internat de l'accusé, je ne suis pas sûr que ça l'intéresse. Je bredouille que je viens simplement regarder, voilà. « En tant que public, alors. » Il prend note sur une feuille et passe trois ou quatre secondes à inspecter ma carte d'identité sous toutes les coutures, et hormis s'il s'agit d'un être bionique doté de scan intégré, je ne vois pas trop ce qu'il peut contrôler réellement. Il me la rend avec un air interrogatif, m'invite à vider mes poches dans un bac en plastique puis à franchir un portique de détection de métaux, je ne sonne pas, je récupère mon téléphone et mon portefeuille et rejoins l'immense salle des pas perdus, où j'aperçois Nadia entourée de quatre ou cinq personnes. Je n'ose pas m'approcher d'elle, je ne sais pas trop où me mettre, le procès commence à 9 h 30, je suis en avance. Les portes d'accès à la salle d'audience sont fermées. Je m'assieds sur un de ces bancs en bois qui font le tour de la pièce et où des tas de gens attendent. Je jette régulièrement un œil en direction de Nadia, elle finit par me repérer et j'amorce un mouvement du buste, mais elle se contente d'un signe de la main alors je coupe mon élan, reste assis, lui rends son petit salut, oui, je comprends, elle n'a pas que ça à faire. Elle arbore son visage sombre de nos tout premiers rendez-vous et ça vient doucher mon enthousiasme et me remettre les idées en place. Le petit déj' à l'hôtel, le souvenir de Charline, l'agitation citadine, la traversée de la passerelle au soleil, je retrouvais des saveurs de mes premières années d'étudiant, une sensation de liberté, une ville inconnue, aucune pression particulière. Mais je ne suis pas là en vacances, oh. On se reprend. Une petite foule se dirige vers la salle d'audience, je suis le mouvement. D'autres policiers à l'entrée, je ressors ma carte d'identité, je suis autorisé à pénétrer dans la salle. Un fonctionnaire m'informe que la partie centrale est réservée aux jurés, je choisis le côté gauche, l'avant-dernier rang. Je suis impressionné. Je ne m'attendais pas à ça.

Oui, c'est impressionnant, j'insiste, parce qu'on se croirait... On se croirait où, d'ailleurs ? Dans une église. Mais pas dans n'importe quelle église. Dans un haut lieu d'une société secrète. Au Vatican. Ou même en Grèce, mais quelques siècles en arrière. Je me demande si l'intérieur des temples grecs et romains était aussi décoré et aussi varié dans les matériaux. Il y a de quoi passer des heures à détailler chaque élément : des grands panneaux de bois surmontés de chandeliers électriques aux tapisseries d'un rouge pâle ornées de motifs floraux, des colonnes en marbre couleur saumon à ce pourtour de fenêtres perchées à cinq mètres du sol, le tout pour atteindre ce très haut plafond et sa rosace centrale autour de laquelle se déploie tout un trésor de dorures et de fruits et légumes et plantes en bois sculpté : ananas, pommes de pin, divers choux, artichauts, fougères, couronnes de lierre, branches d'érable, d'acacia, de frêne, ah, on pourrait passer la journée à tenter d'identifier chaque essence végétale. Je me remets à l'endroit et reprends contact avec des créatures de mon espèce. À ma droite, deux femmes d'une soixantaine d'années papotent comme au salon de thé. Juste devant ce sont deux filles et un garçon, sans doute des étudiants en droit, qui se remémorent leur dernière soirée chez Justine. Je ne cherche pas à savoir qui est Justine. Je me tiens à carreaux. Je me fais tout petit. Je suis un peu intimidé, je dois bien l'avouer, tous ces contrôles, ces codes, ces rituels, ces hommes et ces femmes vêtus de grandes robes noires qui s'activent devant nous, au-delà des balustrades. Je me demande quelle fonction ils occupent les uns et les autres, qui ne cessent d'aller et venir, chargés d'épais dossiers, qui discutent avec les personnes assises au premier rang et dont je suppose qu'il s'agit des proches de la victime, sa famille. Ce couple d'une cinquantaine d'années pourrait être les parents de Cyprien. Je crois aussi avoir repéré ceux d'Alexandre, installés auprès de Nadia, de l'autre côté, dans la rangée de droite. Tous ces gens dont j'entends parler depuis plus d'un an et qui prennent vie devant moi. Comme lorsqu'un livre est adapté au cinéma et que des acteurs imposent leur physique à des personnages dont on s'était fait sa propre représentation. Enfin, là, c'est encore autre chose. Peu importe, finalement, qu'ils correspondent ou non à l'idée que je m'en faisais. D'autant que je ne m'étais pas vraiment imaginé leurs visages. Ce qui me frappe, c'est de les voir, de les voir en vrai, de me rendre compte qu'ils existent. Justement, ce n'est pas du cinéma.

L'effet est d'autant plus troublant quand Alexandre fait son apparition, entouré de deux agents de police armés, avançant lentement, jetant un œil à Nadia en face de lui, aux jurés, balayant furtivement l'assistance d'un regard gêné, puis prenant place derrière un pupitre équipé d'un micro. Près de vingt ans ont passé depuis notre dernière rencontre. Vingt ans, à notre âge, c'est à peu près la moitié de notre vie. Mais il est exactement le même que dans mon souvenir. Nadia m'a averti qu'il a maigri, ça ne se voit pas. Il a toujours cette silhouette carrée, un poil bossue, que j'aurais pu reconnaître en pleine nuit. Il faut dire que je l'ai côtoyé dans l'obscurité d'un box d'internat pendant toute une année. Je le revois glisser de son matelas trop petit pour lui, poser ses grands pieds sur le lino et déplier sa carcasse pour aller s'asseoir à son bureau, face au poster des animaux menacés d'extinction. C'est le même et ce n'est pas le même à la fois. Alexandre redevient Alexandre, car lui aussi, à force d'écouter Nadia, a fini par se transformer en figure quasi mythologique à mes yeux. Alors le personnage principal de cette histoire qui nous réunit aujourd'hui redevient mon ancien voisin de box de terminale au lycée Jean-Michel de Lons-le-Saunier. Mais il n'est pas là en tant qu'ancien lycéen. Il est investi de cette histoire lourde, de cet acte criminel, qui d'ailleurs efface tout ce qu'il a représenté ensuite pour moi. Ce n'était pas vraiment Alexandre qui m'accompagnait durant toutes ces années. Alexandre avait sa vie avec Nadia et leurs enfants, dans leur maison à Villechenève, il avait son boulot à Tarare, ses amis, ses voisins, et parmi eux quelques ennemis. Moi, je n'existais pas dans cette vie-là. Cet Alexandre-là n'existait pas dans la mienne. Cela pourrait expliquer l'absence d'émotion qui accompagne ces retrouvailles très spéciales. J'y pensais ces derniers jours, je vais le revoir, il sera là, devant moi, et je m'attendais à être bouleversé. Mais les circonstances empêchent toute effusion, elles viennent tout assécher. Je n'ai même pas l'espace pour m'en étonner. Je deviens partie prenante de cette histoire où la mort a tout pétrifié. Je ne peux pas décoller mes yeux de son visage, et je ne suis pas le seul, tout le monde dans l'assistance s'applique à scruter froidement sa face de meurtrier. Les deux agents restent debout derrière lui, immobiles, et je constate qu'il a les mains libres. Son avocat vient s'installer juste devant lui, en contrebas, il apporte un gros dossier garni de chemises et de pochettes de couleur. Ils discutent tous les deux, Alexandre promène de nouveau son regard sur le public et je me décale légèrement pour me cacher derrière les trois étudiants. Je suis bien content d'être assis au fond. Je ne sais pas si Nadia lui a dit que je serais là. Et peut-être qu'il ne se souvient pas de moi, de mon visage. Certains oublient. Certains n'ont pas le sens de l'observation. Et puis certains changent – peut-être que moi j'ai changé. La sonnerie me fait sursauter, une voix annonce l'entrée de la Cour et tout le monde se lève, comme au collège quand le proviseur entre dans la classe, comme à l'église quand le curé l'ordonne. Trois femmes s'installent sur l'estrade centrale, en surplomb des avocats, de l'accusé, du public. La juge porte une robe rouge. Elle s'approche du micro : « Bonjour, l'audience est ouverte, vous pouvez vous asseoir. »

20

Maintenant il n'est plus question de bavasser dans les rangs. Maintenant tout le monde se tait. « Accusé, levez-vous. Je vais vous demander de bien vouloir décliner vos nom et prénom, date et lieu de naissance, lieu d'habitation, et de nous dire quelle est votre activité professionnelle. » Alexandre répond scrupuleusement. Je ne savais pas qu'il était né à Vesoul. La greffière se charge de faire l'appel des vingt jurés présents, avant de procéder au tirage au sort des six jurés de jugement et des deux suppléants, qui se lèvent chacun à leur tour et vont s'asseoir de part et d'autre de la juge. Les jurés qui n'ont pas été tirés au sort sont autorisés à quitter les lieux, ce qu'ils font tous, libérant les bancs du centre, où se ruent la plupart de mes voisins, comme au spectacle quand les places réservées ne sont pas toutes occupées. D'autres curieux qui patientaient à l'extérieur viennent remplumer l'assistance. Je me retrouve seul sur ma rangée, dont je n'ai pas osé bouger. La juge poursuit ses explications, à l'intention du jury, d'Alexandre, des proches de la victime, mais aussi du public. Elle annonce chaque étape du procès, elle nous informe nous aussi de nos droits et devoirs, elle refroidit chez chacun de nous toute velléité de filmer, de photographier ou d'enregistrer les débats en brandissant la menace d'une amende à cinq chiffres, puis elle invite l'huissier à faire l'appel des témoins. Nadia et les parents d'Alexandre sont concernés, mais devront aussitôt quitter la salle, car ils ne peuvent rien voir ni entendre avant leur audition. Je les observe suivre l'huissier tout en me faisant la réflexion que je pourrai toujours alerter Nadia s'il se dit quelque chose d'important, puis la juge se lance dans la lecture de la présentation des faits reprochés à l'accusé.

Jusqu'au coup de planche, je suis au courant de tout, les premiers dépôts de charognes devant chez eux, le vieux qui s'est fait pincer et, sept ans plus tard, les dépôts qui ont repris : un milan royal, un renard, deux marcassins, Alexandre a passé plusieurs nuits à faire le guet avant de voir quelqu'un s'approcher de la maison en transportant deux renards morts dans une brouette, il s'est jeté sur lui, ils se sont empoignés, il l'a assommé. Cette partie de l'histoire, oui, je la connais, mais je ne sais rien de ce qui s'est passé dans les minutes qui ont suivi.

Je ne sais rien de la fuite d'Alexandre, Nadia ne m'a pas raconté ça. Dans la foulée du coup de planche, il a retiré la cagoule de la victime, découvrant qu'il s'agissait de Cyprien Delorme, et quand il a compris que le jeune homme était mort, il a paniqué et s'est enfui. Il a couru dans la nuit sans trop savoir où il allait. Il a quitté le village. Il est tombé plusieurs fois pendant sa fuite. Il a chuté dans un champ, dans des ornières pleines d'eau boueuse. Il a fini par s'allonger au pied d'un arbre, où il a été retrouvé par un maître-chien à 9 h 30 du matin. La juge revient au cas de Cyprien, auprès duquel est intervenu un médecin légiste, qui a constaté une fracture du crâne, des traces de sang dans l'oreille droite et à l'arrière du crâne, et a affirmé que le corps n'avait pas été déplacé et que la victime était morte sur le coup. L'autopsie a mis en évidence des contusions cérébrales, un œdème cérébral, une hémorragie interne, et le légiste a conclu à une mort violente consécutive à un traumatisme crânien. La victime présentait un taux d'alcoolémie de un gramme huit par litre de sang, un état qui a incontestablement facilité sa chute et diminué sa capacité à l'amortir. L'enquête a déduit que le décès présentait un lien certain avec le coup porté par Alexandre. Selon l'article 222.7 du Code pénal, Alex encourt la peine de quinze ans de réclusion pour violences volontaires ayant entraîné la mort sans intention de la donner, des faits qualifiés plus simplement de « coups mortels ». Durant sa garde à vue il a reconnu les faits. Il est en détention provisoire depuis plus de deux ans, détention qu'il a entamée à Corbas, avant d'être déplacé à Villefranche-sur-Saône.

« Monsieur Perrin, veuillez vous lever. À ce stade, quelle est votre position sur les faits ? »

Du haut de son mètre quatre-vingt-dix, Alexandre commence à bredouiller de poussives excuses à l'endroit des parents de Cyprien.

« Je vous ai enlevé votre fils, je n'en dors plus… »

La juge intervient pour le recadrer : « Veuillez vous adresser à la Cour et répondre à ma question. Quelle est votre position sur les faits ? »

Alexandre se tourne vers la juge, les deux femmes qui l'entourent et les jurés. « Oui, je suis l'auteur des faits. J'ai donné le coup de planche qui a entraîné la chute de Cyprien, je ne peux pas nier cet aspect-là. Mais je dois vous avouer que j'ai oublié le moment de notre friction, j'ai oublié le moment où j'ai donné le coup, je l'ai refoulé. J'aimerais pouvoir en parler mais je n'en ai aucun souvenir.

– Nous aurons l'occasion de revenir là-dessus. En attendant nous allons… »

Mais Alexandre n'en a pas terminé. Il veut parler de sa fuite. Il reprend les mots du récit effectué par la juge, qu'il appelle madame la présidente.

« Madame la présidente, vous avez dit que j'ai paniqué… »

C'est à lui d'être coupé : « Monsieur Perrin, vous avez une voix grave, vous êtes grand, mettez le micro à votre hauteur et essayez de parler bien distinctement. »

On l'entendait mal, c'est vrai. Il tire sur son micro, se penche en avant. « Vous avez dit que j'ai paniqué, ce qui est faux. Ça peut paraître étonnant mais je n'ai ressenti aucune émotion sur le moment.

– Vous avez pourtant déclaré dans votre déposition du 28 août : "J'ai paniqué, j'ai pris la fuite…"

– Peut-être, mais c'était faux.

– Vous admettez avoir menti.

– Je n'ai pas menti, je n'ai pas été assez précis. J'ai raconté les choses de manière trop simpliste, pour justifier ma fuite. Mais ce n'est pas comme ça que j'ai vécu cet instant. Peut-être que j'avais trop honte. Je crois que je n'ai pas voulu reconnaître le caractère, je ne sais pas comment dire, le caractère froid, le caractère incroyablement distancié de ma réaction. Parce que je n'ai pas paniqué. Non. Malgré ce que je venais de faire, je n'ai pas paniqué. J'ai arraché la cagoule et j'ai vu Cyprien, et à partir de ce moment-là j'avais la tête vide. Je n'ai pas réfléchi avant de m'enfuir. Je suis parti en courant, comme ça, sans rien préméditer. Je ne maîtrisais plus rien. La tête, le corps, partout dans mon corps, c'était une sensation de grand vide… Jusque dans les bras, dans les mains, au bout de mes doigts. D'ailleurs je me suis réellement vidé. Je veux être honnête avec vous, je ne veux pas me censurer, et je m'excuse de vous raconter ça mais en partant, en me mettant à courir, je me suis pissé et chié dessus. Ensuite je suis tombé plusieurs fois dans des flaques d'eau boueuse et je me suis assis contre un arbre, mon pantalon était trempé et j'avais le cul dans ma propre merde, et je suis resté prostré dans un petit bois pendant des heures. Je ne saurais même pas vraiment qualifier l'état dans lequel je me trouvais. J'avais froid, j'étais dur, tout était dur, vide et dur à la fois. Je n'arrivais plus à penser, j'étais fermé, muré, comme un gros rocher. Quand les gendarmes sont arrivés, ils ont trouvé un bloc, un bloc compact. Je ne parlais pas. Je ne pensais plus. Ils m'ont porté comme une statue. Je n'étais plus capable du moindre mouvement. J'étais ailleurs. Je n'étais plus moi-même. J'étais autre chose. »

La juge semble décontenancée par les mots d'Alexandre, et je ne sais pas si ça a un quelconque rapport mais elle décide de suspendre l'audience. Tout le monde sort de la salle et regagne le grand hall. Moi aussi je suis un peu secoué. Je retrouve Alexandre tel que je l'ai connu au lycée, et peut-être plus encore, tel que je l'ai fait exister ensuite. Ça me rassure. Cet Alexandre, je ne l'ai donc pas inventé.

Je me sens proche de lui, beaucoup plus proche que je ne l'étais au lycée, bien sûr. Je m'assieds sur un banc à quelques mètres d'une des deux sexagénaires qui papotaient à côté de moi tout à l'heure, j'aimerais nouer le contact. Qu'est-ce que je pourrais bien lui dire ? Je n'ai pas mes chiens, ni mes moutons. Ce n'est pas le lieu pour évoquer l'humidité du matin ou la beauté du panorama. Je ne veux pas parler d'Alexandre. Je tente les soucis de sonorisation : « On n'entendait pas très bien, au début.

– C'est toujours pareil. La salle a une mauvaise acoustique.

– Vous êtes déjà venue ?

– On est des fidèles. On est trois copines à la retraite. Les assises, c'est notre petit plaisir. Le mercredi, Jocelyne ne peut pas venir parce qu'elle s'occupe de ses petites-filles, on lui résumera l'affaire demain matin. Parfois on retrouve aussi un certain M. Bozzolo, avec une canne, mais depuis la rentrée il n'est pas venu. J'espère qu'il ne lui est rien arrivé. Vous êtes étudiant, vous ?

– Oui, euh... Enfin, en cours du soir.

– Ah, c'est bien.

– Je débute. Je viens tout juste de m'inscrire. J'ai encore du mal à me repérer. Les différents protagonistes... Les avocats, tout ça... »

Son visage devient tout feu tout flamme. Elle pose son sac sur le banc, et je comprends que je ne pouvais pas mieux tomber. On est vite rejoints par son acolyte, moins bavarde, moins sympathique, légèrement méfiante, mais de quoi? Que je lui pique ses bracelets en or? À la reprise de l'audience, je m'assieds derrière elles. Ma nouvelle amie se retourne et me présente la position de chacun. J'apprends que la Cour, au centre, se compose de la présidente, c'est-à-dire la juge, et des deux assesseures. La défense est à notre droite, avec l'accusé et son avocat. À notre gauche, c'est l'avocate générale. Au fond, la greffière. Devant elle, l'huissier. Ici, l'avocate de la partie civile. Et les deux dernières, sûrement des stagiaires.

Jusqu'à la pause de midi on assiste à l'audition de l'agent qui est intervenu sur la scène de crime devant chez Alex et Nadia à Villechenève et qui a rédigé le procès-verbal puis interrogé les voisins sur le sujet, entre autres, de la présence ou non, contre le poteau électrique et avant la nuit du 27 août, de la planche meurtrière, un point sur lequel le village est partagé mais qui laisse peu de place au doute après la diffusion sur un écran de télé et à la demande de l'avocat d'Alexandre, Me Andrieux, d'une photo de la façade de la maison prise trois mois avant les faits où on voit clairement cette planche d'un mètre vingt de hauteur, de trente centimètres de largeur et de quatre centimètres d'épaisseur en équilibre à la verticale contre le poteau, probablement aidée par les hautes herbes poussant tout autour.

Quatre centimètres d'épaisseur, ce n'était pas un petit morceau de contreplaqué. Je l'imaginais moins robuste, une étagère en pin qui se casse comme de rien. À force d'y penser, à force d'écouter Nadia en parler, cette histoire de coup de planche a fini par prendre dans mon esprit l'aspect d'une scène de dessin animé. Un coup de planche qui assomme et une bosse rouge qui enfle à vue d'œil, avec un bruitage de flûte à coulisse et une couronne d'oisillons. En comprenant de quel genre de planche il s'agissait, je prends peur. Mieux vaut recevoir un coup de batte de base-ball. Car le problème de la planche, c'est la tranche. C'est justement la question que pose la présidente au gendarme : « D'après vous, la plaie à la tête de M. Delorme provient-elle du coup de planche ou de l'impact au moment de sa chute au sol ? » Le gendarme ne peut pas apporter de réponse claire : « Le rapport d'autopsie mentionne la présence de cheveux et d'infimes morceaux de laine dans la cervelle. Une telle fracture peut néanmoins provenir de la chute.

– Qu'est-ce qui est le plus probable ? Pour qu'il y ait fracture du crâne, cela suppose une énergie certaine au moment du choc…

– M. Perrin, en décrivant la chute de M. Delorme pendant son interrogatoire en garde à vue, a indiqué qu'il était tombé en avant, droit comme un piquet. »

L'avocate générale, qui ne quitte pas des yeux l'écran de son ordinateur portable : « Il est même question d'un bruit accompagnant la chute au sol. »

L'échange continue à creuser le moment fatidique. Le coup de planche a provoqué la chute au sol, c'est évident, mais le coup porté par Alexandre était-il assez violent pour entraîner une fracture du crâne ? La question reste indécise. On a beau connaître l'auteur du coup, l'objet utilisé et le lieu où cela s'est déroulé, ça ne suffit pas. C'est plus compliqué qu'une partie de Cluedo.

La présidente insiste pour obtenir de la part d'Alexandre une description au plus près de la façon dont il s'y est pris pour donner le coup. Mais Alexandre ne s'en souvient pas. Il ne lui reste rien de ce moment-là.

« Pendant la garde à vue, vous avez détaillé votre geste, et aussi la façon dont M. Delorme est tombé, et vous avez même parlé d'un bruit de verre à l'impact, d'un “crac”. Vous nous avez dit tout à l'heure avoir perdu la mémoire aussitôt après les faits, mais il semblerait que la mémoire vous soit revenue lors de la garde à vue.

– Écoutez, je ne me souviens pas de ce que j'ai dit pendant la garde à vue.

– C'est quand même embêtant, ces absences. C'est quelque chose qui a été diagnostiqué ? Je vous parle sérieusement, sans ironie.

– Non, j'ai plutôt une bonne mémoire.

– Une mémoire sélective… Bon. Et maintenant, quand on vous met face aux faits, est-ce que des éléments vous reviennent ?

– Oui, je me souviens de tout. Enfin, presque. »

L'avocate générale rappelle qu'Alexandre a été très coopérant pendant la reconstitution.

« Ce que j'ai oublié, c'est notre empoignade. Le moment où on s'est battus, voilà. Ça n'a pas duré longtemps. C'était chaotique. D'un côté comme de l'autre il y avait de la rage, de la peur, enfin, je ne peux pas parler pour lui. Excusez-moi, je m'emmêle les pinceaux. » Et, se tournant vers les parents de Cyprien : « Je pense qu'il a eu peur et qu'avec l'alcool il a réagi de manière impulsive. Vous savez bien, il n'était pas doux, Cyprien, il était même connu pour être très nerveux.

– Veuillez vous adresser à la Cour et aux jurés, monsieur Perrin.

– Je me suis approché de lui et il s'est tout de suite jeté sur moi et on s'est battus. Ensuite je ne me souviens pas. Je pourrais inventer une situation qui plaide en ma faveur. Il n'y avait pas de témoin, pas de caméra de surveillance. Si je devais être malhonnête avec vous, je ne m'amuserais pas à l'être qu'à moitié. Je ne suis pas en mesure de relater avec précision la façon dont les choses se sont passées. J'en suis bien désolé, croyez-moi. Oui, on s'est battus. Oui, j'avais la rage. J'ai réussi à me libérer et il y avait cette planche à côté de moi, je l'ai saisie et j'ai donné un coup. Quand j'ai repris mes esprits, il était allongé à mes pieds. Je me suis accroupi, j'ai arraché sa cagoule, j'ai vu son visage. J'ai compris qu'il était mort, j'en ai tout de suite eu la certitude. J'aurais pu espérer qu'il soit seulement sonné ou même dans le coma, mais non, je le savais, c'était évident que je l'avais tué. Et c'était fou, c'était fou et violent. Et j'étais totalement abasourdi de constater qu'il s'agissait d'un gamin de vingt ans qui habitait à deux cents mètres de chez moi et dont je m'étais occupé du chien malade deux semaines plus tôt. Tout ça m'a semblé tellement délirant que j'ai tiré le rideau sur mes émotions, je ne pouvais rien ressentir, je me suis fermé, je me suis blindé, et ce n'était pas volontaire, ce n'était pas un choix, j'ai réagi comme j'ai pu, je suis parti, je me suis enfui.

– Et ce bruit de verre que vous avez évoqué pendant la garde à vue ?

– Je ne sais pas. J'ai dit aux gendarmes qu'il avait peut-être une bouteille dans sa poche, mais je crois qu'ils n'ont rien trouvé. »

L'avocate générale confirme que le rapport d'enquête ne fait mention d'aucune bouteille.

« Tout se mélange. Tout s'est mélangé. Le bruit, je l'ai peut-être entendu avant, quand il a lâché sa brouette.

– Et la façon dont il a chuté, c'est quelque chose dont vous vous souvenez, aujourd'hui ?

– C'est flou mais oui, j'ai une image dont je ne suis pas sûr qu'elle soit juste, je vois son corps tomber tout droit, raide, comme ça. »

Il mime le geste avec son avant-bras et sa main tendue qui basculent vers l'avant.

« Lors de la garde à vue, le souvenir semblait moins flou.

– Non, il l'était tout autant. Mais il fallait bien que je parle.

– Vous vous êtes montré très silencieux pendant la garde à vue.

– Au bout de quarante-huit heures de garde à vue, j'ai fini par décrire des images auxquelles je ne croyais pas vraiment. Mais au début, je n'arrivais pas à parler.

– Vous avez recouvré toute votre éloquence, aujourd'hui.

– En général, je suis plutôt quelqu'un de bavard, oui.

– Donc plutôt bavard, sauf pendant une garde à vue. Plutôt une bonne mémoire, sauf après avoir commis un geste criminel.

– Je ne suis pas un criminel. Enfin, je ne sais pas…

– Vous ne savez pas ?

– Non, je ne sais pas. Ce n'est pas à moi de le dire. Je ne suis pas là pour me juger moi-même. C'est votre boulot, ça. »

L'avocate générale s'offusque de cette dernière phrase, tandis que l'avocate de la partie civile et ses deux stagiaires échangent des regards ahuris. De l'autre côté, Me Andrieux adresse quelques mots à son client.

« C'est bien la première fois que j'entends ça, reprend la présidente. Vous avez une étrange manière de vous défendre, même si, dans les faits, vous avez raison.

– Je ne cherche pas à me défendre.

– Ah bon ? »

Me Andrieux se lève et invite Alexandre à tempérer ses interventions.

« Mais non, je ne suis pas là pour me défendre. J'essaie simplement de répondre à vos questions de la façon la plus honnête possible. »

Et des questions, il y en a d'autres, des questions pour le gendarme, de la part de l'avocate de la partie civile puis de celui d'Alexandre, et des questions pour Alexandre, encore, de la part de la présidente et de ses deux assistantes. Non, on ne dit pas assistantes. Assesseures, voilà. Je ne connaissais pas ce terme.

Il est près de 13 heures quand je sors du palais de justice. Je traverse la Saône pour aller m'acheter un sandwich et une canette de Coca dans un snack et je m'installe au bord du fleuve. J'en profite pour répondre à Héloïse et ses énièmes photos de plages et de palmiers. Une jeune femme assise à côté de moi enchaîne les cigarettes, j'hésite à lui en taxer une, ça m'arrive rarement d'en avoir envie, même avec Héloïse je ne craque presque jamais, c'est peut-être de ne pas être chez moi, d'être seul en ville.

21

Les débats reprennent pied au plancher avec l'audition en visioconférence depuis son cabinet parisien d'un enquêteur de personnalité mandaté par le juge d'instruction. Le sandwich me pèse sur l'estomac, à moins que ce soit le Coca. L'enquêteur est tombé sous le charme d'Alexandre, il évoque un enfant radieux, attachant, curieux des autres, extrêmement sociable. Un parcours scolaire brillant, des capacités intellectuelles largement supérieures à la moyenne, quelques complications avec certains camarades, surtout au collège, complications dues à ses facilités scolaires, précisément. Un entourage familial tout à fait équilibré, des parents présents et aimants, parfaitement responsables. Puis il s'attarde sur cette passion pour les animaux qu'Alexandre affirme dès son plus jeune âge et qui sera au centre de sa vie professionnelle, il parle d'un engagement confinant au sacerdoce en faveur de leur défense contre les modes d'exploitation barbares et contre tous les types d'agressions dont ils sont victimes. Il signale qu'il n'a pas été élevé dans une famille de chasseurs, loin de là, et qu'il a toujours affirmé une dissidence profonde, sans faille, à l'endroit de cette activité traditionnelle. Je laisse échapper un rot silencieux, un souffle d'air dans mon poing, c'est vraiment le Coca, j'ai bu trop vite. L'échange avec la présidente se conclut par une question sur ses rapports avec Cyprien, et l'enquêteur parle d'une simple relation de voisinage, ils ne se connaissaient pas très bien.

Alexandre intervient pour affirmer que de toute façon, il n'a pas tué Cyprien Delorme mais un anonyme cagoulé : « Si j'avais vu son visage, je n'aurais pas osé. Comme il portait une cagoule, l'affrontement devenait abstrait. Je ne savais pas à qui j'avais affaire. En fait, j'avais affaire à un homme sans visage.

– Qui n'en était pas moins un être humain », rappelle la présidente.

L'écran est remisé sur le côté et la présidente questionne Alexandre sur cette enfance et cette adolescence a priori sans traumatisme majeur. Elle veut savoir à quel point les moqueries subies au collège ont pu l'affecter. Alexandre n'en rajoute pas : « Oui, j'étais l'intello de la classe. Dès l'école primaire, on me taxait de chouchou de la maîtresse.

Au collège, j'ai été élu chaque année délégué de classe, j'étais un élève sérieux et ça pouvait énerver certains de mes camarades, surtout les garçons, mais le fait d'être élu délégué c'était aussi le signe d'une certaine popularité. Je veux dire que malgré mes bonnes notes, j'avais des copains, j'étais un garçon ouvert. Je n'étais pas ce genre d'intello mal dans sa peau et renfermé sur lui-même, si c'est ça que vous voulez savoir. » Puis une femme d'une quarantaine d'années se présente à la barre, une enquêtrice de personnalité qui s'est penchée quant à elle sur le cas de la victime. Elle dresse un portrait de Cyprien, comme celui d'Alexandre, totalement à son avantage, mais dans un style différent : un enfant gentil, calme, pas bavard, un taiseux, comme ses parents. Contrairement à l'enquêteur qui a travaillé sur Alexandre, elle a dû évidemment se contenter d'entretiens avec sa famille et ses amis. Lui aussi était passionné par la nature, lui aussi était un amoureux des bêtes, il a accompagné son père à la chasse dès son plus jeune âge et passé son permis dès ses quinze ans. L'enquêtrice a bien conscience des différences culturelles et sociales entre l'accusé et la victime, et elle fait preuve de beaucoup de tact et de compréhension à l'égard de Cyprien, en insistant sur les témoignages de ses partenaires de chasse, qui ont tous dépeint un jeune homme attentionné, prudent, respectueux de l'animal, jamais plus heureux qu'à se promener en forêt entouré de ses chiens. À l'écouter, on pourrait le voir comme une sorte de Mowgli des campagnes françaises : l'enfant élevé par une meute de beagles. « Il a toujours eu au moins un chien à lui tout seul. À vingt ans, il en avait cinq. Carlito était son préféré. Sa mort l'a dévasté. Cyprien disait avoir perdu son plus fidèle ami. » L'avocat d'Alexandre s'étonne qu'il ne soit à aucun moment, dans le portrait réalisé par l'enquêtrice, question de l'impulsivité de Cyprien, de ses coups de sang, un trait de sa personnalité qui était pourtant connu de tous au village, et l'enquêtrice assure qu'elle n'en a jamais entendu parler, qu'on ne lui a témoigné que de sa réserve et de sa gentillesse. Alexandre se lève : « Le désarroi de Cyprien suite à la mort de son chien, je ne peux que le comprendre. Je ne veux pas salir sa mémoire, mais j'ai assisté à deux ou trois réactions impulsives de sa part. Cyprien n'était pas un moine bouddhiste, loin de là. » Il se rassied. D'autres questions pour l'enquêtrice, et chacune de ses réponses alimente l'idée d'un jeune ouvrier discret dont la vie s'articulait autour de sa pratique de la chasse et de sa relation fusionnelle avec ses chiens. Elle ne déroge à aucun moment de son cap, et elle est plutôt convaincante.

Pendant la pause de l'après-midi j'envoie un message à Nadia pour lui demander si je pourrai l'appeler ce soir, elle me répond qu'elle voulait justement me proposer de prendre un verre et me donne rendez-vous au café Mixx. D'après mon téléphone, le café Mixx est à moins de dix minutes à pied du palais de justice. L'audience a déjà recommencé quand je reprends ma place dans la salle. Je constate depuis ce matin que certains arrivent ou partent en plein milieu d'une audition. On n'entre peut-être pas aussi facilement que dans un moulin, mais une fois dedans, on est libres d'aller et venir, comme pour les cours en amphi, à la fac.

Un homme à la barre, soixante ans minimum, je comprends assez vite qu'il s'agit du médecin qui est intervenu auprès du corps. La présidente indique que des photos de la scène de crime sont mises à disposition des jurés dans une salle annexe. Rien ne sera diffusé sur écran. Lui aussi est invité à donner son sentiment sur la cause exacte de la mort, et comme le gendarme, il rechigne à se prononcer. La seule chose qu'il est en mesure d'affirmer, suite à son expertise médico-légale, c'est qu'il n'y a pas eu de coup significatif échangé autre que celui porté par Alexandre à l'aide de la planche. Il n'a constaté aucun hématome, aucune ecchymose, aucune rougeur sur son visage. L'altercation a donc été aussi fugitive que son passage à la barre, merci, au revoir. La gentille dame avec qui j'ai parlé ce matin a retiré ses chaussures, tiens. Magali faisait toujours ça quand on allait au cinéma, elle n'attendait même pas que la lumière s'éteigne pour se mettre pieds nus. Je remarque autre chose, c'est que cette dame et son amie ont toutes les deux ajouté une épaisseur entre elles et ces gros bancs en chêne massif qui me talent le cul depuis des heures. S'il y a bien une chose à revoir ici, c'est l'assise du public. On est loin des pâtures grasses et molletonnées du Haut-Jura. Je ne veux pas me chercher de fausses excuses, mais ça entame ma concentration. Je me relâche un peu pour l'audition des parents de Cyprien. Ils n'y sont peut-être pas pour rien.

En même temps ils m'inspirent énormément de sympathie. L'un et l'autre me sont très familiers. Des comme eux, j'en ai croisé des centaines dans la vallée, des voisins, des clients du Rupi, des anciens bergers, des éleveurs. Des gens dont on ne peut pas dire qu'ils soient bien loquaces, en effet. Des anxieux, des craintifs, des timides, des laborieux. Des lents, tout simplement. Des longs à la détente. Qui mettent trois plombes à révéler comment le Carlito de Cyprien, son petit bleu de Gascogne adoré, son favori d'entre tous, est tombé malade au printemps sans que personne ne parvienne à en détecter l'origine. Un premier vétérinaire consulté a pensé à la piroplasmose, une infection liée à une morsure de tique, et a prescrit un traitement à base de corticoïdes. Deux mois plus tard, le pauvre Carlito était toujours amorphe, son taux de globules rouges était au plus bas. Les visites chez le véto commençaient à coûter cher. Et c'est un habitant du village qui a recommandé à Cyprien de le montrer à Alexandre. Alexandre l'a gardé deux jours en observation chez lui. La seule chose qu'il a trouvé à conseiller à Cyprien, c'est d'augmenter les doses de cortisone. Deux semaines plus tard, après avoir vomi tout ce qu'il avait réussi à ingérer au cours des deux derniers jours partout dans la maison, Carlito mourait dans les bras de Cyprien, dans sa chambre, sur son lit. Il était 3 heures du matin. Cyprien est resté jusqu'au lever du soleil à pleurer avec le chien mort dans ses bras. Il n'en a pas dormi pendant trois jours. Il n'est pas allé bosser pendant une semaine. Il était inconsolable, inconsolable, le père de Cyprien répète le mot au moins dix fois, il s'aide de sa main pour le marteler, les dix fois sur le même ton neutre, peut-être une manière de chercher à faire monter l'émotion chez lui, une émotion qui ne vient pas, qui n'arrive pas à sortir. Quand il se retourne vers le public et surtout vers sa femme, il a les yeux dans le vague, il a l'air d'émerger de sa sieste. Et quand sa femme prend sa suite à la barre, elle confie à peu près sur le même ton neutre, enfin neutre n'est pas le bon mot, lointain, détaché, gelé, sur le même ton froid et figé, elle confie que maintenant c'est eux, le père, la mère, le grand frère ici présent et le petit frère absent, qui ne dorment plus.

Alexandre ne les lâche pas du regard, le père et la mère qui se succèdent à la barre, il ne fuit pas la confrontation. Il n'intervient pas, il est avachi et ne bouge pas. Les jurés sont captivés, certains prennent des notes, l'avocate de la partie civile aide Mme Delorme à terminer ses phrases. La présidente ne la brusque pas. Mme Delorme paraît toujours à deux doigts de flancher, dès qu'elle ouvre la bouche j'ai peur qu'elle n'y arrive pas et qu'elle finisse par s'évanouir. J'attends le mot suivant en observant l'avocate générale, qui de toutes les personnes présentes est celle qui m'évoque le plus Charline, mon ancienne camarade du collège. Mais je suis sûr que ce n'est pas Charline. Charline n'est pas là aujourd'hui. Elle ne travaille probablement pas à Lyon. Elle n'est peut-être pas devenue avocate. La présidente interroge Mme Delorme sur le rapport de son fils à l'alcool, puis sur son rapport à la violence. Mme Delorme bafouille du bout des lèvres qu'il ne supportait pas qu'on lui fasse du mal et qu'il pouvait alors réagir de façon assez emportée, oui. Elle finit également par avouer qu'il avait un caractère obstiné, elle dit : « Une tête de… une tête de… », et je m'attends à ce qu'elle dise une tête de mule. Elle cherche la réponse auprès de son avocate. Elle prend un air encore plus dur et une voix encore plus flottante et elle dit : « Une tête... une tête de cochon. » Devant moi, un jeune homme murmure à son voisin : « Normal, pour un chasseur de sanglier. » Bon, il est temps que la journée se termine.

18h30. Nadia m'a donné rendez-vous à 21 heures. La maman Delorme, plus encore que les bancs en chêne massif, nous a tous achevés. Je marche un petit moment le long de la Saône avant de rentrer à l'hôtel. En sortant de la douche, je m'étends nu et ruisselant sur mon lit devant l'émission d'Hanouna sans le son. J'arrive en avance au café Mixx et commande une pinte de bière. Quand Nadia me rejoint, avec dix minutes de retard, j'ai déjà fini mon demi-litre d'Affligem. J'en reprends un pour l'accompagner. Toute la journée je me suis vécu comme une taupe, un espion, un informateur pour le compte exclusif de Nadia, et tout ce que je m'imaginais lui raconter, Andrieux, l'avocat d'Alex, vient de le lui révéler. C'était bien la peine d'être aussi attentif. Je lui dis quand même que je suis impressionné et même ému par le souci d'Alexandre d'être au plus près de ce qu'il ressent. Je lui dis que je crois en son discours, en son honnêteté, et qu'il a été bien meilleur que les parents de Cyprien, même si leurs témoignages étaient touchants, mais ils ont tout de même admis que leur fils avait un problème avec l'alcool et qu'il n'était pas aussi pacifique qu'on cherchait à nous le faire croire.

« Donc tu penses qu'il va être acquitté ? » Et elle se reprend aussitôt : « Laisse tomber, c'est idiot comme question. »

Je ne sais pas si la question est idiote, mais il serait idiot de ma part d'y répondre.

Et je ne sais pas ce qui me prend, peut-être les deux pintes de bière, je lui dis que d'après moi, oui, il sera acquitté.

En sortant du tribunal, c'est vrai, j'étais persuadé qu'il le quitterait libre vendredi soir. Étant donné les éléments à notre disposition, étant donné les images que je me suis fabriquées, ces images de leur affrontement et du geste fatal d'Alexandre que j'ai l'impression d'avoir vues et revues comme des scènes de film projetées en boucle tout au long de la journée, je ne vois aucune raison pour qu'il s'éternise en prison. Mais je ne suis pas juriste. Nadia le sait et ne s'attarde pas sur le sujet. Le serveur vient prendre notre commande de burgers, j'opte pour celui à l'ananas et Nadia pour le végétarien aux pois chiches. Nadia et les parents d'Alexandre seront auditionnés demain matin, j'imagine qu'elle ne veut pas se coucher trop tard. Je me trompe, c'est le contraire, elle ne veut pas se coucher tout court. Elle a dormi deux heures la nuit dernière et préfère ne pas dormir du tout. Elle a besoin de faire des choses, de s'occuper, elle en a marre de se tourner toujours les mêmes questions en tête. On quitte le café Mixx pour aller se promener dans les pentes de la Croix-Rousse, après quoi on rejoint l'Opéra et ensuite les quais du Rhône, qu'on descend jusqu'au niveau de la place Bellecour, d'où on regagne rapidement mon hôtel. Elle me suit jusque dans la chambre, comme durant tout l'été au Crozat. On se pose sur le lit devant la télé, elle passe son temps à zapper, on reste assis côte à côte face à l'écran scintillant comme deux zombies. Puis elle m'attrape la main et me prodigue de longues et douces caresses sur le bras. Elle monte jusqu'à l'épaule, de sa main gauche sur mon bras gauche, elle m'effleure la peau du bout des doigts. Elle se colle à moi, je n'ose pas trop bouger.

J'ai l'impression qu'elle n'a pas vraiment conscience de ce qu'elle fait. Elle a l'air envoûtée par la télé. Elle a l'air défoncée.

J'aimerais lui répondre, la caresser aussi, mais je ne peux pas. Je serais dégueulasse d'en profiter. Ça ne peut pas avoir lieu, pas ici, pas maintenant. Pas dans ces conditions.

Pourtant j'en ai terriblement envie. De glisser une main sous son pull, de toucher son ventre, ses seins.

Elle continue ses va-et-vient le long de mon avant-bras, ça me file des frissons partout.

À 3 heures du matin, n'y tenant plus, je me déshabille et me glisse sous la couette. À 8 heures, quand mon réveil sonne, elle n'est plus là.

À 9 h 20 je traverse la passerelle sur la Saône qui mène au palais des vingt-quatre colonnes et j'essaie de comprendre ce que représente cette statue installée au bord du fleuve, un homme nu que je contemple de dos pour l'instant et qui semble porter un autre homme, également nu, qu'il vient peut-être de sauver de la noyade. Je me détourne de la statue quand je remarque, garé juste devant le grand bâtiment, un fourgon de l'administration pénitentiaire, sans doute le véhicule dans lequel Alexandre est arrivé. Je ne vois ni Nadia ni ses beaux-parents dans le grand hall. Je change de place dans la salle d'audience, m'installe sur la rangée de droite, avec la défense, toujours au fond. La gentille dame d'hier m'adresse un signe, aujourd'hui elles sont trois. Alexandre fait son entrée, et son avocat se lève pour discuter avec lui. Puis c'est au tour de la présidente et des deux assesseures de s'installer. J'éteins mon téléphone, je connais les règles. Je ne suis plus un bleu.

22

Cette deuxième journée s'ouvre avec l'audition d'un expert psychiatre dont l'essentiel de l'intervention consiste à détailler sa technique de travail, grâce à laquelle il prétend effectuer un véritable « scan de la personnalité » de son client. Le type se fait mousser, je me demande s'il ne va pas finir par nous distribuer une brochure de son programme de formations. Et qu'est-ce qu'il est chiant. Il prend son temps d'une manière qui, contrairement aux parents de Cyprien hier, n'inspire aucune indulgence. T'as envie de le pousser de là. Allez, abrège, t'es pas tout seul.

N'étant plus un novice, je deviens peut-être plus exigeant, aussi.

Et pile au moment où je m'apaise et prends un peu de recul, je me mets à le trouver intéressant. Il évoque la réaction d'Alexandre à la mort de Cyprien, fait état d'une authenticité indiscutable quant à la peine éprouvée, d'une culpabilité réelle, d'un profond sentiment de honte. Ensuite il se lance dans une longue énumération de tout ce qu'Alexandre n'est pas. Il n'a ainsi observé chez lui aucune altération pathologique des fonctions intellectuelles et cognitives, aucune instabilité qui pourrait évoquer une quelconque forme de psychose. Il n'est le siège d'aucune activité hallucinatoire. Ne présente aucun signe d'un état dépressif, même minime, ni d'un état maniaque. Pas d'euphorie, pas de désinhibition. Pas d'impulsivité notoire. Pas d'intolérance à la frustration. Tout ça pour dire qu'Alex est un mec normal, quoi, qu'il n'est pas fou. Au terme de son enquête, selon son système d'évaluation, l'expert attribue à Alexandre un score de 2 sur 30, la première fois de sa vie qu'il reçoit une aussi mauvaise note.

Pas fou, mais extrêmement sensible. Voilà ce que veut nous faire entendre sa mère, dont la clarté de l'élocution et la fluidité de la parole m'évoquent évidemment son fils. Je comprends d'où il tient son assurance, sa lucidité, son intelligence. Il a tout piqué à maman. Ce que j'ai essayé moi-même de m'approprier ces dix dernières années, Alexandre n'en est pas l'inventeur, il n'en est pas l'auteur exclusif. Est-ce que son rire aussi il le lui a emprunté ? Est-ce que je ris en réalité non pas comme Alexandre Perrin mais comme Marie-Claire Brandicourt ?

Et Marie-Claire Brandicourt, auprès duquel de ses ancêtres s'est-elle approvisionnée ?

Mais le lieu est mal choisi pour l'entendre se fendre la poire, de toute façon.

Je pense à mon oncle Patrick et sa femme Léonie, dont je me suis toujours demandé lequel des deux avait déteint sur l'autre tant ils ont les mêmes intonations de voix.

Peut-être que c'est leur union qui a accouché de ce style commun, peut-être qu'ils se sont créé une manière à tous les deux de s'exprimer.

Peut-être que Mme Brandicourt s'est transformée au contact de son fils.

Peut-être, aussi, qu'ils n'ont pas conscience de leurs ressemblances.

Ça m'étonnerait quand même. Je ne dois pas être le seul à m'en rendre compte. J'espère que ça ne détourne pas trop la présidente et les jurés du contenu de son intervention.

« Il était tout le contraire de ces enfants qui prennent plaisir à torturer des animaux, même les plus petits et les plus inoffensifs. L'expression *ne ferait pas de mal à une mouche*, elle était à prendre au pied de la lettre avec lui. Quand il trouvait une fourmi dans son lit, il la récupérait avec une feuille de papier et la relâchait dans le jardin. Il s'occupait des oisillons tombés du nid, délogés par les chats, qu'il nourrissait à la pince à épiler. Combien de mésanges charbonnières il a apportées au Centre Athénas. »

La présidente, qui ne vit pas dans le Jura, ne connaît pas le Centre Athénas.

« Un centre de soins pour les animaux sauvages basé juste à côté de Lons-le-Saunier. Ils font un travail admirable. On a beaucoup parlé d'eux ces dernières années pour leur engagement en faveur du lynx… »

Tiens, tiens, comme on se retrouve.

« Alexandre y a suivi un stage. D'ailleurs il avait l'intention de créer un lieu équivalent dans le Rhône. C'était un projet très sérieux… »

Quand Mme Brandicourt retourne s'asseoir dans la salle, Alexandre est questionné sur ce projet de centre de soins pour animaux. Il prend un air dépité en se levant : « Tout ça appartient à une autre vie. Ma vie d'avant, d'avant cette nuit d'effroi dont je n'arrive pas à m'extirper. Cette nuit continue pour moi et je n'en vois pas la fin. Je me demande si j'en sortirai un jour. J'essaie de m'accrocher à quelques souvenirs. Nos derniers moments tous les quatre. Lila qui venait de naître, Elliot l'aîné, Nadia ma compagne. Cet été-là, j'avais fait un magnifique potager. Je leur apprenais à respecter les insectes du jardin, même les courtilières. Vous voyez ce que c'est, une courtilière? Une fourmi géante. Certains disent une taupe croisée avec un grillon. Un petit monstre. Elles avancent en ligne droite et détruisent tout avec leur bouche broyeuse. Même mes parents les éclatent à coups de bêche. Moi je les mettais dans un seau et on partait avec Elliot les relâcher dans la forêt. On sauvait même les vers blancs. Les larves de hanneton. Vous voyez ce que c'est ? Un autre insecte effrayant… »

Me Andrieux ne cesse de se retourner et de lui chuchoter des choses. Alexandre ne le regarde pas, il continue sur sa lancée.

« Je vous parle d'un monde que je ne connais plus. Un monde auquel je n'ai plus le moindre accès. À part quelques mouches dans ma cellule. Et je ne suis toujours pas capable de les tuer. Mais je vous dis ça… Oh, j'ai honte. Si vous saviez comme j'ai honte de ce que j'ai fait. Je vous dis ça et puis… Je sais très bien que si on est tous réunis ici, c'est parce que j'ai tué un homme. »

Cette fois, son avocat l'interrompt brusquement. Pour rappeler les circonstances et la nature de l'affrontement avec Cyprien, et que si, en effet, il y a eu mort d'homme, les agissements d'Alexandre relevaient de la légitime défense, ce dont le principal intéressé n'a pas l'air convaincu en se rasseyant.

La présidente suspend l'audience. En sortant de la salle je retrouve la gentille dame d'hier, qui me présente Jocelyne, la troisième larronne, comme elle dit. Elles se mettent toutes les trois à parler d'Alexandre, et leur point de vue m'intéresse, bien sûr. Ce qu'elles en pensent? Qu'il n'est pas banal. Que ce n'est pas un meurtrier comme les autres. Que ça les change de tous les débiles qui s'entêtent dans leurs alibis foireux et que personne ne croit jamais. Martine se demande tout de même si ça ne cache pas quelque chose de louche, et Andréa prend la défense d'Alex en avançant qu'il n'a pas le profil d'un voyou ordinaire. Pour la première fois, elle a envie de croire la parole de l'accusé. Martine préfère rester prudente, et tout en trifouillant ses bracelets en or, elle lâche : « Et puis c'est Andrieux, pfff... Il est mou. Il me fatigue. Moi, j'attends Metaxas. Ça me tarde d'être lundi.

– Oui, lundi, fait Jocelyne en se frottant les mains.

– Vous serez là, lundi? me demande Andréa. On ne l'a pas encore vu depuis la rentrée. Vous ne connaissez pas Metaxas? Il est formidable. Avec Metaxas, on ne s'ennuie jamais. Mais Andrieux, je l'aime bien, moi.

– Moi je ne l'aime pas, coupe Martine, au cas où on n'ait pas compris.

– Il est cultivé, il est intéressant...

– Il est surtout très emmerdant. Avec Metaxas, il se passe toujours quelque chose.

– Elle a raison, me dit Andréa. Si vous ne connaissez pas Metaxas, il faut venir lundi. »

Lundi prochain, je serai en train de boucler mes valises en prévision de mon départ pour La Réunion le lendemain. Je fais un saut aux toilettes avant de rejoindre la salle, je me plante face à un urinoir et derrière moi, après un bruit de chasse d'eau, une porte s'ouvre sur le père d'Alexandre. Je n'ose pas bouger. Je fais semblant de continuer de pisser pendant qu'il se lave les mains. Je l'épie en coin, il a les yeux rouges, je me demande s'il n'est pas allé s'enfermer aux toilettes pour pleurer. Il consacre plus d'une minute à se sécher, bon allez, je remballe, braguette, lavabo, on échange un regard furtif et il baisse les yeux presque aussitôt. L'audience reprend, Nadia fait son entrée, et non seulement je ne suis plus un novice mais je me sens carrément un intime, maintenant. Quel genre d'intime, j'ai du mal à dire. L'ami mais pas tout à fait l'amant. L'ami très proche. Celui avec lequel on s'autorise des caresses de confort, de réconfort, plutôt. Celui qu'on peut même embrasser à l'occasion. J'ai encore la sensation de ses doigts sur mon avant-bras, et même si elle nous tourne le dos, je suis content de la voir, sa présence me fait du bien. Elle parle de leur rencontre au lycée et du début de leur histoire, quelques années plus tard, à Lyon, quand il était en école de véto et elle en licence de géographie et aménagement. De leur installation à Villechenève, des premiers dépôts de charognes et de leur choix de rester malgré tout, de leur vie de famille, avec Elliot d'abord puis avec Lila, du plaisir qu'Alexandre prenait à transmettre ses connaissances aux enfants, de sa générosité envers ses voisins quand une de leurs bêtes avait un petit problème, car ce n'était pas la première fois qu'il s'occupait d'un chien du village. Elle assure qu'il n'avait rien à reprocher à Cyprien, qu'il s'entendait bien avec ses parents. Elle veut dire aussi qu'Alexandre a été très affecté par la mort de Carlito, le petit bleu de Cyprien, et qu'il est même allé lui en parler. Mais Cyprien n'est plus là pour confirmer, et ses parents n'en savent rien. Elle revient aussi sur sa vie depuis le drame, des choses que je sais déjà : les premières semaines avec un bébé de deux mois, les visites en prison, le soutien énorme de sa mère, le regard des autres, la maison. À propos d'Alexandre, de la façon dont elle le perçoit depuis deux ans, elle reprend même une phrase que je lui ai dite hier soir au café Mixx, sur son obsession d'être au plus près de ce qu'il ressent.

Je suis tout étourdi quand je sors du palais de justice pour la pause de midi. J'ai la tête qui chauffe, besoin de calme et de silence. Je pense aux jurés, à la présidente, aux avocats, et je me demande comment ils font pour se soulager de ces journées aussi remplies. Est-ce qu'ils ont des espaces pour souffler? Est-ce qu'ils arrivent à se relâcher? Ou peut-être qu'ils n'en ont pas besoin, pas autant que moi. Peut-être qu'ils sont plus solides et qu'ils réussissent à conserver le même état de concentration pendant toute la durée du procès. Peut-être aussi qu'ils sont moins affectés, moins tendus que moi. Ils ont pourtant une immense responsabilité, que je n'ai pas.

Hier il m'arrivait de suivre les débats avec un peu de distance, je n'irais pas jusqu'à parler de détachement, mais à la manière de ces étudiants ou ces retraités qui composent la grande part du public, j'avais parfois l'impression d'être au cinéma ou au théâtre. Aujourd'hui, et plus encore depuis que Nadia nous a rejoints, je n'ai plus aucun recul. Je suis collé aux faits. Ce qui se joue sous mes yeux n'a plus rien d'un spectacle. Ou alors, j'en fais partie. C'est peut-être pour ça. J'ai intégré la troupe. On m'a attribué un petit rôle.

Un rôle que je prends trop à cœur. Je me sens trop concerné par les enjeux en place. Trop proche des protagonistes et de leurs émotions. Je vibre avec eux, je compatis, j'ai peur, j'y crois. Et je ne cesse d'osciller entre mon admiration pour Alexandre et ce que je remarque des réactions des autres. Je note chez l'avocate générale et celle de la partie civile des signes d'agacement, j'en observe même chez son avocat à lui, quand Alexandre outrepasse ses consignes. La présidente ne montre pas grand-chose, elle m'inspire plutôt confiance. Je suis impressionné par son écoute, Alexandre a vraiment l'espace et le temps de s'exprimer, elle le laisse aller au bout de ses raisonnements, elle n'est jamais agressive avec lui.

J'achète un sandwich dans le même snack que la veille, et je rentre à l'hôtel. Je croque deux fois dedans et prends mon téléphone pour me renseigner sur ce Metaxas, David de son prénom, la star du barreau de Lyon, que certains qualifient d'enfant terrible et qui, sur le site Lyon People, pose avec sa femme les pieds dans l'eau d'une grosse fontaine façon Dolce Vita. Je retire mes chaussures, m'étends sur le lit défait. Je n'ai plus l'habitude de me coucher à 3 heures du matin. Le téléphone me glisse entre les mains. Il est 16 heures passées quand je me réveille.

23

Personne ne m'a appelé, personne ne s'est inquiété de mon absence au tribunal. Un petit rôle, je disais. Tu parles. Je ne suis qu'un misérable figurant dans cette histoire.

Je traverse la passerelle sur la Saône en courant, file droit sur le palais des vingt-quatre colonnes et juste au-dessus, au sommet de la colline, la basilique de Fourvière. Je reprends mon souffle dans le grand hall et intègre la salle d'audience sur la pointe des pieds. Alexandre est debout. La présidente revient sur cette nuit du 27 août, encore et toujours. Sur cet accès de rage dont il a fait preuve, ça oui, il le reconnaît.

« Mais ce qu'a dit Olivier n'est pas vrai. Son propos n'est pas juste. Je ne suis pas un homme double, je ne dissimule aucun démon à l'intérieur de moi. Enfin, pas plus que vous. Pas plus que n'importe qui. Enfin, je ne sais pas. »

Je comprends que j'ai raté le témoignage d'un certain Olivier.

« C'est trop facile, le coup du monstre insoupçonnable, de l'odieux pervers qui cache son jeu derrière une façade irréprochable. L'expert psychiatre a été clair ce matin : ni schizophrène ni maniaco-dépressif. Ça ne sert à rien de creuser de ce côté-là, je ne suis pas un psychopathe. On n'a plus quinze ans. On n'est plus au lycée. La plupart des mecs n'avaient que ce mot à la bouche, au lycée. Ils le distribuaient à tout va, tel prof, tel camarade un peu bizarre : psychopathe, psychopathe. N'essayez pas de me faire passer pour un méchant de cinéma, je ne suis pas ça. »

Je n'ai pas souvenir d'avoir abusé de ce terme au lycée.

Psychopathe…

Maintenant qu'il le dit, j'imagine bien Luc et Martin parler comme ça, oui.

« J'étais en colère. Je ne savais pas contre qui j'étais en colère, mais je savais très bien pourquoi. Face à une injustice profonde, je m'emporte. Face à une situation intolérable, je ne me laisse pas écraser, je me révolte, c'est tout le sens de ma vie, depuis toujours. Les animaux c'est mon combat, et je le mène avec ferveur et fermeté, et désolé si je vous donne l'impression de parler comme un homme politique, mais enfin, voilà. Quand ça va trop loin, oui, j'explose. Et vous voyez, contrairement au profil dépeint par Olivier, je suis capable de considérer mes coups de sang. J'en parle, je les explique, c'est ce que je fais ici, avec vous, depuis hier. Je n'ai rien à voir avec ces histoires de double personnalité. Je ne suis pas un énième Dr Jekyll et Mr Hyde. Il n'y a pas deux facettes étanches. Chez moi, ça communique. Je vais vous dire quelque chose. Je ne devrais peut-être pas, mais je vais vous le dire quand même. Mes parents vous ont parlé de ma sensibilité à la souffrance des bêtes depuis que je suis tout petit. Il y a une chose qu'ils ne vous ont pas dite. Je ne crois pas qu'ils aient cherché à vous le dissimuler, ce n'est pas quelque chose d'important, mais moi j'ai besoin de vous le dire. Quand j'étais petit, jusqu'à sept ans, d'après ce que j'en sais, j'étais un gamin très colérique. Je n'étais pas le seul, et si tous les enfants colériques devenaient des meurtriers, il n'y aurait plus personne sur terre depuis longtemps. Mais vous savez ce qui m'a calmé ? C'est le contact des animaux. Des chèvres, des chiens, des chats, des vaches. J'étais toujours fourré chez des voisins agriculteurs qui avaient une petite chèvrerie et qui avaient aussi quelques volailles et des lapins. Il y avait deux fermes dans le village, l'autre était plus traditionnelle, un troupeau de génisses qu'on exploitait pour du lait à comté, et j'accompagnais le paysan quand il les emmenait au champ. Ensuite j'ai fait des colonies à thèmes, des stages. J'ai peu à peu découvert la faune sauvage. J'avais grandi, bien sûr, mais j'avais aussi trouvé où et comment canaliser cette énergie débordante. Pour certains c'est le sport, c'est le foot, eh bien pour moi c'était d'être dehors à prendre soin des animaux. Alors je ne suis plus cet enfant colérique, heureusement, mais je ne suis pas non plus un robot froid et sans affect. Dans certaines situations, je me laisse dépasser par mes émotions. Je sais que l'époque nous invite à apprendre à les gérer. J'ai cette expression en horreur : gérer ses émotions. Et ce n'est pas seulement l'expression, c'est l'idée qui me fait peur. Celui qui croit gérer ses émotions en vient le plus souvent à les nier. Les miennes, je les exprime. Quand les dépôts d'animaux ont recommencé, sept ans après la première fois, on a réuni les habitants du village, on ne s'est pas recroquevillés sur notre douleur et sur notre rage, on l'a partagée notre rage, on a partagé la violence que ces gestes nous inspiraient, avec l'espoir que son auteur nous entende et qu'il arrête. Mais ça n'a servi à rien. On a découvert d'autres bestioles lâchement tuées et bassement jetées dans notre cour. Je n'en dormais plus. Vous savez tout ça. J'étais à bout de nerfs. Et si je n'avais rien dit, j'aurais fini par imploser. Comment peux-tu comparer cette situation avec les Fight Club du confinement, franchement, Olivier? C'était un jeu, nos Fight Club.

On se défoulait entre nous. C'est vrai que je tapais fort, je donnais tout, mais on en riait tous les trois avec Benjamin, tu t'en souviens. Vous ne me l'avez jamais reproché sur le moment. J'avais un tel retard à combler par rapport à vous deux que, oui, je visais les points sensibles, la tête, le plexus, le foie, mais c'est toi qui m'as appris à le faire. Ça n'a rien à voir avec ce qui s'est passé avec Cyprien. Je n'ai jamais rien eu contre vous. Alors que j'avais vraiment quelque chose contre Cyprien…

– Comment vous qualifieriez ce qui vous animait ?

– Contre Cyprien ? Mais de la haine. Ce n'était pas contre lui précisément, puisque je ne savais pas que c'était lui, mais oui, je ressentais de la haine. Et c'est peut-être cette haine qui a entraîné mon geste. Il est possible que cette haine contenait en elle-même l'idée de… l'idée de me débarrasser de lui, de le tuer… »

Me Andrieux se lève d'un bond. On n'a pas besoin de l'entendre pour comprendre ce qu'il dit à Alexandre. Et Alexandre lui tient tête. L'avocat se rassied en prenant un air désemparé.

« Allez-y, finissez, bredouille Me Andrieux dans son micro.

– Je ne dis pas que j'avais l'intention de le tuer. Je ne dis pas ça. Mais cette idée trottait dans mon esprit, je suis bien obligé de l'admettre. »

L'avocat esquisse un geste de la main qui exprime que d'après lui, non, il n'en est pas obligé.

« Cette idée m'accompagnait. Mais je n'imaginais pas du tout le faire. Je ne m'en sentais pas capable. Je ne suis pas un assassin…

– Merci », lâche son avocat.

L'avocate générale et celle de la partie civile sont stupéfaites par la scène à laquelle elles assistent. La présidente et les deux assesseures restent impassibles, comme d'habitude.

« Ça allait trop loin. Ça me rendait fou. Et dans la colère qu'il m'inspirait, il y avait ce désir de mort, oui, je le reconnais. Je rêvais qu'il se tue en voiture ou qu'il ait une crise cardiaque, que quelque chose d'extérieur à moi l'arrête dans son délire. Un heureux hasard qui vienne mettre fin à cet enfer. J'aurais voulu que quelqu'un fasse le sale boulot à ma place.

– Vous êtes en train d'avouer que…

– Non, la coupe Alexandre. Mais non, madame la présidente, je ne suis pas en train d'avouer un crime intentionnel. Je vous dis que c'est plus compliqué que ça. Depuis le début, je n'arrive pas à trancher. Je n'arrive pas à savoir vraiment. La vérité, personne ne la connaît. La vérité c'est qu'il est mort. La vérité c'est que je l'ai tué. Enfin, non, je ne sais pas. Est-ce que je l'ai vraiment tué, je n'en sais rien. Et je ne le saurai jamais. Personne ne le saura jamais. Je suis le seul qui pourrait vous permettre de résoudre cette énigme, mais je n'y arrive pas moi-même. Je n'avais pas l'intention claire de le tuer, ça, je peux vous l'assurer. »

Son avocat hoche la tête, comme pour l'encourager à poursuivre dans cette direction.

« Je n'avais pas ce projet en tête. Il y avait beaucoup de colère, une colère à mon avis tout à fait compréhensible. Est-ce qu'il faut juger cette colère ? Je ne sais pas. Dès que j'arrête une réponse, je suis tiré de l'autre côté. Je suis fatigué par tout ça… Et puis de toute façon, ce n'est pas à moi de décider. Mais je me demande bien comment vous tous, madame la présidente, la Cour, les jurés, comment vous allez pouvoir vous fabriquer une opinion précise et arrêtée… »

L'avocate générale lui demande de ne pas regarder les jurés, car cela pourrait être pris pour une volonté de les influencer. Et Alexandre se tourne ostensiblement vers les six jurés assis de part et d'autre de la Cour.

« Je ne cherche à influencer personne. Je ne suis pas dans le calcul. Je vous regarde, et c'est un gage d'honnêteté.

– Ça, c'est vous qui le dites, intervient la présidente.

– Oui, je ne peux pas parler à votre place. »

Son avocat bondit de sa chaise. Alexandre se reprend immédiatement.

« Je m'excuse, madame la présidente. Je m'excuse, maître. »

Deux étudiants assis devant moi n'en reviennent pas.

« Ça devient n'importe quoi, ce procès. »

Et ils ne disent pas ça pour le déplorer. Un n'importe quoi qu'ils ont l'air de trouver jubilatoire, à les voir se tortiller sur leur banc inconfortable.

« Le plus juste serait de dire que vous ne savez pas, reprend Alexandre. Collez-moi la peine qui vous convient, mais si vous prononcez un avis trop clair, vous aurez tort.

– Les jurés n'ont pas besoin de vos recommandations, réplique vertement l'avocate générale. La Cour et le jury savent ce qu'ils ont à faire. Mais si je puis me permettre... Car c'est mon rôle d'expliquer au jury ce qu'il doit faire... Mesdames et messieurs les jurés, vous n'êtes pas là pour prononcer une réponse tiède. Vous n'êtes pas là pour dire que vous ne savez pas. Vous allez devoir formuler une réponse précise. C'est tout l'objet d'un procès que de vous permettre de vous forger ce qu'on appelle votre intime conviction. C'est une prise de position, celle-ci peut être extrêmement difficile à décider, mais vous ne pouvez pas vous y dérober. Il faudra trancher. Vous êtes intelligent, monsieur Perrin, et vous êtes malin. En invitant le jury à rester dans le doute, on peut se demander si vous ne cherchez pas à vous éviter une peine trop lourde. Un avis mitigé, un avis un peu mou, c'est une peine à l'avenant, c'est-à-dire une peine modérée. Je n'approuve pas votre méthode. Je suis certaine que le jury ne se laissera pas manipuler. »

Alexandre se prend un coup. Je vois Nadia s'agiter sur son banc, à côté de ses beaux-parents. La présidente considère que l'interrogatoire de l'accusé est terminé et nous donne rendez-vous demain matin pour les plaidoiries et les réquisitoires.

Je suis assez pessimiste en quittant la salle, rien à voir avec hier. Je n'aimerais pas être à la place des jurés, et je ne dois pas être le seul. Je prendrais la défense d'Alexandre parce que je le crois. Je suis convaincu par son discours. Mais je le crois parce que je le connais, je connais sa manière d'être, je la connais si bien que je m'en suis inspiré pour me sortir de quelques situations compliquées ces dernières années. Je n'ai pas l'impression que mon avis fasse l'unanimité dans le public. J'ai vu des réactions, des échanges de regards, et je me suis reconnu à travers ces attitudes de défiance. Je me suis reconnu au lycée, quand je ne pouvais pas encadrer ce type que je trouvais séducteur, beau parleur et truqueur. Malin, comme a dit l'avocate générale. J'ai peur qu'il inspire aux jurés le même genre de sentiment. Trop malin pour être honnête.

J'ai peur qu'ils s'arrêtent à ce qui m'horripilait chez lui au lycée, qu'ils ne voient que ça. Il m'a fallu du temps pour le comprendre et l'apprécier. Il m'a fallu ne plus du tout le voir, mais sans jamais l'oublier, et peut-être le transformer, le modeler dans le sens qui m'arrangeait, toutes choses impossibles pour un jury de cour d'assises. Ils n'ont à juger ni un robot, ni un animal, ni un personnage mythologique. Ce serait beaucoup plus simple.

Je n'aimerais pas être à leur place, mais j'aimerais bien filer un coup de main à Alexandre. J'aimerais prendre sa défense, dire le bien qu'il m'a fait, même involontairement. Car il est en effet à l'origine de ce petit guide imaginaire qui m'accompagne depuis une dizaine d'années. Tout ce que j'ai vu de lui ces deux jours m'a rassuré sur ce point. Il est certes redevenu humain à mes yeux, mais il a conservé toutes ses qualités. Il n'a pas beaucoup changé, dans le fond. Il a tué un homme, mais il ne l'a pas fait exprès. C'est vite expédié, je l'admets. C'est mon avis personnel. Comment disait l'avocate générale ? Mon intime conviction. J'aimerais pouvoir l'aider, lui rendre un peu de ce qu'il m'a transmis, et je ne sais pas quoi faire.

Je ne peux pas faire grand-chose.

Nadia ne répond à aucun des SMS que je lui envoie depuis le Penjabi Grill, un restaurant pakistanais situé à côté d'un bar musical. Je n'ai pas la tête à danser en sortant. Je retourne au pied du tribunal, magnifiquement éclairé la nuit grâce à des spots à la base et au sommet de chacune des vingt-quatre colonnes. Douze heures plus tard, je suis de nouveau à l'intérieur, pour la dernière journée d'audience, qui commence avec la plaidoirie de Me Fournier, l'avocate de la partie civile.

24

« Elle est compliquée la position des parties civiles dans un procès, qui plus est dans un procès d'assises, un procès pour meurtre, car la victime est absente, bien entendu. Il est de coutume de prétendre que les avocats des parties civiles œuvrent pour ceux qui ne parlent plus, c'est-à-dire les victimes, mais aujourd'hui je suis là aussi pour ceux qui ne parlent pas, pour ceux qui parlent peu. Je suis là pour dire le drame et la détresse de cette famille où on souffre en silence. Les parents, et puis les frères de la victime. L'aîné, Joannie, ici présent. Vous ne l'avez pas entendu, mais depuis trois jours vous le voyez comme moi soutenir sa mère et son père, leur prendre la main, les serrer contre lui. Il est là, toujours droit, toujours digne. Il écoute, il endure les multiples récits de ce déchaînement de violence qui a coûté la vie à son petit frère. Il n'intervient pas. Savez-vous pourquoi il ne s'exprime pas ? Parce qu'il a peur. Il a peur de ne pas pouvoir y arriver. Être au centre des regards, il n'en a pas l'habitude. Il sait que dans ces situations les mots se bousculent et qu'ils sortent dans le désordre, et à la peur succède un sentiment de honte qu'il préfère s'épargner. Et puis il y a Mathis, le plus jeune, qui lui n'a même pas eu la force de venir. Écrire, il a pu : "Je veux être partie civile, mais je ne viendrai pas au procès." Il ne voulait pas entendre un médecin légiste détailler les causes de la mort de son grand frère. Il ne voulait pas se retrouver dans la même pièce que l'assassin de son grand frère. Alors ces derniers jours il est allé travailler. Où est-ce qu'il travaille ? Chez Dominique Pereira, comme Cyprien. Il avait dix-sept ans quand son grand frère a été tué. Aujourd'hui, il a pris sa place à l'usine. Et il y a donc Serge et Nicole Delorme, les parents. Eux aussi, comme leurs deux fils, parlent peu. Et ils ont tout de même trouvé la force de se présenter à la barre pour répondre aux questions de la Cour. Mais ce n'est pas parce qu'ils parlent peu qu'ils ne ressentent rien. Ce que M. et Mme Delorme n'ont pas réussi à vous dire, ils ont voulu me le montrer. Avec des photos. Des photos de leur fils disparu. Et des photos de Cyprien, chez eux, il y en a partout. Cyprien occupe tout l'espace, il occupe toutes leurs pensées. Il ne s'écoule pas une heure, pas une minute, pas une seconde sans qu'ils ne pensent à lui. Leur fils est en photo jusque sur leur table de nuit. Ils le voient le soir en se couchant ; ils le voient le matin en se levant. Ce qu'ils éprouvent alors, ils le gardent pour eux, ils n'en font pas étalage. Ce n'est pas donné à tout le monde de savoir mettre des mots sur ce qu'on ressent. M. Perrin a cette chance, on l'a vu, on l'a entendu, de ne pas connaître cette peur d'échouer à formuler ses idées, de ne pas connaître la honte qui en découle. Il a cette chance de savoir dire, contredire, argumenter. Il a cherché à nous convaincre de sa sensibilité au vivant et de sa bonté d'âme pour nous dire la colère qui l'a poussé à agir. Mais à force de l'écouter, et on l'a écouté, on l'a beaucoup écouté, je crains qu'on en oublie de considérer la colère et les émotions qui habitent les parents et les frères de Cyprien Delorme. C'est pour eux que nous sommes là aujourd'hui. C'est à eux que je vous demande de penser. À leur douleur, à leur détresse. »

Me Fournier fait une pause pour regarder ses clients, assis loin devant moi, au premier rang des bancs réservés au public. Elle s'approche encore plus près de son micro.

« Sept cent quatre-vingt-trois jours. Sept cent quatre-vingt-trois jours que Serge et Nicole Delorme et leurs deux fils ne vivent plus qu'à travers ce drame. Deux ans et deux mois qu'ils subissent cette situation intenable et qu'ils attendent une sanction sans équivoque pour l'auteur de ce geste d'une brutalité extrême qui a tué leur petit Cyprien, comme ils l'appellent. »

Elle poursuit sur la nécessité d'une peine forte, sans quoi la famille Delorme le prendrait comme un nouvel affront. Elle conclut en anticipant les propos de la défense, en avançant qu'ils ne se résoudront pas à entendre que Cyprien est mort parce qu'il est mal tombé, ni qu'il est mal tombé parce qu'il avait trop bu. Puis elle se rassied, elle se tourne encore vers les parents de Cyprien et leur adresse un sourire indécis, un sourire perplexe, comme si elle quêtait une approbation dont elle sait qu'elle ne viendra pas. Elle n'y est pour rien. Ce n'est pas de sa faute à elle. Elle les connaît. Ils sont comme ça.

C'est ensuite l'avocate générale qui se lève, installée en surplomb de Me Fournier. Elle me fait de plus en plus penser à Charline, mon ancienne camarade de classe. Elles deviennent même indissociables. Dès que l'avocate générale prend la parole, je pense à Charline. Elles ne peuvent plus se passer l'une de l'autre. Et puis je ne connais pas le nom de l'avocate générale. Appelons-la Charline.

Elle ne regarde pas plus le public qu'elle ne regarde Alexandre, elle ne s'adresse qu'aux six jurés.

« Mon rôle consiste à vous éclairer sur deux points. La culpabilité, et la peine à prononcer. »

Elle s'interrompt pour tousser dans son poing. Elle avale une gorgée d'Évian.

« Les faits ont été qualifiés par le juge d'instruction de "coups mortels". Malgré quelques déclarations pour le moins confuses de l'accusé, il apparaît qu'il n'avait pas le projet de tuer la victime. Voici les deux questions que vous devez vous poser. La première : Alexandre Perrin a-t-il exercé volontairement des violences ? La seconde : ces violences sont-elles responsables de la mort de Cyprien Delorme ? Pour vous aider à répondre à la première question, deux autres questions. Y a-t-il eu un acte positif de violence ? Y a-t-il eu un acte de violence volontaire ? Bon alors. Un acte positif de violence ? Oui, il y a bien eu un coup porté par Alexandre Perrin à la victime. Un acte de violence volontaire ? Oui, l'accusé reconnaît avoir donné un coup à la victime. Personne n'a contraint Alexandre Perrin à commettre ce geste. Il n'avait consommé ni alcool ni cannabis, il était parfaitement lucide, il s'agit bien d'un acte conscient, qui vise à donner un coup, qui vise à faire mal, à être brutal. Je vous rappelle qu'il n'a pas frappé à main nue, il a fait usage d'un objet lourd et résistant. Et puis je vous rappelle qu'il n'a pas frappé n'importe où. Ce jour-là, il a visé la tête. Il avait donc bien l'intention de faire mal. La deuxième question maintenant, la plus importante : le coup de planche porté par Alexandre Perrin à Cyprien Delorme est-il à l'origine de la mort de ce dernier ? On peut décomposer les faits de la façon suivante : le coup de planche a provoqué la chute, laquelle a entraîné la mort. Est-ce que le coup de planche a entraîné la chute au sol ? Oui. En droit pénal, la faute de la victime n'a aucun impact, donc qu'il soit alcoolisé, on n'en tient pas compte, car avant le coup de planche, Cyprien Delorme était debout. Est-ce que c'est la chute au sol qui a entraîné le décès ? On ne le sait pas. Mais dans le cas où on s'en tient à cette interprétation, la chute a provoqué un traumatisme crânien ainsi qu'un œdème cérébral, lesquels sont responsables des lésions d'impact qui ont entraîné la mort. Dès lors, c'est bien Alexandre Perrin qui en portant volontairement un coup de planche à Cyprien Delorme a entraîné la chute qui a entraîné le traumatisme crânien et l'œdème cérébral qui ont entraîné le décès. »

La démonstration est implacable, et la destinée d'Alexandre me semble très mal engagée. Je repense à ce que j'ai dit à Nadia avant-hier, je m'en veux de lui avoir fait miroiter un possible acquittement. J'aurais mieux fait de me taire.

« La peine dépend des conséquences. Les faits sont graves, ils sont très graves. Ils ont causé la mort d'un jeune homme, ses parents ne reverront plus jamais leur fils, leur vie est détruite. Les faits sont graves aussi parce qu'ils ont été commis sur la voie publique. Ils ont connu un fort retentissement au niveau local. Ainsi, au regard de la gravité des faits, il est justifié qu'il y ait une peine de prison. L'alcoolisation de la victime, si vous ne devez pas en tenir compte pour déterminer la culpabilité, vous pouvez en tenir compte pour décider de la peine. La personnalité de l'accusé est également à prendre en compte. Nous l'avons beaucoup entendu. »

À partir de là Charline oublie ses notes et semble improviser.

« M. Perrin a fait ici la démonstration de son empathie, de sa compréhension. Il a présenté ses excuses à la famille de la victime, il s'est expliqué sur son geste, longuement. Que nous a-t-il dit, pour s'en expliquer ? Qu'il s'était fait justice lui-même, tout simplement. Qu'il s'était fait justice lui-même en laissant ses émotions dicter sa conduite. Eh bien moi, c'est à votre raison que je fais appel, mesdames et messieurs les jurés, c'est à votre raison que je fais appel pour juger non pas des qualités humaines de M. Alexandre Perrin, ni de sa sensibilité au vivant, comme vient de le dire Me Fournier, c'est à votre raison que je fais appel pour juger l'acte de violence commis de la part d'un homme vers un autre homme. De la part d'un homme qui selon ses propres mots n'a donc pas su gérer ses émotions. Enfin, qui n'a pas su les maîtriser, si vous préférez. Pas su, pas pu, ou pas voulu. Car, d'après M. Perrin, nous vivons dans un monde qui nous empêche d'exprimer nos émotions, qui nous encourage même à les réprimer... »

Elle se tourne vers Alexandre.

« Êtes-vous bien sûr de ce que vous dites ? »

Alexandre ne moufte pas.

« Je vous laisse la responsabilité de cette observation. Ce n'est pas la question qui nous occupe. »

Elle revient aux jurés.

« Mais je tiens à rappeler que rien, jamais, dans une société, ne doit justifier le recours à la violence. »

Elle en remet deux ou trois couches sur la brutalité de son geste, et me fait alors l'effet d'une boxeuse qui enchaîne les coups sur son adversaire coincé dans les cordes. Une situation qui m'en rappelle une autre et me ramène près de vingt ans en arrière.

J'étais à la place d'Alexandre et c'était lui qui cognait, en multipliant les sentences assassines, dans le cadre d'un conflit dont l'objet n'était pas si éloigné de celui qui l'a opposé à son jeune voisin. Un échange musclé sur un sujet de société – en l'occurrence, la chasse – comme il est fréquent d'en avoir à cet âge-là, car cela ne se déroulait pas dans l'enceinte d'une cour d'assises mais au centre de la cour fumeurs du lycée Jean-Michel de Lons-le-Saunier. Ce combat, je l'ai perdu dans les grandes largeurs, et il a annoncé la fin d'une des plus belles périodes de ma vie.

Un combat, disons un affrontement, que j'ai souvent revécu pendant mes longues journées à garder les brebis, essayant de m'y projeter avec d'autres arguments, déplaçant parfois le curseur de notre rivalité, m'autorisant même à inverser les rôles. Il m'arrivait alors d'éprouver cette montée de satisfaction qui vous étreint quand vous devenez sûr de votre affaire et que la victoire vous tend les bras. Ce que vit Charline actuellement, c'est évident. Ça se voit. Ça s'entend.

« Ainsi vous allez devoir trancher fermement ce point précis, au nom de la justice et par égard envers la famille de la victime. »

Dans les nombreuses divagations que m'a inspirées cette scène, j'ai surtout imaginé reprendre notre discussion là où on l'avait laissée à l'époque, la reprendre avec tout ce qui nous est arrivé dans l'intervalle, tout ce qui nous a transformés, tout ce qui nous a rapprochés. Avec l'envie de lui prouver que je ne suis plus le même et de gommer les mauvais souvenirs que je lui ai laissés, si souvenirs il y a.

« Et au regard de son attitude et de ses déclarations des deux derniers jours, j'estime que le risque de récidive est réel. »

Qui s'excuse de broutilles vieilles de vingt ans ? Qui est assez bête pour avoir de telles idées ?

« C'est pourquoi je requiers que l'accusé soit condamné à une peine de huit ans d'emprisonnement et qu'il soit interdit de séjour pendant cinq ans dans la commune de Villechenève. »

Cette dernière demande m'étonne, et je ne pense pas qu'elle change grand-chose aux plans d'Alexandre pour les années à venir.

Huit ans de prison, c'est à peu près ce que Me Andrieux a annoncé à Nadia : « Elle va demander huit ou dix ans. On va plaider l'acquittement. »

En tout cas, s'il est condamné à huit ans, on n'est pas près de se remettre à boxer ensemble.

L'audience reprend à 14 heures. Me Andrieux a eu le temps de la pause-repas pour peaufiner son intervention. Il parle en dernier, c'est un avantage, il peut répliquer aux coups.

Il commence en évoquant cette souffrance diffuse qui s'est exprimée à travers la parole des parties civiles comme de la défense pendant toute la durée du procès. Si la souffrance de la famille de la victime est on ne peut plus légitime, il demande aussi à ce que soit considérée la souffrance de l'accusé, de ses parents, de sa compagne, et de ses enfants. Leur souffrance ainsi que leur émotion – décidément, c'est le mot de la semaine. Il insiste sur le fait qu'Alexandre ne s'en est jamais coupé, de ses émotions, ni avant ni après. Cette émotion dont il a fait preuve dès sa garde à vue, cette émotion sans laquelle il n'y a ni empathie ni compréhension. Pour qualifier le geste d'Alexandre, il invoque plutôt quelque chose qui serait de l'ordre de la pulsion. Il en profite pour citer Nietzsche et ces pulsions de vie et de mort qui nous constituent. Puis il délaisse la philo pour revenir au droit.

« On ne peut pas résumer la vie d'un homme à un seul acte. La condamnation demandée par le parquet est beaucoup trop importante étant donné la personnalité de l'accusé. Un simple coup, c'est cent trente-cinq euros d'amende. Dans le mécanisme du résultat, on passe à huit ans de prison. Si la personne tombe, heurte le pare-chocs d'une voiture ou la tranche du trottoir, l'auteur du coup se retrouve aux assises. J'aimerais m'attarder sur cet espace immaîtrisable de celui qui porte les coups. Nous sommes en présence de l'une des seules infractions où son auteur ne maîtrise pas la qualification pénale. Évidemment, M. Perrin n'a pas voulu la mort de M. Delorme. Il y a une part de fatalité qui est propre à ce type de situation, et c'est ça que vous avez à juger. Un conflit éclate, vous avez deux personnes front contre front, un coup est porté, dans une volonté de se libérer de l'emprise de l'autre, ce coup entraîne une mauvaise chute. Oui, madame la présidente, mesdames et messieurs les jurés, Me Fournier, une mauvaise chute. Ma belle-mère est morte en faisant du yoga dans son salon, une posture d'équilibre qu'elle n'a pas su tenir, elle est tombée à la renverse et s'est cogné la tête sur le coin de la table basse. »

Là, je n'en reviens pas. Je me vois en parler quelques jours plus tard avec Nadia : *Non mais il a osé dire ça.* J'imagine Andrieux en train d'écrire son speech, un peu exaspéré par les interventions intempestives d'Alexandre : *Allez, au point où on en est, pourquoi ne pas évoquer belle-maman.*

Puis il répète les mots du médecin légiste : « Pas de trace de coup sur le visage, aucune marque. » Il rappelle que tous les intervenants professionnels ont attesté du fait que c'est le choc lié à la chute et non le coup qui a provoqué la mort. Il aimerait pouvoir réécrire la loi : « Coups mortels, cette infraction provient de l'ancien Code pénal, et toute la part liée au destin n'est pas prise en compte. » Il cite Jean-Luc Godard : « Il n'y a pas d'image juste, il y a juste des images. » Pour appliquer la formule à son domaine : « Il n'y a pas de peine juste mais juste des peines. » Je ne sais plus qui disait que Me Andrieux était cultivé. C'est vrai. Et ça ne l'empêche pas d'être assez brouillon. Dommage. Il cherche à dédramatiser à la fois le geste d'Alexandre et aussi la mission des jurés. Il évoque le principe de l'individualisation de la peine, principe qui date des Lumières. Tout ça pour revenir à Alexandre et ce qu'on commence à bien savoir le concernant : son humanité, ses engagements, l'importance de sa famille, son parcours scolaire. « Ne faites pas le procès du bon élève, de celui à qui tout réussit et qui à force d'aisance aurait perdu le sens des réalités, ce n'est pas de ça qu'il s'agit. » Il demande donc l'acquittement au titre de cette zone grise propre à tout conflit de ce genre, et tandis qu'il se rassied, la présidente invite Alexandre à se lever.

« Avez-vous quelque chose à ajouter pour votre défense ? »

Alexandre termine comme il a commencé, en réitérant ses excuses auprès des parents et du frère de Cyprien.

« Les débats sont clos. J'ordonne que le dossier soit remis à Mme la greffière. »

La salle d'audience se vide. Maintenant la Cour et le jury vont se réunir dans la salle des délibérations. Je constate que la plupart des membres du public sortent directement du palais de justice.

Je traîne dans la salle des pas perdus, je m'approche du petit groupe autour de Nadia et des parents d'Alexandre, dont elle finit par se détacher pour me rejoindre discrètement. Elle me dit n'avoir jamais été aussi stressée, et je ne peux que la comprendre. Elle me dit aussi que ça risque d'être long. Long et serré, d'après Andrieux.

« Long comment ?

– Plusieurs heures. Ils peuvent rendre leur verdict très tard.

– Je pensais rester…

– Non, Julien, c'est pas la peine. C'est gentil mais ça ne sert à rien.

– Toi, tu rentres quand ?

– Demain. Avec Alex. Enfin, j'espère. J'espère dormir avec lui ce soir… »

25

Je récupère mon sac à la réception de l'hôtel et prends le train en fin d'après-midi. Sur le parking de la gare de Bellegarde je retrouve mon Berlingo, au volant duquel je remonte la vallée de la Valserine jusqu'au hameau de La Rivière. Les chiens me sautent dessus dès que je sors de la voiture, Françoise me dit qu'ils n'en pouvaient plus de japper et de tourner en rond depuis le coup de fil que je lui ai passé deux heures plus tôt. « Ils ont senti, ils ont compris, surtout le Flash. Il a des antennes, le Flash. Il s'est mis à gratter à la porte, je l'ai emmené promener et il reniflait de partout. Et puis le vieux Mistral s'en est mêlé. Ah, ils sont pas croyables. » Elle m'a gardé de la soupe et me conseille d'en reprendre et d'en profiter parce que, dans trois jours, je commencerai tous mes repas par un grand verre de jus d'ananas.

Ici, on a eu droit aux premières gelées au début de la semaine. Là-bas, on touche à la fin de la saison sèche, la plus propice à la baignade et à la randonnée et à l'observation, même depuis le rivage, de sauts de baleines et de baleineaux, tant pis pour moi. Françoise me demande si je suis prêt. Je répète presque en sursautant : « Si je suis prêt ? » J'ai l'impression que la question porte sur le fait d'avoir un enfant. Une question que je me suis beaucoup posée ces derniers temps, est-ce que tu te sens prêt ? Il paraît qu'on se la pose moins quand on a vingt, vingt-cinq, trente, même trente-cinq ans. À ces âges, on n'en fait pas tout un fromage, on ressent une envie, on ferme les yeux et on se jette dans le vide, hop, et voilà, c'est fait, il est là. Quand on approche de la quarantaine et qu'on n'en a toujours pas, la question devient pressante, et le sujet devient sensible, on y réfléchit, on pèse le pour et le contre, on change d'avis toutes les dix minutes, on se dispute. Avec Héloïse, on ne s'est pas tant disputés que ça. Pendant des années, on en a très peu parlé. On a décidé récemment de franchir le pas. D'essayer. On sait désormais qu'il naîtra là-bas. À vrai dire, oui, je crois que je suis prêt.

Mais la question de Françoise ne portait pas sur le sujet de l'enfant. Si la question est de savoir si mes affaires sont prêtes, la réponse est non, pas tout à fait. Il me reste encore quelques trucs à arranger. Si la question est de savoir si je suis prêt à décamper, à quitter la vallée, à changer d'air, à investir un nouveau lieu de vie, alors là, oui, l'idée ne me fait pas peur, même si j'avoue que je n'y pense pas, très peu, je n'arrive toujours pas à me projeter. Et j'ai déjà de quoi bien m'occuper l'esprit avec l'histoire d'Alexandre. Car il me manque une chose afin de me sentir tout à fait prêt à partir, la décision du tribunal.

En avalant mes deux assiettes de soupe je ne quitte pas mon téléphone des yeux, et je le garde à côté de moi en rejoignant Françoise devant la télé. Je ne reçois aucune nouvelle de Nadia de toute la soirée. Elle doit avoir autre chose à faire que de m'écrire ou de m'appeler. Autre chose à faire, mais quoi ? Est-ce qu'elle fête l'acquittement et donc la libération immédiate d'Alexandre ? Est-ce qu'elle pleure un résultat défavorable, une lourde peine, et la prolongation de cette situation qu'elle ne supporte plus ? Je pense à lui, bien sûr, mais je pense surtout à ce que la décision de la Cour et du jury va impliquer pour sa vie à elle. Je sais ce qu'elle endure et je lui souhaite une issue heureuse, la petite famille reconstituée, un nouveau départ, et toute la lourdeur des deux dernières années évaporée.

La réponse m'arrive le lendemain au réveil. Nadia m'a écrit à 4 heures du matin – sur les conseils d'Héloïse, je prends l'habitude d'éteindre mon téléphone la nuit, rapport aux ondes. Elle m'a aussi appelé, à la même heure, et m'a laissé un message vocal pour me dire qu'Alexandre a été déclaré coupable et que le jury et la Cour ont suivi l'avocate générale et l'ont condamné à huit ans de prison.

Je la rappelle aussitôt. Je ne la réveille pas, non, puisqu'elle n'a pas dormi de la nuit. Elle me dit qu'elle s'y était préparée mais qu'elle gardait un léger espoir, et elle regrette de s'y être accrochée. Elle n'aurait pas dû faire de place au moindre petit morceau d'optimisme. Les débats ont duré plus de huit heures. Le jury était partagé et cela s'est joué à peu de chose. Mais elle n'en veut pas au jury, elle en veut surtout à Alexandre. Il aurait fallu qu'il soit moins flou et moins indécis pour faire basculer le verdict en sa faveur. Bien sûr, on ne peut pas savoir, mais elle estime qu'il s'est très mal défendu, qu'il s'est condamné tout seul.

« Le problème d'Alex, et j'en ai parlé mille fois avec lui, c'est cette obsession de la transparence. Andrieux a eu une formule qui résume bien ça, il dit qu'Alex s'est placé dans une exigence de justesse là où il aurait dû rester dans une exigence de justice. »

Le petit espoir de Nadia c'était que le contexte l'intimide, qu'il soit impressionné de se retrouver face à la présidente dans sa grande robe rouge et par tout le falbala du tribunal. Mais il n'en a rien été. Elle est déçue, elle est même dépitée. Andrieux dit qu'un appel serait intéressant, mais Alex ne veut pas, et ils ont décidé de se ranger derrière son choix. Il a déjà fait vingt-six mois de prison. Il a pris huit ans, il en fera cinq.

Elle a encore trois ans à attendre. Elle ne sait pas si elle va y arriver.

Elle est toujours à Lyon, où elle a passé la nuit à pleurer avec ses beaux-parents et avec sa mère au téléphone. Elle rentre aujourd'hui, elle va retrouver ses enfants, elle veut leur consacrer plus de temps et d'attention, elle sait qu'ils ont besoin d'elle.

Françoise ne fait preuve d'aucune empathie à l'endroit de Nadia, et pour ce qui est d'Alexandre, alors là, n'en parlons pas. Elle m'assure que je n'ai pas à m'en vouloir d'avoir évoqué la possibilité d'un acquittement. C'est vrai que j'ai du mal à me débarrasser d'un petit sentiment de culpabilité. Je n'étais pas la bonne personne pour anticiper le résultat de ce procès, parce que je ne suis pas juriste mais surtout parce que je suis trop proche de lui. Enfin, je ne suis pas si proche que ça. Parce que je suis trop séduit. Séduit comme un fan. Convaincu comme un militant politique. Et Françoise finit par me dire ce qu'elle croit m'avoir déjà dit, à savoir qu'elle a du mal à comprendre que je m'investisse autant dans cette histoire. Je ne sais pas quoi lui répondre.

Nadia me rappelle en fin d'après-midi, elle aimerait me voir avant mon départ. Moi aussi, et je n'osais pas lui en parler, alors ça me fait plaisir. On se donne rendez-vous demain à 14 heures, pendant la sieste de Lila, ici même, à La Rivière.

26

Héloïse me rassure via WhatsApp à propos du voyage en avion. Oui, j'avoue une petite appréhension. Je ne l'ai pris que quatre fois dans ma vie, pour aller en Tunisie avec mes parents quand j'avais huit ans – l'objectif du voyage était d'ailleurs de me changer les idées après le choc de notre départ de la vallée –, puis, des années plus tard, avec Magali, pour se rendre au mariage de son frère en Pologne. Françoise passe la journée chez une amie à Divonne-les-Bains et j'ai proposé à Nadia de me rejoindre à la maison. Elle arrive avec une heure de retard mais sa mère s'occupera de Lila à son réveil, elle a tout l'après-midi. Sa mère l'encourage de plus en plus à sortir, à voir du monde. « Tu sais ce qu'elle m'a dit quand je lui ai appris que tu partais ? Elle m'a dit : “Ma pauvre, c'est la double peine.” » Je lâche un petit rire, ça ne l'amuse pas du tout. Elle garde ses lunettes de soleil même à l'intérieur. Elle parle vite, les mâchoires crispées. Elle est dure, elle a de bonnes raisons de l'être, sans compter des mois de sommeil à combler. Elle se sent mal, elle n'arrive pas à prendre de la distance, elle est encore pleinement immergée dans ce fichu procès. Elle essaie de comprendre ce qui s'est passé, sur ce point elle reconnaît qu'elle est comme lui, elle veut toujours tout analyser. Elle se remémore chaque séquence et elle les racle une à une jusqu'à l'os, et je finis par lui dire qu'on est tous un peu comme ça, mais je me trompe peut-être. Elle pense qu'il est passé pour un faux calme, voilà où elle en est. Elle dit qu'il n'y a rien de pire que les faux calmes. Elle dit que les faux calmes, on s'en méfie et on ne leur pardonne aucun écart. Elle pense que la figure du faux calme fait peur, voilà ce qu'elle veut dire. Elle est persuadée que c'est son attitude qui l'a condamné plus que les faits en eux-mêmes. Car l'histoire n'est pas compliquée : « Il a été poussé à bout par un idiot, il a réagi, l'autre est mal tombé. Alex n'avait même pas l'intention de l'agresser. Il voulait juste savoir qui faisait ça et pourquoi. Il aurait dû s'en tirer autrement. » Puis elle ajoute, en reposant son verre de jus de pomme : « Et toi qui pars demain… »

Elle n'en veut pas qu'à Alexandre, elle en veut aussi à cet ancien voisin qui est venu témoigner le jeudi après-midi, pendant que je faisais la sieste à l'hôtel. Elle ne savait pas que j'avais loupé cet épisode.

« Ah bon, t'as raté ce fils de… » Et elle s'interrompt, comme au bord du gouffre. Elle regarde tout autour d'elle. « Je ne sais même plus ce que j'ai le droit de dire. Il n'y a pas d'enfants, ici, OK. Je te jure que c'est pas facile à la maison de parler librement, avec Elliot qui écoute et qui répète tout, alors qu'il est censé ne rien raconter à personne et faire croire à l'école qu'il n'a pas de père. Enfin, que son père est mort. Et Lila qui commence à parler. Je me demande quel genre d'éducation je suis en train de leur infliger. Tout ça à cause de l'honnêteté maladive de leur père. Tu te rends compte, à cause de l'honnêteté maladive de leur père, je suis en train de faire de mes enfants des menteurs patentés. »

Je lui propose de sortir de la maison, elle se lève d'un bond, en faisant tomber sa chaise et en grondant : « On étouffe. » Je passe un vieil anorak qui appartenait à un de mes oncles, je ne ferme pas à clé derrière nous, pour ce qu'il y a à voler de toute façon. On commence à monter dans la forêt, et elle revient sur le témoignage de ce fils de pute d'Olivier, comme elle l'appelle.

Olivier était un de leurs voisins à Villechenève, il faisait partie de leur petite association de village avec laquelle ils organisaient des marchés aux puces et des cleanwalks. « Il s'occupait du compte Instagram de l'assoc'. Il est prof de sport au collège de L'Arbresle, passionné de boxe thaïe, et de tous les sports de combat. Comme Alex a fait quelques années de kung-fu quand il était jeune, Olivier l'invitait souvent à venir combattre avec lui, mais Alexandre bossait tellement qu'il n'y est jamais allé. Pendant le premier confinement, la salle où s'entraînait Olivier a fermé, et il a pris l'habitude de se retrouver tous les soirs avec un autre voisin, Benjamin, chez l'un ou chez l'autre, dans le garage, dans la cour, pour pratiquer quelques exercices, se maintenir en forme. Un jour, Olivier a croisé Alex au supermarché et lui a proposé d'intégrer leurs entraînements secrets. Ils appelaient ça le Fight Club de Villechenève. Alexandre n'avait pas la même condition qu'eux et ses premières sorties étaient chaotiques, mais il s'est accroché, il y a pris goût, et ce qu'a raconté ce fils de pute d'Olivier devant la Cour et les jurés, c'est qu'Alexandre les a surpris par son implication et par sa progression. Ils terminaient leurs séances par des petits matchs, en un contre un, et Alex prenait ces confrontations très au sérieux. Il plaçait bien ses coups, il visait les points sensibles, comme Olivier le lui avait enseigné. Il ne faisait rien d'autre qu'appliquer les consignes d'Olivier. Quand il cognait, bah c'était pour faire mal, oui. Et ça les étonnait parce qu'Alex leur avait toujours fait l'effet d'un type hyper posé, hyper doux, alors que dans les combats il était rageur, il se déchaînait. Comme Alex l'a rappelé au procès, Olivier et Benji ne s'en sont jamais plaints. Ils ne lui ont jamais rien reproché. Au contraire, ils trouvaient ça bien et ils en rigolaient entre eux. C'est seulement après la mort de Cyprien qu'ils ont reconsidéré l'attitude d'Alex pendant les Fight Club du confinement. Tu vois, là, typiquement, ils ont joué sur le profil du faux calme. Olivier a dit que tout sport de combat est un révélateur de personnalité. Alex leur a donc montré une facette que peu de gens connaissaient. Cette facette cachée qui ferait de lui l'assassin de Cyprien… Alex ne s'est pas trop mal défendu, mais le témoignage d'Olivier l'a démonté. C'est arrivé juste avant son interrogatoire. D'ailleurs, il était parfois désorganisé pendant son interrogatoire, il n'était pas toujours clair. Et puis l'avocate générale ne lâchait pas Olivier, elle demandait plus de précisions sur sa manière de taper, sur la force de ses coups. Bien sûr qu'il tapait fort. C'est Alex. Il est grand, il est costaud, et alors ? Il est comme ça. Il est né comme ça. Ça ne fait pas de lui un monstre. »

Elle n'a pas du tout le même rythme de marche que lors de nos promenades au Risoux. Elle avance comme si le troupeau était devant nous, et je crois que je n'ai jamais été aussi lent sur ce chemin que je connais si bien. À ce rythme-là, je ne suis pas sûr qu'on aura atteint le Reculet à Noël.

On n'a pas l'ambition d'aller jusqu'en haut.

On quitte rapidement le sentier et on s'engage dans le sous-bois, on trouve un endroit sec où s'asseoir, un tapis de feuilles brunes et ovales de cet arbre qu'on appelle ici foyard (nos amis suisses disent quant à eux fayard). Je n'ai emporté ni gourde ni barre de céréales, et je lui jette manifestement un regard inquiet. Elle me lance, mi-pincée mi-amusée : « Oh, ça va, je ne suis pas à l'article de la mort. »

Elle retire ses lunettes noires et me demande à quelle heure je pars demain, je lui dis que le train pour Paris est en fin de matinée, que l'avion décolle à 21 heures et que je redoute de vivre une belle galère avec les chiens.

« Ah, ils viennent avec toi ?

– Tu ne pensais pas que j'allais les laisser…

– Non, bien sûr.

– Ils sont trop lourds pour m'accompagner en cabines, ils voyageront en soute. »

On évoque, ce n'est pas très original, le climat qui m'attend là-bas, les températures qui n'auront rien à voir avec ce qu'on connaît ici en ce moment, et peut-être pour se réchauffer justement, Nadia vient se coller à moi. Elle pose sa tête sur mon épaule. Je glisse une main dans son dos et m'arrête sur sa hanche, et ça non plus ce n'est pas original, j'ai le cœur qui s'emballe. On reste un moment sans bouger. Pour la première fois dans une de ces situations de proximité avec Nadia, je pense à Héloïse. Héloïse que je retrouve demain. Et j'en ai envie de la retrouver, mais je n'ai pas envie de quitter Nadia. Je ne l'ai peut-être pas assez dit mais je me sens bien avec elle, je me sens bien dans ses bras. Puis elle se redresse, se déplace à genoux sur les feuilles et les brindilles pour venir s'accroupir en face de moi, et elle m'embrasse. Je m'abandonne bien plus que la première fois au chalet du Crozat. C'est un baiser engagé, un baiser vigoureux – preuve qu'il lui reste des forces –, un baiser presque brutal, malgré sa langue fine et légèrement râpeuse, un baiser comme pour me dire ce qu'elle pense de mon départ, de ma fuite, un baiser qui exprime un reproche. Un baiser qui remonte sur mes joues et sur mes tempes et qui redescend dans mon cou. Un baiser mal assis, accompagné de quelques chants d'oiseaux que je ne sais pas identifier. Un baiser dont elle décide de la cadence, du récit, des circonvolutions, puisqu'elle tient ma tête entre ses deux mains tout en continuant à remuer contre moi, si bien que sous le poids de son torse je me laisse tomber en arrière et me réceptionne maladroitement avec les avant-bras pour ne pas m'éclater le dos par terre. Je lui dis de faire doucement quand même et elle ne répond pas, elle n'a pas entendu, enfin je crois plutôt qu'elle ne veut pas faire doucement. Elle ouvre mon anorak et je me tortille pour l'aider à le retirer, puis elle s'occupe de retirer son gros manteau et elle s'allonge sur moi et m'embrasse encore. Elle glisse une main sous mon pull et s'en fout que ses doigts soient gelés, elle m'embrasse pour m'empêcher de parler, elle veut que je me taise et que je me laisse faire et c'est ce que je fais, malgré un caillou ou une racine qui m'appuie sur les côtes. Je la laisse diriger, frotter sa main sur mon torse poilu, remonter jusqu'au cou et de son autre main me caresser les cuisses, les fesses, le sexe. Ce n'est pas qu'un baiser. Elle roule sur le côté et se retrouve elle aussi sur le dos, elle lève les jambes et retire ses chaussures et son pantalon, et j'imagine qu'elle attend de moi que je l'imite. J'hésite à garder le caleçon. Elle se met debout et je constate qu'elle n'a plus de culotte. Elle est là, devant moi, au-dessus de moi, à moitié nue, avec son sexe poilu, elle a gardé son gros gilet en laine. Je me dépêche de retirer mon caleçon, sans la quitter des yeux, parce qu'elle m'impressionne, parce qu'elle me plaît, parce qu'elle m'excite. Elle vient s'asseoir sur moi et prend appui sur ses genoux sur les feuilles et la terre et elle se saisit de mon sexe en érection jusqu'à l'introduire dans le sien et elle commence à bouger et elle ondule un petit moment avant de s'allonger. Elle veut essayer autre chose. Elle veut changer de position et ça m'arrange bien parce que je n'en peux plus de cette racine qui me laboure les omoplates. On essaie contre l'écorce rugueuse d'un tronc de hêtre et on s'interrompt au bout d'à peine dix secondes et ça aussi ça m'arrange parce que je viens de passer plus de deux mois sans faire l'amour et ça me permet de tenir un peu plus longtemps. On se rend bien compte que certaines positions sont impossibles à réaliser dans un tel environnement, on n'insiste pas. On ne peut pas dire que ce soit une grande réussite, on ne peut pas dire que le lieu soit bien choisi, on s'érafle la cuisse sur un caillou tranchant ou sur un cône d'épicéa, on aurait dû faire le ménage avant. On ne s'est pas protégés alors je me retire et je jouis sur les feuilles de foyard à mes pieds. Nadia s'assied sur son pantalon et ramène ses jambes contre elle et regarde au loin dans la forêt, et je m'accroupis à ses côtés et pose un bras sur ses épaules et lui demande comment elle se sent. Elle hoche la tête, elle sourit, elle se tourne vers moi et m'embrasse sur la joue, et je ne saurais pas bien dire pourquoi mais ça me rassure. On se rhabille parce qu'il fait froid. On se tient la main en enjambant quelques branches pour rejoindre le chemin et on redescend au village sans se parler. À la maison je nous prépare un thé et j'ouvre un paquet de biscuits. « Un thé d'adieu », dit Nadia. C'est comme ça que j'interprète ce qui vient de se passer, une belle manière de se dire au revoir.

27

Le lendemain dans Paris avec mon gros sac à dos et mes deux chiens je me prends pour un aventurier, mais je dois plutôt passer pour un clochard. J'essaie de regarder un film dans l'avion et je n'y arrive pas, impossible de me concentrer. J'ai encore la sensation de Nadia contre moi, ses mouvements, son souffle, ses baisers et sa langue fine et râpeuse, son engagement quand on était l'un sur l'autre dans les bois, son odeur, du moins l'intuition de son odeur, le souvenir mental de son odeur mais en fait je crois avoir déjà oublié son odeur. J'aurais aimé être assis près d'un hublot et ce n'est pas le cas. Je dors une bonne partie du voyage et l'avion atterrit sur la piste de l'aéroport Roland-Garros à 10 heures du matin. Quand on est allés en Tunisie, mon père m'a dit qu'il fallait faire un vœu au moment de poser pour la première fois le pied sur le sol d'un pays étranger, je ne sais pas si ça marche aussi avec les DOM-TOM. Je rallume mon téléphone, Héloïse m'informe par message qu'elle est arrivée, je lui réponds que moi aussi.

On se retrouve dans la salle de livraison des bagages, en se prenant dans les bras, en s'embrassant, et elle n'a pas du tout la même façon d'embrasser que Nadia. Je récupère mon sac puis mes chiens qui ne comprennent rien et que le moindre bruit fait bondir, je leur attache chacun une laisse et les guide derrière Héloïse dont les cheveux ont blondi et frisé et dont les épaules, les bras, les jambes, le visage bien sûr sont plus dorés que jamais, ça lui va bien. Un grand soleil nous cueille à la sortie de l'aéroport. Héloïse s'approche d'un taxi, je la suis en piétinant et en affichant un sourire béat. Je monte à l'arrière avec les deux chiens. Héloïse se retourne : « T'es content ? » Je lui dis que oui, évidemment.

En France, du moins en métropole, c'est les vacances de la Toussaint. À La Réunion, les cours ont repris depuis une semaine. En plus de ses leçons de soutien, Héloïse vient de trouver un remplacement au collège Juliette-Dodu de Saint-Denis jusqu'aux prochaines vacances, lesquelles commenceront en même temps que nos vacances de Noël mais dureront cinq semaines et s'appellent ici vacances de l'été austral. Elle est absente la journée, et ce n'est pas plus mal, ça me permet de prendre mes marques. Je reste à la maison avec Flash et

Mistral et puis Gentiane, la chatte d'Héloïse, que mes deux chiens ne lâchent pas depuis notre arrivée. Ils la suivent dans toutes les pièces en écoutant ses conseils sur la façon de se comporter dans ce lieu nouveau. Elle se la raconte, la minette, elle roule des mécaniques, elle fait sa fière. Flash ne paraît pas trop affecté mais Mistral lâche rapidement l'affaire, et ensuite c'est à moi qu'il reste collé. Héloïse a vécu pendant un mois dans une chambre chez l'habitant dans le centre de Saint-André avant de rencontrer Milena, la propriétaire de cette petite maison à deux étages dont les locataires du rez-de-chaussée allaient partir. Milena ne voulait pas relouer l'appartement tout de suite car elle prévoyait de faire des travaux, et Héloïse lui a promis qu'on n'embêterait pas les artisans et que je pourrais même leur donner un coup de main. Voilà comment je me retrouve à habiter aujourd'hui cette petite maison peinte en rose, située entre le snack Ti'Bazar et le kebab du Koloss, à quelques pas d'un magnifique temple hindouiste. Le quartier a l'avantage d'être excentré et proche d'une minuscule forêt où je vais me promener avec les chiens, poussant la plupart du temps jusqu'au Jardin Créole sur la commune voisine de Sainte-Suzanne, l'endroit idéal pour organiser son mariage, selon Milena, qui vit juste au-dessus de chez nous et que je croise tous les jours.

« Ah bon, vous n'êtes pas mariés ? Mais c'est l'occasion. Il faut en profiter.

– On va attendre de se faire quelques amis, quand même… »

On aurait l'air fins dans une grande salle de réception avec nos trois animaux de compagnie et notre aimable propriétaire pour seuls convives. Encore que, Héloïse s'est tellement démenée depuis son arrivée qu'elle réussirait à rameuter déjà une vingtaine de personnes. Elle s'est donnée comme une dingue, pour le boulot, le logement, l'équipement de la maison. Elle a acheté, principalement sur Leboncoin, d'abord une voiture, une petite Hyundai Getz de 2004, plus de 270 000 km au compteur mais elle est passée au contrôle technique, et c'est avec elle, aidée d'un jeune voisin, qu'elle a fait le tour de l'île pour équiper notre intérieur d'un four, d'un frigo, d'une machine à laver, d'un lit, d'un canapé, de linge et de vaisselle. On a du mal à croire que la maison était totalement vide il y a un mois. Elle a même pris la peine d'accrocher des cadres aux murs, dont une vue du piton de la Fournaise en éruption. Elle voulait que je me sente bien en arrivant. Elle sait que ce projet est avant tout le sien et elle redoute que je le vive comme un parachutage artificiel et que la greffe ne prenne pas, mais pour l'instant, ce que je donne à voir la rassure.

Elle croit à mon enthousiasme. Je fais tout pour l'en convaincre. Rien de très sorcier. Un mot gentil quand on se retrouve. Le sourire en toute circonstance. Et quand elle bosse, je m'occupe des courses, des lessives, du ménage, en rentrant elle n'a plus qu'à mettre les pieds sous la table. Je remplis les assiettes et je l'écoute me raconter ses journées au collège et ses heures de soutien auprès d'élèves qui ont grandi dans des îlets, ces villages coupés de tout au centre de l'île, et qui jusqu'à onze ans n'avaient jamais vu de voiture de leur vie. Je rencontre ses nouveaux collègues et, avec eux aussi, je fais bonne figure. On randonne avec certains d'entre eux, on leur présente nos chiens, ils nous présentent leurs coins fétiches. On fait l'amour tous les jours, ce qui ne nous était plus arrivé depuis le début de notre histoire – et encore, au début, on ne se voyait pas autant. J'ai besoin de rester actif pour ne pas trop penser à ce qui me préoccupe. Je baise, je mange, je marche, je nage pour ne pas craquer. Et je me suis déjà rendu compte de ça, lorsque je suis tracassé, en général on me trouve apaisé.

Je veux croire qu'à force d'acharnement cette fausse sérénité finisse par devenir authentique. J'essaie de me persuader que ma vie est formidable. Je prends des tonnes de photos avec mon nouveau téléphone, comme pour créer des preuves concrètes de ce bonheur auquel je ne devrais pas avoir le droit de me soustraire. Je m'en veux de ne pas me sentir aussi bien que je le devrais étant donné les oiseaux rouges (cardinal) et jaunes (tisserin) et verts (zostérops) qu'on observe pendant nos randonnées sur les flancs du piton des Neiges. Je ne me suis jamais intéressé d'aussi près aux piafs, je n'ai jamais autant cherché à retenir leurs noms et connaître leurs caractéristiques (je peux dire maintenant que le zostérops est appelé oiseau-lunettes et qu'il adore se poser sur les fleurs jaunes). Je n'ai rien contre les ornithologues, mais les oiseaux, et surtout les petits machins comme ça, les passereaux, ça n'a jamais été mon truc. Le fait que je me penche sur le sujet, plus qu'un signe d'ouverture, témoigne surtout d'un besoin de remplir, de colmater, de recouvrir des pensées dont je préférerais me défaire. Je calfeutre, je badigeonne, j'enduis, je maquille, je me maquille, je me poudre, en espérant me réveiller un jour en collant à l'image que les autres se font de moi. Un personnage de fiction avec ses quelques traits bien définis. Un mec ouvert, un mec tranquille, un mec cool, pas compliqué, qui profite de la vie. Un mec sans souci, sans contrariété. Un mec à l'esprit léger. Un mec qui ne rumine pas, qui n'en veut à personne. Ah, si vous saviez.

Héloïse n'y est pour rien. Elle n'a rien à voir avec ça. Et la situation me désole pour elle. C'est à Alexandre que j'en veux. Pour ce maudit coup de planche, évidemment. J'essaie de remonter à la racine du problème et j'en veux à Cyprien. J'en veux à son chien malade et j'en veux même au vétérinaire qui n'a pas su le soigner. J'en veux à la tique probablement à l'origine de l'infection, parce que sans la maladie et la mort de Carlito, je n'en serais pas là. J'en veux aussi à la présidente de la cour d'assises, aux assesseures et aux six membres du jury, dont la décision ne m'a pas aidé non plus. Car si Alexandre avait été acquitté, je n'aurais pas couché avec Nadia. Et si je n'avais pas couché avec elle, je me sentirais plus disponible pour Héloïse et nos nouveaux amis.

Mais le problème n'est pas vraiment d'avoir couché, le problème c'est qu'en l'absence d'Alexandre, Nadia se tourne vers moi. Bien sûr, je pourrais m'en foutre. Je pourrais l'ignorer. Je pourrais être ferme, autoritaire, radical à son endroit. Je pourrais bloquer son numéro. Non, le vrai problème, au-delà de tout, c'est que je ne m'en fous pas.

Depuis que je suis arrivé ici, je suis littéralement obsédé par Nadia. Elle m'écrit sur WhatsApp, et comme Héloïse est très occupée, j'ai du temps pour lui répondre. J'évoque rarement ma vie à La Réunion. Un peu mes chiens, ma fantasque propriétaire italienne, et je lui envoie une photo de paysage de temps à autre, mais je sens bien que ce n'est pas mon quotidien sur l'île qui l'intéresse. Je ne manifeste guère plus de curiosité pour sa vie chez sa mère. J'ai simplement envie de l'entendre. Je dirais même que peu importe ce qu'elle raconte, tant que c'est elle qui s'exprime. J'aime le ton de ses phrases. J'aime éprouver sa personnalité à travers ses choix de vocabulaire. J'ai l'impression de ressentir son intelligence et sa sensibilité dans chacun des mots qu'elle emploie, et même quand ces mots sont d'une simplicité enfantine. Je ne trouve jamais, pour le coup, ses messages enfantins, dans le sens de niais ou puérils, il y a toujours, et jusque dans ses messages les plus banals, quelque chose d'affirmé et de fin qui me plaît.

Le manque s'est vite installé après mon arrivée, le manque de son corps, de sa voix, de son regard. De ce truc tragique dans ses yeux qui me bouleverse. Un regard qui tombe, mais ce ne sont pas des yeux de chien battu. Un regard qui vous donne la sensation, c'est égoïste, d'être extrêmement considéré, d'être choisi entre tous. Qui vous fait l'impression d'être le seul et le premier à le recevoir. Alors qu'il a dû être adressé à tant de personnes avant vous. Mais je ne veux pas le savoir. Et puis je veux croire que ce n'est pas le cas, que je suis bel et bien le seul et le premier. Je veux croire que même Alex n'a jamais été regardé comme ça.

Avec ces vibrations-là, avec ce mélange de fascination et de tristesse qui me tue. Une tristesse qui semble dire : *Quel dommage qu'on ne puisse pas vivre ensemble.*

C'est aussi ce qu'elle manifeste dans ses messages, de plus en plus clairement : *Qu'est-ce que tu fous là-bas, si loin. C'est absurde. Ça n'a pas de sens.*

On ne fait plus que s'écrire, on s'envoie aussi des notes vocales. Puis on passe un nouveau cap quand on décide de s'appeler, souvent pendant que je promène les chiens.

Je deviens totalement accro à nos échanges. Parfois je lis en douce un mot que je viens de recevoir et qui me fait du bien, qui me colle le sourire aux lèvres, et Héloïse me voit sourire et le prend pour elle, et ça lui fait du bien à elle aussi.

Héloïse ne se rend compte de rien. Je suis gêné de la voir aussi confiante à propos de ce qu'on partage. Pendant nos randonnées elle ne sait pas que sur chaque élément de la végétation locale je projette l'image de Nadia, sur chaque feuille de palmier le souvenir de ses mains, sur chaque tronc celui de ses jambes nues enlacées autour de mes hanches. Elle ne sait pas qu'à chaque bassin dans lequel on plonge au pied d'une chute d'eau en piqué j'associe une autre femme qu'elle, et qu'en remontant à la surface j'aimerais découvrir cette autre femme, me jeter dans ses bras, me retrouver dans une autre vie où Nadia n'aurait pas de mari en prison et pas d'enfant et me rejoindrait sur mon île dont Héloïse aurait disparu, on peut même dire que dans cette autre vie Héloïse n'existerait pas. Elle ne sait pas que La Réunion s'incarne à mes yeux uniquement en tant que support de ces rêveries qui toutes mettent en scène Nadia, et j'ai de plus en plus de mal à masquer mon insatisfaction. Les premiers temps, les premières semaines, j'arrivais à faire illusion, mais au bout d'un mois je commence à céder. J'ai l'impression d'aller contre mon destin. Je le sens physiquement, je vis à reculons. Je marche face au vent, je force un mouvement qui n'est pas celui dans lequel je dois m'inscrire. Je suis censé chercher du travail. Il faut peut-être que je redevienne berger. Un troupeau de brebis pour me ramener au présent. Pour l'heure, je vis avant, ailleurs, à côté.

On esquisse des projets auxquels je ne crois plus, et ça me fait peur. Quand on fait l'amour, je ne jouis plus en elle. Je ruse pour justifier mes éjaculations externes, j'invoque ce bouquin d'éducation sexuelle illustré que sa sœur lui a envoyé pour son anniversaire pendant le premier confinement. J'ai honte de mes trahisons et de mes mensonges. D'être distrait, attiré ailleurs, la tête ailleurs, l'esprit ailleurs, l'esprit kidnappé. Je suis avec elle et je veux être avec une autre. J'ai honte de me sentir aussi fragile et vivant à la fois. J'ai honte de me sentir aussi vivant du fait de cette histoire que je ne vis pas. J'ai honte de m'imaginer avoir la tête entre les jambes de Nadia quand je fais un cunnilingus à Héloïse, de prendre ses gémissements pour ceux de Nadia, de saisir sa main en imaginant que c'est la main de Nadia. J'ai peur que son prénom m'échappe un jour, « Nadia », n'importe quand, n'importe où, au détour de ce quotidien qui nous a bien vite absorbés. On voulait changer de vie, mais on a retrouvé notre train-train. On a changé de décor, de climat, de variétés de plantes, de nourriture, de jus de fruits, de cocktails, d'épices, de couleurs, de sons, de voix, d'accents, de culture, de rythme, et je ne ressens aucune espèce de soulagement ni de libération. Le vrai changement aurait été de rester dans la vallée auprès de Nadia.

J'ai honte aussi parce que La Réunion, même si au départ c'était surtout l'envie d'Héloïse, on en a parlé pendant des années et c'est finalement une sorte de rêve commun qu'on réalise. Alors je me dis un peu bêtement que le moment est vraiment mal choisi. Mais je suis le premier surpris par ce qui m'arrive. Je me croyais à l'abri de ce genre de collision émotionnelle. J'ai si honte que je deviens désagréable. Je bougonne, je grogne, je fais mon vieux

John, plus que jamais. Je critique ses collègues, ses nouveaux amis, je rechigne à sortir, je multiplie les prétextes bidon pour ne pas l'accompagner à la mer. Même mes chiens me font comprendre que je déconne, ils passent leur temps à couiner, ils vont quêter des mamours auprès d'Héloïse quand on s'engueule. Notre proprio nous entend hausser la voix presque tous les soirs. Héloïse m'apprend que Milena lui pose des tas de questions et qu'elle lui donne des conseils. Et c'est elle qui la met sur la piste. Un jour, un samedi matin, Héloïse me lâche que Milena se demande si je n'ai pas rencontré quelqu'un d'autre. « Ça expliquerait que tu sois si chiant depuis trois semaines…

– Je ne connais personne, ici. À part Milena et tes amis.

– C'est peut-être quelqu'un qui vit ailleurs. La femme de l'assassin. Nadia… »

Elle met dans le mille à la première tentative.

« Pourquoi tu parles d'elle ?

– C'est quand même étrange cette histoire de procès auquel tu as absolument voulu assister.

– Qu'est-ce qui est étrange ?

– Ce n'est pas pour lui que tu as voulu rester, c'est pour elle…

– Mais non, c'est pas vrai. Je m'en fous de Nadia. »

Ça me serre la gorge de le dire.

« Alors c'est qui ?

– Il n'y a personne.

– Mon idée me paraît pourtant assez cohérente…

– Mais quelle idée ?

– Nadia. L'idée que tu aies eu une histoire avec Nadia et que tu te sentes mal ici parce que tu voudrais être avec elle. »

Est-ce qu'il faut que je lui demande si elle a fouillé dans mon téléphone ? Mais je veille à effacer tous nos messages. Est-ce que Milena m'a entendu quand j'appelle Nadia en promenant les chiens ?

« C'est vrai. »

Ça m'échappe, ça sort tout seul.

« Il s'est passé un truc, oui… »

Je ne maîtrise pas du tout ce dans quoi je m'engage.

« Comment ça, un truc ?

– Un soir, ça a dérapé. Mais… Mais… C'est rien. Je ne suis pas amoureux. »

C'est le mensonge qui a le plus de mal à sortir.

« Je ne suis pas amoureux de Nadia. »

Alors que je ressens tout le contraire.

« Il faut surtout que je me remette à bosser. »

Je me dépêche de remplacer le problème par un autre. Je camoufle mon point sensible derrière la question du travail. Qui est un sujet sérieux, une vraie difficulté pour moi, Héloïse le sait.

Il n'y a aucun poste de berger à pourvoir sur l'île. J'ai rencontré plusieurs éleveurs et cultivateurs et ils croulent tous sous les demandes de bénévolat en échange d'hébergement de la part de jeunes voyageurs, ce concept appelé wwoofing quand il s'agit de fermes bio et qui s'est étendu à tous les types d'exploitations agricoles. La seule chose qui me reste à faire, et ça tombe bien car c'était mon projet initial, c'est de constituer mon propre troupeau, mais plus j'avance et plus je rencontre d'obstacles. Je finis par comprendre que le cheptel ovin est trop maigre sur place, il va donc falloir que j'aille acheter mes bêtes en métropole. Je m'imaginais faire le trajet à bord d'un porte-conteneurs avec elles, mais l'acheminement par voie maritime est interdit, on sera obligés de prendre l'avion, le tout après avoir suivi un protocole sanitaire ultra strict pour éviter l'introduction de maladies infectieuses sur l'île – protocole qui implique une batterie de tests et deux périodes de quarantaine. Au départ je voulais ramener des races spéciales, qu'on ne trouve pas localement, je me voyais devenir une sorte de pionnier, comme mes ancêtres venus d'Italie qui ont importé l'animal en Suisse et dans le Haut-Jura. Là encore, je dois me plier aux exigences des chartes établies et me contenter des quelques races autorisées.

Après notre échange sur ce que j'ai présenté comme un simple dérapage, il n'est plus du tout question de Nadia entre nous. Héloïse me fait la gueule pendant quelques jours, puis s'apaise assez vite. Je ne dis rien à Nadia, ni de cette petite crise conjugale ni de mon retour en métropole. J'essaie de moins lui écrire, mais je pense tout le temps à elle. Je prends l'avion au début du mois de février avec mes chiens. J'arrive dans la vallée en pleine saison d'hiver.

28

Ces trois derniers mois ayant eu raison de toutes mes économies, après deux jours à faire le tour des connaissances et des amis, me voici les planches aux pieds à guider un groupe de vingt-cinq mômes à l'accent chantant sur les pentes douces de la piste baby de la station des Monts-Ju. Ça change de l'océan Indien. Et il y a bien longtemps que je n'ai pas été aussi frileux à cette période – j'ai dû prendre à peine deux kilos cette année. Je me donne un bon mois de prospection auprès de plusieurs éleveurs du coin, j'ai d'ores et déjà réservé le transport en avion. Je dors à La Rivière, où ma chambre est plus encombrée que jamais à cause de tout ce que j'y ai stocké. Je mange à la maison avec Françoise, au Rupi avec Patrick et ses employés, et à tous je tiens le même discours : La Réunion, ses rivières, ses plages, ses cascades et ses oiseaux, impossible d'y résister, tombé sous le charme, un émerveillement. S'ils savaient le gouffre qu'il y a entre ce que je dis et ce que je ressens.

Je n'ai toujours pas prévenu Nadia. Je vais le faire, bien sûr, j'en ai envie. Il faut que je le fasse. Et peut-être qu'en la revoyant, Héloïse s'imposera une bonne fois pour toutes. Peut-être que dans les jours qui viennent, l'île va se mettre à me manquer. Je me dis que je veux lui donner une dernière chance. Mais je passe mon temps à changer la destinataire de cet élan. Une dernière chance à Héloïse. Une dernière chance à Nadia.

Quand je l'appelle, je reste prudent. Je me montre assez froid, en axant tout sur les nécessités professionnelles et sur mon besoin d'argent. Je ne veux pas qu'elle imagine que je suis rentré exprès pour elle. Sa réaction est pourtant positive, elle veut me voir au plus vite, et on se donne rendez-vous un mardi en fin d'après-midi à Lélex, au Rupi.

Je m'installe en terrasse au pied des pistes, et quand elle arrive, quand elle s'approche de moi, je me force à ne pas la regarder. Je meurs d'envie d'accrocher ses beaux yeux, mais non, je m'impose de l'ignorer, comme je faisais au collège avec toutes les filles qui me plaisaient. Une bise un peu sèche, quelques mots sur le choix de la table et le soleil qui vient de se coucher. Comme si je n'étais pas le même que celui qui lui a écrit tous ces messages depuis son île tropicale. J'ai souvent observé des hommes se comporter de cette manière et écouté des femmes s'en plaindre, et aujourd'hui je me retrouve comme un abruti à singer une attitude qui ne me ressemble pas. Combien de temps je vais tenir? Elle aussi – et je me dis que c'est à cause de moi – ne dévoile pas grand-chose, reste sur ses gardes, cache sa joie – et peut-être qu'à l'intérieur elle est en train de se décomposer.

Qu'est-ce qui m'arrive? À quoi je joue?

Et comment me sortir de là, maintenant?

Elle va me prendre pour un fou si je dévoile d'un coup ce qui se passe vraiment à l'intérieur.

Je vais y aller en douceur.

Comme si j'étais préoccupé par autre chose, de plus important. Mes recherches de brebis par exemple. Les femmes aiment les hommes absorbés par leurs problèmes de boulot – oh, le gros cliché. Les femmes n'aiment pas les hommes qui s'ouvrent trop facilement – mais d'où je tiens ça? On va finir par me prendre pour un manipulateur, un schizophrène, un cyclothymique au minimum – pas sûr que les femmes raffolent de ce genre de profil psychologique. Allez, trêve de bêtises. Patrick nous apporte notre deuxième café, et je présente Nadia comme une amie, c'est tout. Je ne lui dis pas qu'il s'agit de la femme du mec qui a buté son voisin à coup de planche. À Nadia, je dis la vérité, à savoir que Patrick est mon oncle. Je lui dis que tout le monde me connaît ici, et que c'est pour ça que je suis mal à l'aise, voilà. Je voulais lui montrer le Rupi en hiver, partager ce lieu avec elle, mais ce n'était pas une bonne idée. Françoise peut débarquer d'un moment à l'autre, je n'ai pas envie qu'elle me voie ici avec Nadia. Je lui propose d'aller faire un tour dans la neige, elle n'est pas contre. Elle se lève avec une sorte de naturel ou plutôt d'évidence qui me donne l'impression qu'elle pourrait me suivre n'importe où, et j'éprouve une immense sensation de légèreté.

On rejoint sa voiture. Elle chausse une paire de bottes fourrées. On s'éloigne de la station. On traverse la rivière au niveau du Moulin Neuf, puis on prend le chemin qui monte en direction de la Petite Pralouse, et au risque de passer pour un dingue ou un cyclomachin, je retire mes gants et lui attrape la main. Elle crispe ses doigts autour des miens, elle plante ses ongles dans ma peau, elle est tendue et je ne sais pas pourquoi, elle est peut-être simplement contente, elle serre le poing pour me témoigner de son plaisir à me retrouver, un plaisir rageur, la joie nerveuse du sportif qui remporte une course au sprint. On ne se lâche pas la main de toute la montée, qui nous prend une bonne heure, et on n'échange pas le moindre mot. On rit de constater la régularité de l'alternance des traits de vapeur qui sortent de nos bouches ouvertes, on savoure le moment, on communique autrement, nos synapses se sont transférées au bout de nos doigts frigorifiés, on est en train de muter, l'association du froid et de nos sentiments engendre de nouvelles connexions sensorielles. Le soleil a disparu derrière les montagnes et les troncs passent du beige au gris, du gris au bleu, puis au bleu foncé granuleux, jusqu'à s'effacer et se fondre en une épaisse masse sombre. On ne voit plus grand-chose. On se lâche enfin la main. On secoue chacun la sienne pour faire revenir le sang au bout des doigts. On se la frotte contre la cuisse, contre le torse, on pianote dans le vide, on retrouve nos gants au fond des poches de notre grosse doudoune, il est temps de redescendre. On s'éclaire avec la lampe du téléphone. On passe du chemin à la route où l'eau ruisselante de la journée se fige en plaques de verglas. On finit par couper à travers champs et on atterrit devant une maison éteinte, une ancienne ferme comtoise transformée en gîte, aujourd'hui inoccupé. À l'arrière, un abri à bûches à moitié vide, un puits dont l'embouchure est couverte d'une grille en fer forgé, un portique sans balançoire. Nadia range son téléphone et joue à se cacher dans le noir. Elle surgit de derrière le puits, repart aussitôt et je reperds sa trace. Je ne la cherche pas vraiment. Je sens deux mains se poser sur mes épaules et je la laisse me guider jusqu'à l'abri à bûches. J'entends le zip de sa doudoune, et elle me coince dans un angle. Elle attrape mon téléphone et l'éteint. Elle se colle contre moi, m'embrasse, ouvre mon anorak, descend mon pantalon, puis elle se déshabille. On commence à faire l'amour ici, dans la nuit froide, sans quitter nos bottes de neige, et ce n'est guère plus confortable mais beaucoup plus sensuel que la première fois, dans la forêt, même si on ne jouit pas, ni elle ni moi, l'air glacial nous oblige à nous arrêter rapidement. En repartant on ne parle pas. Avec Héloïse on a l'habitude de discuter après le sexe, on revient sur les mouvements de l'autre qui nous ont amenés à la jouissance, en espérant qu'il s'en souviendra la prochaine fois, tel va-et-vient, telle ondulation, telle inclinaison, telle caresse de la main, des doigts, de la langue. Avec Nadia aujourd'hui c'est silence radio. Peut-être qu'elle pense à Alexandre, qu'elle tente de combattre des pensées culpabilisantes. Moi je pense à Héloïse, oui, et très peu à Alexandre. Du moins, je ne culpabilise pas, non. J'avoue même éprouver un sentiment de puissance assez troublant, un sentiment que j'ai l'impression de partager avec Nadia, je nous sens forts ensemble, je nous sens en sécurité, drôle d'idée. La nuit et la neige n'y sont pas pour rien. Enveloppés dans cet immense cocon imperceptible, on est quasi seuls au monde. Çà et là surgissent un toit de maison et sa cheminée fumante, les phares d'une voiture au loin, mais personne ne nous voit, on avance cachés. Héloïse est en exil à neuf mille kilomètres d'ici, Alexandre en prison, on ne risque rien.

On se revoit le week-end suivant. On fait l'amour dans sa voiture, et dans la mienne, dans le coffre du Berlingo, planqués au fin fond de la forêt. Je l'emmène avec moi chez Anne-Marie Prodon à Gex et on assiste ensemble aux retrouvailles entre Flash et Mistral et les deux patous. On fait un tour dans la ferme où les brebis attendent l'été sur leur tapis de paille, Anne-Marie m'apprend qu'elle a trouvé quelqu'un pour me remplacer à la Faucille, une jeune femme de vingt-cinq ans. Anne-Marie est prête à me vendre une dizaine de bêtes. Elle me donne les contacts d'autres éleveurs de la région. Sur le chemin du retour on s'arrête au col de la Faucille et je propose à Nadia de prendre une chambre d'hôtel pour une heure ou deux, mais la Couronne autant que la Petite Chaumière affichent complet. Ce n'est pas encore aujourd'hui qu'on fera l'amour dans un lit.

L'occasion se présente la semaine suivante, grâce à ma cousine Leslie, que Françoise, sa mère, doit aller chercher à l'aéroport de Genève. Nadia arrive en avance à La Rivière et se gare au pied du Rocher des Hirondelles, le long de la Valserine, en attendant mon feu vert. J'accompagne Françoise dans la cour et, dès qu'elle est partie, je sonne l'alerte auprès de Nadia. On a trois heures devant nous et on pourrait s'accorder cinq minutes de sursis au cas où Françoise ait oublié quelque chose à la maison, mais on n'a pas peur. On file s'enfermer dans ma chambre au milieu des meubles et des cartons entassés et on se déshabille à toute vitesse. Je réalise que je n'avais jamais vraiment vu son corps. Je découvre ses seins, qui sont plus gros et moins fermes que ceux d'Héloïse. Je m'en étais déjà rendu compte au toucher, mais c'est leur forme qui m'étonne. Ils tombent assez bas, cela vient sans doute de ses deux grossesses. Je dois dire que cela m'émeut de les voir. Ça peut paraître idiot mais je trouve ses seins bouleversants, oui, bouleversants, et même attendrissants, comme deux personnages placides dans un film d'animation. Et qu'ils me bouleversent et qu'ils m'attendrissent participe à me les rendre encore plus excitants. Parce que ce sont ses seins à elle, et parce que c'est moi, comme dit la chanson. Et il se passe la même chose avec son ventre, son ventre vivant, son ventre fragile, et avec son sexe, ses fesses, l'arrière de ses genoux, avec tout le reste. Elle non plus n'avait jamais vraiment vu mon corps, je n'ai aucune idée de ce qu'il lui inspire et je me garde bien de lui poser la question quand on s'étale tous les deux sur le matelas et qu'elle remonte la couette en coton tandis que je jette un œil à mon téléphone. J'ai carrément lancé un minuteur – encore deux heures de cuisson. On prend notre douche ensemble, elle me savonne le dos et me dit qu'elle le trouve beau, elle ne dit pas bouleversant pour sa part, elle dit beau, ça me va. Ça me convient, ça me plaît. À mon tour de lui savonner le sien, et je ne sais pas si c'est la menace du retour de Françoise ou si c'est autre chose, mais je me sens agité, je me sens comme sous pression. Je l'enveloppe dans une grande serviette en coton quand elle sort de la douche et j'ai encore la sensation de sa peau souple et fine sous mes doigts. On s'embrasse et je ne lui ai jamais vu un tel sourire. J'ai moi aussi beaucoup de mal à masquer mon plaisir – c'est peut-être juste ça, je vis un moment fort, très fort, je ne peux pas être tout à fait détendu, c'est normal. Dès qu'elle repart, le manque me tombe dessus, je pourrais dire qu'il me ratatine. Je ne veux pas me retenir, je lui envoie aussitôt un SMS. Elle répond une heure plus tard, une fois rentrée chez elle. Entre-temps, Françoise et Leslie sont arrivées. Ma cousine est là pour trois jours, elle vit à Bruxelles. À table je reviens pour elle sur les raisons de ma présence ici, et pendant toute la durée du repas j'ai envie de pleurer. Après manger je la retrouve qui se roule un joint dehors et je lui déballe tout. On ne se voit pas souvent mais on s'entend bien avec Leslie. J'ai besoin d'en parler avec quelqu'un et je n'ai pas grand monde autour de moi. Je pourrais débarquer chez des amis qui habitent dans la vallée avec une bouteille de liqueur de sapin, je sais qu'ils passeraient la nuit à me convaincre de tout abandonner sur-le-champ et de repartir sur mon île immédiatement et de faire ce môme avec Héloïse, et ce n'est pas du tout ce que j'ai envie d'entendre. Leslie ne me juge pas, elle me comprend, quand je lui dis que c'est le feu à tous les étages en ce moment, quand je lui dis que j'ai huit ans, que j'ai douze ans, que je retombe en adolescence, que je suis au collège et que je suis fou amoureux de la plus belle fille de ma classe et qu'elle a déjà quelqu'un mais qu'il n'est pas dans le même collège que nous, qu'il est dans un pensionnat très spécial dont il n'a pas le droit de sortir, et moi aussi d'ailleurs j'ai quelqu'un mais elle est encore plus loin, elle vit dans l'hémisphère Sud. Je tire quelques taffes sur son joint, et Leslie me comprend aussi quand je lui décris l'effet sur moi du simple contact de sa peau, du simple fait de la frôler, de lui prendre la main, de l'embrasser, de la voir, de recevoir un message d'elle. Elle voit mon sourire, mes yeux étincelants quand je lui parle de Nadia, et elle ne me le reproche pas. Elle m'envie, et je ne lui en veux pas. Elle me dit d'en profiter, elle sait que ce n'est pas original, oui, elle me dit qu'on n'a qu'une vie et ça me fait du bien d'entendre une telle platitude. Je n'y avais même pas pensé. Ça ne m'était même pas venu à l'esprit. *On n'a qu'une vie…* Même cette idée d'en profiter, je n'y pense pas autant que je le devrais, parce qu'elle induit le fait que cette histoire ne va pas durer, que je ne vais pas tarder à retourner sur mon île avec mes moutons et mes chiens, et que tout va s'arrêter, et ça, je ne peux pas m'y résoudre.

Je me demande parfois si je me suis déjà senti aussi vivant que durant ces deux dernières semaines. J'en ai conscience, je me le répète sans cesse : là, mon gars, tu vis un truc de dingue. Mais surtout tu y penses tout le temps, tu penses au fait que tu es en train de vivre un truc très spécial, alors que le reste du temps tu ne te dis jamais ça. Tu vis des choses et tu n'y penses pas. Avec Nadia c'est si fort que je suis obligé d'y penser. Je cherche à comparer avec d'autres expériences de ce type, la seule qui me vienne à l'esprit est cette parenthèse au lycée, quand je traînais avec ce groupe de filles délurées, je me rends compte que je n'ai plus rien vécu d'aussi important depuis cette époque, en tout cas d'aussi stimulant, d'aussi passionnel, voilà, c'est le mot, la passion, je suis dedans jusqu'au cou.

Vivant et amoureux comme jamais. Je relâche toutes mes défenses, je ne cherche plus rien à contrer ni à maîtriser, je laisse venir. Crise de la quarantaine avec quelques années d'avance? Ça y ressemble.

C'est désormais avec Héloïse que je communique via WhatsApp. Nos échanges n'ont pas la même saveur que ceux que j'avais avec Nadia depuis La Réunion, c'est le moins qu'on puisse dire.

Je suis tellement triste pour elle. Ça me rend malade. Je n'en dors plus. Je n'arrive pas à savoir ce qui de l'angoisse ou de l'excitation est responsable de mes insomnies. L'excitation de ce que je partage avec Nadia. L'angoisse de devoir faire un choix entre les deux. Ça ne peut pas durer comme ça.

J'ai réussi à quitter Magali il y a quelques années, aidé en sous-main d'Alexandre. Suis-je capable de quitter Héloïse ?

29

En ai-je envie ? Dois-je aller jusque-là ? Je ne me pose ces questions que pour la forme, je connais les réponses. Bien sûr que j'en ai envie, non pas de quitter Héloïse mais de rester auprès de Nadia. Je dois en quitter une des deux, et ce ne peut être qu'Héloïse.

Je ne peux plus me passer de Nadia. Je me sens comme dépendant, vampirisé par Nadia. Je n'ai rien à reprocher à Héloïse, rien en tout cas qui justifierait une séparation, et je ne sais pas comment m'y prendre. Je pourrais faire un aller-retour express à La Réunion, et je m'imagine en face d'Héloïse après lui avoir parlé, la gêne, la honte, le grand vide entre nous, je ne suis pas sûr d'avoir envie d'affronter ça, ni d'en avoir le courage. Je me sens coincé, j'y pense en marchant dans la forêt, j'y pense tout le temps, l'idée a tout envahi, comme la neige tombée dans la nuit, cinquante centimètres de neige fraîche sur les épicéas, les chemins, les champs, les toits des maisons et des voitures. J'envoie une photo à Héloïse de mes raquettes qui s'enfoncent dans la poudreuse avec cette légende : *On est quand même bien, ici.* Elle me répond : *Ici aussi*, avec une photo de ses pieds chaussés de tongs Havaianas suivie d'un émoji palmier. J'essaie d'instiller dans son esprit l'idée de mon attachement à la vallée. Je pourrais lui dire que pendant les trois mois sur l'île je me sentais mal, que la végétation tropicale, aussi impressionnante soit-elle, ne me parlait pas, que j'ai tout fait pour m'y acclimater, jusqu'à m'intéresser à chaque petit oiseau aperçu. Je prépare mes phrases : je n'y peux rien, c'est comme ça, la vallée ne veut pas me lâcher, la vallée m'a avalé. Mais ça ne peut pas suffire. Elle ne va pas me croire. Je n'ai jamais revendiqué aucun devoir de fidélité à sa terre natale. J'ai même toujours prôné l'audace et la liberté en la matière. Je pourrais invoquer la question de l'âge : j'ai vieilli, je n'ai plus vingt ans, je n'ai pas envie d'un tel arrachement aujourd'hui dans ma vie. Alors qu'en vérité, si Nadia voulait m'emmener demain en Alaska, aux Philippines, à Chalon-sur-Saône, je la suivrais les yeux fermés. C'est avec Nadia que j'ai envie de quitter la vallée, pas avec Héloïse.

Je n'en parle pas à Nadia parce que je ne veux pas qu'elle me mette la pression, je ne veux pas créer d'attente chez elle, je ne veux pas qu'elle s'impatiente et que ça devienne un problème entre nous, je veux me débrouiller seul. Je sais que Nadia sera folle de joie de l'apprendre, je n'en doute pas une seconde.

J'essaie d'organiser mon appel à Héloïse. Je ne veux pas que ça traîne. Je suis comme un truand qui prépare un coup, mais un truand vacillant, un bandit en balance. Ce n'est pas un cambriolage pour le simple plaisir du geste, j'aimerais que l'événement soit déjà loin derrière moi. Je prévois de l'appeler un vendredi soir, elle trouvera plus facilement du monde pour la soutenir le week-end. Ça va se savoir dans toute l'île. Milena notre propriétaire va me détester. Les amis d'Héloïse vont se faire de moi une image déplorable. Des bruits vont courir au collège où elle travaille : qu'elle a été quittée parce que je préfère la neige à l'océan, les sapins aux palmiers.

Quittée par SMS, tu te rends compte. Après dix ans de relation.

C'est faux. Je n'envisage pas du tout de le lui annoncer par SMS.

Il paraît qu'il l'a quittée par mail…

Arrêtez, enfin, je vais l'appeler, évidemment que je vais l'appeler.

Il lui a laissé un message vocal, moins d'une minute, la honte…

Pourquoi vous dites ça. Si elle ne répond pas, je raccrocherai. Je veux qu'on puisse parler.

Ils devaient se marier au mois de juin. Ils avaient déjà réservé le Jardin Créole à Sainte-Suzanne.

On n'avait rien réservé du tout. On n'a jamais prévu de se marier. C'est n'importe quoi.

Et attends, tu ne sais pas la meilleure, elle est enceinte de quatre mois…

C'est impossible. J'ai fait attention. J'ai calculé ses jours d'ovulation, en gardant même une marge d'erreur – quelle horreur d'en parler comme ça. Non, elle ne peut pas être enceinte.

Mais on n'est pas dans *Les Feux de l'amour*, non plus.

On n'en est peut-être pas très loin, je le reconnais, enfin bon.

Je passe une heure au téléphone avec ma cousine Leslie pour mettre à l'épreuve une dernière fois ma décision. Le lendemain, j'appelle Héloïse.

Je crois que je ne m'y prends pas très bien. J'aurais dû boire un ou deux pastis ou demander un anxiolytique à Nadia. Je le sais, pourtant, que je suis mauvais au téléphone. Les mots ne viennent pas comme il faudrait, le ton n'est pas adapté. Je lui annonce trop tôt la raison de mon appel : « Je ne vais pas revenir… » Après quoi j'essaie de m'expliquer, mais elle m'interrompt sans arrêt.

Elle le prend très mal, et ça ne m'aide pas.

Il ne manquerait plus qu'elle me facilite la tâche, tiens.

« T'es en train de me dire que tu me quittes ? »

Elle ne croit pas à mes arguments. Exactement comme je l'avais imaginé, l'idée de mon attachement à la vallée ne la convainc pas du tout.

« C'est Nadia ? C'est la femme du tueur ? »

Je ne peux pas lui dire non. Je ne veux pas lui mentir, pas maintenant, je serais le dernier des cons.

J'éloigne le téléphone de mon oreille, et c'est comme si je venais de sortir de scène et de me réfugier en catastrophe dans les coulisses. Je tremble en regardant l'écran sur lequel s'affichent son prénom et les secondes qui continuent de s'égrener, et j'ai envie de le balancer par la fenêtre. Je ne peux pas la laisser poireauter comme ça. Je ne peux pas abandonner maintenant mon public.

Mais je ne peux pas non plus y retourner, c'est au-delà de mes forces.

Je ne veux plus la voir, plus l'entendre. Je ne veux plus me montrer. Je pose le téléphone sur mon lit, je ne raccroche pas.

« Oui, c'est elle. »

Je me tiens à plus d'un mètre du téléphone et je répète : « C'est Nadia. Voilà, t'es contente ? » Je fonds en larmes. Je ramasse le téléphone et l'envoie un peu plus loin sur ma grosse couette en boule, je ne sais même pas si elle m'a entendu. J'espère que oui, j'espère que je n'aurai pas à le lui redire. J'aimerais qu'on tourne la page le plus vite possible.

Je ne me savais pas aussi lâche. Je me demande comment les autres s'y prennent pour se séparer.

Je ne sais pas vraiment ce que j'aurais pu faire de mieux.

Je repense à une femme que j'avais entendue à la radio et qui regrettait qu'on ne nous apprenne pas à éduquer nos enfants, et je me dis, même si ça n'a pas trop de rapport, j'en conviens, je me dis qu'on ne nous apprend pas non plus à quitter.

Tu vas où, ce soir ?

À mon cours de rupture.

Super, moi je viens de m'inscrire en deuil périnatal.

T'as raison, on n'est jamais trop prudent.

Apprendre à quitter.

C'est le genre de questions qui doivent se poser sur Google.

J'aurais peut-être dû essayer.

On y pense toujours quand c'est trop tard.

Je récupère le téléphone, elle a raccroché.

Je la rappelle et elle ne répond pas. C'est au moins la preuve qu'elle m'a entendu.

Maintenant, elle sait. Elle doit me haïr, elle doit souhaiter ma mort, elle doit tout casser dans la maison.

Je la rappelle plus tard, toujours rien. Elle fait la morte. Je commence à flipper. Elle le fait peut-être exprès. Je pourrais écrire à Milena, mais je ne le fais pas.

Je ne reçois aucune nouvelle d'Héloïse pendant deux jours. Je ne dis rien à Nadia, je suis trop fébrile pour la prévenir. J'ai peur qu'il soit arrivé quelque chose à Héloïse. Je passe mes journées dehors, je m'épuise dans la neige avec mes raquettes, je marche pendant des heures et, la nuit, c'est fou, je dors comme une souche.

Je finis par recevoir un message : *Je voulais juste te dire que je t'ai trompé, moi aussi, il y a deux ans, avec Sylvain.*

Un de ses anciens collègues au lycée de Bellegarde.

J'avais eu quelques doutes à propos de ce mec, oui.

Le lendemain, un nouveau message : *Je m'excuse pour mon message d'hier, je reconnais que ce n'était pas très classe de te balancer ça comme ça.*

Signe qu'elle s'apaise.

Une heure plus tard, encore un autre : *Il n'empêche que c'est vrai ce que je t'ai dit, j'ai bien eu une aventure avec Sylvain. Ça n'a pas duré. J'ai justement coupé court pour ne pas mettre en danger notre histoire…*

Alors je me demande si son envie de quitter la vallée n'était pas liée au trouble qu'elle éprouvait pour ce mec. Ça devenait trop difficile pour elle. Elle a choisi de partir pour rester avec moi.

Je ne cherche pas à savoir, je ne réagis pas à ces révélations. Je passe une heure le cul dans la neige à essayer de me justifier, et de me disculper un peu au passage : *Je suis pris dans un tel tourbillon, ça ne pouvait pas durer. Je ne te demande pas de me comprendre. Tu dois me détester, c'est normal.* J'ai les doigts gelés et je n'arrive plus à écrire. Je redescends à La Rivière. En sortant de la douche je désactive les notifications pour les messages provenant d'Héloïse sur WhatsApp, et j'appelle Nadia pour lui proposer qu'on se voie ce soir.

On se retrouve aux Rousses à 22 heures et on se promène dans les rues de la petite station touristique avec chacun un verre de vin chaud. Elle s'est inquiétée d'avoir si peu de nouvelles de moi ces derniers jours, je lui apprends qu'il y avait une raison à ça, je lui dis tout. Elle me demande si ça signifie que je ne vais pas repartir. Elle en pleure. Elle m'embrasse. Elle me remercie. Elle lâche son verre de vin chaud qui lui éclabousse les Moon Boot. Je ne regrette pas mon choix, pas une seconde. Je réussis à mettre de côté la souffrance d'Héloïse. Je n'aurais pas pu faire autrement. Je n'aurais pas pu repartir. Je suis fou de Nadia.

30

Vivant et amoureux comme jamais, je disais, mais aussi totalement fauché. J'ai déjà emprunté de l'argent à Françoise et je ne peux pas attendre l'été et un nouveau contrat de berger, je ne peux pas me satisfaire de bosser quatre mois dans l'année, il faut que je trouve du travail, et vite. Professionnellement, je suis une anomalie locale. À bientôt quarante ans je n'ai jamais bossé en Suisse. Je crois que le moment est venu. Je suis prêt à aller jusqu'à Genève, à Nyon, même à Lausanne s'il le faut. Je mets de côté mes contacts auprès des éleveurs et regarde les offres, m'inscris sur des sites, en parle à mes amis et mes oncles et tantes de la vallée.

Avant d'annoncer mon projet de devenir frontalier, je leur fais part de ma rupture avec Héloïse. La plupart réagissent bien, s'ils expriment une pointe de déception, ça reste recevable, ce n'est pas lourd, c'est parfois même assez élégant. Il n'y a qu'une personne qui le prend très mal, c'est Françoise. Les autres ne savent pas pour Nadia, je ne leur ai rien dit, même pas à mes parents. Françoise n'a pas besoin de me poser de question. Elle n'a même pas besoin que je valide ses suppositions. Elle capte tout, tout de suite. Et elle pense que j'ai fait une énorme connerie et m'annonce que je finirai par le regretter. Elle appelle Héloïse pour la réconforter. Elle me reproche de lui avoir demandé de l'argent non pas pour me permettre d'aller voir des éleveurs mais seulement dans le but de vivre mon amourette en cachette. Et quelle amourette. Avec la femme d'un taulard, pire que ça, d'un tueur. J'aimerais au moins qu'elle tienne sa langue sur le motif de la séparation. Et il semblerait que je puisse compter sur elle, car les jours suivants je ne reçois aucun appel de la famille. Elle fait même du zèle, puisqu'elle tient sa langue aussi avec moi. Elle ne m'adresse plus la parole. Pas un bonjour ni rien le matin quand je la croise dans la cuisine. Pas un mot pendant les repas. Si je tente une question ou une remarque, elle me laisse dans le vent. Je le vis mal, je trouve ça très désagréable, et puis c'est d'une telle immaturité qu'au bout d'une semaine, oui, une semaine quand même, je m'effondre. Je suis fragilisé par cette rupture à distance et par ce que je vis avec Nadia, et je n'arrive pas à tenir face à autant de froideur et de dureté, alors je craque. Je lui dis que c'est trop, que c'est méchant, que je ne mérite pas ça, et je me mets à chialer et je m'attends à susciter un minimum de compassion, et Françoise ne m'en cède pas une lichette. Elle reste de marbre et ça me dépite, ça me démonte, je ramasse les clés du Berlingo et je claque la porte, scène de ménage à deux balles. Je prends le volant, je taille la route, expressions toutes faites. Je n'ai même pas embarqué les chiens avec moi. J'appelle Nadia, qui revient de l'école avec Elliot, et elle me propose de la retrouver chez elle.

Chez elle, c'est-à-dire au Sentier, chez sa mère.

« T'es sûre ?

– Mais oui. J'ai quand même le droit d'accueillir un ami. »

Je n'ai jamais vu sa mère, jamais vu l'endroit où ils habitent tous les quatre. Je traverse Bois-d'Amont, tout en longueur pendant une dizaine de kilomètres, bordé à ma gauche par la forêt du Risoux et à ma droite par une autre forêt dont je ne connais pas le nom. Je finis par atteindre la frontière, qui se franchit comme de rien depuis que la Suisse a rejoint les accords de Schengen en 2008. Côté français le poste de douane a été remplacé par un terre-plein fleuri ; côté suisse il est toujours en place mais plus personne ne l'occupe, une cahute à l'abandon qui, un jour, sera rasée ou bien réinvestie par des particuliers comme certaines gares et stations-service, me voici maintenant dans la vallée de Joux.

L'itinéraire est des plus simples, je ne me réfère à l'application Waze qu'une fois arrivé à la localité du Sentier. Il est 16 h 30 quand je me gare devant le 23, chemin de Jolimont. Nadia se montre sur le seuil de la petite maison vêtue d'un pantalon de ski et chaussée de ses Moon Boot noires. Elle m'emmène aussitôt dans le jardin, non pas pour me rouler une pelle à l'abri des regards mais pour me présenter le bonhomme de neige qu'elle vient de fabriquer avec Elliot – bon, c'est un bonhomme de neige, quoi. On rentre dans la maison et elle ramasse le gros blouson et les bottes d'Elliot qui traînent par terre et les étale sur une chaise devant un radiateur. « Elliot, viens dire bonjour. » Je ne l'avais jamais entendue crier comme ça. « Elliot, allez. » Elle ouvre une porte sur une chambre d'enfant, mais celle-ci s'avère vide. Elle s'agace, elle est stressée, elle arbore un sourire pincé, pas vraiment naturel. Moi non plus je ne suis pas à l'aise. Je ne sais pas si sa mère est là, finalement. Je ne sais pas ce que Nadia souhaite faire de moi en cette fin d'après-midi. Je ne sais pas trop ce qui lui est passé par la tête en me conviant à la rejoindre ici. Elle finit par trouver Elliot, qui se lavait les mains à l'eau brûlante dans la salle de bains à l'étage. « Faut pas mettre de l'eau aussi chaude, tes doigts peuvent exploser.

– J'arrivais pas à ouvrir l'autre robinet. J'avais les mains gelées.

– Justement, c'est dangereux... Je te présente Julien, un ami à moi. On était au lycée ensemble. »

Je fais la bise à Elliot, j'hésite à ajouter que j'étais aussi avec son papa au lycée, mais je me contente de lui demander en quelle classe il est. Il me répond qu'il est en H4. Nadia traduit pour moi : « L'équivalent du CE1. » Je les suis dans la cuisine, où il s'installe à table pendant que Nadia lui prépare un chocolat chaud. Il revient sur son lavage de mains à l'eau brûlante, il veut savoir si c'est vrai que ça peut faire exploser les doigts et je lui adresse une moue et un clin d'œil histoire de relativiser les propos de sa mère, laquelle n'est pas du tout de mon avis : « Si tes mains sont très froides et que tu les mets d'un coup sous l'eau brûlante, les vaisseaux se dilatent et ils éclatent.

– Je pourrais avoir des petits morceaux de doigts tout déchirés », fait Elliot en brandissant ses deux mains ouvertes devant lui, et il prend ça très au sérieux, ça a l'air de le terrifier. Il replie ses doigts, jette un œil par la fenêtre et je l'imite parce que je suppose qu'il a vu quelque chose ou quelqu'un, peut-être sa grand-mère, mais non, il n'y a personne dehors. Je pivote sur Elliot, toujours tourné vers la fenêtre, je lui trouve un air triste. Je repense à certaines choses que Nadia m'a dites.

Elle en parle comme d'un enfant déprimé, et plus encore depuis la fin du procès, dont il a très mal vécu le verdict. Il ne dort pas bien, il a perdu la moitié de ses cheveux, une maladie liée au stress, raison pour laquelle il n'a toujours pas retiré son bonnet. En plus de ça, il fait des crises d'angoisse, il est plein de tocs et c'est compliqué à l'école. La coupe est pleine, comme dit Nadia. La petite Lila, de son côté, pique des colères monstrueuses. Depuis quelques mois l'enjeu pour Nadia est d'apprendre à ne pas surréagir, à la laisser sortir sa rage et à ne pas prendre ses explosions trop à cœur. Nadia installe un iPad face à Elliot, qui s'écrie : « *La Pat'Patrouille* ! », et tout en lançant un épisode de ce dessin animé dont je n'ai jamais entendu parler elle m'explique qu'au début, avec Alexandre, ils étaient contre ce genre de programme, qu'ils essayaient de lui proposer des activités d'éveil intelligentes, qu'ils ne lui achetaient que des beaux livres, qu'ils interdisaient les sodas et les bonbons. Mais depuis le meurtre elle n'a plus la force de tout maîtriser. Elle leur a installé des jeux vidéo sur son téléphone, elle laisse Lila regarder les dessins animés avec son frère. « Et puis *La Pat'Patrouille*, c'est l'histoire d'une bande de chiens, enfin c'est même des chiots, qui interviennent pour sauver la vie d'animaux ou d'humains en détresse. Ils sont pompier, policier, secouriste, certains ont des super pouvoirs. Il y a une dimension réparatrice dont je me dis qu'elle doit leur faire du bien. Ah, tiens, les voilà. » Hélas, elle ne parle pas des chiots de *La Pat'Patrouille* mais de sa mère et de la petite Lila.

Remue-ménage dans le hall d'entrée. « Ah, bonjour Julien. » Sa mère est donc au courant. Elle se débarrasse de Lila, qui court se jeter dans les bras de Nadia. « Ça s'est bien passé chez nounou ? » Nadia et Lila disparaissent toutes les deux et me laissent avec la grand-mère. Mireille m'adresse de grands sourires que j'essaie tant bien que mal de lui retourner. J'attends le retour de Nadia pour qu'on se sauve ensemble, qu'elle abandonne ses marmots à sa mère et qu'elle redevienne celle que je côtoie d'habitude, une femme sans enfant, quasi sans famille. « Nadia m'a parlé de vos problèmes... » J'ignore ce que lui a dit Nadia. Elle ne lui a évidemment pas dit que je venais de quitter la femme avec qui je vivais depuis dix ans parce que je suis fou amoureux de sa fille. Elle lui a probablement parlé de Françoise, mais comment est-ce qu'elle s'y est prise ? « Vous allez rester dîner avec nous... » C'est prononcé comme une affirmation, et ce n'est pas du tout ce que je m'étais imaginé. Je bredouille un merci pas tout à fait convaincu. Nadia ressurgit avec Lila dans les bras, la petite porte maintenant une couche propre. Elle la pose dans le canapé et appelle Elliot qui nous rejoint avec l'iPad, et Lila prend l'épisode en cours. Je me sens tellement déphasé que je suis à deux doigts d'aller m'asseoir avec les enfants devant le dessin animé, mais Nadia sort son tabac à rouler et me propose de la suivre dehors.

On se retrouve sur le seuil, dans nos manteaux d'hiver.

« Ta mère m'a invité à manger. Ça me gêne. Je n'avais pas prévu de rester.

– T'avais prévu quelque chose d'autre ?

– Rien de spécial, non.

– Ben alors.

– C'est quand même un peu bizarre.

– Qu'est-ce qui est bizarre ?

– D'être là, avec tes enfants, avec vous. Tu ne trouves pas ça bizarre ? »

Elle lèche la bande de colle et fait tourner sa cigarette entre ses doigts.

« Je suis contente que tu voies mes enfants. Et je suis contente que tu voies où j'habite depuis deux ans, que tu mettes des images concrètes sur les lieux dont je te parle. Regarde, juste en face de nous, c'est le mont Tendre.

– Oui, je connais. »

Le plus haut sommet du Jura suisse. Un muret de vieilles pierres le parcourt sur toute la longueur et lui dessine une immense arête dorsale. C'est d'autant plus frappant qu'il est bien sûr couvert de neige à cette période de l'année. Là, il a vraiment l'air d'une grosse bête endormie.

« Elle est au courant, pour nous ?

– La seule chose qu'elle sait, c'est que ça me fait du bien de te voir. Quand je lui ai annoncé que tu ne repartais pas à La Réunion, elle a sauté de joie, c'était rigolo.

– Ah ouais.

– Elle est assez marrante, ma mère. »

J'essaie de me détendre, de me faire à l'idée de ce repas, et puis avec l'ambiance qui règne à La Rivière ces jours-ci, je ne suis pas pressé de rentrer. Pendant que Nadia donne le bain aux petits, je pars me promener dans le village. J'atteins rapidement les rives du lac de Joux, où quelques personnes patinent à la nuit tombante. Je m'aventure sur la glace, tente une ou deux glissades contrôlées. Je continue à marcher dans les rues du Sentier.

À mon retour chez Mireille, les enfants sont en plein repas, ils mangent avant nous. Leur grand-mère s'occupe ensuite d'aller les coucher et j'aide Nadia à mettre la table dans le salon. Je sors le gratin de légumes du four. J'ouvre la bouteille de vin. On attend Mireille pour remplir nos trois verres. On ne trinque pas – à quoi aurait-on trinqué : à Alexandre ? à l'avenir ? à l'amour ? Je commence à m'apaiser, le vin n'y est pas pour rien, mais cette situation me semble toujours aussi étrange. Mireille doit sentir mon embarras. À chacune de ses questions, je me contente de réponses laconiques. Alors elle cherche à remplir. Elle comprend que c'est à elle d'occuper l'espace. Elle me raconte comment elle a atterri dans le Haut-Jura, à vingt-deux ans, sur les conseils d'un ami luthier. Elle venait faire la frontalière pendant un an pour mettre de l'argent de côté avant de reprendre ses études, et cinquante ans plus tard, elle n'en est toujours pas repartie. Elle prétend que tout le monde n'est pas fait pour supporter cette région, qu'il faut pouvoir endurer les longs mois d'hiver, qu'il faut avoir l'esprit montagnard. Elle a travaillé pendant plus de trente ans dans l'horlogerie, dont vingt-cinq chez Jaeger-LeCoultre, en tant que facturière, responsable de l'import-export et du stock, ce qu'on englobe aujourd'hui dans le terme fourre-tout de logistique. Elle s'est arrêtée une première fois quand elle a eu coup sur coup ses deux garçons, et elle a laissé passer huit ans avant de faire la troisième.

Pour le dessert, Mireille ouvre un bocal de fruits au sirop faits maison et apporte une bouteille d'eau-de-vie de poire. « Hou là, elle se lâche, fait Nadia.

– On peut se le permettre, non ? » répond sa mère avec une fêlure dans la voix qui semble dire toute la tension de ces deux dernières années, et l'envie de mettre tout ça de côté pendant quelques heures au moins.

Bien sûr que j'accepte de l'accompagner, au contraire de Nadia, à qui les trois verres de vin ont déjà bien tourné la tête – d'autant qu'elle est toujours sous cachetons.

Elles sont toutes les deux très joyeuses. Elles se lancent dans des histoires que j'ai de plus en plus de mal à suivre. Mireille évoque un milliardaire allemand chez qui tous les robinets sont en or, normal puisqu'il possède une entreprise de robinetterie. Devant son énorme villa il a même fait construire une route chauffante, qui fonctionne selon le même principe qu'un chauffage au sol, et qui évite le dégivrage et le déneigement. « Tu n'as pas ça chez toi? me fait Mireille. Oh, ce n'est pas un bon parti, ma fille... » Et elles éclatent de rire. Mireille ajoute qu'Alain Delon a failli racheter cette villa, mais qu'elle était trop isolée pour lui.

Il est bientôt minuit, l'heure de rentrer pour moi. La soirée a été plus que supportable, c'est vrai que sa mère est drôle. Mais elle ne veut pas me laisser repartir. Elle me retient par la manche, je passe mon manteau et elle s'accroche à moi, elle tire dessus, elle ne me lâche pas. « Hors de question qu'il reprenne la route dans cet état-là. » J'ai pourtant moins bu qu'elle. « Il reste ici, ça ne se discute pas. Je ne veux pas qu'il lui arrive quelque chose à celui-là. » Nadia partage l'avis de sa mère. « Entre l'alcool, la nuit, le verglas… »

La chambre d'amis ayant été transformée pour accueillir Elliot et Lila, j'hérite du canapé du salon. Mireille monte se coucher. Nadia s'allonge avec moi. On s'endort comme ça, habillés, toutes lumières allumées.

Au petit matin, elle n'est plus à mes côtés. Du bruit en provenance de la chambre des enfants, je me dépêche de débarrasser la table du salon : la bouteille de poire, les petits verres, les verres à pied, les fruits au sirop et les ramequins. Je file dans la cuisine et commence à préparer des tartines de beurre, et à ma grande surprise, Mireille est la première à me rejoindre. Elle a mal partout, aux oreilles, aux yeux, au nez. Elle avale un Doliprane, n'a pas faim, du moins ne pense pas être capable de manger quoi que ce soit. On s'installe avec les enfants autour de la table ronde en formica blanc et Elliot et Lila s'étonnent de la complicité qui nous lie tous les trois. Nadia multiplie les allusions à la soirée d'hier, soirée bien arrosée, soirée fruitée. « Une petite poire, maman ?

– Ne me parle pas de poire… »

Et Mireille force un sourire auprès des deux enfants, puis se prend la tête dans les mains, se malaxe le front, plonge les doigts dans ses cheveux pour se masser le crâne : « Oh mon dieu… » Et

Nadia s'esclaffe, et Elliot se scandalise : « Mais qu'est-ce qui vous arrive ? » Ils ne reconnaissent pas leur mère et leur grand-mère, ça ne leur plaît pas, ça les dérange, ça les déstabilise. Surtout Elliot, qui ne veut pas finir son bol de lait et qui lance un regard mauvais à Mireille en se levant de table.

Nadia s'occupe de Lila, elle s'occupe de tout, elle surveille l'heure, elle ordonne à Elliot en criant d'aller se brosser les dents. Mireille s'excuse de ne pas pouvoir la soutenir, Nadia se montre douce et indulgente avec sa mère. Je propose mon aide et Nadia m'assure qu'elle n'en a pas besoin. Quand je me retrouve seul avec Mireille dans la cuisine, elle prend un air désemparé, elle est au bord des larmes, elle m'avoue avoir honte. Ça me touche, j'apprécie tout simplement qu'elle soit capable de l'admettre. Françoise, dans un cas similaire, se cacherait derrière tout un tas d'arguments fumeux pour justifier son comportement. Bien sûr que Mireille avait le droit de se mettre la tête à l'envers hier soir. Elle avait ses raisons. Mais je ne vois pas de mal à ce qu'elle exprime quelques remords après coup. Et je comprends d'autant mieux le choix de Nadia d'être venue s'installer chez sa mère dans cette période particulière, je comprends qu'elle réussisse, à son âge et malgré les circonstances, à cohabiter avec elle.

31

Je rentre à La Rivière en fin de matinée. Françoise est toujours aussi froide, mais au moins elle consent à me parler. Elle me reproche de ne pas l'avoir prévenue que je ne dormirais pas ici, puis elle veut savoir où j'ai passé la nuit, elle veut savoir si j'étais avec Nadia, et je ne vois pas ce qui l'autorise à me fliquer comme ça. Je commence à monter dans ma chambre en grognant, elle m'impose de redescendre et d'arrêter d'imiter papi John. Là, ça devient vraiment pathétique. Sous le coup de la rage je lui annonce que je me casse. Je rejoins ma chambre, remplis mon sac de voyage, récupère les chiens et reprends le Berlingo. Je roule jusque chez Patrick à Lélex et je lui lance que je ne supporte plus sa sœur, et je le mets dans la confidence pour Nadia. Il accepte de m'accueillir chez lui. Je m'installe dans l'ancienne chambre de Corentin, mon cousin, qui vit à Besançon.

C'est la fin de la saison, il n'y a plus de boulot pour moi sur place, ou alors des coups de main par-ci par-là payés au black, pas suffisant pour me renflouer. À force d'appels et de formulaires remplis en ligne je décroche mon tout premier boulot de frontalier, un poste de téléphoniste à Yverdon-les-Bains, au bord du lac de Neuchâtel. Deux heures de route pour rejoindre cette vaste zone d'activité baptisée Y-Parc, où je consacre neuf heures par jour, enfermé dans un call center miteux, à tenter de vendre des compléments alimentaires 100 % suisses et naturels à des richards qui me traitent de vermine humaine et me raccrochent au nez. Le soir, chez mon oncle, je continue à postuler aux offres qui me semblent plus ou moins coller à mon profil, et au bout de deux semaines je rends mon badge et mon micro-casque pour signer un CDD de trois mois avec une société de BTP basée à Vernier, à côté de Genève, comme aide-électricien, domaine dans lequel je n'ai rigoureusement aucune compétence. Je sais manier une perceuse et une disqueuse, c'est à peu près tout ce qu'ils réclament. J'apprends à creuser des saignées et à monter des chemins de câbles, et je m'entends bien avec mon boss, je n'en attends pas plus. Dès ma première paye, je rembourse l'intégralité de ce que je dois à Françoise.

Le boulot est physique. Hormis sortir les chiens dans les rues de Lélex, je n'ai plus le temps de rien faire à côté. Je ne lis plus, je ne vais plus marcher dans les bois, je me couche à la même heure que lorsque je gardais les moutons au Crozat. Je vois Nadia le dimanche et de temps en temps le mercredi ou le samedi soir à son retour de Bourg-en-Bresse, où Alexandre a été déplacé au début de l'année. Il est maintenant dans l'Ain, il s'est légèrement rapproché mais ça n'arrange pas trop Nadia, qui continue à aller voir son psy à Villefranche.

Alex est peu présent entre nous depuis mon retour de La Réunion. Je n'empêche pas Nadia de me parler de lui, mais elle le fait avec moins d'entrain qu'avant, avec moins d'émotion, elle se limite à quelques informations factuelles : les livres, les DVD, les vêtements dont il lui passe commande, les revues et les bulletins des associations de protection de la nature qu'elle lui apporte chaque semaine. Un soir, elle me raconte qu'en arrivant au centre pénitentiaire de Bourg, Alex s'est inscrit à un module expérimental permettant de participer à une vingtaine d'heures d'activités par semaine en dehors de sa cellule. Après plus de six mois d'attente il a été accepté, et il n'en a profité que pendant trois jours car lors d'une fouille de sa cellule son téléphone a été découvert, une faute qui signe l'exclusion définitive du Module de Respect – MDR, comme ils disent, très malin. Il a bien la possibilité d'appeler depuis une cabine, mais avec un portable il peut recevoir des photos et des vidéos de ses enfants et échanger en visio.

À la fin du mois d'août je retourne à la demande de Nadia à Villechenève, dans leur baraque maudite, leur baraque fantôme. Elle vient de signer un compromis de vente avec une famille lyonnaise, je fais le voyage pour récupérer certaines affaires avant l'intervention d'un brocanteur qui s'occupera ensuite de tout débarrasser. Elle n'a pas l'envie, pas l'énergie, pas le courage d'y aller elle-même. Je reste plus de trois heures dans cet intérieur absolument semblable à celui que j'ai découvert il y a un an et demi quand je suis venu débiter leurs vieux arbres, et je photographie les murs, les bibliothèques, les étagères et la penderie pour qu'elle prenne le temps de regarder précisément et de choisir les objets que je dois embarquer. Dans le bureau d'Alexandre, elle pointe cette paire de jumelles qui m'avait tenté la première fois. Dans la chambre d'Elliot, des jeux de construction et quelques livres dont elle veut faire profiter Lila. Je remplis des sacs cabas et des caisses en plastique que j'entasse dans le coffre du Berlingo, et je les garde avec moi pendant une semaine. J'attends le samedi suivant pour lui livrer tout son bordel. J'en profite pour passer une nouvelle soirée chez Mireille.

On mange tous ensemble dans la cuisine. Mireille laisse la poire au fond du placard. Lila fait le clown, se roule sur le carrelage, le grand classique du môme qui cherche à attirer sur lui tous les regards. Mais à en croire Nadia, c'est surtout le mien qui l'intéresse. Depuis qu'ils lui ont annoncé ma venue, Lila ne tient plus en place. Je la suis dans sa chambre pour lui lire une histoire avant de se coucher, et au bout d'à peine deux minutes je me retrouve sans trop savoir comment, une paire de ciseaux à la main, la petite assise sur mes genoux, à lui couper les ongles des pieds. Nadia nous observe par la porte entrouverte en souriant. Je lui prête des pensées qu'elle n'a sûrement pas, qui ne correspondent probablement pas du tout avec la réalité, à savoir qu'Alexandre, lui, n'a jamais coupé les ongles d'Elliot, qu'il a toujours consacré beaucoup plus d'énergie à défendre les animaux qu'à s'occuper de ses enfants, qu'il leur a tout sacrifié à ces bon dieu de bêtes sauvages, qu'il bossait tous les jours, même le dimanche, qu'il ne prenait jamais de vacances. Je me complais dans ce genre d'idées qui m'avantagent au détriment de mon rival. Alors qu'il était sans doute un très bon père. Et qu'il serait à l'évidence fou de rage de me voir jouer avec sa fille et l'embrasser avant d'éteindre la lumière, et rassuré néanmoins d'entendre Lila crier parce que je n'ai pas branché la veilleuse. Bah oui, je suis nouveau ici, je ne sais pas où se trouve la veilleuse. Je rallume la grande lumière, Nadia se marre :

« Tu éteins alors qu'Elliot n'est même pas couché. » Décidément, je ne suis pas au point.

Plus tard dans la soirée, j'apprends que Mireille est au courant pour nous. Comment pourrait-il en être autrement ? Elle n'est pas bigleuse. Pour autant, je dors toujours sur le canapé.

Le lendemain, on réfléchit à une sortie à faire tous les cinq. Mireille évoque le col de la Faucille et sa petite base de loisirs avec ses châteaux gonflables et sa luge sur rails. Elle sait ce qui me lie à cet endroit, Nadia aussi bien sûr, mais tout le monde a l'air emballé, je n'ose pas m'y opposer. Allez hop, c'est parti. On pique-nique à midi sur une table en bois du chalet-snack situé au bord de la route et réputé pour ses fameux paninis. En traversant le parking, Nadia saucissonne Lila dans un porte-bébé de randonnée et on s'essaie à une courte balade en direction du Petit Montrond. C'est la première fois que je me retrouve de ce côté-là, en compagnie des promeneurs à bâtons qui viennent le temps de quelques heures *se reconnecter avec le monde réel*. Plus on avance et plus je sens le souffle colérique du vieux John progresser dans mon abdomen. Je ne tente pas de contrarier cette montée d'aigreur, je m'en rassasie et je deviens chiant, plus chiant encore qu'Elliot qui rechigne à avancer et qui s'égosille tous les deux mètres : « Mais pourquoi j'ai dit que j'aimais la montagne ? »

C'est pourtant celui dont je me sens le plus proche. L'origine de notre colère à l'un et à l'autre n'a rien à voir, mais on se reconnaît dans notre énergie frondeuse, deux rebelles de pacotille qui tissent une alliance absurde, deux ronchonneurs du fond de la classe. Je fais de mon mieux pour qu'on se perde, pour les décourager de continuer, pour qu'on rebrousse chemin et qu'on rentre le plus vite possible à la maison. Je fais en sorte de ne pas m'approcher du chalet du Crozat, je redoute plus que tout de tomber sur le troupeau d'Anne-Marie. Les brebis ne comprendraient pas de me voir avec femme, enfants et belle-mère sur le GR, et que dire des deux patous, ils me sauteraient à la gorge, ils me saigneraient pour haute trahison. On ne monte pas jusqu'au sommet. On trace une petite boucle dans les hêtraies, dont les feuilles cette année n'attendent même pas de brunir pour tomber au sol, je n'avais jamais vu ça. On ne marche finalement pas plus d'une demi-heure, et de retour au col, Nadia achète trois tickets pour des descentes de luge d'été.

Mireille et Lila nous attendent à l'arrivée. Au moment de grimper dans l'espèce de bobsleigh sur rails Elliot se décompose, il a trop peur, ça va trop vite, il ne veut plus. Nadia insiste un peu brutalement et se fait rabrouer par un papa qui attend juste derrière nous avec ses deux filles. Tous les trois nous jettent des regards humiliants à Nadia et à moi, je m'empêche de leur dire que je ne suis pas le père et que je n'y suis pour rien, mais ça me démange. Depuis qu'on est là, de toute façon, j'aimerais qu'ils sachent tous, tous ceux qu'on croise, même les employés de la station, même les Hollandais et les Allemands, j'aimerais que tout le monde ait conscience que cette jolie petite famille n'est pas la mienne, que je ne suis pas un simple flâneur du dimanche, moi, que cette montagne sur laquelle ils étrennent leurs semelles en caoutchouc, j'en connais mieux que personne ses recoins les plus sauvages, et que si je me retrouve maintenant seul au volant de ce bolide rutilant à tourbillonner sur ce chemin de fer suspendu, c'est seulement par charité envers un ancien camarade de lycée qui a mal tourné, le pauvre. Il nous reste un dernier ticket pour une descente et Elliot parvient à dompter son appréhension, il monte avec Nadia. Je me tiens en retrait de Mireille et Lila quand elles les acclament à leur arrivée. Les enfants nous attirent maintenant vers les châteaux gonflables, qui sont encore plus nombreux que l'année dernière, il y a même des toboggans, un trampoline géant et un laser game outdoor en pleine forêt. Je leur annonce que je vais y aller. Nadia, si j'interprète bien son petit sourire, a l'air de comprendre. Je l'embrasse, je salue les enfants et je rejoins le parking en bougonnant, à l'adresse de mon vieux John, évidemment :

Je sais, je sais, pas la peine de me faire la morale, je n'aurais jamais dû les accompagner ici.

Mais au moment de monter dans le Berlingo je me ravise. Je vais acheter deux tartelettes aux myrtilles et deux bières fraîches au snack au bord de la route, je cale les bouteilles dans les poches latérales de mon bermuda, puis je retraverse la station et je m'élance d'un bon pas à l'assaut du Grand Montrond. Après dix minutes de marche, j'aperçois le chalet du Crozat, dont je n'ai plus les clés, ce n'est plus chez moi. Je ne remarque aucun troupeau dans les environs, je quitte le sentier pour couper à travers les pâturages. Je retrouve ces courbes et ces dômes si familiers, ces grandes étendues d'herbe jaunie, car l'été n'a pas été assez pluvieux. Je pense souvent aux bêtes d'Anne-Marie tout en tirant mes gaines avec Ryan, mon boss de vingt-huit ans avec lequel je travaille en écoutant la radio, je pense à tous les troupeaux du coin, à tous ceux des régions où la forêt part en fumée, à tout le gibier qui se retrouve piégé et qui finit carbonisé. Il n'y a pas eu d'incendie dans les monts Jura cet été, mais la végétation a souffert. Est-ce que les brebis sont déjà descendues ? Ça m'étonnerait quand même.

Si c'était moi qui les gardais, en cette fin de saison un peu rude j'irais chercher les pentes ombragées en retrait du Colomby de Gex. Mon intuition est bonne, c'est exactement à cet endroit-là que je trouve le troupeau. Les deux patous viennent à ma rencontre en aboyant, j'ai envie de les prendre dans mes bras. Je leur frotte la tête, ils me lèchent les mains et les cuisses, ils se frottent à moi, ils me reconnaissent. La bergère s'approche en criant de ne pas les caresser, je vois qu'elle a du caractère. Je lui réponds que je connais Anne-Marie, que j'étais à sa place l'année dernière, que je suis Julien, et elle me dit que l'ancien berger ne s'appelait pas Julien. « Je sais quand même comment je m'appelle. » Puis je percute : « Enfin, non, je suis John. » Mais ces derniers temps, j'ai plus souvent été Julien que John. Avec Nadia, comme avec Ryan au boulot, je suis Julien. « Alors t'es Julien ou t'es John ?

– Je suis les deux. Pour toi, on va dire que je suis John. C'est quoi, ton nom ?

– Anna.

– Enchanté, Anna. Ça te dérange si je marche avec toi ? T'as le droit de refuser. À ta place, je n'aurais pas aimé qu'on s'incruste comme je suis en train de le faire. Mais je ne suis pas venu les mains vides… »

Je sors les bières et les tartelettes aux myrtilles, et Anna ne crache pas dessus. Elle me présente ses deux chiens de conduite, un border et un mudi. On se mêle au troupeau et ça me fait quelque chose de revoir toutes ces jolies trognes crépues. Mine de rien, c'est mon premier été sans garder de troupeau depuis dix ans.

Oui, c'est vraiment les bêtes que j'ai plaisir à retrouver, cette présence collective et mouvante, leurs bêlements, le son des clochettes, leur allure, leurs postures, leurs silhouettes tout autour de nous. Les lieux, je ne les ai pas vraiment quittés. Ce n'est pas comme ces bergers qui le restant de l'année sont en ville ou au bord de la mer. Anna avale sa bière en quelques gorgées. Elle n'est pas bavarde. Je sens que je l'embête, j'en suis bien désolé. Elle décide de les ramener au chalet et elle accepte que je les accompagne. Je l'observe guider ses chiens, ça me fait envie.

Elle est quand même bien sympa puisqu'elle me demande si je veux voir le chalet. J'ai peur de ne pas très bien le vivre. J'ai peur qu'elle ait déplacé des choses, qu'elle ait retiré la photo du vieux John au mur de la cuisine, qu'elle l'ait brûlée. Je la remercie pour sa gentillesse et je redescends à la station comme le badaud que je suis devenu. Cet été je ne dors pas au chalet mais chez Patrick à Lélex, et je passe mes journées à installer des boîtes de dérivation encastrées au son de la RTS. Jusqu'au jour où Nadia m'appelle pour me dire que sa mère m'a trouvé du travail.

« Mais du travail, j'en ai déjà.

– Oui mais là, c'est beaucoup mieux. C'est au Brassus, à côté de chez nous. »

32

Tout part d'un fait tragique, un jeune homme de vingt-cinq ans qui se tue à moto après avoir dérapé sur un bloc descendu de la roche bordant la route de Champfromier, au-dessus de Chézery. Ce type bossait à l'emballage chez Audemars Piguet, une manufacture de montres de luxe située au Brassus. Quand Mireille apprend la nouvelle, elle pense tout de suite au poste qui vient de se libérer. Elle a beau n'avoir jamais travaillé chez Audemars Piguet, elle connaît du monde là-bas et réussit à m'obtenir un entretien. Mon CDD auprès de la société Bandot SwissElec vient tout juste de se transformer en CDI, mais ma loyauté ne pèse pas lourd face à mon envie de me rapprocher de Nadia. Devant le recruteur je prétends habiter au Sentier, je donne l'adresse de Mireille, et puis j'en fais des tonnes, je vais jusqu'à m'inventer une passion secrète pour les métiers de l'horlogerie.

Visiblement je leur tape dans l'œil. Me voilà parti pour un mois d'essai.

Nous ne sommes que deux à l'emballage, ma collègue s'appelle Jacqueline, elle occupe le même poste depuis plus de trente ans. Elle ne se remet pas de la mort du petit Gaétan. « Il s'était brouillé avec sa mère à cause de sa moto. Il gagnait deux fois plus qu'elle en fin de carrière, et elle n'a pas supporté de le voir débarquer avec sa bécane. T'imagines la pauvre mère, aujourd'hui. Moi aussi je me demandais quel besoin il avait eu de s'acheter un tel engin. C'est le drame de ces jeunes frontaliers, qui dès dix-huit, vingt ans touchent plus de trois mille euros par mois pour des boulots sans qualification et qui s'endettent en achetant des appartements ou des grosses voitures qu'ils n'arrivent pas à rembourser. Ils partent en vacances aux Maldives, ils mènent la grande vie, ils perdent la notion de l'argent. L'autre jour j'étais aux Rousses avec ma sœur, on prenait un verre dans un café, deux mômes se présentent et sortent les gros billets. Ils demandent trois bouteilles de vodka. La patronne les a envoyés bouler. Vous allez au Carrefour Market, qu'elle leur a dit. Ils sont repartis en ricanant. Ils se prennent pour les rois du monde alors qu'ils n'ont rien fait de leur vie… » Jacqueline se confie d'autant plus facilement que je n'ai plus vingt ans. Peut-être aussi encouragée par le fait que je sois un ancien berger. Les gens prennent souvent ça pour un gage de sérieux, voire de sagesse.

Le boulot n'est pas compliqué mais exige une grande minutie. À l'emballage, on travaille avec des gants de magicien en coton blanc. On réceptionne les montres sur de grands plateaux. Les montres sont déjà conditionnées dans des petites pochettes qu'ils appellent des cornets – le nom qu'on donne aux sacs plastique en Suisse. Chaque cornet est scellé, étiqueté et numéroté. Notre mission consiste à glisser les montres dans une boîte en mousse et à ranger les boîtes dans des caisses en bois, ces dernières étant elles-mêmes munies de protections en mousse. Puis on enveloppe les écrins correspondant aux montres dans du papier de soie, selon un protocole de pliage précis. Les écrins rejoignent les montres dans les caisses, car les montres ne voyagent pas dans leurs écrins. Il nous reste ensuite à fermer, clouer et sangler les caisses. Il y a plusieurs sortes de caisses en fonction du transporteur et du pays de destination. La plupart d'entre elles rejoignent l'aéroport de Genève dans des camions blindés qui varient les horaires de passage et les itinéraires pour éviter les embuscades, même si aucune attaque n'a jamais été recensée. En un an, il se fabrique environ quarante mille montres Audemars Piguet, à raison d'une centaine par jour. L'entreprise pourrait décider d'en produire plus, mais comme dit Jacqueline : « C'est la rareté qui fait la valeur. Parce que, tu sais, le luxe, c'est tout de la poudre aux yeux. » À la fin de ma première semaine de travail, elle me lance : « Ça doit te changer de tes chèvres. » Je lui réponds que les montres bêlent moins fort que les moutons, oui. À la fin de ma période d'essai, je m'engage pour un CDD de six mois.

Ce qui me change, c'est surtout de voir Nadia presque tous les jours. Il m'arrive de rentrer chez Patrick à Lélex, mais la plupart du temps c'est chez Mireille que je me rends en quittant l'usine. La mère de Nadia serait prête à me laisser sa chambre pour que je me sente chez elle comme chez moi et que je n'aie plus envie d'en repartir. On dresse l'inventaire de toutes les possibilités d'hébergement, je choisis de m'installer au sous-sol. Je me confectionne un petit coin avec une vieille table basse en verre fêlée, une table de nuit en bois foncé et un meuble pour ranger quelques affaires. L'endroit n'est pas chauffé et je dors dans le sac de couchage de randonnée d'Alexandre, sur un vieux matelas une place. Il y a plus chaleureux, plus lumineux, plus aéré, plus confortable, mais au moins, ici, on peut se retrouver avec Nadia sans risquer d'être surpris par les enfants. On se prend pour deux déserteurs planqués, on s'invente tout un tas de scénarios, on imagine que les Allemands me recherchent, ou bien que je suis moi-même un Allemand recueilli par une famille française exilée en Suisse. D'ailleurs je ne crois pas l'avoir dit mais il y a quelque temps, quand j'étais à La Réunion, Nadia s'est coupé les cheveux très court, en laissant à peine un centimètre de longueur. Elle a eu cette idée en tombant sur une photo de l'actrice Kristen Stewart sur internet, et étant donné son grand front et la forme de son crâne, bombé derrière, ça lui va très bien. Son intention n'était pas de revendiquer l'adultère honteux auquel elle venait de se livrer, non, elle a simplement souhaité changer d'apparence pour oser s'afficher en public, une nouvelle tête pour une nouvelle vie, moins recluse, moins flippée. Tout le contraire de nos digressions romantico-historiques, finalement. Elle s'est remise à sortir la journée, à emmener Elliot à l'école, à aller faire des courses autour de chez elle. Maintenant que j'habite chez sa mère, elle m'accompagne promener les chiens au bord du lac de Joux, elle m'invite même au restaurant pour mon anniversaire. Et elle entretient son nouveau look, elle ne permet pas à ses cheveux de reprendre leurs aises, chaque semaine elle se redonne un petit coup de tondeuse.

Le camping au sous-sol a tout de même ses limites. Je tiens presque deux mois. Au début de l'hiver, je remercie gracieusement ma logeuse, et avec mon nouveau salaire, je décide de louer un petit appartement à Bois-d'Amont. J'y mets le prix, huit cents euros pour quarante mètres carrés, tarif de frontalier. L'endroit n'a pas le charme de la maison de La Rivière, un intérieur moderne et fonctionnel, mais je reconnais que ça me fait du bien de retrouver un peu d'espace. Un peu d'indépendance, aussi. Un peu de tranquillité. Parfois même trop. Les petits déjeuners sans enfant sont presque ennuyeux. Alors je me rattrape le week-end.

Elliot et Lila sont toujours heureux de me voir arriver. Ils s'attachent à moi, et je ne sais pas bien comment me positionner. Un jour je dis à Nadia que j'incarnerai pour Lila ses premiers souvenirs d'un homme à la maison, elle me répond que ça pourrait être le cas pour Elliot aussi, et ça m'angoisse. Je l'imagine dans sa cellule grise avec ses boîtes de flageolets. Je me sens mal. Dès que je retrouve Nadia, son fantôme réapparaît. Pour me protéger j'essaie d'être le plus actif possible. Ce n'est pas intentionnel, mais je me rends compte qu'avec Nadia, et plus encore si ses enfants sont présents, je suis énergique et entreprenant comme je ne l'ai jamais été. La première fois qu'on part à la neige tous ensemble, je chausse une paire de skis de fond et j'attache autour de ma taille une corde reliée à une luge dans laquelle j'assieds Lila. On s'engage sous les grands épicéas et Mireille et

Nadia se tirent la bourre avec mon Flash qui bondit sur la piste damée – Mistral n'a jamais aimé la neige. Pendant ce temps-là, je galère loin derrière avec mes quinze kilos de pénalité sur un parcours vallonné, sans compter Elliot qui n'avance guère plus vite que nous et qui invite sa sœur à donner des coups de frein. Quand Nadia me demande ce qui m'a pris d'avoir proposé de traîner Lila comme ça, je lui raconte, enfin je leur raconte à tous, une fois rentrés à la maison, autour du traditionnel chocolat chaud d'après ski, que mon grand-père faisait la même chose avec moi quand j'étais petit, qu'il m'emmenait dans les bois ligoté dans son dos ou coincé dans une luge, et Mireille s'écrie : « Mais tu devais avoir six mois, pas trois ans. » Et je n'en sais rien, je n'en garde pas de souvenirs réels, c'est une anecdote rapportée par mes parents que je n'ai jamais questionnée, un pan intouchable de mon enfance. Le pire, dans tout ça, c'est que Lila, comme elle ne bougeait pas, s'est refroidie et tombe malade. Un mois plus tard, on retente l'expérience en mettant Lila sur les planches, ça ne se passe pas beaucoup mieux. Elle a du mal à glisser, elle n'ose pas se lancer, elle avance comme en marchant. Nadia me laisse partir devant avec Mireille et le chien, puis on finit par enchaîner les boucles sur un circuit de cinq kilomètres en se relayant auprès des enfants.

Certains jours, bien sûr, on part sans eux. Ils sont gardés par Mireille ou par les parents d'Alex, qui leur rendent visite un week-end tous les deux mois à peu près. Je ne les croise qu'une seule fois, dans la cour devant chez Mireille, Nadia me présente comme un vieil ami. On profite de ces relais pour partir marcher. On explore les sommets des environs, la Dent de Vaulion, le Suchet, le Chasseron, des balades faciles. Après la fonte des neiges on troque les raquettes et les skis pour les chaussures de rando, et je l'attire peu à peu dans mes coins. On sillonne la réserve naturelle de la haute chaîne du Jura, et je retrouve les lieux de mon enfance avec le vieux John. Des endroits qui sont devenus ensuite ceux de ma vie avec Héloïse, qui sont donc imprégnés de souvenirs de notre longue relation, et c'est parfois difficile de faire cohabiter ces saveurs qui remontent avec la présence de Nadia. Ce n'est pas la première fois que je vis ça. Au début de mon histoire avec Héloïse, justement, chaque lieu me renvoyait aux histoires de mon grand-père, aux souvenirs de sa jeunesse à lui avec son père éleveur, au travail qui à cette époque était d'une dureté inimaginable et à mes ancêtres dont je me suis toujours figuré le profil sec et rugueux taillé à la hachette dans une bille non pas d'épicéa ou de sapin mais de chêne ou de hêtre, un bois coriace. Et puis le présent s'est imposé, ce qu'on partageait avec Héloïse a recouvert les images sépia et les grognements du vieux John. Et le phénomène se reproduit aujourd'hui avec Nadia. Après quelques sorties, d'autres repères et d'autres habitudes s'installent, une autre relation avec la montagne se développe. Comme quoi il n'est peut-être pas nécessaire de faire le tour du monde, puisque c'est à chaque fois une nouvelle histoire qui s'invente.

En montant au refuge non gardé du Gralet par le sentier des Contrebandiers on tombe sur la famille de chamois la moins sauvage de tout le massif – je précise quand même que j'ai laissé les chiens à Françoise. On reste au moins une heure à les observer et à les suivre à distance dans la hêtraie en pente. Ils se retournent régulièrement, comme pour s'excuser des petits éboulis qu'ils provoquent, ou comme s'ils voulaient nous emmener quelque part. Quand ils s'échappent enfin, on se dit qu'ils nous reprochent de ne pas avoir saisi leurs intentions : *Bon, si c'est ça, on se barre.* On se remet en action, on retrouve notre rythme habituel, plus rapide qu'avec Héloïse, presque le même qu'avec mon grand-père. On mange sur une table en bois devant le refuge du Gralet, puis on rejoint les crêtes, avec un détour par la grotte de la Marie du Jura, et on pousse jusqu'au Reculet. On s'installe face au panorama. On observe les avions décoller et atterrir sur la longue piste de l'aéroport de Genève. Pour les apercevoir depuis le sommet du Reculet il ne faut pas regarder en l'air mais baisser la tête en direction des villes et du damier des champs cultivés, et il ne faut pas chercher une traînée de condensation mais un point blanc comme un moucheron, plus petit que ça, comme un morceau de plancton, et ne pas les confondre avec les voiliers immobiles sur le lac Léman. La meilleure chose à faire, c'est encore d'attendre la nuit, les avions se suivent, tous phares allumés, et c'est un vrai ballet de lucioles au-dessus de la grande ville scintillante, feu de camp lointain dont les braises s'éteignent une à une, tandis qu'on déplie nos matelas et nos sacs de couchage. Il est interdit de planter une tente dans la réserve, le bivouac se fait à la belle étoile. Le smartphone nous promet un orage pour demain matin. Nadia n'est pas rassurée ; moi, je m'en frotte les mains.

33

Le smartphone ne se trompe pas. On remballe nos matelas et nos duvets, et on rejoint une faille abritée en contrebas du crêt de la Neige, une faille au fond de laquelle repose tout au long de l'année un névé qui prend la forme d'un cétacé échoué, un béluga, pourquoi pas. Au fond de ce trou, c'est un vrai frigo, on raconte d'ailleurs que les vieux bergers venaient y dissimuler des bouteilles d'alcool, des morceaux de viande, de la crème, du beurre, du lait. Quand l'orage éclate, du fait de l'inclinaison des parois, la pluie ne nous atteint pas, mais chaque coup de tonnerre nous défonce les tympans. Nadia évoque ces dessins animés où un chat se fait claquer la tête entre deux couvercles de poubelle en fer, c'est à peu près ce qu'on ressent. On ne grelotte plus seulement de froid, c'est la répercussion du son d'une paroi à l'autre qui nous ébranle entièrement. Après la dernière et plus violente secousse, Nadia me saute dessus – cette fois on a l'air de deux matelots qui s'agrippent l'un à l'autre tandis que leur rafiot coule à pic. Les nuages noirs se dispersent et le jour se lève enfin. En remontant à la surface on s'étale sous un petit résineux. Nadia se déshabille alors que ses habits sont secs, je fais de même. On s'enlace brutalement. On sait que personne ne risque de nous repérer. On peut crier autant qu'on veut, on peut rire aux éclats, on peut exagérer, on peut simuler l'orgasme du siècle. On doit avoir besoin de se décharger de toute l'électricité qu'on vient de se prendre dans la face, dans le ventre, jusqu'au bout des doigts de pied. On n'a jamais été aussi excités, mais ce n'est presque pas sexuel. Ça pourrait être un nouveau sport, une sorte de lutte à peine plus douce, ou bien du karaté allongé. Difficile de dire qui l'emporte à l'arrivée. Non, personne, il s'agissait d'un match coopératif – Nadia m'a présenté récemment ces jeux où il n'y a ni compétition ni vainqueur, mais ce ne sont pas ceux qu'Elliot préfère. On s'arrête aux chalets de Lachat en redescendant à La Rivière, le premier chalet est ouvert et on refait l'amour dans un grand lit en bois massif, le genre de lit qu'on trouve dans les contes, dans *Boucle d'or* : ici, ce serait le lit du papa ours. On fait l'amour normalement, si ça peut vouloir dire quelque chose, on semble avoir besoin maintenant de se décharger de la tension physique engendrée pour notre performance artistique sans public, on baise et on prend notre pied, on jouit à trois secondes d'intervalle, et sans tambour ni trompette, comme on en avait pris l'habitude dans le sous-sol de chez Mireille. On rejoint de nouveau le chemin. Dans certains virages en surplomb, on aperçoit le fond de la vallée. On ne parle plus, on se contente du bruit de nos pas dans les cailloux et dans les feuilles mortes, et une question me tourmente et je suis obligé de me mordre les lèvres pour ne pas la laisser s'échapper. Une question qui me travaille depuis un moment déjà.

Nadia m'a offert pour mon anniversaire un livre dans lequel un homme qui a pris une longue peine de prison évoque son quotidien, ses privations, son absence d'intimité, du fait de son codétenu mais aussi de certains surveillants qui se rincent l'œil par le hublot de la porte du parloir quand il y fait l'amour avec sa femme. Je ne sais pas à quoi ressemble un parloir dans une prison française, je ne pensais pas qu'on pouvait y faire l'amour, j'avais l'image de films américains, où une grande vitre de plexiglas sépare les deux protagonistes. Depuis que j'ai lu ce bouquin, je me demande si Nadia et Alexandre font l'amour quand elle lui rend visite sans les enfants. Je ne soupçonne pas Nadia d'avoir choisi ce livre pour me passer un message, car elle ne l'a pas lu, et puis la prison n'est pas l'élément central du roman, c'est probablement une pure coïncidence. Aujourd'hui encore, je réussis à ne pas craquer, et la question rejoint la longue liste de toutes celles que je m'empêche de lui poser depuis des mois.

J'essaie de m'abandonner vraiment à ce qu'on vit, j'essaie d'être le plus léger possible avec elle, comme s'il s'agissait d'une vraie histoire récente et passionnelle. Je voudrais me laisser porter par la seule joie d'être ensemble. Mais je n'y arrive pas. Je n'oublie jamais que Nadia est la femme d'Alexandre. Je me demande même s'il n'est pas encore plus présent pour moi que pour elle. C'est d'ailleurs la question qui revient le plus souvent, celle qui les résume toutes, qui les contient toutes : est-ce qu'avec moi Nadia est vraiment et uniquement avec moi?

Est-ce qu'elle l'entend rire à travers moi quand je ris?

On n'en a jamais parlé. Elle ne m'en a jamais rien dit, ni même Mireille et les enfants. Jamais un regard de travers quand j'éclate de rire avec eux. J'en viens à me dire qu'Alexandre ne rit peut-être plus de la même manière. Ou que mon imitation n'est pas si juste que je l'imagine. Je n'ai plus entendu Alexandre rire depuis la fin de la terminale, donc je ne peux pas comparer.

Est-ce qu'elle compare, elle? Tout le monde compare. Je compare avec Héloïse, avec Magali.

Évidemment que Nadia compare. Ne serait-ce que physiquement.

Je suis moins grand, moins gros, moins baraqué.

Est-ce qu'elle nous trouve des points communs ? Est-ce qu'elle se rend compte de tout ce qu'il m'a transmis, ou plutôt de tout ce que je lui ai emprunté ?

Elle n'en a pas conscience. Personne ne sait. Mais si j'étais resté le petit con de la fin du lycée, elle ne m'accorderait aucune attention.

Je me demande si ce qu'elle aime aujourd'hui chez moi, ce n'est pas seulement le reflet que je lui renvoie d'Alexandre. Et c'est finalement logique qu'en son absence contrainte, elle choisisse son principal, peut-être son unique disciple pour le remplacer.

J'essaie de penser à ce qui peut nous distinguer, et, tant qu'à faire, je pense aux différences qui jouent en ma faveur. Je me cherche des qualités. Quelle pourrait être – l'expression est affreuse – ma valeur ajoutée ?

Je n'ai tué personne.

La première idée qui me vient.

Ce n'est pas moi qui ai tué, j'ai le beau rôle.

Je suis arrivé après le drame, après le meurtre, comme il veut qu'on dise.

Nadia n'oublie pas l'acte de violence dont Alexandre a été capable. Elle y pense quand elle le voit, elle sait que c'est cette main qui a empoigné la planche, ce bras qui a donné le coup, ce corps robuste qui s'est élevé en soutien de sa rage intérieure. Est-elle capable d'aimer un homme qui en a tué un autre ?

Je suis plus léger, plus ouvert.

Elle a peut-être commencé par aimer qu'il soit quelqu'un d'aussi impliqué dans les causes qui l'importent, et je me plais à croire qu'elle a fini par en avoir marre, que c'est devenu lourd. Comme si les raisons de sa culpabilité se situaient à cet endroit-là : trop sérieux, trop engagé dans son combat pour l'environnement et pour les bêtes.

Je suis plus romantique, plus fantaisiste, plus joyeux. L'été suivant, on enchaîne les fêtes populaires locales, toutes celles que j'ai loupées durant mes années de berger et dont je lisais, parfois avec un an de retard, les comptes rendus dans le journal en mangeant ma soupe le soir au chalet du Crozat. Je troque la soupe pour des pintes de bière dans des gobelets en plastique, et à Lajoux (la Rubatée) et le week-end suivant à Chézery (la Revôle des foins), on danse toute la nuit sur des vieux tubes disco et des trucs actuels que je ne connais pas, et même des morceaux de musique celtique qui me rappellent ce fameux film, *Titanic*, et cette magnifique scène où les passagers de troisième classe se soûlent à la Guinness et tourbillonnent au son des violons et des cornemuses. Je crie à l'oreille de Nadia : « Tu as vu *Titanic* ? » Et j'essaie d'imiter Rose quand elle se dresse et tient en équilibre sur ses seuls gros orteils comme une danseuse de ballet. J'y arrive, je n'en reviens pas, je suis tellement fier de moi, et Nadia éclate de rire : « Oui, mais dans le film, elle n'avait pas de chaussures, elle était pieds nus. » Elle a raison, je suis bête. Je retire mes baskets et, même sur mes dix orteils alignés, je n'y arrive pas, impossible. Nadia essaie à son tour, sans plus de succès. On s'en fout, on passe à autre chose, on se remet à danser. Je ne savais pas que Nadia connaissait aussi bien le film *Titanic*.

La première fois que je l'ai vu c'était au cinéma, avec des copains, on devait avoir onze ou douze ans. En sortant, ils faisaient tous la fine bouche, prétendant n'avoir commencé à y trouver un intérêt qu'à partir du moment où le bateau percute l'iceberg et que tout explose à l'intérieur. De mon côté, il n'était pas question de se départir de l'opinion masculine, alors je collais à leur discours. Mais la vérité c'est que le film tout entier m'avait plu, et ce que j'avais préféré, c'était la première heure, la rencontre entre Rose et Jack, l'histoire d'amour. Et je suis encore plus content d'apprendre, le lendemain de la fête, malgré une bonne gueule de bois, qu'Alexandre déteste ce film, qu'il l'a toujours dénigré comme il est de bon ton de le faire, et je propose qu'on le regarde ensemble, tous les cinq, avec Mireille et les enfants, en s'arrêtant bien sûr à la première apparition de l'iceberg. « Pour voir la suite, vous attendrez quelques années. »

Je suis plus disponible, plus libre que leur père. Malgré nos trois années communes au lycée, Nadia ne me voit pas comme une figure du passé mais comme celui qui l'aide à s'en extraire. Le passé est incarné par Alexandre. Moi je représente l'avenir.

Je ne sais pas si elle me préfère à lui, si elle préfère ma personnalité à la sienne, mon corps au sien, mais je suis sûr d'une chose, c'est qu'elle préfère la vie qu'elle mène avec moi.

Maintenant elle m'appelle John, comme tout le monde dans la vallée.

Je sens que je lui fais du bien. Elle me dit qu'elle est heureuse quand on est tous les deux, et qu'elle est amoureuse. De là à dire que lorsqu'elle est avec moi, elle est uniquement avec moi, c'est évidemment un peu simpliste. C'est impossible. Mais elle ne me considère ni de près ni de loin comme un duplicata, un pastiche, une contrefaçon ou une caricature d'Alexandre. J'ai l'air au contraire de l'en détourner, de l'en distraire.

Pourtant, il est toujours là.

Il n'y a rien à faire, il me colle aux basques. Et c'est bien normal, puisque depuis deux ans je lis ses livres, je plonge mes yeux dans ses jumelles de compét, je m'occupe de ses enfants, je couche avec la femme de sa vie. J'ai pris sa place. Comme s'il était mort et que Nadia s'était reconstruite avec un autre.

Sauf qu'il n'est pas mort.

34

L'iceberg se profile à l'horizon. Un samedi où Nadia se rend à Bourg, je vais chercher Elliot qui a passé l'après-midi chez Noah, un copain d'école. Les deux enfants viennent d'allumer la Nintendo Switch quand j'arrive, le père de Noah me propose de les laisser faire une ou deux parties et m'attire dans la cuisine pendant que l'immense écran plat se met à jouer le générique de *Super Mario Bros.* « Il va mieux, Elliot. » Il me dit ça avec un air doux et précautionneux, et je ne sais pas trop quoi lui répondre. « Je pense que votre présence lui fait du bien. » Hou là. Peut-être, oui. C'est ce qu'ont l'air de penser Nadia et Mireille, aussi, mais elles se gardent bien de me l'adresser aussi frontalement. « Vous voulez boire… » Il ouvre le frigo. « Je n'ai pas de bière au frais.

– Un verre d'eau, ça ira.

– Un verre d'eau ? »

Il n'a même pas trente ans. Et il a déjà deux enfants, un deuxième fils, de dix-huit mois, qui est dans sa chambre avec la nounou. Avec lui j'ai l'impression d'être un gamin. Parce qu'il est père de famille ? Je ne ressens pas ça avec Nadia. C'est son look, son attitude. L'Alfa Romeo garée dans la cour. Le pékinois qui trottine sur le carrelage. « Cheune, viens dire bonjour à monsieur. Il s'appelle Cheune, comme l'acteur.

– L'acteur ?

– Connery. Regardez, comme ça, avec sa bouille plissée, c'est le sosie de Sean Connery, non ? »

J'acquiesce par politesse, puis il ouvre une bouteille d'eau pétillante et m'invite à m'asseoir sur un tabouret de bar. « Elliot fait plaisir à voir, oui, je vous disais. Il n'a pas du tout parlé de son père, aujourd'hui. D'après Noah, il en parle beaucoup à l'école. Elliot raconte que son père est en prison et qu'il va bientôt sortir. Judith et moi, on conseille à Noah de ne pas le contredire. On lui explique que c'est une façon d'accepter la perte, qu'il a besoin d'imaginer son père en prison, qu'il se représente son père comme une sorte de héros dont la société n'aurait pas su comprendre le dessein profond. » Ce type parle comme un conférencier, et j'ai envie de l'interrompre sans lever le doigt et de lui cracher la vérité à la figure, de lui dire qu'Elliot ne baratine pas, que c'est Nadia qui a menti au départ, en faisant croire à tout le monde autour d'elle, ici, que le père de ses enfants était mort. J'ai envie de lui dire qu'en fait il est vivant, qu'il est bel et bien en prison, et que le moment de sa sortie se rapproche, en effet. Mais, encore une fois, je me tais. Ce n'est pas à moi de me charger de cette révélation.

Le soir, chez Mireille, j'apprends que le père de Noah dirige une société de production audiovisuelle et qu'il est aussi journaliste et animateur télé. J'ai bu un verre d'eau gazeuse avec un people.

Alexandre a pris huit ans. Il en a fait deux avant son procès. D'après son avocat, il en fera cinq au total. Il pourrait donc sortir cet été, dans quelques mois.

35

Avec Nadia, je ne peux pas voyager. Le déplacement le plus long et lointain qu'on s'autorise est un week-end à Lons-le-Saunier.

Les parents de Nadia se sont séparés quand elle avait neuf ans. Son père a quitté le Haut-Jura pour s'installer à Lons avec sa nouvelle compagne, Sidonie. Nadia est d'abord restée chez sa mère à Bois-d'Amont, et quand Mireille est allée habiter en Suisse, elle a rejoint son père. Elle avait quinze ans, l'âge d'entrer au lycée. Son père est mort il y a plus de dix ans. Nadia a gardé le contact avec Sidonie.

Elle a rendez-vous en début d'après-midi chez elle, rue des Jonquilles. Elle ne me propose pas de l'accompagner. En l'attendant, je me promène dans cette ville où je n'ai dû remettre les pieds que deux fois depuis la fin du lycée. Je longe le parc des Bains, avec son vieil établissement thermal, et je m'arrête une dizaine de minutes à la friperie d'Oasis, l'Emmaüs local. J'achète un gros bonnet en laine comme je les aime et une veste de survêtement à l'effigie du Football Club de Champagnole. Un peu plus loin en direction du centre, le cinéma Régent, où j'avais vu *Titanic*, a été remplacé par un multiplex vitré. La façade rose Art déco du cinéma Palace, mitoyenne du palais de justice, est toujours en place, mais on ne peut pas dire qu'elle respire la santé. Le long du Palace, une cour menait autrefois au Renoir, le cinéma art et essai, dont le parvis se situait à l'aplomb d'un grand mur en pierre surmonté d'un rouleau de fils barbelés derrière lequel se trouve aujourd'hui encore la cour de promenade de la prison. Une petite prison de centre-ville comme il ne doit plus en exister beaucoup. L'après-midi, on y croisait des femmes de taulards qui venaient parler avec leurs maris et même leur jeter des trucs, des petits colis, de quoi tenir le coup. Certaines se sont fait arrêter et condamner pour ça. Le cinéma Renoir a été rasé, et le site est maintenant investi par un bâtiment moderne ressemblant à une immense ruche, je découvre qu'il s'agit de la médiathèque municipale. Je descends la rue Traversière, rejoins la rue des Arcades et marche encore cinq minutes pour arriver devant l'entrée du lycée Jean-Michel. Je calcule rapidement : vingt-deux ans que j'ai quitté les lieux. La grille est fermée. C'est assez étrange de se retrouver là. Je fais le tour des bâtiments. Il y a eu des travaux, des ravalements, ils ont mis de la couleur un peu partout, mais l'ensemble est fidèle à mon souvenir. Je repère les fenêtres du réfectoire, celles des dortoirs des garçons, je me demande si les élèves mangent et dorment toujours au même endroit. Plus loin, en continuant sur le trottoir, j'aperçois le stade d'athlétisme où je brillais en course de fond et frôlais le ridicule en sprint. Le dernier bâtiment abritait les salles de maths et une antenne du gymnase où on jouait au ping-pong. C'est dans ce bâtiment aussi que j'ai passé l'oral du bac de français, interrogé sur le préambule des *Confessions* de Rousseau.

Je m'attendais à faire remonter des images de ma bande d'amies, voire des scènes avec Alexandre, mais ces souvenirs existent déjà. Ils existent en moi, je les convoque, je les alimente, je vis avec. Les lieux réels ravivent des éléments bien plus anecdotiques. Du concret, du matériel, du trivial.

Nadia me donne rendez-vous au niveau de l'usine Grosjean, derrière laquelle habite Sidonie, et je relate mon petit pèlerinage. Elle me dit qu'il y a une dizaine d'années, elle est entrée avec Alexandre dans le lycée en se mêlant aux élèves et qu'ils y ont passé une heure à se promener dehors et à l'intérieur, dans les couloirs, à faire des photos. Elle se demande si elle oserait encore le faire aujourd'hui.

Elle se demande si l'accès à l'établissement est toujours aussi facile. Elle se demande si la direction et les profs sont au courant pour Alexandre. Elle imagine bien que le lycée ne doit pas se vanter d'avoir accueilli dans ses murs un futur assassin. Elle me parle d'un prof de SVT avec lequel Alex entretenait une correspondance par mail. Nadia a longtemps pensé qu'il y avait quelque chose entre eux. Au début de sa détention provisoire, elle est allée fouiller dans son ordinateur et a lu certains de leurs échanges, qui étaient tous très sérieux et professionnels. Elle m'avoue que ça l'a presque déçue, elle aurait peut-être aimé découvrir un secret, une facette inconnue. Elle en profite pour me dire qu'elle envisage de raconter à Alexandre que je suis gay, pour éviter qu'il s'inquiète. Elle lâche ça comme ça, tandis qu'on s'installe en terrasse du café de la Paix avec chacun une bière pression. Elle me demande ce que j'en pense. Je ne suis pas sûr que ce soit une bonne idée. Je n'aime pas qu'elle évoque l'après. Et j'aime encore moins ce qu'elle m'annonce ensuite.

Alexandre va bénéficier de plusieurs permissions de sortie, le temps d'une journée ou même d'un week-end, et il ne va pas tarder à déposer une demande de libération conditionnelle. Je passais une bonne journée, jusqu'ici. Un week-end en amoureux sur les lieux de notre adolescence.

« Et alors ? »

C'est moi qui pose la question, bien sûr.

« Comment tu vois les choses pour nous ? »

Elle me sourit, je me détends aussitôt. Elle m'explique qu'elle ne peut pas imaginer rejeter Alex dès sa sortie de prison, mais qu'elle ne veut pas faire sans moi. Elle me dit clairement que c'est de moi qu'elle est amoureuse aujourd'hui et que je ne dois pas m'inquiéter. Elle insiste, elle répète trois fois qu'elle est folle amoureuse de moi, et j'en ai les larmes aux yeux alors que je n'ai même pas fini ma première bière. On mange dans une pizzeria, on dort à l'hôtel Gambetta en face de la gare et je n'y pense plus. J'essaie de ne plus y penser. L'idée de sa sortie m'effraie tellement que je fais tout pour la maintenir à distance. Je pense à me blinder, je pense à ne pas y penser. Je fais l'autruche et je mise sur un coup du sort pour nous sauver au dernier moment, un nouveau coup de sang d'Alexandre qui le retiendrait enfermé, un incendie au centre pénitentiaire de Bourg-en-Bresse, n'importe quoi. J'essaie de profiter de ce qu'on vit maintenant. J'essaie de vivre l'instant présent, comme on dit partout. Et j'ai l'impression d'y arriver. J'ai la méthode. J'ai compris la technique. Je sais comment ça marche. Je le sais peut-être même mieux que le dalaï-lama.

Tout le monde me trouve épanoui, radieux. Émile et Camille, que je croise avec leurs deux filles à Intermarché, et qui s'étonnent que je ne donne plus de nouvelles et que je ne réponde plus aux messages. Je m'excuse, leur dis que je suis très occupé. Je n'entre pas dans les détails.

« Tu es rayonnant, en tout cas. »

Avec Françoise, on a fini par faire la paix. On continue à éviter le sujet de ma vie sentimentale, mais elle sait. Tout le monde sait.

Mes parents et mes oncles et tantes savent mais ne voient rien ni personne. En plus d'un an, aucun membre de ma famille n'est jamais venu dans mon appart à Bois-d'Amont. Je passe un coup de fil tous les trois mois et je dis que tout va bien. Il paraît même que ça s'entend. Une phrase de ma mère : « Tu as une bonne voix. » Puis on dérive vers le boulot.

Audemars Piguet, ça suscite toujours une petite excitation. Déjà quand je travaillais comme berger, je vendais du rêve. Mais depuis que je suis chez AP, comme on dit, j'ai franchi un palier. « Ah ouais, Audemars Piguet, la classe... » Et je peux comprendre. Il m'arrive aussi de faire la groupie avec Jacqueline, ma collègue de l'emballage, quand elle se remémore les visites, d'ailleurs toujours confidentielles, jamais annoncées à l'avance, des ambassadeurs de la marque. Le dernier en date, c'était Omar Sy. « Il s'est montré d'une gentillesse extrême avec les horlogers et les artisans. Il est drôle dans la vie comme dans ses films. Vraiment une très belle personne. » En retrouvant Nadia en fin de journée, je lui rapporte les mots de Jacqueline sur le nouvel Arsène Lupin. Avant Omar Sy, il y a eu Michael Schumacher, Garry Kasparov, Arnold Schwarzenegger. « Jacqueline a affranchi une boîte spéciale au nom d'Arnold Schwarzenegger, tu te rends compte ? Elle connaît son adresse. On pourrait se pointer à Los Angeles et aller sonner chez Schwarzy. » Mais on a déjà du mal à passer plus de deux jours à Lons-le-Saunier, alors Los Angeles, ce n'est pas pour demain. Et les choses ne s'arrangent pas avec les premières permissions d'Alexandre.

Comme il n'a pas le droit d'aller en Suisse, ils restent à Bourg. Ils se promènent en ville et ils mangent au resto. J'imagine qu'ils vont faire l'amour à l'hôtel. Je ne demande rien à Nadia.

Un jour, je reçois un message d'Héloïse qui m'informe de la naissance de sa fille. En découvrant la photo du nourrisson enveloppé dans un lange vert pomme, je ne ressens aucune émotion. Je ne suis ni touché, ni envieux, ni même, contrairement à ce que je lui écris en retour, content pour elle. En fait, je suis surtout content que cet enfant ne soit pas le mien.

Tout ce qui n'a pas trait à Nadia m'indiffère. Tout ce qui me détourne de notre relation m'agace. Héloïse a eu un enfant avec un autre homme. Je n'aurai pas d'enfant avec Nadia. On en a parlé, elle m'a dit qu'elle portait un stérilet, ça m'a rassuré.

Je ne veux pas vivre cette expérience avec Nadia. Du fait d'Alexandre, mais pas seulement. Avec elle, je n'en ai pas envie, je ne suis clairement pas prêt. Ça fait pourtant plus de deux ans qu'on est ensemble. Mais la passion des premiers temps, dont on dit qu'elle ne dure que quelques semaines ou quelques mois, ne s'est toujours pas dissipée.

C'est peut-être justement l'incertitude, l'idée du couperet, qui me rend aussi animé et vibrant. Notre histoire serait d'autant plus intense qu'elle est extrêmement fragile. Il y a de ça, oui. Cette fragilité décuple mes sentiments pour Nadia. Et j'aimerais pouvoir vivre toute ma vie dans cet état de vulnérabilité. Parce que c'est comme ça que je me sens le plus proche d'elle.

36

Quand il sort, ce n'est pas la fin du monde. Cela arrive plus tôt que prévu, au début de l'été 2025. Ils partent aussitôt en vacances dans les Hautes-Alpes. Ils rejoignent tous les quatre les parents et la sœur d'Alexandre dans un camping au bord du lac de Serre-Ponçon. La sœur d'Alex est avec sa compagne et leur fille de cinq ans. Trois bungalows pour toute la famille pendant un mois. Nadia m'envoie des selfies face au lac et aux montagnes. Mais elle ne reste que deux semaines là-bas. Elle laisse les enfants à Alex, qui comprend qu'elle a besoin de passer du temps seule. Pas si seule que ça, puisqu'elle rentre chez sa mère et qu'on se voit tous les jours.

Quand Alex et les enfants reviennent au mois d'août, Nadia est toujours aussi disponible pour moi. Elle imagine tout un tas d'alibis pour s'échapper. Rien de spectaculaire, pas de plan machiavélique, elle improvise. Elle s'invente une amie en période de rémission d'un cancer de l'utérus aux Rousses. Elle prétend avoir deux rendez-vous par semaine chez son psy, alors qu'elle n'y va plus qu'une fois par mois. Mireille est dans la confidence et peut lui sauver la mise à l'occasion. Maintenant, Nadia mène une véritable double vie. Maintenant, vraiment, elle trompe son homme. Maintenant, vraiment, je suis l'amant.

Elle est toujours heureuse de me retrouver. Elle se jette dans mes bras, elle m'appelle mon amour, mon grand amour, ma belle aventure. C'est ça, j'incarne la part aventureuse de sa vie, la part audacieuse. Je suis celui qui insuffle le frisson du danger dans son quotidien, et elle a besoin d'éprouver cette tension, sous peine de se laisser pleinement engluer par la tristesse d'Alexandre. Un soir, elle me dit : « Il pue la mort, ce mec. » Elle le décrit comme un mollusque, qui ne sait plus rien faire de son corps, qui passe ses journées assis dans le jardin à réfléchir. « Quand je lui demande : "Qu'est-ce que tu fais ?" Il me répond : "Je réfléchis." Mais putain, pendant ses cinq ans en zonzon, il n'a pas eu le temps de réfléchir ? Au camping il restait des heures assis sur un caillou face aux montagnes à *réfléchir.* Il ne s'est baigné qu'une fois dans le lac, et encore, il a fallu le forcer, c'est Elliot qui a réussi à le traîner dans l'eau. »

Moi aussi je réfléchis pas mal ces derniers temps. J'ai peur qu'on se fasse coincer. La menace est plus concrète que jamais, et cette situation n'a pas le même effet sur moi que sur Nadia. Le danger a tendance à me glacer.

Alexandre sait que j'ai été présent pour elle ces dernières années. Les enfants et Mireille parlent de moi à la maison. Nadia lui a raconté la fin de mon histoire avec Héloïse, prétendant qu'elle m'a quitté pour un prof du collège de Bellegarde avec qui elle s'est enfuie à La Réunion, où je les ai suivis pour tenter de la récupérer, sans succès. C'est dans l'avion du retour, juste après l'atterrissage à Paris, alors que je n'arrivais pas à ouvrir ma ceinture de sécurité, que j'aurais rencontré ma copine actuelle, Marion, hôtesse de l'air pour Air France. Et ce n'est pas tout, puisque Nadia m'a également créé une amante, Marion étant souvent absente à cause du travail, une amante à Bois-d'Amont qu'elle a baptisée Caroline. L'objectif étant de m'attribuer une vie amoureuse si dense qu'il ne peut y exister aucune place pour elle. Et visiblement, ça fonctionne. Alexandre n'a pas le moindre soupçon me concernant. D'ailleurs, il aimerait me voir.

À partir de la rentrée, il sort peu à peu de son état de léthargie, il cherche à rencontrer des gens. D'après Nadia, il aurait précisé : « Des gens de confiance. » Et je suis la première personne à laquelle il a pensé.

On pourrait en rire, mais elle est gênée en me rapportant ces mots. Elle est gênée de la même façon le soir où je me pointe chez Mireille, pour ce dîner qu'on a organisé le plus vite possible histoire de s'en débarrasser. Elle est gênée quand elle m'ouvre la porte, et plus encore quand Alexandre arrive derrière elle et s'approche en me tendant la main. J'essaie de le regarder lui mais je perçois sur le visage de Nadia cet air désolé, ses yeux fuyants qui semblent dire que cette confrontation ne devrait pas avoir lieu, et je fais mon possible pour ne pas défaillir. Je donne une poignée de main vigoureuse à Alexandre en lui souriant et je bredouille quelques banalités en réponse à ses phrases de bienvenue que j'entends à peine. Les enfants apparaissent au fond du couloir, Lila se met à courir en criant : « John le plus fort. » Elliot a lui aussi du mal à retenir sa joie de me voir, et je m'étonne de l'absence de réaction de Nadia. Elle pose une main sur l'épaule d'Alex pour qu'il me laisse la place d'avancer dans le couloir. Mireille surgit de la cuisine : « Hello, John. »

On s'installe dans le salon sur ce canapé où j'ai si souvent dormi, et où j'ai plusieurs fois fait l'amour avec Nadia. L'apéro est déjà sorti. Là, je ne serais pas contre un verre de poire. La bouteille n'est pas sur la table. J'opte pour un rhum ambré.

« Tu sais qu'on ne s'est pas vus depuis plus de vingt ans ? » me lâche Alexandre.

Pour moi, ça ne fait en vérité que trois ans, puisque j'ai assisté au procès.

« Je me faisais la réflexion l'autre jour qu'il s'est écoulé plus de temps entre la fin du lycée et aujourd'hui qu'entre ma naissance et la fin du lycée. C'est ça, la bascule de la quarantaine. La période de l'enfance et de l'adolescence qui s'amenuise. Non seulement on s'en éloigne, mais au regard de tout ce qu'on a vécu ensuite, l'enfance et l'adolescence paraissent de plus en plus concises. Ça reste des moments fondateurs, mais des moments qui n'ont pas duré aussi longtemps qu'on le pensait. Je ne sais pas ce que t'en penses ? »

C'est à moi qu'il s'adresse. J'étais en train de me dire qu'il est toujours aussi bavard et que ça m'arrangeait bien.

« Oui, je suis d'accord.

– Je dois avoir un an de plus que toi, non ? Tu es de la même année que Nadia, tu viens d'avoir quarante ans…

– C'est ça.

– J'ai parfois l'impression d'en avoir soixante. Les années de prison, on devrait les multiplier par trois ou quatre.

– Tu pourrais les soustraire, fait Mireille. Les considérer comme des années blanches. Ça te ferait trente-six ans.

– Ce sont des années noires…, dit Alex en prenant un air à l'avenant.

– Pardon », fait Mireille.

L'effet du rhum est immédiat. Je sens mon corps s'alourdir, je m'enfonce dans le canapé.

« Tu n'as pas à t'excuser. J'assume.

– Je sais », fait Mireille.

Nadia me tend une assiette d'escargots en pâte feuilletée que je garde au moins deux minutes sur mes genoux avant de penser à la transmettre à Alex.

« Je te remercie, Julien. Enfin, j'ai appris que tu te faisais désormais appeler John…

– C'est pas nouveau. Toute ma famille m'appelle comme ça.

– On fait partie de la famille, alors.

– Oui…, je fais avec un petit rire.

– Je ne te remercie pas seulement pour l'assiette et les petits trucs à grignoter. Je te remercie, et je remercie aussi Marion, pour votre présence aux côtés de Nadia et des enfants. »

L'alcool agit comme un tampon entre le monde et moi, je réagis avec un petit temps de retard à tout ce que raconte Alexandre, ça m'évite de gaffer.

« Nadia m'a dit que Marion passait la nuit à Buenos Aires… »

Je jette un œil à Nadia. Elle aurait pu me prévenir.

« C'est bien ça, elle est à Buenos Aires ? » me fait Nadia.

J'acquiesce d'un hochement de tête.

« Tu m'as dit qu'elle t'avait envoyé une photo d'elle sur la plage. C'est l'avantage des hôtesses de l'air et des stewards qui bossent sur des vols long-courriers, ils restent deux ou trois jours en transit dans un pays avant d'accomplir le trajet retour, et ils profitent des beaux hôtels et des belles plages. »

Je ne sais pas d'où elle tient ça. J'espère qu'Alexandre ne va pas me demander de lui montrer cette photo. Je ne sais même pas si Buenos Aires est au bord de la mer.

On passe à table, et je me goinfre pour éponger les deux verres de rhum. Une fois que les enfants sont couchés, Alex et Nadia m'apprennent qu'ils ont rendez-vous demain soir avec un groupe de parents d'élèves de leurs deux écoles pour annoncer officiellement le retour d'Alexandre. Ils prévoient de faire la même chose avec les voisins de Mireille. C'est l'idée d'Alex, Nadia ne l'approuve qu'à moitié, mais Alex se défend : « Je ne veux pas mentir. Je ne peux pas. Je comprends que tu aies fait ce choix de leur dire que j'étais mort, mais ils doivent savoir la vérité. Qu'est-ce qu'on peut faire d'autre ? Me faire passer pour ton nouveau mec ? Pour un revenant, pour un zombie ? »

Certains voisins et parents d'élèves connaissent mon existence, ce qui rajoute à mon inquiétude.

« Je ne peux pas faire comme si ça n'était pas arrivé. C'est arrivé. Quand bien même je voudrais oublier, je ne pourrais pas. Je dois vivre avec la mort de Cyprien sur la conscience jusqu'à la fin de mes jours. Je suis l'auteur d'un crime, j'ai été puni pour ça, j'ai fait cinq ans de prison, vous ne pouvez pas imaginer ce que ça représente, vous ne pouvez pas imaginer ce que j'ai vécu. Cinq ans de taule pour le meurtre d'un môme de vingt et un ans, ce n'est pas comme cinq ans pour trafic de drogue ou pour un braquage, ça n'a rien à voir. Je vis avec cette culpabilité et cette honte depuis cinq ans, je ne peux pas m'en débarrasser en un claquement de doigts. J'ai besoin que les autres sachent. Au camping, c'est ce que j'expliquais à Nadia, à mes parents, à ma sœur, à Marianne l'amie de ma sœur, et même aux enfants, le plus dur pour moi c'était de croiser tous ces gens qui ne savaient pas. C'était l'intention de mes parents et de Nadia en décidant de m'emmener là-bas, ils voulaient un lieu neutre et paisible pour qu'on se retrouve. C'était une bonne idée, ça m'a fait du bien, mais tous ces inconnus qui me souriaient et qui me prenaient pour un des leurs, c'est-à-dire pour un brave père de famille en vacances, c'était dur à accepter. J'avais l'impression de mentir à tout le monde, j'avais l'impression de m'être évadé de taule et de jouer le type normal alors que je ne suis pas un type normal. Quand tu sors de cinq ans de taule, et avec tout ce que j'ai enduré, tu n'es pas quelqu'un de normal. Je crois que je ne serai plus jamais quelqu'un de normal.

– C'est encore frais, dit Nadia. Dans un an, dans deux ans, ça sera différent. C'est comme ce que tu disais sur l'enfance et l'adolescence tout à l'heure, ça va te paraître de plus en plus loin.

– Peut-être », marmonne Alexandre.

Une chose est sûre, ce n'est toujours pas ce soir que je vais l'entendre rire.

J'y pensais en venant, et j'y pense en repartant au volant du Berlingo malgré le rhum et les trois verres de vin qui ont suivi. Il n'y a plus de douane, j'en ai pour dix kilomètres à peine, je roule lentement. Alex a finalement recouvré ce statut de rival qu'il avait à mes yeux au lycée. Je n'ai pourtant pas eu l'impression de passer une soirée avec l'Alexandre du lycée. C'est à un autre Alexandre que j'ai eu affaire, un Alexandre que j'ai découvert à l'occasion de son procès. Cet Alexandre-là ne rit pas.

37

Je ne suis pas pressé qu'il se remette à rire. Je ne suis pas pressé non plus de le revoir. Je n'en ai pas envie. Je suis bien embêté quand je reçois un message me proposant d'aller me promener avec lui un samedi ou un dimanche après-midi. Nadia l'a prévenu que je passais mes week-ends avec Marion quand elle ne travaille pas et avec Caroline quand Marion n'est pas là, mais Alex a insisté pour m'écrire malgré tout. Il m'aurait couvert d'éloges quand je suis parti l'autre soir, louant mon indulgence et mon écoute. « La famille entière est sous ton charme », ajoute Nadia avec un sourire ironique. Mais ça ne m'amuse pas. Ça me fait chier. Je m'en fous d'être apprécié d'Alexandre. Je trouve étrange de me formuler cette idée aussi nettement, mais non, je ne mens pas, je m'en fous vraiment. Il y a quelques années j'aurais été enchanté de le rejoindre dans ses combats et de me former à ses côtés, j'aurais accueilli cette opportunité comme une chance ; maintenant que j'en ai l'occasion, plus rien de tout ça ne m'excite.

Je voudrais au contraire qu'il reparte loin, le plus loin possible de moi. Quand on y pense, l'influence de ce type sur ma vie est démente. Ce type avec lequel je n'ai rien partagé d'important et que j'ai finalement peu fréquenté est à l'origine de tous les tournants décisifs de mon existence. S'il n'avait pas donné ce coup de planche mortel au jeune Cyprien, je n'aurais pas recontacté Nadia. J'habiterais depuis trois ans à La Réunion avec Héloïse et on aurait au moins un enfant. S'il ne s'était pas tapé l'incruste dans ma petite bande d'amies en terminale, je ne serais pas parti à Dijon. Je n'aurais rencontré ni Magali ni Héloïse. Aujourd'hui je parlerais anglais et je serais l'unique membre masculin d'un groupe de rock qui, par la faute d'Alexandre, là encore, n'a jamais pu faire sonner le moindre riff de guitare.

Ou bien je serais marié avec Mélanie, ou avec Séverine. Le groupe aurait rapidement splitté, à peine le temps d'enregistrer une première maquette. Je bosserais comme berger en Irlande.

Ces dernières années il m'est arrivé d'aller fouiller sur internet pour savoir ce qu'elles devenaient les unes les autres. Maïa est graphiste à Lyon, elle a un site à son nom. Mélanie a l'air de bosser dans le social à Lons. Audrey vit elle aussi toujours dans le Jura.

Je ne sais pas si j'aimerais les revoir. Parfois je nous imagine nous réunir tous ensemble et faire la fête comme à l'époque, mais c'est une idée qui peut aussi me terrifier. Il faudrait un prétexte à ce rassemblement, une commémoration. Il faudrait un événement qui impose la situation, un événement grave. Mais si l'une d'entre elles mourait demain, je ne serais pas convié aux obsèques. Je n'en serais même pas informé. Je le découvrirais deux ou trois ans plus tard lors d'une nouvelle soirée d'errance en ligne accompagné d'une bière et je me mettrais à chialer tout seul comme un con devant mon ordinateur et ça serait un peu minable. Je baigne depuis quelques jours dans ce climat que je pourrais qualifier de nostalgique, non, ce n'est pas de la nostalgie, un climat entre tristesse et ennui, appelons ça un léger cafard, et c'est encore de sa faute à lui, j'en suis sûr. C'est lui qui m'a mis tout ça dans la tête, quand il a commencé à parler de nos adolescences et de nos enfances qui rapetissent à mesure qu'on avance dans la vie. D'un point de vue arithmétique, on ne peut pas lui donner tort. Mais bizarrement, en ce qui me concerne, j'aurais presque l'impression inverse, l'impression que plus je vieillis et plus mon enfance et mon adolescence accroissent leur territoire.

Je ne peux pas dire que cette histoire avec Nadia m'aide particulièrement à grandir. Je ne m'en plains pas. Je ne voudrais pour rien au monde me transformer en un de ces adultes installés et remplis de certitudes. Elle non plus n'est pas pour rien dans ce que je ressens ces derniers temps. Ce cafard, ce bourdon qui me prend le soir quand je rentre dans mon appartement et que je me retrouve seul. Elle est moins disponible qu'en août. Elle ne répond plus aussi vite à mes messages. Elle est parfois tendue, pas toujours sympa avec moi. Elle finit par me reprocher de ne pas avoir accepté l'invitation d'Alex.

On en a parlé tous les deux, et elle comprenait que je n'aie pas envie de le revoir. C'est lui qui ne comprend pas. Il l'a mal pris. D'autant que je travaille à côté de chez eux. Il croyait qu'on allait nouer une relation d'amitié, et c'est une nouvelle déception pour lui. Mais je ne veux pas devenir son ami.

Nadia m'apprend qu'il ne se sent pas bien chez Mireille. Elle ajoute que si j'acceptais de le voir, ça donnerait pour lui un peu plus de sens au fait de continuer à habiter ici, au Sentier.

Alors je cède. Je le relance et je m'excuse d'avoir autant tardé et j'invoque des raisons personnelles et professionnelles bidon, et il me répond dans la foulée, enthousiaste, et me propose de m'emmener marcher un dimanche après-midi dans la forêt du Risoux.

Il me donne rendez-vous exactement à l'endroit où je retrouvais Nadia il y a quatre ans, avant La Réunion, avant le procès. Je fais comme si je n'étais jamais venu ici. Je me suis rappelé une remarque de Nadia sur les promeneurs à chiens dans les zones protégées et je ne les ai pas pris avec moi. De toute façon, mon vieux Mistral ne sort presque plus, c'est la dégringolade pour lui. Nadia m'a conseillé de le montrer à Alexandre, je lui ai dit en rigolant que je ne préférais pas, que c'était risqué. Elle a rigolé aussi. Mistral n'est pas malade, il est simplement très vieux. J'aimerais le retrouver mort dans son panier un matin, et s'il se met à souffrir je l'emmènerai à faire piquer, bien sûr, mais j'irai chez le véto aux Rousses.

La première neige est tombée la semaine dernière, il n'en reste rien. Alexandre vient se promener ici presque tous les jours. Souvent il s'assied sur une souche et passe des heures sans bouger, il voit des biches, des renards, des chouettes chevêchettes, des gélinottes. Il s'arrête devant un tronc de hêtre dans lequel il a localisé un trou à quatre ou cinq mètres de hauteur, ramasse un morceau de bois et se met à le frotter sur l'écorce grise en levant la tête en direction du trou. Il me promet une apparition, et je ne lâche pas le trou des yeux. Ça dure un moment, quatre ou cinq minutes. Personne ne se montre à la fenêtre. Alex balance son bout de bois dans les feuilles mortes et rejoint le chemin en prenant un air peiné. Il ne se rend pas. Il recommence deux cents mètres plus loin avec le même genre d'arbre pourvu du même genre de trou. Rebelote, pas le moindre bec crochu n'en sort. Quand ça veut pas. Je lui dis qu'il doit y avoir un colloque réunissant toutes les chouettes de la forêt quelque part et qu'on va peut-être tomber dessus, et comme il ne bronche pas, je me sens débile avec mon idée à la Bambi, et c'est vrai qu'il me fait l'effet d'un enfant, malgré ses quasi deux mètres, sa grosse voix grave, il me donne l'impression d'un gamin chiffonné, un gamin qui boude. Il n'a pas l'air spécialement ravi de ma présence, finalement. J'aurais peut-être dû me méfier. Je me mets à flipper. Je m'en veux de ne pas avoir pris au moins un Opinel avec moi. Le scénario se déroule à toute vitesse dans ma tête : il m'emmène jusqu'à un endroit précis où il a creusé une fosse dans laquelle il va me jeter après m'avoir assommé à coups de pelle, il va carrément m'enterrer vivant, le con. Le pire c'est que je ne décampe pas, je continue à marcher avec lui, tout en jetant quelques coups d'œil discrets à son visage de profil, ses grosses joues qui tombent, ses yeux cernés. Je n'arrive pas à savoir. Peut-être qu'il ne boude même pas. Peut-être qu'il n'en veut ni aux chouettes ni à personne, et qu'il est très heureux de se balader dans la forêt avec moi. C'est autre chose. C'est sûrement moi. C'est sûrement ce que je sais de lui et qu'il ignore, enfin je veux dire que ce serait son statut de cocu qui me le fait voir aussi désappointé. Est-ce que je ne ressentirais pas quelque chose comme de la pitié à son endroit ? Ce mec m'aura vraiment inspiré tous les sentiments humains possibles et imaginables. Il se tourne vers moi, me dégaine un grand sourire.

« C'est quand même fou que tu ne sois jamais venu dans ces bois. »

Je me retends aussitôt.

« Ah bon, pourquoi ?

– Vu que t'habites à côté… »

Je lui dis que je vais plutôt en face, ou plus bas. J'ajoute qu'hier matin je suis monté à la Dôle, que j'ai mangé un sandwich au sommet.

« T'as toujours été un sportif, toi.

– Un sportif ?

– Au lycée, tu courais vite.

– Ah non, je courais très lentement.

– T'avais pas gagné le cross, en terminale ?

– Ah, tu parles du cross. Je n'avais pas gagné, mais t'as raison, je n'étais pas mauvais en course de fond. Par contre, en course de vitesse, j'ai toujours été une énorme quiche. »

Je me rends compte qu'il ne m'écoute déjà plus.

Le soir du repas chez Mireille, il m'a demandé si je voyais toujours des lynx dans les bois et j'ai évoqué ma dernière rencontre avec la bête, en redescendant du Reculet il y a cinq ans, mais j'ai rapidement compris qu'il se foutait de ma réponse. Il se passe à peu près la même chose aujourd'hui, il parle, il mentionne un souvenir qui me concerne, mais il n'est pas vraiment avec moi. Il ne réagit pas à ce que je dis. Dès que j'aligne plus de trois phrases, il s'évade. Il ne s'intéresse qu'à ce qu'il raconte. Il évoque cette résistante, Victoria Cordier, qui pendant la guerre a aidé près de cent personnes à rejoindre la Suisse en traversant la forêt du Risoux, celle-là même dans laquelle on se balade en toute innocence. La frontière était ultra surveillée par les Allemands et par les douaniers. Victoria partait de la ferme familiale à Chapelle-des-Bois où avec sa mère et ses sœurs elle recueillait les réfugiés, principalement des Juifs, et elle opérait de nuit, bravant parfois des tempêtes de neige et escaladant les petites falaises de roche calcaire côté français pour les acheminer en territoire libre. Alexandre connaît son histoire sur le bout des doigts, il a lu un bouquin écrit par Victoria, il sait même que sa sœur à Victoria fabriquait des fausses pièces d'identité à Champagnole. J'en viens à me demander s'il me raconte tout ça pour me rappeler que je l'ai accusé d'antisémitisme au lycée. Ce n'était pas des accusations d'antisémitisme. Il ne les a jamais considérées comme telles. Je ne suis pas sûr qu'il s'en souvienne. Tout au plus, il doit se souvenir que j'ai viré tête de con dans le courant de l'année. Il a vite oublié. Il s'en balance. Il s'en balançait déjà à moitié à l'époque.

Je n'ai pas oublié parce que c'est moi qui ai merdé. On se souvient de ce qu'on rate. Enfin, je ne sais pas pour les autres, mais moi, ce sont les échecs qui me marquent, tout ce qui n'a pas marché, tout ce à côté de quoi je suis passé. Je ne sais pas si je pourrais vivre avec un meurtre sur la conscience. Je crois que je deviendrais fou. Comme le préconisait Nadia, je m'enfermerais probablement dans le déni.

Alex en parle de moins en moins. Les premiers temps après sa sortie il n'y avait pas une heure sans qu'il ne prononce le nom de Cyprien. Mais Nadia m'a dit que ça s'est vite tassé, qu'il a eu besoin de régler un problème de légitimité quand il a retrouvé sa liberté et qu'il a fini par comprendre que ça ne sert à rien de lui répéter dix fois par jour qu'elle vit avec un assassin. Elle le sait, elle non plus n'oublie pas, elle n'oubliera jamais, les gens qui sont au courant ne peuvent pas oublier ça.

Il n'en parle pas de tout l'après-midi, et je ne lui pose aucune question. Au moment de se quitter il entoure ma main entre les deux siennes, comme un homme politique qui fait mine de recueillir une parole précieuse, sa manière à lui de me signifier qu'il a été content de ce temps partagé.

38

Je revois Alex deux semaines plus tard, au Sentier. Je rentre cinq minutes pour saluer Mireille et les enfants, et on ressort à trois, Nadia, Alex et moi, et je monte à l'arrière de la Dacia. C'est lui qui conduit, il prend la route de Mouthe pour nous emmener dans cette même forêt du Risoux mais sur son autre versant. Il se gare devant la fromagerie de Chapelle-des-Bois et on part à pied en direction de la Roche Champion. Il veut me montrer quelque chose qu'il a découvert en se promenant seul. Nadia sait de quoi il s'agit, bien qu'elle ne l'ait pas vu. On traverse plusieurs champs enneigés pour atteindre la lisière de la forêt. Alex se met à fureter en donnant des coups de pied dans des tas de branches, il s'énerve, il serre les poings, il ne retrouve pas ce qu'il voulait me présenter.

« C'est plutôt une bonne chose », dit Nadia.

Il n'entend pas.

« Vous devriez me dire ce qu'on cherche, comme ça je pourrais vous aider. »

Il sort son téléphone.

« J'ai failli te l'envoyer… »

Et il brandit le petit écran sous mes yeux : je découvre la photo d'une mâchoire en acier grande ouverte et posée sur l'herbe, un piège à loup.

« Tu crois ça, toi ? On est en 2025. On n'est plus au Moyen Âge, quoi. »

Il m'explique que le piège était relié avec une grosse chaîne à la base d'un sapin et qu'il n'a pas pu le récupérer. Il a balancé une branche morte dessus pour le faire claquer puis l'a recouvert avec d'autres branches histoire que celui qui l'a installé prenne conscience qu'il n'a pas que des amis ici.

Il n'est pas allé porter plainte à la gendarmerie, et c'est pour ça qu'il nous a emmenés, pour qu'on constate sur les lieux et qu'on y aille à sa place. Je ne vais pas prendre la défense de ce braconnier dont la pratique est un bien triste anachronisme, mais je n'ai pas tout à fait le même avis que lui sur la question du loup. Pour Alex, le loup est un pilier de la biodiversité, et comme tous les grands prédateurs il est indispensable au maintien de l'écosystème. Sur ce point on est d'accord, ce n'est pas ce que je remets en cause. Alex juge aberrante la politique de régulation décidée par le préfet, qui a entraîné cette année la première battue dans le massif et la mort d'une meute complète, c'est-à-dire un couple reproducteur, deux subadultes et six louveteaux. Là encore, je peux entendre ses arguments. C'est juste que je pense aux éleveurs. Je comprends leur désarroi et leur colère. Je me sens proche d'eux. Et je pourrais tenter de répliquer en leur faveur, mais je ne dis rien. Aujourd'hui, avec Alex et Nadia, je veux surtout éviter toute forme de conflit. Je me contente de faire en sorte qu'ils aient l'impression que je suis pleinement de leur côté.

Pendant tout le XXᵉ siècle, le massif du Jura n'a presque pas abrité de loups. Les premiers revenants ont été repérés il y a plus de dix ans, puis quelques meutes ont été identifiées, désormais la population ne cesse pas d'augmenter. Comme partout, depuis toujours, le sujet est sensible. Le loup était clairement une menace pour le troupeau lors des deux étés que j'ai passés avec Pierre dans le Mercantour, et Pierre a procédé à plusieurs tirs d'effarouchement. Je ne milite pas pour l'éradication de l'espèce, loin de là, je pense simplement que les éleveurs doivent pouvoir se défendre. Si je me remettais à garder des troupeaux, je passerais le permis de chasse pour être autorisé à avoir un fusil. Je crois que j'aurais du mal à tirer sur une bête, mais je supporterais tout aussi difficilement de trouver mes brebis saignées au petit matin.

Le boulot me manque. La montagne au quotidien me manque. La vie dans un de ces chalets en pierre, à l'opposé de mon petit appart aseptisé. Cela fait trois ans que je n'ai plus gardé de troupeau. J'ai conscience de m'être un peu oublié professionnellement. Parce que je voulais être le plus disponible possible pour Nadia. Je n'arrivais à rien planifier, je ne savais pas où on allait – je ne le sais guère plus aujourd'hui –, mais je commence à en avoir ma claque de ces journées à remplir des caisses de montres à plusieurs milliers de francs suisses pour de riches Saoudiens ou des gouverneurs californiens. Je gagne bien ma vie, je mets de l'argent de côté, mais dans quel but ? Je commence à en avoir ma claque de cette situation bizarre, de cette situation qui n'avance pas, en tout cas pas dans le sens que je souhaiterais.

39

Mi-décembre, je reçois ce message de Nadia : *Alex veut t'inviter à Noël, avec Marion…*

Nadia s'est parfois demandé s'il ne faudrait pas solliciter une actrice qui jouerait Marion, au moins le temps d'une soirée. Mais on aura du mal à trouver quelqu'un de libre pour le réveillon de Noël.

Je ne veux pas passer Noël chez moi avec mes chiens ou, pire, chez mes parents, tout en sachant que Nadia est avec Alex et les enfants. Elle échafaude un petit plan, en annonçant que je viendrai avec Marion.

Le 24 au soir j'arrive seul chez Mireille. Nadia envoie Alexandre m'accueillir, il se tortille dans tous les sens sur le paillasson pour tenter d'apercevoir une silhouette qui s'approcherait derrière moi, je l'arrête en dressant l'index et lui apprends que Marion n'est pas là. Je lui dis qu'on s'est disputés et qu'elle est partie sur un coup de tête fêter Noël dans sa famille, en Bourgogne. Manière d'amorcer l'idée d'une rupture avec elle, au cas où Nadia se déciderait à quitter Alexandre pour me rejoindre. Mais de ça aussi j'en ai ras le bol, ces petites magouilles de collégiens, et je ne me sens pas très à l'aise en accrochant mon anorak au porte-manteau surchargé.

Si je suis loin d'être le seul invité de la soirée, je suis le seul véritable étranger, plus qu'une pièce rapportée, un intrus. Alex me présente sa sœur Fanny, sa compagne Marianne et leur fille de cinq ans Anaë. Les parents d'Alex, que j'ai déjà croisés, m'embrassent tous les deux en me serrant si fort dans leurs bras que je manque de lâcher le sac en papier dans lequel je trimballe mes deux bouteilles de champagne. Je retrouve Mireille et Nadia dans la cuisine et me débarrasse de mes emplettes. Assistées de trois hommes et une femme que je n'ai jamais vus, elles préparent l'apéro, un assortiment de toasts et de verrines vegan. Nadia me présente ses deux grands frères. Franck, l'aîné, paraît le plus jeune des deux, il n'a pas d'enfant. Il est avec son mari, Virgil, et je vois à leurs yeux qu'ils sont contents de me rencontrer. J'imagine qu'ils attendaient mon arrivée. Je sais qu'ils sont au courant de notre liaison et de nos astuces pour duper Alexandre, du coup je ne dis rien sur Marion. Stéphane est lui aussi dans la confidence, tout comme sa femme Karina, qui est hollandaise et beaucoup plus jeune que lui. Leurs deux enfants sont à l'étage avec Elliot et Lila, leurs cousins, qu'ils ne voient pas souvent car Stéphane et Karina vivent dans le sud de l'Italie. Il y a donc deux camps, la famille de Nadia et celle d'Alex. En conservant la même répartition, il y a ceux qui savent, et ceux qui me prennent pour un simple ami.

Les deux camps au complet se rassemblent dans le salon décoré et illuminé comme il se doit. Alexandre, dont c'est le premier Noël en famille depuis six ans, s'est occupé ces derniers jours de fabriquer des pochoirs avec les enfants, et chaque fenêtre est ornée d'un flocon et d'une bougie détourés à la neige artificielle. La plupart des guirlandes sont faites maison. Le sapin est en pot, il ne sera pas planté dans le jardin mais rendu à un paysagiste qui se chargera de le remettre en terre en forêt. La musique sonne un peu western, un chanteur américain qui s'accompagne à la guitare sèche, j'ai beaucoup écouté ce genre de truc avec Nadia, elle en a gavé mon smartphone de playlists et d'albums téléchargés.

Alexandre est au centre. Sa sœur et sa belle-sœur, ses parents, sa belle-mère et tous les autres ne le lâchent pas des yeux, lui sourient tendrement, Nadia lui caresse la cuisse. C'est Stéphane qui le premier lève son verre, pour son beau-frère, on trinque à son retour parmi nous. L'idée me traverse qu'Alex pourrait gâcher l'ambiance en demandant à porter un toast à la mémoire de Cyprien, mais il n'en fait rien. Il a l'air bien, il a déjà un peu bu et ça doit l'aider à apprécier le moment. Les enfants repartent jouer, sauf la petite Anaë qui ne veut pas lâcher ses deux mamans. L'atmosphère est détendue, ça papote, ça plaisante, ça rigole, et même Alexandre rit. Sur le coup je n'y prête pas attention. Mais oui, c'était bien lui. Il a ri. Alexandre a ri.

Il rit encore. Je l'observe qui se marre en se penchant au-dessus de la table pour attraper une olive verte, et comme j'avais fini par le supposer, en effet, son rire n'a rien à voir avec le mien. Ou bien c'est l'inverse, le mien qui n'a rien à voir avec le sien. En tout cas, on ne rit pas du tout de la même façon. Nos deux rires sont portés par la même sorte d'énergie, et c'est donc ça que je lui ai piqué, seulement ça, cette énergie, mais on en fait chacun quelque chose de totalement différent. Parce qu'on n'a pas la même voix, tout bêtement.

Ce soir, je me contente de sourire en regardant les autres s'agiter. J'écoute les conversations, j'écoute Alex, j'écoute Marie-Claire, sa mère, et j'écoute surtout Michel, son père, de loin le plus loquace de toute l'assemblée. Si Alex tient sa voix et ses intonations de sa mère, c'est de son père qu'il a hérité son aplomb. Michel n'a pas besoin de s'exprimer vite et fort pour attirer l'attention sur lui. Il prend son temps, il ne regarde pas toujours son interlocuteur. Le genre de personne à qui on peut légitimement reprocher de *s'écouter parler*.

Quelqu'un me tape sur l'épaule comme pour me réveiller, c'est Nadia qui me propose de l'accompagner fumer une cigarette dehors. Je remplis ma flûte avant de la rejoindre sur le seuil.

Il neige sans s'arrêter depuis ce matin, les voitures sont toutes recouvertes et la cour et le jardin forment un immense matelas duveteux autour de la maison.

« Ce n'est pas évident pour toi, non ?

– Je ne te le fais pas dire. J'ai l'impression d'être plongé dans un monde parallèle, une partie de ta vie à laquelle je n'avais pas accès et dont je suis totalement étranger.

– C'est Alex qui a insisté. Ce n'était peut-être pas une bonne idée. Bon, je suis désolée par avance, mais j'ai un truc encore plus gênant à te demander. Marianne veut une apparition du père Noël. Marianne, la femme de la sœur d'Alex. Elle a toujours fait comme ça et elle n'imagine pas que ça puisse être autrement. Alors on voudrait savoir si tu accepterais de jouer le père Noël… »

Je suis celui dont l'absence risque le moins d'être remarquée par les enfants, je comprends leur choix.

« Elle a apporté le costume, il y a tout ce qu'il faut. T'as juste à te montrer dans le jardin, tu t'approches, tu rentres dans la maison cinq minutes et tu dis quelques mots aux enfants et puis voilà.

– Je distribue les cadeaux, j'aurai une hotte ?

– Pas de hotte. Les cadeaux, quelqu'un les mettra sous le sapin pendant qu'on sera avec toi. »

Elle m'avait prévenu qu'ils n'ouvrent pas les cadeaux le 25 au matin, comme je l'ai toujours fait avec mes parents, mais le soir après minuit.

« Je suis vraiment désolée, John. Si ça te fait chier, on peut demander à Virgil…

– Ça va. Je ne me suis jamais déguisé en père Noël, il faut une première à tout. »

J'avale mon champagne cul-sec et me ressers dès mon retour à l'intérieur. Nadia chuchote à l'oreille d'Alexandre, lequel fait ensuite des signes de tête à sa sœur, qui finit par m'adresser un sourire aimable. Tout le monde est content.

J'espère quand même qu'ils ne m'ont pas invité seulement pour ça. *T'aurais pas un gentil larbin sous la main pour faire le papa Noël…*

Ce sont les circonstances. Et ce n'est pas bien méchant. J'applique pour moi le discours de l'adulte sensé qui dédramatise une situation aux yeux d'un enfant…

À propos d'enfant, à l'occasion d'un passage éclair pour se ravitailler en chips et cacahuètes,

Elliot s'immobilise devant moi : « T'as l'air stressé, John.

– Ah bon ?

– Bah oui, quand t'es stressé, t'es tout rouge et t'as les veines qui gonflent vers les oreilles, et là t'es tout rouge et t'as les veines gonflées... »

Je n'ose pas lui dire que c'est plutôt un effet de l'alcool. J'en profite pour me servir un verre de jus de pomme.

Mireille annonce qu'il est l'heure de passer à table. Pour remplacer la dinde, Alexandre a concocté un hachis Parmentier aux lentilles. Il consacre dix minutes à nous détailler sa recette, pour laquelle il a utilisé des patates douces, des patates normales, du lait de soja, des carottes, des oignons et des lentilles vertes évidemment. Je dis que Jacqueline, ma collègue de boulot, me parlait l'autre jour d'une recette pour faire du foie gras vegan, et ils s'exclament tous en même temps : « Ah là là... » Et j'apprends que pendant des années Alexandre en préparait pour chaque réveillon de Noël, à base de purée de marrons et de noix de cajou, et que cette année tout le monde s'attendait à retrouver son célèbre foie gras sans viande. D'après Franck, c'est même uniquement pour ça qu'ils ont fait le déplacement. Mais Alexandre a voulu tester de nouveaux plats. D'ailleurs il s'est occupé de tout ce soir, de l'apéro jusqu'au dessert.

Il promet que l'année prochaine il refera son foie gras. Franck, encore lui : « Il faudra revenir, John », et je souris pour ne pas le vexer. Mais je préférerais ne pas fêter Noël avec eux, l'année prochaine. Ou alors sans Alexandre.

La bûche est donc sans lait de vache et sans œuf, tout comme le champagne, heureusement, dont on ouvre la septième bouteille de la soirée, une des miennes, que j'ai achetées à Intermarché en venant. Il est minuit passé, Nadia se fend d'un festival de mimiques pour me faire comprendre que ça va être à moi d'entrer en jeu. Je m'éclipse discrètement et rejoins la chambre de Mireille, où dans le dernier tiroir de la commode je trouve la combinaison en velours pliée dans un emballage en plastique. Ah non, ce n'est pas du velours, en fait. Pas du coton non plus. Une sorte de feutrine usée. Que j'enfile en faisant de mon mieux pour recouvrir chaque parcelle de ma tenue d'origine, un jean bleu clair et un gros pull. Je gagne la petite salle de bains attenante pour m'occuper de la barbe. On frappe à la porte, Nadia se faufile : « Tu t'en sors ? » Elle entre, s'approche, vérifie le costume, puis m'aide à positionner la barbe sur mes joues, sous mon nez, autour de ma bouche. Elle m'embrasse sans prévenir, se colle à moi, attrape mes épaules, je lui dis de faire attention à ne pas déchirer ma tenue. « Oui, t'as raison. » Elle m'embrasse encore. « C'est le déguisement qui te plaît autant ?

– Évidemment. Ce n'est pas tous les jours qu'on a l'occasion de rouler une pelle au père Noël. »

Elle manipule une dernière fois ma barbe, mon bonnet, prend du recul. Elle a ce regard gêné que je lui ai découvert récemment, un regard qu'elle ne m'adresse qu'en présence d'Alex et auquel je trouve quelque chose de très érotique. Elle a peur qu'il débarque dans la chambre. C'est peut-être ce qu'il faudrait.

Elle jette un œil à son reflet dans le miroir, se passe la main dans les cheveux, elle y retourne.

J'enjambe la fenêtre pour me retrouver derrière la maison et j'attends que les parents rameutent la marmaille devant la baie vitrée du salon. Quand Nadia me donne le top départ par SMS, je m'élance dans le jardin, sous la neige, déclenchant au passage l'éclairage automatique sur la façade. Je me mets à courir au ralenti, en essayant d'accomplir de grandes enjambées, je ne sais pas si c'est ce qu'ils attendent de moi, j'agis à l'instinct. J'enchaîne les tours de jardin, passant d'un arbuste à un autre, bougeant les bras comme un danseur, osant même quelques vagues, quelques sauts. Au bout de trois minutes à gesticuler comme un bienheureux, ça devait finir par arriver, je me vautre dans la neige. J'ignore comment je fais pour m'emmêler les guiboles, mais je tombe en avant et m'étale de tout mon long, les bras écartés et la face dans la poudreuse. En plus elle est collante, ce n'est pas de la neige fondue. Je perçois des cris derrière les vitres du salon, des cris qui ont l'air plutôt joyeux, des cris et des éclats de rire. Je me réfugie derrière le noisetier pour frotter mon déguisement et mon visage et remettre en place ma barbe blanche, et me relève et me rapproche de la maison. J'ai droit à une véritable ovation. Plus de la moitié des convives sont sortis sur la terrasse, sans écharpe ni manteau si bien qu'ils se soufflent dans les mains et se frottent les pectoraux tout en me pressant de les rejoindre. « Père No-ël. Père No-ël. » « Viens là, père Noël. » Je reconnais la voix d'Elliot. « Vous avez besoin d'aide, papa Noël ? » Cette fois c'est Nadia. Je réapparais dans la zone éclairée et secoue la main pour qu'ils comprennent que tout va bien, oui. « Ouf, il est pas mort », lâche Elliot, provoquant l'hilarité générale. J'accélère le pas jusqu'à me mêler au petit groupe, acceptant l'invitation d'Alexandre à entrer cinq minutes avec eux.

« Alors, père Noël, on ne tient plus debout ? »

J'essaie de prendre une voix grave et solennelle : « Le père Noël est fatigué. Il fait de son mieux pour voir les enfants du monde entier…

– Mais père Noël, tu n'auras pas le temps. Il y a trop d'enfants sur terre. »

Stéphane vient à ma rescousse : « Le père Noël est un peu magicien, tu sais.

– S'il était magicien, il ne serait pas tombé dans la neige. »

Ça rigole jusqu'au fond de la salle à manger.

« On ne se moque pas du père Noël, dis-je en durcissant ma voix. Si tu continues, je vais garder tes cadeaux pour moi. »

Je crois reconnaître un ricanement d'Alex.

« Toi, tu t'appelles Elliot, c'est ça ?

– Bah oui. Comment tu sais mon prénom ? »

Je jette un œil à Nadia pour m'assurer que je n'aie pas dit une connerie. Elle est focalisée sur la petite Lila et ses plus jeunes cousins qui m'observent en oscillant entre inquiétude et émerveillement.

« Je connais les prénoms de tous les enfants. Je connais le prénom de ta sœur, Lila…

– Et ceux de mes cousins ?

– Tes cousins… Stelio…

– Et Maruschka, bien sûr qu'il les connaît, s'interpose Stéphane, anticipant parfaitement la situation.

– Sans oublier Anaë, fait Marianne.

– Anaë, mais oui…

– Et les copains de ma classe, tu sais comment ils s'appellent ? reprend Elliot.

– Je t'ai dit que je connaissais tout le monde.

– Ils s'appellent comment, alors ?

– Allez, Elliot, lui fait sa mère en tempérant son ardeur d'un geste de la main. Le père Noël va devoir nous laisser. Il a beaucoup de travail, cette nuit. Est-ce que quelqu'un veut faire un bisou au père Noël pour lui souhaiter bon courage ? »

La petite Maruschka, Elliot et Lila s'approchent, et je leur dépose à chacun un petit mimi sur la joue, avant qu'ils repartent s'agripper aux cuisses de leurs parents. Sauf Elliot, bien sûr. Qui me murmure à l'oreille : « Je sais que c'est toi, John. » Je lui envoie un petit clin d'œil complice.

Dix minutes plus tard, à mon retour en civil dans le salon, ils sont tous affairés à déballer les cadeaux autour du sapin. « T'as été parfait », me dit Franck. « Pour la prochaine fois, il faudra juste prévoir une paire de raquettes... », ajoute Alex. Parce qu'ils s'imaginent que je vais jouer le père Noël pour leurs mômes chaque année ?

Je n'ai rien apporté pour Elliot et Lila, Nadia me l'a interdit, en arguant qu'ils seront bien assez gâtés. Les enfants ouvrent leurs cadeaux les uns après les autres en suivant un ordre établi par tirage au sort, permettant de profiter du moment et de voir ce que chacun reçoit, une autre tradition familiale, qui n'a rien à voir avec la façon dont ça se passait chez moi : le matin, baignés par les odeurs de café et de cigarette, on déchiquetait nos emballages tous en même temps dans une joyeuse anarchie, cousins et cousines et oncles et tantes confondus, et quand on était à La Rivière on balançait tous les cartons et papiers froissés dans la cheminée du salon et ça sentait limite le pneu brûlé et on s'en foutait complètement. Ensuite, j'ai fêté Noël avec Magali et ses parents, ou bien avec les miens, puis avec Héloïse. Ces trois dernières années je suis resté seul.

Le principe du tirage au sort ne concerne que les enfants, les parents ouvriront leurs cadeaux plus tard – je n'ai rien apporté pour les adultes non plus.

À chaque nouvel objet dévoilé, Michel, le père d'Alex, se targue d'un commentaire : « C'est nous qui l'avons acheté, celui-là, non ? » « Ah, ça, c'est le genre de cadeau qui ne coûte pas cher... » Elliot n'a plus que deux paquets à ouvrir. « Et celui-ci, c'est encore moi, lance Michel.

– C'est le père Noël, enfin », lui retourne sèchement Fanny.

Michel fait mine de ne pas entendre.

« Tu verras, Elliot, c'est l'histoire d'une petite fille très intelligente, beaucoup plus intelligente que ses parents, qui va se découvrir des dons de psychokinésie, c'est-à-dire qu'elle arrive à déplacer des objets sans les toucher.

– Ne lui raconte pas tout, fait encore Fanny.

– J'adorais ce livre quand j'avais ton âge », fait Michel.

Elliot pose le bouquin négligemment et s'attaque à son dernier cadeau.

« Je crois que c'est encore un livre, dit-il avec un air blasé.

– C'est qui, celui-là ? fait Michel.

– *Les Merveilles…*, lit Elliot.

– Tu as mal lu, fait Nadia. Regarde mieux.

– *Les… Vermeilles.*

– C'est de la part de qui ? C'est toi, Fanny ?

– Mais chut, papa…

– J'ai que des livres de filles, lâche Elliot en ronchonnant.

– Qu'est-ce que tu racontes, s'exclame Fanny. Ce n'est pas un livre de filles. C'est un livre pour tout le monde.

– Alors c'est toi, Fanny », fait Michel.

Et c'est maintenant au tour d'Anaë d'ouvrir ses paquets. Marianne l'accompagne jusqu'au pied du sapin.

« Tu devrais la laisser faire toute seule, lui lance Michel.

– Et toi, tu devrais fermer ta grande bouche », répond Alex.

Michel se retourne brusquement vers son fils, il ne s'attendait visiblement pas à se faire reprendre de la sorte.

« Si tu pouvais te taire un peu, oui, ça ne nous ferait pas de mal. T'es pas tout seul, là.

– Qu'est-ce que j'ai fait, encore… », bougonne Michel en s'éloignant pour aller s'asseoir dans le canapé, au milieu du salon.

Alex se rapproche de sa sœur. Ils ont l'air très remontés contre leur père. Nadia tente de les apaiser, et ça ne marche pas. Marie-Claire vient s'en mêler et là, immédiatement, ça explose. Marianne bondit avec sa fille dans ses bras : « Mais enfin, qu'est-ce qui vous arrive? » Alex s'excuse auprès de sa belle-sœur : « Je suis désolé, Marianne, c'est peut-être pas le moment, j'ai bu et je suis énervé. Mais j'en ai marre.

– T'en as marre de quoi? fait Franck.

– J'en ai marre de l'attitude de cette personne-là, dit Alex en désignant son père.

– Et voilà, c'est ma fête, maugrée Michel.

– Non, justement, ce n'est pas ta fête. C'est la fête des enfants. J'en ai marre que tu ne respectes pas leurs croyances. On n'entend que toi. T'as toujours quelque chose à dire. Et tel cadeau, combien je l'ai payé. Et *Matilda* c'était mon livre préféré quand j'étais petit… »

Marianne, Stéphane et Karina emmènent les enfants à l'écart en faisant les gros yeux pour inviter à baisser le volume des échanges.

« T’as aucun respect pour leur sensibilité. On dirait que tu le fais exprès, que t’as juste envie de casser leur rêve. »

Michel se lève du canapé, plein de morgue et d’assurance : « Oh mais ne t’en fais pas pour eux. Les enfants entendent bien ce qu’ils veulent entendre. »

L’argument agace Alex.

« Toi, ils t’entendent, oui. »

Alex quitte le salon et va s’isoler dans la cuisine. Nadia et Fanny le suivent, Franck aussi. Mireille et Marie-Claire se décident à les rejoindre à leur tour. Je fais de même. Je me tape l’incruste sans demander l’autorisation, je me réfugie dans cette cuisine où Alexandre est assis à table, au centre des regards. Nadia est à ses côtés, elle lui masse la nuque. Les autres restent debout. Je m’adosse au frigo.

Alex a l’air dépité : « C’est comme après un long voyage, quand tu passes un an à l’étranger et que tu reviens transformé par l’expérience que tu as vécue, et que tu retrouves tes proches et qu’ils n’ont pas changé, eux. Je viens de passer cinq ans en prison, et le plus dur c’est de retrouver le même monde qu’avant. Je viens de passer cinq ans en taule et mon père est toujours aussi narcissique, il est même pire qu’avant. Je me faisais une telle joie de fêter ce Noël avec vous, avec vous tous. Ça a été tellement dur de ne pas être avec les enfants. Pendant cinq ans mes enfants ont fêté Noël sans moi. Je voulais me rattraper cette année. Je me suis démené toute la semaine, j'ai tout préparé, j'ai tenu la baraque. Je suis dégoûté. Rien n'a changé et je suis dégoûté de le constater. Papa qui ne peut pas s'empêcher de tout commenter. Nous qui subissons le moment pour ne pas le vexer. Je trouve ça décevant. Ouais, je suis déçu. »

Nadia l'enlace des deux bras, elle est quasi blottie contre lui.

« Et puis je suis bourré.

– T'es pas le seul, dit Franck.

– Non mais franchement, vous pensez que j'exagère ? Vous ne le trouvez pas insupportable, vous ?

– On est parfaitement d'accord avec toi, dit Fanny.

– Il a toujours été comme ça, fait Marie-Claire en hochant la tête.

– Il n'y en a que pour lui. Il ramène tout à sa petite gueule. À côté de ça, il n'a même pas été capable de dire un mot au procès.

– Il était pétrifié, retourne Marie-Claire à son fils.

– Ah, il était pétrifié. Bullshit…

– Ton père a vraiment souffert de tout ça.

– Il a surtout flippé pour sa réputation. Il est incapable d'une vraie compassion. Il n'a pensé qu'à se protéger lui.

– Alex, tu vas trop loin.

– C'est ça, oui, je vais trop loin. Je fabule. »

Son père entre dans la cuisine et Alex s'interrompt. Plus personne ne parle. Michel nous dévisage un à un. En passant sur moi il fronce furtivement les sourcils, l'air de dire : tu ne veux pas te mêler de ton cul, toi. Je sors de la pièce sur la pointe des pieds. Dans le salon, les enfants se sont remis à déballer leurs cadeaux, entourés de quelques adultes. J'attrape mon anorak, et sur le seuil de la maison je retrouve Virgil qui fume une clope. « Tu t'en vas ?

– Je ne sais pas. Je ne me sens pas tout à fait à ma place.

– Je comprends.

– Je ne m'attendais pas à ce que ça dégénère comme ça.

– Avec Franck, on se disait qu'il pourrait y avoir du sport, mais on ne pensait pas que ça viendrait des grands-parents. »

Il me lâche un sourire sans ambiguïté. Ils ont dû se réjouir en apprenant que j'étais invité.

« Vous êtes plutôt discrets, en tout cas.

– Oui. »

Le sujet de ma liaison avec Nadia semble l'intéresser, mais je n'ai pas envie d'avoir cette discussion avec Virgil. Peut-être qu'il a lui aussi un amant. Peut-être qu'il a besoin de conseils. Ou peut-être qu'il en a à me donner. Je n'en saurai rien. Je rejoins mon Berlingo, balaie le pare-brise de l'avant-bras et m'installe au volant. Je sors mon téléphone, et pendant que le moteur chauffe j'écris un SMS à Nadia. Je lui dis que je suis reparti avec mes rennes et mon traîneau et que j'espère ne pas devoir attendre un an pour la revoir.

40

Pas un an, mais tout de même un mois. Un mois durant lequel on se téléphone et on s'écrit, et à chaque fois c'est compliqué. C'est son mot du moment : avec Alex c'est compliqué, avec Elliot et avec Lila c'est compliqué, et plus encore depuis l'accident à l'école, une voiture qui s'est encastrée dans le mur d'enceinte après avoir dérapé sur la route verglacée à l'heure où les enfants arrivaient, et la neige rend compliquée la mise en place du petit chantier, et leurs nuits à tous sont compliquées. Nadia aimerait qu'on se voie, mais ce n'est jamais possible. Un jour elle est trop fatiguée et me dit être sur le point d'aller se coucher alors qu'il n'est même pas 20 heures, un autre jour elle est persuadée d'avoir le Covid malgré un autotest négatif, et la seule fois où elle pourrait c'est moi qui suis retenu à La Rivière à cause de mon Flash qui a disparu, et qu'on retrouve seulement quatre jours plus tard grâce à un habitant de Menthières qui l'a récupéré grelottant et hagard au-dessus du resto de la Gentiane et sa vieille enseigne en bois « Centre sportif montagnard ». En mettant tout ça bout à bout, on attend donc le 24 janvier, un mois pile-poil, et c'est la première fois depuis mon retour de La Réunion qu'on passe autant de temps sans même se croiser. Quand elle débarque à l'appartement ce samedi en fin de matinée, ça me fait carrément l'impression de retrouvailles, je lui saute dans les bras comme si elle rentrait d'un tour du monde et je l'embrasse, je la serre contre moi, je prends du recul pour mieux l'admirer et je reviens me nicher dans le creux de son cou pour lui dire combien elle m'a manqué et que je suis si heureux de la voir. La suite va de soi, le cliché des habits disséminés sur le carrelage du couloir jusque devant la porte de ma chambre, porte qui reste ouverte, personne pour nous épier, et nous voilà sous la couette où on retrouve illico nos automatismes. Pas très érotique comme formulation, disons qu'on reprend nos habitudes. Depuis plus de trois ans maintenant qu'on se fréquente – qu'on se fréquente, ça aussi c'est un peu froid. Depuis qu'on est ensemble, quoi, on a développé une façon bien à nous de faire l'amour, on sait ce qui nous convient, on sait comment s'y prendre pour que ça fonctionne, pour que ça nous plaise à tous les deux. On ne cherche plus à inventer, à tenter de nouvelles positions. On préfère convoquer directement les gestes et les caresses les plus efficaces. Et même quand on ose une petite variante, on finit toujours par revenir à nos classiques. Nos classiques à nous, qui ne sont pas ceux des autres. Nos classiques à nous, qui n'ont peut-être en soi rien de bien classique, d'ailleurs. Je n'en sais rien. Parfois je me demande comment font les autres, comment ils s'y prennent, comment ils aiment faire l'amour, comment ils s'y prennent pour prendre leur pied. J'y pense au boulot, j'y pense le soir quand je suis seul à l'appartement, j'y pense au lit avec Nadia, j'y pense pendant l'acte, pendant qu'on baise, je me demande comment elle baise avec Alex. Maintenant qu'il est sorti de prison, je suis sûr qu'ils baisent. Elle ne me l'a jamais dit, et lui non plus, mais je le sais. Je ne vais pas dire que j'en ai l'intuition, j'en ai tout simplement la certitude. Ils ont la même chambre, ils dorment ensemble, ils s'embrassent, ils font l'amour, ils baisent. Est-ce qu'elle jouit avec Alex de la même manière qu'avec moi ? Est-ce qu'elle pense à moi quand elle couche avec lui, et inversement ? Est-ce qu'elle le préfère à moi ? Je ne veux pas l'embêter avec ce genre de questions, mais je ne peux pas m'empêcher d'y penser. Je n'en souffre pas. Ce serait presque uniquement par curiosité que je les lui poserais. Est-ce que je suis jaloux d'Alexandre ? Eh bien non.

La jalousie, j'ai assez donné avec Magali. J'ai fait le tour de la question. J'ai même déjà été jaloux d'Alex, fou de jalousie, au lycée. En fait, je crois que cette configuration très spéciale qui nous unit tous les trois ne permet pas de place à la jalousie. Pas de ma part, en tout cas. La jalousie, je la lui laisse. À lui. C'est à lui d'avoir des soupçons, de fouiller dans ses affaires, d'écouter aux portes, de lire son journal intime si elle en tient un. C'est à lui d'avoir peur. Moi je ne m'inquiète plus. C'est fini. Je n'ai plus peur de me faire pincer. De toute façon je ne l'imagine pas venir me casser la gueule, encore moins aller jusqu'à m'enterrer vivant dans la forêt. Mais je ne peux pas me contenter de ne la voir qu'une fois par mois. Ce n'est pas pour ça que j'ai rompu avec Héloïse et refusé La Réunion. Je ne veux pas lui imposer de le quitter sur-le-champ, ce serait bête de ma part. Je suis prêt à continuer à composer avec la présence d'Alex dans les parages pendant quelque temps s'il le faut, mais je veux la voir plus souvent. Et j'ai tout de même besoin qu'on parle de l'avenir de notre histoire. Elle aussi elle est compliquée, à l'en croire, de plus en plus compliquée. Mais ça ne me gêne pas que notre histoire soit compliquée. D'après Nadia c'est normal que ça ne me gêne pas, parce que ma vie à côté est ultra simple : l'usine, le petit appart, la solitude, les chiens.

Elle m'apprend qu'elle va se remettre à travailler. Elle en a envie, elle en a besoin. Cela fait plus de cinq ans qu'elle ne bosse plus, qu'elle vit chez sa mère et qu'elle s'occupe des mômes. Alexandre va prendre le relais. Au moins avec les mômes. Il n'envisage pas de se réinstaller comme vétérinaire. Pour le moment il s'en tient à ses quelques engagements associatifs.

Ils voudraient rester en Suisse, ça me rassure. Ils pensent qu'en France ils ne seraient pas tranquilles, ou alors il faudrait qu'Alex change de nom, sans quoi il finirait tôt ou tard par être démasqué. Ils se sentent en sécurité en Suisse. Nadia parle d'une culture du secret qui serait propre à ce pays, liée à son histoire. D'ailleurs, les voisins et les parents d'élèves n'ont fait aucun scandale suite aux révélations d'Alex. « Le côté chacun pour soi nous arrange bien. Au moins, on nous fout la paix. »

On se revoit une semaine plus tard, toujours chez moi. Elle va plus loin dans ses annonces : « On va déménager, c'est sûr. » Elle m'explique en quoi cette décision répond à une nécessité, pour leurs enfants avant tout, parce qu'ils vont mal et qu'ils ont besoin d'un foyer solide et soudé. Elle ne peut pas les abandonner, c'est impossible, et je prétends comprendre, et en lui disant que je comprends, je me rends compte que jusqu'ici, non, je n'avais pas compris. Jusqu'à la seconde où je lui dis que je comprends, je n'avais toujours pas compris ce qu'elle cherchait à me dire. Et je me retrouve alors face à un grand vide, ce vide creusé par mon ignorance, ma naïveté, ma bêtise, et je me demande comment j'ai pu imaginer que cela puisse se passer autrement. C'est-à-dire comment j'ai pu y croire, comment j'ai pu penser qu'elle allait quitter Alex et qu'on s'installerait ensemble, où, quand, peu importe, mais qu'elle me choisirait moi contre lui. Je vivais sur mon nuage, hors réalité. Hors de sa réalité à elle. C'est ce qu'elle me demande de comprendre, sa réalité à elle.

« Ma vie est devenue beaucoup trop compliquée et bordélique. Je passe mes journées à me faire des nœuds dans le bide. Si je continue comme ça, je vais me choper un cancer. Il faut que je choisisse et que je tranche. Il faut que je simplifie ma vie. »

Ça va donc plus loin que ça. Elle veut carrément me retrancher de sa vie.

« Ça pourrait marcher dans une configuration sans mari qui sort de prison et sans enfants angoissés, mais là j'ai besoin de stabilité, on en a tous besoin. »

Cette sensation de vertige ne me quitte pas, l'impression que tout se dérobe sous mes pieds. J'essaie de réagir, je me mets à bafouiller : « Tu n'es pas obligée… Ce n'est peut-être pas le bon moment… Tu peux attendre…

– Plus je vais attendre et plus ça sera compliqué. Ça devient intenable pour moi.

– Mais tu… Tu ne veux plus qu'on se voie ? Tu veux couper ? »

Elle acquiesce sans un mot. Elle se prend la tête dans les mains et elle fond en larmes.

« Mais c'est pas possible, Nadia. Tu te rends compte de ce que tu dis ?

– John…

– Après tout ce qu'on vient de partager.

– John, arrête.

– Je suis fou de toi. Tu le sais, ça. Je ne peux pas me passer de toi, Nadia. Je ne peux même pas l'imaginer.

– Arrête, John. »

Moi je ne pleure pas. Je me sens creux et vide comme un ballon de baudruche. Je sens l'air circuler dans tout mon corps, jusque dans mes doigts.

« Je peux vous suivre. Même si vous déménagez à l'autre bout de la Suisse, je peux me rapprocher. Si vous partez, plus rien ne me retient ici. Je peux venir habiter dans le village d'à côté. On peut tout imaginer. On peut même imaginer qu'Alex n'en sache jamais rien.

– Arrête, John.

– Il est au courant, c'est ça ?

– Mais non.

– Tu me le dirais, s'il était au courant ?

– Ce n'est pas le problème.

– Il est au courant ?

– Non.

– Il se doute de quelque chose ?

– Oui.

– Bah voilà.

– Mais non, ce n'est pas ça le problème.

– Depuis quand il se doute de quelque chose ?

– Ce n'est pas le problème, je te dis.

– Il t'a dit quoi ?

– Rien.

– Il t'en a parlé ?

– Non.

– Pourquoi tu dis qu'il se doute de quelque chose, alors ?

– Je le sais par un de mes frères, mais il s'en fout. Enfin, il se demande s'il n'y a pas eu un truc entre nous pendant qu'il était en taule, mais ce n'est pas important, il ne veut pas savoir, il ne m'en voudrait pas et à toi non plus. Tu vois, ce n'est pas ça le problème.

– Toi, tu ne peux pas imaginer une vie où tu aurais deux mecs… Un officiel, le père de tes enfants, avec lequel tu vis dans un cadre classique, même un cadre bourgeois, un beau vétérinaire écologiste et tout, et puis à côté de ça…

– Arrête, John. C'est pas drôle.

– Ce n'était pas censé être drôle.

– C'est pas possible. Je te dis que je ne tiens plus. Que c'est trop compliqué. Si on continue comme ça, je vais devenir folle. Je n'en peux plus de ces petits arrangements, ces petits mensonges qu'on invente pour se voir en cachette.

– C'est toi qui as inventé tout ça.

– Je sais. Mais je n'y arrive plus. Il faut qu'on arrête. Je ne suis pas faite pour une double vie.

– Même la double vie la plus simple et transparente qui soit? Si tu dis qu'Alex accepte que tu aies un amant, ça simplifie quand même énormément les choses.

– Ce n'est pas ça le problème. Ce n'est pas Alex le problème. C'est moi. C'est ce que ça crée chez moi. C'est les enfants. C'est la façon dont j'envisage ma vie. Deux enfants et deux mecs, c'est trop pour moi. C'est trop compliqué. Notre histoire complique tout. Elle empêche tout le reste. Quand je te dis que je veux me remettre à bosser, eh bien là je ne peux pas. Parce que je n'ai pas l'espace. La vie sentimentale prend trop de place. Une vie familiale plus une double vie sentimentale, après les cinq années qui viennent de s'écouler, c'est trop pour moi.

– T'es amoureuse d'Alex?

– Je ne sais pas. Enfin, oui, je crois que je suis toujours amoureuse de lui. Et je suis amoureuse de toi. Et je pensais que j'avais de la place pour vous deux dans mon cœur, mais mon cœur n'est pas assez robuste.

– T'imagines que tu cesseras de m'aimer en coupant ?

– Je ne sais pas. La seule chose que je sais, c'est que j'ai besoin de calme. J'ai essayé, j'ai fait de mon mieux.

– Et je t'ai crue. J'ai cru à ton enthousiasme. Je n'ai rien vu venir.

– J'ai tout donné. Et j'ai fini par craquer. Cette vie est beaucoup trop agitée pour moi. J'ai besoin d'une vie plus simple.

– Pourquoi tu ne le quittes pas lui ?

– Je ne peux pas faire ça aux enfants. Pas dans l'état où ils sont.

– Putain de gamins. »

Elle sourit. Elle sort son téléphone pour regarder l'heure, elle doit déjà partir. Je la raccompagne à la porte, on ne s'embrasse pas, on ne se touche pas. Le contrecoup ne se fait pas attendre, à peine la porte refermée que je plonge dans le canapé et je m'effondre. Je reste toute la soirée prostré face au mur blanc en attendant de me réveiller de cet affreux cauchemar. Je ne vais pas bosser le lendemain, je ne sors pas de mon appart de toute la semaine, je passe mes journées à lui écrire des messages pour lui dire que notre histoire est la plus belle chose qui me soit arrivée et que je ne peux pas accepter qu'elle s'arrête comme ça.

Pour autant je n'éprouve pas de colère, pas de haine, ni à son endroit ni à celui d'Alexandre. Je devrais leur en vouloir à tous les deux. Ça me ferait du bien d'exploser, ça rendrait l'événement plus tangible et ça m'aiderait à l'assimiler, peut-être.

Je n'y arrive pas. Comme Nadia avec sa double vie amoureuse, j'aimerais réagir autrement mais je ne peux pas.

Ça me ferait du bien de sortir et je reste enfermé chez moi. Ça me ferait du bien de me dépenser, d'aller marcher dans les bois, de monter au Reculet et de cracher tout mon malheur à la face nord du mont Blanc, et je ne bouge pas d'un iota.

Nadia répond à chacun de mes messages. Elle ne me délaisse pas complètement, pas encore. Elle se sent un peu mieux depuis qu'elle a clarifié les choses avec moi. Elle me rend visite un soir de semaine en me prévenant au dernier moment, on fait l'amour en pleurant, je n'avais jamais expérimenté ça, jouir et chialer dans un même mouvement. Elle repart juste après. J'avale deux ou trois verres de vin pour encaisser.

Au boulot j'annonce à tout le monde que je vais arrêter, et on sera deux puisque Jacqueline s'apprête à partir en retraite, toute l'équipe de l'emballage va devoir être renouvelée. Françoise, à qui j'ai confié mes chiens ces derniers temps, m'apprend par SMS la mort de mon vieux Mistral, dans son sommeil, comme je l'espérais. Je récupère l'urne et je déverse les cendres dans la Valserine en compagnie de mon pauvre Flash qui perd son plus proche camarade, d'ailleurs il ne connaît presque pas la vie sans lui. Nadia vient me voir à peu près une fois par semaine. Elle ne reste jamais plus d'une heure. On fait l'amour, on pleure, on s'embrasse, on parle peu. Après son départ, je suis toujours à ramasser à la petite cuiller.

Elle semble moins affectée que moi par ces derniers rendez-vous. Le déménagement traîne à se programmer et elle n'a pas l'air trop déphasée par cette période flottante. Je sens même une forme de soulagement chez elle. De mon côté, je ne suis pas sûr de pouvoir tenir la cadence encore bien longtemps.

41

Ils n'envisagent pas de partir loin, ils veulent rester en Suisse romande. Ils seront évidemment locataires, et ils aimeraient commencer par vivre en ville, peut-être à Genève ou à Lausanne, ou à l'autre bout du lac, Vevey, Montreux, et ils pourraient aller jusqu'à Fribourg. Mais je n'aime pas l'entendre égrener comme ça tous les lieux possibles de sa nouvelle vie, je n'aime pas qu'elle aborde le sujet, et je me dis que ce n'est peut-être pas une bonne idée que je sache où ils vont s'installer.

Un jour de printemps, elle m'apprend qu'ils ont trouvé. Ils ont obtenu leurs permis de séjour. Une date de départ est arrêtée. On convient que Nadia ne me donne pas leur nouvelle adresse, qu'elle ne me révèle même pas le nom de la ville où ils emménagent.

Les dernières semaines sont insoutenables. Que dire des derniers jours. Je repense à un film sur un condamné à mort où on le voit la veille de son exécution, dans ses derniers instants de vie. On sait que le lendemain il passera sur la chaise électrique et ça révolte, ça rend fou. On finit par souhaiter que le temps s'accélère, on voudrait avoir dépassé ce moment fatidique, avoir basculé dans l'état qui suit. On croit que la certitude du manque sera toujours plus vivable que l'angoisse de l'attente.

Notre dernier rendez-vous est fixé au samedi 26 juin, on a deux heures. Qu'est-ce qu'on peut faire de ces deux heures. Si on allait se promener dans la forêt je ne la verrais pas. Marcher côte à côte ce serait gâcher le moment. Je veux la voir. Je veux pouvoir la regarder, la toucher. On reste chez moi et on s'assied sur le canapé, ou plutôt on s'y accroupit, de manière à se faire face. Comme deux grands adolescents qui apprennent à se découvrir. Deux étudiants assis en tailleur, l'un pieds nus et l'autre en chaussettes, qui s'embrassent pour la première fois. On est si loin de cette légèreté.

Je ne peux plus vraiment m'asseoir en tailleur, mes articulations ne supportent pas plus d'une minute la position. Je colle mes cuisses l'une contre l'autre et pose mes fesses sur mes talons et je prends son visage entre mes mains. Je sais qu'on se reverra, je m'accroche à ça. Je lui dis que je l'attendrai, que je l'attendrai toute ma vie, et je l'appelle mon amour. C'est la première fois. Ça lui plaît. Elle ne m'empêche pas de prononcer ces mots, elle ne me plaque pas sa main sur la bouche pour me les interdire, elle veut les entendre, elle veut que je les répète : « Mon amour, mon amour… »

Je suis si bien avec elle. J'ai tellement aimé ce qu'on a vécu ensemble. Je la remercie pour ces trois années merveilleuses. Les larmes inondent ses joues et coulent le long des commissures de ses lèvres. Elle s'essuie le menton du revers de la main. Je lui demande simplement de me promettre qu'il ne s'agit pas d'un adieu définitif. Elle m'assure qu'on se retrouvera un jour, oui.

« Mais quand ?

– Plus tard. Je ne sais pas. Je ne peux pas savoir.

– Quand tes enfants seront grands ?

– Peut-être.

– Lila n'a que cinq ans.

– Je sais.

– Quand ils seront grands comment ?

– Je ne sais pas, John. »

Ça dure comme ça pendant deux heures. Des questions sans réponse. Des larmes et des sourires. Des *mon amour… mon amour éternel…*

« Il va falloir que j'y aille… »

Elle se lève et se rhabille. Elle remet ses chaussettes, ses chaussures, sa veste. Je ne la lâche pas des yeux.

Je la suis dans la cage d'escalier. Je la suis sur le parking de l'immeuble jusqu'à sa voiture. On s'enlace une dernière fois devant la Dacia dont la portière du conducteur est ouverte, et je lui répète encore que je ne l'oublierai pas et que je l'attendrai autant qu'il faudra. Elle s'installe au volant, elle claque la portière. J'avance à côté du véhicule qui sort du parking en marche arrière, j'accélère le pas quand elle s'élance sur la route, je m'interromps rapidement, le souffle court, je ne peux pas courir, je n'en ai pas la force. Je la laisse filer sur la départementale, je m'immobilise le long de la chaussée, je ne la vois plus. Elle est partie. Elle a disparu.

Je suis décimé.

42

L'appartement de Bois-d'Amont est l'endroit des derniers instants partagés, il est imprégné de ces heures à chialer ensemble sur le canapé, de ces journées et ces semaines de solitude, et de la toute fin, les derniers mots, les dernières images : j'ouvre la porte, je tombe sur cette putain de cage d'escalier ; je m'approche de la fenêtre, j'ai vue sur ce putain de parking. Je quitte les lieux deux mois plus tard, en même temps que je rends mon tablier chez Audemars Piguet.

Nouveau retour à la case départ, ma petite chambre chez Françoise, à La Rivière, où mon Flash n'est pas en super forme, lui non plus. Il traîne sa misère depuis la mort de son vieux pote, à moins que ce soit plus ancien, plus profond que ça. S'il y en a un que mon histoire avec Nadia n'a pas enchanté, c'est bien lui. Nadia, la femme qui m'a fait redescendre dans la vallée toute l'année.

Ils ont l'air malins, le maître et son chien, à se tirer la bourre pour savoir lequel des deux est le plus malheureux.

Flash n'est sans doute pas pour rien dans mon choix de rappeler Anne-Marie. Nadia aussi a sa part de responsabilité. Elle m'a annoncé qu'elle effacerait mon numéro de téléphone pour ne pas être tentée de me joindre, elle parlait même de changer le sien pour que je ne puisse plus l'appeler. Je n'ai pas essayé de l'appeler depuis son départ. J'ai toujours son numéro, qui n'est peut-être plus valable – il finira par être attribué à quelqu'un d'autre. Je ne partirai pas d'ici, parce que je veux qu'elle puisse me retrouver si elle le souhaite. Je ne partirai pas parce que ça impliquerait de devoir se réinventer ailleurs et avec d'autres, et c'est trop tôt. Je pense encore beaucoup trop à Nadia. Je ne cherche pas à l'oublier. J'attends qu'elle revienne.

Donc je passe l'automne et l'hiver chez Anne-Marie Prodon, dans sa bergerie. Mais je ne veux pas rempiler pour un boulot de saisonnier. Je ne veux plus être un simple berger, je veux devenir éleveur.

J'assiste aux agnelages. Je donne le biberon aux petits que leurs mères délaissent. On peut dire que je réapprends le métier – même si j'ai quelques restes de ma formation à Salon-de-Provence. Je consacre mes week-ends à revoir les moutonniers que j'ai appelés à mon retour de La Réunion, je leur garantis que cette fois je ne me défilerai pas, d'ailleurs j'ai un peu d'argent de côté et je les paye d'avance. À la fin de l'hiver, je récupère une dizaine de bêtes par-ci, une vingtaine par-là. Anne-Marie m'offre un des agneaux que j'ai élevés au biberon. Elle aussi me vend un lot de brebis. J'arrive comme ça à plus de soixante bêtes, dont deux béliers.

À la mi-mars je rejoins mes premiers sites de pâturage dans la plaine de l'Ain, des communes qui cherchent à défricher les abords de la rivière, et au début du mois de juin je remonte au Crozat. Je ne suis pas encore indépendant puisque je m'occupe aussi du troupeau d'Anne-Marie. Je profite de ses patous. À l'automne, j'achète un nouveau chien, croisé border collie et berger de Crau, ce qui est un pur hasard, mais on peut ainsi le voir comme le fils de Flash et Mistral. C'est un jeune chien fou, qui déborde d'énergie, je commence son éducation et il m'en fait baver, mais je l'adore. Je le baptise Looping. J'achète aussi une petite caravane, à défaut d'une bergerie, une caravane Bürstner que j'équipe pour pouvoir passer l'hiver à l'intérieur. Car je fais le pari de garder mon troupeau dehors pendant toute l'année, en comptant sur le fait que les hivers sont de moins en moins rudes dans le Jura.

Pour notre premier hiver, je m'installe dans la plaine du Val d'Amour, entre Dole et Arbois, et ma foi les bêtes tiennent bien le coup. J'emmène les agneaux à l'abattoir au printemps, et je conserve les agnelles, qui viennent grossir le troupeau. Après un deuxième été au Crozat, je passe l'automne autour du golf de Vernantois, dans les environs de Lons-le-Saunier. Pour quelqu'un qui ne voulait pas trop bouger, c'est raté. Quand j'appelle Françoise, j'ai toujours espoir qu'elle ait reçu un courrier pour moi, voire une visite. Il n'en est jamais rien.

De retour dans l'Ain, je me laisse surprendre par un autre type de visiteur, mon vieil ami le lynx. Il me chope un agneau pendant la nuit – dans notre jargon, on parle de prélèvement. Je retrouve la charogne à l'orée de la forêt et je ne touche à rien, je la laisse sur place. J'attache un piège-photo sur le tronc d'un bouleau situé juste en face. La nuit suivante, le lynx revient auprès de sa proie. J'achète alors mon premier patou, puis j'en prends un deuxième six mois plus tard. Durant les quatre années qui suivent, je ne subis plus aucune attaque de lynx, ni de renard, ni d'aigle, ni de loup.

43

Cela fait maintenant sept ans que Nadia est partie. Mon troupeau se compose de plus de deux cent cinquante brebis, dont pas une n'a la même tête ni la même couleur. Les neuf béliers proviennent tous d'élevages différents. Thônes et marthod, ouessant, hampshire down, je privilégie des races rustiques, qui s'adaptent à l'humidité et au froid. Je n'ai toujours pas de bâtiment en dur pour les enfermer pendant l'hiver. Toujours la même caravane. Deux patous. Trois chiens de travail. Ma méthode en étonne certains, mais les bêtes ne tombent jamais malades, elles sont saines et résistantes.

Cet été, pour la première fois, je suis à la Maréchaude, un grand chalet sur les hauteurs de Lélex. Jusqu'ici il était occupé par un vacher, et on n'avait plus vu de brebis sur ces pentes depuis peut-être cent ans. Ça a jasé dans le coin, même si les anciens me connaissent et me défendent : « Tu sais, c'est le petit-fils au grand John… » Les plus prompts à ricaner sont finalement les plus jeunes, ceux qui n'ont pas connu mon grand-père. Parce que l'élevage noble, c'est la vache. La grosse bestiasse, l'animal qui en impose. La viande la plus appréciée et la plus demandée. Tandis que l'agneau est moins rentable. Sa viande a un goût spécial. Sans considérer qu'on est dans le Jura, au pays du comté et du bleu de Gex. La tome de brebis, par chez nous, tout le monde s'en fout.

C'est à cause du loup que le vacher m'a laissé sa place à la Maréchaude. Pourtant les pâturages sont désormais protégés par des barrières électrifiées à cinq fils, certains vachers s'équipent à leur tour de patous. Les défenseurs du prédateur et les éleveurs bovins ont des rapports de plus en plus apaisés. Mais Jean-François a perdu deux génisses et un veau l'année dernière. Une nouvelle meute s'est implantée dans le secteur, alors les gardes de la réserve naturelle lui ont conseillé de trouver une autre montagne, ou de rester dans la vallée. Jean-François, lui, ne veut pas de chiens de protection.

Je suis arrivé là-haut au début du mois de juin, toujours rien à déplorer. Il faut croire qu'Odin et Rakia font le boulot. Je n'ai jamais décroché ma carabine, une petite Remington 7400.

Ce matin, je me suis réveillé une heure plus tôt que d'habitude. Et j'ai eu du mal à m'endormir, hier soir. Je crois que je suis un peu stressé.

Je ne suis pas tout à fait dans mon état normal.

Il faut dire que c'est un jour spécial.

J'attends quelqu'un. Elles seront même deux. Elles doivent arriver en fin de matinée, par les télécabines.

Si Nadia est partie depuis sept ans, la dernière fois que j'ai vu Héloïse remonte à plus de dix ans. Elle m'a envoyé un SMS il y a trois semaines pour me prévenir de son séjour en métropole. Elle est essentiellement chez sa mère, mais elle passe quelques jours à Bellegarde, où elle dort chez une ancienne collègue. Son mari est resté à La Réunion. Elle est accompagnée de leur fille.

Elle me téléphone en sortant de la cabine, comme prévu. Je lui indique où me rejoindre.

Je les vois arriver de loin et je reconnais sa démarche et sa silhouette. J'appelle mon jeune Marley et j'avance à leur rencontre.

On arbore tous les deux le même genre de sourire, qui dit tout à la fois notre gêne et notre plaisir de se retrouver. On est loin de se tomber dans les bras, on s'embrasse timidement, puis Héloïse me présente Nila, que Marley a déjà adoptée.

Mais la gamine ne partage pas son enthousiasme et ne cesse de le repousser. Héloïse m'apprend que Nila n'est pas très à l'aise avec les chiens. J'attrape Marley au collier et lui demande d'arrêter, de se calmer, de s'asseoir. Il obéit.

On marche tranquillement en direction du chalet. Nila sursaute dès que le chien s'approche d'elle. Elle est métisse car son père est d'origine indienne. Saint-André, la ville où ils habitent et où j'ai vécu pendant trois mois, abrite une importante communauté malbar, mais Héloïse ne va pas plus loin sur le sujet de son nouveau mec, qui n'est plus si nouveau que ça, d'ailleurs. Elle est au courant pour Nadia, je lui avais tout raconté au téléphone il y a quatre ou cinq ans. Je lui dis qu'elle n'a toujours pas réapparu, non. Et que j'ai une nouvelle copine, oui, qui n'est pas bergère mais assistante sociale à Besançon.

Je reviens sur ma vie d'éleveur nomade, entre mes séjours en caravane et les différents chalets du massif que j'ai investis ces derniers étés. Celui de la Maréchaude n'a rien à voir avec les précédents. Il est beaucoup plus confortable et mieux équipé. Il est même relié aux remontées mécaniques de la station des Monts-Jura, ce qui lui permet de disposer d'un frigo et d'une machine à laver. J'avoue que pour le berger de bientôt cinquante ans que je suis, ce n'est pas désagréable.

« Tu ne te laisses plus pousser la barbe...

– T'as remarqué ? Avec les sécheresses à répétition, j'ai pris l'habitude de me raser. »

Elle rebondit sur la question du climat, ça ne m'étonne pas. Quand des randonneurs viennent me voir, ils ont toujours recours à cette accroche pour entamer la discussion. Manière de montrer qu'ils sont informés, attentifs, compréhensifs, compatissants. *Et comment ça se passe pour les brebis ?* Ils oublient souvent de se soucier des chiens, alors je leur rappelle que toutes les bêtes sont logées à la même enseigne, et même les bêtes sauvages. « Cette année on a un peu de pluie, c'est bien.

– Oui, j'ai anticipé, dit-elle en sortant deux parapluies pliants de son sac à dos.

– La météo annonce un gros orage, ce soir. Vous pouvez rester. Vous pouvez dormir au chalet.

– J'ai promis à Virginie qu'on dînait avec elle… »

On s'installe sur la grande table en bois devant le chalet et j'apporte un morceau de pain et un saucisson d'agneau. Héloïse sort un ananas de son sac à dos.

« Je ne devrais pas te le dire, je l'ai acheté ce matin à Super U. »

Une heure plus tard, nous voici au milieu du troupeau. Les patous s'intéressent surtout à Héloïse, dont ils reniflent les chaussures, le pantalon, les mains. Nila se cache dans le dos de sa mère. Je leur dis que Rakia et Odin sont deux gros nounours qui n'ont jamais fait de mal à personne et je reviens sur leur rôle de protecteurs, principalement vis-à-vis des loups.

« Ah bon, il y a des loups ? »

Je n'aurais jamais dû parler des loups.

Si la gamine était de moi, elle pourrait garder le troupeau et même diriger Looping et Marley. Mais je ne suis pas son père, et elle se met à couiner en se cramponnant à sa mère et en la suppliant de repartir, de reprendre la télécabine et de retourner illico chez Virginie. Je l'attrape sous les aisselles, la soulève en l'air et l'assieds sur mes épaules. « C'est mieux, comme ça ? » Elle ne moufte pas.

Heureusement, elle n'est pas bien épaisse. Rakia retourne auprès des brebis. Odin reste avec nous, il ne nous lâche pas. « Allez, gros doudou, laisse-nous tranquilles. » Mimi s'avance à notre rencontre, pas vraiment une surprise. « Ma brebis la plus sociable. On ne devrait pas tarder à voir sa fille, Rochette. » Une centaine de bêtes sont équipées d'une cloche, ça sonne comme un vrai carillon. « Voilà Mischka, la doyenne du troupeau. Et celle-ci, c'est Petite Copine. »

Il se met à tomber quelques gouttes, Héloïse ouvre ses deux parapluies. Elle en donne un à Nila, qui le tient au-dessus de sa tête, et donc au-dessus de la mienne. « Attendez, il faut que je vous prenne en photo. On dirait que vous mesurez trois mètres. On dirait un clown géant, un échassier dans un spectacle de cirque…

– Je veux descendre.

– Je n'ai pas fait la photo…

– J'en ai marre de tenir ça. »

Et Nila balance le parapluie devant elle, qui atterrit sur la tête de Guiguiz.

« Oh, elle va m'attaquer.

– Les brebis n'attaquent pas. »

Je m'accroupis pour la déposer par terre. Elle n'est pas rassurée.

« Ils sont où les gros chiens ? On n'entend rien avec toutes ces cloches… »

Nila nous donne la main à tous les deux pour avancer dans le troupeau. De ma main droite, je tiens sa main gauche. Héloïse, de sa main droite, tient son parapluie au-dessus de sa fille.

« Tu dois avoir beaucoup de mémoire pour retenir tous ces noms.

– Je les ai vues naître. Je vis tous les jours avec elles.

– Ça change quelque chose, d'avoir un troupeau à soi ? me demande Héloïse.

– Je suis plus proche des bêtes, beaucoup plus proche. Je ressens leur peur et leur fragilité. Je ne partageais pas la même chose avec le troupeau d'Anne-Marie.

– Celle-ci, elle s'appelle comment ? demande Nila en lâchant la main de sa mère et en venant se coller à moi.

– C'est un agneau. Il n'a pas de nom.

– Ah, les agneaux n'ont pas de noms ?

– Si je me mets à les baptiser, je n'arriverai pas à m'en séparer. Les agneaux ne vivent que six mois, tu sais. Je n'élève pas les bêtes pour le lait mais pour la viande. »

Nila rejoint finalement sa mère, puis elle s'arrête de marcher.

« Ça me fait de la peine pour lui.

– Tu dis ça parce que tu le vois. J'imagine que tu manges de la viande ?

– Oui.

– Les agneaux, je les suis de leur naissance jusqu'à leur mort. Je choisis l'abattoir. C'est moi qui les conduis. Je ne veux pas qu'un marchand embarque mon lot d'agneaux. Je veux savoir comment ils vivent leurs derniers jours et comment ils sont tués. Je les emmène à l'automne, en quittant l'alpage, et je les récupère découpés en colis. »

Je me détourne de Nila pour m'adresser cette fois plus clairement à Héloïse : « Je ne fonctionne qu'avec des particuliers, toujours en vente directe. Dans un colis, je mets le gigot, l'épaule, les côtelettes, et les parties que tu cuisines en plats mijotés, le collier et la poitrine. On me dit que la viande est bonne. C'est l'avantage de les élever tout à l'herbe. Les bêtes gavées aux céréales n'ont pas le même goût. »

En revenant à la petite Nila : « Mais les femelles restent avec moi toute leur vie. D'ailleurs, il faudrait les faire monter. »

J'appelle Looping et mon vieux Flash, je pousse mes cris caractéristiques, ils se mettent à courir l'un et l'autre tout autour du troupeau pour le rassembler et le guider. Les brebis se déplacent comme un essaim d'abeilles ou comme un banc de poissons en direction des crêtes et on les suit à distance, Héloïse et Nila protégées par un même parapluie, moi sous ma capuche ruisselante. On continue à grimper au-delà du secteur où elles s'arrêtent pour pâturer. Depuis le sommet on distingue à peine le lac Léman. La chaîne du Mont-Blanc est noyée dans la brume. Nila se plaint d'avoir les jambes et les pieds et même les bras mouillés, et d'avoir froid. On s'approche pour entendre ses dents qui jouent des castagnettes. On redescend au chalet.

Je prépare un thé pour Héloïse, un bol de Ricoré pour Nila. On s'installe devant le poêle à bois.

« C'est vrai que t'es bien, ici.

– Il est parfait, ce chalet.

– C'est quand même une drôle de vie que tu mènes…

– Ça me va. Ça me convient. »

On dérive vers mes parents, les siens, et puis sa chatte Gentiane, morte de vieillesse à quinze ans.

Mine de rien, on a pas mal de choses à se dire. Malgré l'inévitable distance creusée par toutes ces années sans se voir, Héloïse ne m'apparaît pas comme une complète étrangère. L'idée qu'on ait partagé une partie de notre vie ensemble ne me semble nullement incongrue. C'est un moment particulier, bien sûr, et quand elles partent, en fin d'après-midi, quand elles reprennent le chemin de la télécabine de la Catheline sous leurs petits parapluies et que je me retrouve seul au chalet, je dois avouer que je suis un peu triste.

44

Il faut que j'aille chercher le troupeau pour le ramener dans son parc de nuit. Il faut que je remplisse les deux bacs d'eau de mille litres chacun, et ça me prend un temps pas possible chaque soir à cause de ce tuyau minuscule, le seul point négatif du chalet de la Maréchaude. À part ça, Héloïse a raison, je suis bien, ici.

Une drôle de vie ? Oh, je n'en sais rien. Vue de l'extérieur, peut-être, mais je ne me dis jamais ça le matin en me réveillant – avant le lever du soleil, pourtant. Certains considèrent que je n'ai pas de patron, je leur réponds que mon patron c'est les brebis. Certains envient l'apparente liberté, la vie au grand air, parfois j'ai même l'impression que tout le monde aujourd'hui voudrait être berger. Ces deux dernières années j'ai accueilli des ados pour leur stage de troisième, je n'ai pas voulu les dégoûter mais je ne leur ai pas caché que le boulot est dur, qu'il implique un engagement total, qu'il faut aimer les bêtes, qu'il faut être passionné.

Avec Carole aussi je suis bien. Comme avec Héloïse, on est assez indépendants. Si on me pose la question, oui, je peux dire que j'ai des sentiments. Elle me plaît. J'éprouve un vrai attachement. De l'affection, de la tendresse. Parce que je suis comme ça, berger sentimental, berger amoureux.

Je suis bien, oui. Je ne me plains pas.

Je ne suis pas mal.

Pas mal, ouais.

En fait, je ne suis pas si bien que ça.

Je ne dis pas que je vais mal, non.

Je dois admettre qu'il me manque quelque chose.

Je ne suis toujours pas soigné.

Sept ans qu'elle est partie. C'est long, sept ans, c'est très long. Je devrais avoir tourné la page, putain, je devrais être passé à autre chose depuis des lustres.

Nadia est toujours là. Je pense à elle tous les jours ou presque. Je me surprends à guetter les promeneurs sur les crêtes et à espérer la reconnaître. De fait, je suis moins réticent à ce qu'on s'approche et à ce qu'on vienne frapper à ma porte. À chaque fois, je ressens une petite secousse dans l'estomac : ça y est, la voilà.

Et puis non.

Ce n'est jamais elle.

Quand je m'éloigne pendant quelques heures du chalet, je voudrais découvrir à mon retour un mot griffonné, une trace de son passage. Et le lendemain je l'attendrais toute la journée.

Je ne sais pas ce qu'elle devient. Je ne sais pas si elle est toujours avec Alexandre, s'ils ont eu un troisième enfant, sur le tard, l'enfant de la vie d'après. Je ne sais pas où ils habitent, je ne sais pas s'ils sont toujours en Suisse, s'ils sont revenus en France, s'ils sont partis ailleurs.

Je pense qu'ils sont toujours ensemble, sinon elle m'aurait recontacté. À moins qu'elle ait quitté Alexandre pour un autre, un autre que moi. Tout est possible.

Peut-être que je lui manque autant qu'elle me manque à moi. Peut-être qu'elle continue à m'aimer en secret, elle aussi. Je ne sais pas. Je ne sais rien. J'aimerais savoir.

Je n'en parle pas. Ni Carole ni aucun de mes amis ne sont au courant. Et je n'en suis pas à me confier à mes chiens ou mes brebis.

Je vais beaucoup mieux que durant les premières semaines et les premiers mois. Mais depuis qu'elle est partie, je ne suis plus le même. Je ne me suis plus jamais senti aussi animé. J'ai perdu cette énergie vibrante qui m'a porté pendant toutes ces années. Je marche moins, je me dépense moins.

Je ne grossis plus en hiver, je ne maigris plus en été. Grâce aux bêtes, je n'ai pas vraiment le temps de m'ennuyer. Je me demande bien ce que je ferais sans elles.

Je trouve du réconfort en écoutant ces chanteurs mélancoliques auxquels Nadia m'a initié, qui sont d'ailleurs les chanteurs favoris d'Alex. On peut dire qu'il continue à jouer son rôle de maître, de mentor. D'accompagnateur, d'éclaireur, d'éducateur. De guide. De berger, tiens. Un des albums a pour titre : *Shepherd in a Sheepskin Vest*, qui veut dire un berger dans un gilet en peau de mouton. J'écoute la musique d'Alex. Nadia me manque tellement. J'écoute aussi des podcasts sur des sujets de société ou sur les grands événements historiques. Je continue à lire, des vieux trucs, des sagas, des classiques, je viens de finir *Germinal.* Parfois, en mangeant, je regarde des vidéos sur YouTube – il m'arrive d'en regarder dehors, tout en étant posé dans l'herbe, et même de regarder des vidéos sur des bergers alors que je suis moi-même en train de garder le troupeau. Il m'arrive aussi, les soirs d'orage où j'ai la flemme de sortir, de regarder des vidéos de ciels déchaînés. Je me glisse sous ma grosse couette en duvet d'oie et, tandis que dehors ça éclate de toute part, je lance une compilation des tempêtes les plus dévastatrices.

Ce soir, je n'ai pas envie de rester à l'intérieur. Il n'est pas 20 heures et le ciel est déjà très sombre. Je passe ma cape de pluie, j'attrape un bâton contre le mur, je prends vers le nord. J'avance dans cette obscurité qu'on pourrait dire pâteuse, la chape de plomb, la grosse masse cotonneuse et gorgée de flotte qui recouvre la montagne. Cela n'a rien à voir avec un ciel nocturne. On n'a pas du tout cette sensation d'espace, de faire face à l'immensité de l'univers sans fin. Les nuages pèsent des tonnes. Mon pas sur la végétation détrempée est laborieux. En atteignant les crêtes, je suis lourd et emprunté comme un bonhomme de glaise. Je marche au rythme des coups de tonnerre qui se rapprochent, et j'épouse la ligne du sommet qui serpente, qui ondule, qui descend et qui remonte. J'atteins le Colomby de Gex, je continue mon chemin, comme si je cherchais à rejoindre quelque chose ou quelqu'un.

Ce n'est pas très prudent, je sais. Dès tout petit on m'a appris à ne pas me réfugier sous les arbres, évidemment, et à ne pas bouger pour ne pas créer d'appel d'air, car le moindre mouvement engendre un infime tourbillon atmosphérique dans lequel se réfugie la pointe de l'éclair. Mais j'avance, je n'en fais qu'à ma tête. Je ne vois presque rien. Je pourrais me faire attaquer par un fou ou par une meute de loups, et je viens de balancer mon bâton alors je n'ai plus que mes mains pour me défendre. On m'a aussi appris, dans une situation comme celle-ci, en dernier recours, à m'allonger ou m'accroupir et à ne plus bouger, accepter de s'en prendre plein le dos en attendant que ça s'arrête.

Je ne sais pas vraiment où je suis. J'ai l'impression de sortir du lac. Trempé de la tête aux pieds. Je ne pleure pas, depuis des années je ne pleure plus. Je trouve un caillou, un petit rocher, je m'assieds dessus comme on faisait avec Nadia pour observer les avions autour de l'aéroport de Genève. Je compte les secondes qui séparent l'éclair du coup de tonnerre. J'attends que quelque chose se passe, j'attends ça depuis des années. Le nouveau coup de briquet, la nouvelle étincelle. L'entaille aveuglante et le ciel blanc, le ciel ultraviolet pendant une fraction de seconde, puis retour au noir complet. Nouveau fracas. J'attends un signe. J'attends la lumière au bout du tunnel, et je crois l'apercevoir, un flash, mais elle ne tient pas. Lueur d'espoir, et tout redevient noir. Ça cogne de plus en plus fort. J'attends un coup de fil. Depuis plus de sept ans j'attends que Nadia m'appelle. Je commence à en avoir marre. Je commence à avoir froid. Nouveau flash, je me lève. J'attends la foudre.

Un grand merci à Eugénie Thillerot, son magnifique troupeau et ses chiens.

Et, bien sûr, à Amandine.

Achevé d'imprimer sur Roto-Page en décembre 2023
par l'Imprimerie Floch à Mayenne
N° d'éditeur : 2856 – N° d'édition : 631544
N° d'imprimeur : 103850
Dépôt légal : août 2023
Imprimé en France